重組世界3
Rebuild World
下 懸賞目標的討伐邀約

作者 ナフセ
插畫 吟
世界觀插畫 わいっしゅ
機械設定 cell

The advanced civilization that once dominated the world has crumbled away, and a long time has passed. People rallied the fragments of wisdom and glory scattered all over the world and spent a long time rebuilding human society.

Kadokawa Fantastic Novels

「知道了。」
富上按照西卡拉貝的指示搭上阿基拉的車，
但他並不知道理由。既然特別命令自己與他坐同一輛車，
肯定有其用意才是。富上因為自我評價極高，對此過度解讀。
然而他的共乘對象是個怎麼看都不太厲害的人。
The advanced civilization that once dominated
the world has crumbled away, and a long time has passed.
People rallied the fragments of wisdom and glory scattered
all over the world and spent a long time rebuilding human society.
Rebuild World
RW

「你最好自己當心，
不要礙了我的事。」
XVII

>Episode 003

下 懸賞目標的討伐邀約

Character

>柳澤 YANAGISAWA

久我間山都市的幹部。背地與建國主義者勾結的謎樣人物。

>富上 TOGAMI

多蘭卡姆的年輕獵人，反克也派矚目的新星。獵人等級27。

我懂了！就是我的覺悟不夠吧！

>Author : nahuse >Illustration : gin >Illustration of the world : yish >Mechanic design : cell

重組世界 3

Rebuild World

The advanced civilization that once dominated the world has crumbled away, and a long time has passed. People rallied the fragments of wisdom and glory scattered all over the world and spent a long time rebuilding human society.

下 懸賞目標的討伐邀約

Author ナフセ Illustration 吟
Illustration of the world わいっしゅ Mechanic design cell

Contents

Kadokawa Fantastic Novels

找出未發現的遺跡並一夕致富。阿基拉出於這般想法，與阿爾法一同於荒野中搜索，找出了埋藏於地底的予野塚車站遺跡。

結果如同阿基拉的期待，遺跡規模廣大且仍有大量遺物殘留，也沒有怪物棲息，堪稱頭號大獎。他與艾蕾娜和莎拉一同探索該處，也找了謝麗爾率領幫派一同收集遺物，得到了豐碩的成果。

至此一帆風順，但是阿基拉太過低估未發現遺跡的價值，於是被捲入圍繞著遺跡的騷動之中。

欲奪取遺跡情報的獵人擄走了謝麗爾，阿基拉出手搭救；遺跡的存在曝光後，大批獵人與大規模的怪物群引發的騷動讓遺跡的狀態變得面目全非。諸如此類的事件接踵而來，阿基拉則費盡心力一一化解。

在這場騷動中，阿基拉於遺跡內遇見由米娜，在她的請求下，順道救了克也一命，這對阿基拉來說也是始料未及的事態。雖然時間短暫，他也一度與克也並肩作戰，為他的實力驚嘆。

而現在他踏上歸途。搭上艾蕾娜兩人的車，屈服於累積至今的疲勞，小睡片刻。

雖然在遺跡中歷經了那般激戰，拜新裝備與阿爾法的輔助所賜，稱不上遊走生死邊緣的苦戰，儘管如此，若阿基拉的實力與裝備仍停留於不久前，想必已經死於遺跡內。

阿基拉本身的實力，包含裝備的水準，同時飛躍性向上攀升。

而他投身的戰鬥難度也隨之水漲船高。

◆

阿基拉自予野塚車站遺跡回到久我間山都市後，請艾蕾娜兩人直接送他回到自家，在家門前解散。

一般來說在道別前，應該先領取之前請人先送回都市的遺物，並且大略談妥這次探索的成果的分配方式。

阿基拉與艾蕾娜兩人雖有交情，但雙方都是獵人，也並非正式的小隊，共同行動前並未簽訂縝密的契約。既然事情牽扯到金錢，這方面一旦處理不明確，日後可能衍生其他麻煩。

然而阿基拉出自對艾蕾娜兩人的信賴，又或是認定了假使艾蕾娜兩人真要占他便宜，他也無可奈何，因此決定日後再詳談。此外更重要的原因是，他已經疲憊不堪了。

另一方面，艾蕾娜與莎拉懷著盡可能當個正道獵人的良知，對於是友人也是恩人的阿基拉，兩人也不願占他便宜，所以將分配成果的協議留待日後解決也不會產生問題。

秉持著對彼此最大限度的信賴，她們與阿基拉互相要對方今天先好好休息，如此簡單道別後就解散了。

◆

阿基拉在自家浴室，讓疲勞與意識一併溶解於洗澡水中。這時一如往常與他一起泡澡的阿爾法簡單提醒：

『阿基拉，你這樣睡著的話會溺死喔。』

「……別擔心。」

阿基拉稍微甩頭，將意識從浴缸裡取回，挺起癱軟的身體。這時他不經意回想起在予野塚車站遺跡發生的種種。

「話說回來……今天真的發生了太多事。那座遺跡，接下來會怎樣啊？」

『在眾多獵人進入之後，那已經不再是未知的遺跡了，接下來會如同其他遺跡，漸漸被徹底攻略吧。哎，也許還會有一陣騷動就是了。』

「還有一陣騷動？比方說什麼？」

『這個嘛，舉例來說，因為怪物的生態系統受到嚴重影響，產生突變種之類。』

肉食性生物類怪物絕非只吃人類維生，也會獵食其他怪物。

依據每種怪物的強度，建構起怪物的生態系統。當生態系統處於安定狀態，棲息於該地區的怪物種類和數量大概會固定。

但如果某些原因擾亂了該地區的生態系統，有時會導致過去的生態系統無法大量繁衍的種類突然增加，或出現明顯有別於一般成長的突變種。

目前在予野塚車站遺跡與其周邊地區，原本並未棲息於這一帶的多種怪物都透過地下隧道出現。當它們適應不同環境並產生突變、繁殖增加數量，突然出現高威脅度的個體或群體也不奇怪。

此外，於遺跡內部，由於怪物群與眾多獵人之間的戰鬥，產生了大量的食物。有些怪物只要有食物就能無止盡成長，但在原本的棲息地，成長到足夠強悍之前就會被吃掉。這類個體有機會逃離過去環境被淘汰的命運而迅速成長，成為突變種。

『日後遺跡的環境穩定下來，這種事情就不會發生，這陣子還是當心點比較好喔。』

「哦～～原來還有這種事啊。哎，既然這樣，這陣子不要靠近就可以了吧。好好休息、補充用掉的彈藥之類，再變賣遺物，忙完這些事情的時候，妳說的一陣子就過去了吧。」

阿基拉思考著接下來要著手的雜務，悠然享受入浴之樂。洗完澡，為了徹底消除剩餘的疲勞，他徹底放鬆身心，早早就寢。

◆

阿基拉休養一整天，讓身心都恢復後，接下來就前往靜香的店補充裝備。終於修理完成的車子已經請廠商直接送到店的停車場。阿基拉將買來的彈藥放到載貨台上，同時與靜香談天說笑。

聽阿基拉說明在予野塚車站遺跡的經過，靜香微微苦笑。

「話說回來，居然會和那麼多怪物交戰，阿基拉還真辛苦。」

「是的，非常辛苦，如果沒有新裝備就糟了。真的幫上大忙了。」

「身為賣你這整套裝備的店家，聽你這樣說是很開心沒錯，不過我也說過好幾次了，不可以勉強自己喔。」

靜香以溫柔的話語叮嚀，阿基拉也笑著回答：

「我明白，我也不是自願找麻煩上身。和怪物群戰鬥的時候，辛苦歸辛苦，不過戰況算不上非常艱難。」

「是嗎？光聽你描述的狀況，感覺歷經了一番激戰啊。」

「為了盡可能輕鬆戰勝怪物，我不計成本用DVTS迷你砲掃射啊。」

語畢，阿基拉微微苦笑。

「哎，多虧它的火力，贏得很輕鬆，但也用光了好幾個很貴的擴充彈匣，彈藥費高得嚇死人。就這個角度來說，是很吃力沒錯。」

補充用盡的彈匣又額外購買預備彈藥，阿基拉將更多高價的擴充彈匣放到載貨台。實際上彈藥費水漲船高，若非之前從予野塚車站遺跡與艾蕾娜兩人一起帶回的遺物——大量展示櫃變賣為金錢，手頭恐怕已經十分拮据。

靜香以打趣般的語氣再加上愉快的神情，說著有禮的言詞，露出意味深長的微笑。

「阿基拉先生，承蒙您購買堆積如山的彈藥，本店著實感激不盡。」

「不會不會，不客氣。」

阿基拉也跟著笑著回答。兩人對彼此微笑了一會，變換心情後，靜香將表情切換成平常的微笑。

「所以你接下來有什麼打算？馬上就要再去予野塚車站遺跡嗎？」

「再次探索就等手邊的事情解決完再考慮，因為遺物也還沒變賣完成。」

阿基拉說著指向放在地上的背包。裡頭裝著上次到予野塚車站遺跡收集遺物後，先請人運回都市的遺物。

回到都市後，艾蕾娜兩人向負責運輸遺物的黑澤領回遺物，為了轉交給阿基拉，事先運到靜香店裡暫放。

他們已經說好這些遺物各自變賣。作為一支小隊共同取得的成果，一般來說艾蕾娜傾向於全部變賣後扣除必要經費，再平均分配。

但這次莎拉不打算變賣舊世界製的內衣，而是留著自己使用，因此也採取各自處理遺物的方針。

靜香看著幾個裝滿遺物的背包，神色顯得有些感慨。

「所以說，這些遺物都還沒變賣，你的手頭卻寬裕得足以購買這麼多彈藥嗎？你也變成很能賺錢的獵人了呢。」

隨後她帶著微笑提醒：

「事業蒸蒸日上是好事，不過有時也會因此得意忘形，受到意料之外的傷害。自己當心喔。」

「好的。」

少數會擔心阿基拉安危的人當面表達關懷，他也欣喜地笑著回答。

◆

阿基拉將彈藥與遺物裝載到車上，從靜香的店回到家，卸下其中一部分後，再度駛離自家。

隨後他聯絡葛城接下來要去變賣遺物，就這麼離開都市，在荒野中前進，抵達熟悉的場所。葛城當作移動店鋪的拖車就停放於該處。

注意到阿基拉到來，葛城語氣愉快地打招呼。

「等你好久啦，阿基拉。看來你載了不少遺物來給我啊。」

「哎，算是不少吧。感覺像是白費力氣把遺物載回原本的地方，心情有點複雜就是了。」

阿基拉環顧周遭，表情顯得五味雜陳。葛城見狀，笑著安慰他：

「別這麼說嘛。不然你接下來也可以進遺跡再撈一票啊。」

「現在沒那種心情。總之我都特地載到這裡了，估個價錢吧。」

阿基拉下了車，把裝滿遺物的背包擺到葛城面前。見到那些鼓脹的背包，葛城眉開眼笑。

「就算是同一座遺跡的遺物，剛發現時的最佳時段已經過了，獵人送來的遺物品質也開始降低。你這些是在予野塚車站遺跡還沒人碰過的時候取回的遺物，很值得期待喔。」

葛城的拖車停的位置，正是予野塚車站遺跡的地表部位附近。

予野塚車站遺跡的名稱，由於在遺跡出現的舊世界幽靈的消息傳開，予野塚車站遺跡已經成為普遍的稱呼。

遺跡的存在曝光至今還不到一星期，現在有許多身手不差的獵人在遺跡內進行探索。

葛城認定此處有利可圖，便活用移動店鋪的長處來到遺跡附近做生意。為了能積極收購遺物，他也聯絡了其他熟人，組成集團一起在此開店。

對獵人而言，能當場變賣遺物或補充彈藥，就沒必要特地回都市。儘管是稍嫌昂貴的荒野價格，也有不少客人可以接受，因此不枉費葛城等人明知危險還來到遺跡附近，生意相當興隆。

◆

阿基拉等候遺物估價結束，同時不經意地觀察遺跡的動靜。他以情報收集機器放大遺跡的出入口附近，發現許多獵人將車子停放在那裡。

不過沒有人試圖占據出入口。情況已經不同於只有一個出入口的時候，怪物為了離開遺跡，從內向外挖鑿其他出入口，地底遺跡也有一部分崩塌下陷，從這些地方都能輕易進入遺跡。

而這也代表了遺跡內的怪物能輕易來到外面，當然有其危險。

「話說回來，葛城居然會想來這種地方開店。這裡和崩原街遺跡那一帶可是大不相同喔。」

「我當然知道危險。不過殺頭生意有人做，這種時候就該發揮移動店鋪的長處。」

「……哎，既然你自己知道有危險就好。」

葛城因為不同於平常的亮眼收益，心情愉快。但阿基拉的態度讓他有些不安，便稍微出言試探。

「是怎麼啦？你想炫耀自己從那麼危險的遺跡成功生還嗎？還真稀奇。」

「才不是那樣。是真的有危險。」

見阿基拉稍微板起臉，葛城也不禁懷疑是否真的這麼危險，萌生幾分不安。不過他表面上還是用不在乎的態度反問：

「哦～～是有多危險？」

「危險到讓我打算一賣掉遺物就要馬上離開這裡。要不是你在這裡開店，這陣子我也不打算靠近這個地方。就是這麼危險。」

「是、是喔。」

阿基拉並非一時賭氣才隨口誇大。葛城理解了這一點，同時明白阿基拉的實力，方才心情大好的笑容也稍微變僵硬。

「哎，這個嘛，我剛才也說過，我願意承擔風險才來到這個地方，當然也做了準備。我找了認識的人，僱用了從這座遺跡第一天的騷動中生還的幾名獵人，沒問題的。」

聽他這麼說，阿基拉聯想到艾蕾娜與莎拉以及在那場騷動中照樣繼續收集遺物的查雷斯等獵人。他無意識地認為葛城等人的護衛實力應該夠，這種想法顯露在態度上。

葛城見到阿基拉的表情，暗自鬆了口氣。這時那群護衛恰巧從周遭巡邏回到這裡，他便為阿基拉簡單介紹。

「你看，就是他們。我可是花了不少錢喔。」

但是阿基拉一看到這群人，馬上露出不置可否的表情。而葛城看到阿基拉這般態度，臉上浮現了帶著些微不安的納悶。

「……阿基拉，怎麼了嗎？」

「沒有，沒事。」

「真的沒事就不要擺出這種臉。是怎麼了？」

回到這裡的護衛們的隊長前來向雇主報告時，注意到了阿基拉。他不由得驚呼。

「我是第5班，定期報告。自巡邏歸來，四周無異狀。接下來將休息……呃！」

阿基拉的態度加上這個獵人的反應，這下葛城也不由得板起臉。

「……阿基拉，你們認識？」

「哎，算是見過。」

護衛正是雷賓等人。他們確實是自予野塚車站遺跡探索首日的騷動中生還的獵人，說明本身並無謬誤。

◆

葛城從阿基拉口中得知了他和雷賓等人認識的經過後，商人的親切笑容嚴重扭曲。

（那些仲介，開什麼玩笑！說什麼從遺跡生還的獵人！真的就只是生還而已啊！）

當然了，葛城需要的是能憑自身實力脫離遺跡危險的實力派獵人。從阿基拉口中得知的消息，對照當時與仲介交談的內容，葛城理解到對方雖然沒說謊，但是很明顯刻意無視他的誤會。

事到如今再對仲介業者指出這一點，對方想必只會裝傻不認帳。從雷賓他們的態度也可推測，他們十之八九是共犯，恐怕不會從實招來。

（被擺了一道啊……！混帳！竟敢耍我！）

他很可能付了不便宜的護衛費，卻請到一群等同於新手的獵人。葛城一想到這裡，更加煩躁了。

不過他暫且抑制這份煩躁，繼續為遺物估價。

如果控制不住而對阿基拉大吼洩憤，與難得的重要顧客之間的緣分可能就到此為止了。他板著臉，思考挽回的手段，同時繼續為遺物確實估價。

「阿基拉，這批遺物是在予野塚車站遺跡首日海撈一票的成果吧？就這條件來看，數量是不是有點少啊？」

「你之前說的不應該拿到你這邊的東西，我已經事先挑出來了。」

「這樣啊。對了，我之前也稍微提過，我正努力打通其他販賣管道。結果，衣物類的遺物似乎有不錯的反應。」

葛城佯裝隨口閒聊，不著痕跡地繼續說道：

「哎，因為幾乎沒有其他人會把衣物類的遺物送到我這裡，對我來說，這方面的銷售管道魅力其實不大。」

他先設下這個前提，繼續說道：

「啊，不過，如果你有需要，我可以幫你打通銷售管道喔。畢竟我們交情也不淺嘛，我可以多努力一下。」

他稍微用施恩般的說法，擺出不太在乎的態度說了：

「哎，要打通新的銷售管道得花上不少工夫，一旦中介的業者變多，收購價也會跟著稍微下降，不過總是好過讓遺物堆在家裡占空間吧？」

最後他完全隱藏內心的想法，面露和善的商人笑容。

「你覺得怎麼樣？」

不過阿基拉二話不說就拒絕。

「不，不用了。衣物類遺物的買家我已經找了大概兩家，我會送去那裡。我已經拜託你關照謝麗爾，不好意思讓你費更多心力。」

「……這樣啊，好吧。」

只要建立了適當的收購管道，衣物類遺物就能換得相當高的價錢。葛城原本打算賣阿基拉人情的同時以低廉的價格取得遺物。葛城之前如此盤算，在教阿基拉變賣遺物的知識時，事先埋下了伏筆。他還以為一切順利。

阿基拉本就不諳變賣遺物的竅門，自己對他灌輸的知識會讓他產生偏頗的認知，接下來只需要利用這一點，讓他答應將衣物類遺物交給自己處置。

但是葛城這些算計全因為阿基拉自行找到其他收購店家而落空。葛城表面上裝出一副不在乎的表情，內心則是直咂嘴。

（光看阿基拉的反應，應該不是看穿我的用意才搶先應對。尋找其他買家這種麻煩事，我還以為這傢伙不會去做……是我想得太美了嗎？真是事事不順心。）

葛城原本期待從阿基拉身上取回僱用雷賓等人

造成的損失，因此失望有些強烈，不禁更加深深地嘆息。

「……阿基拉，你賣完遺物就會馬上走人吧？既然這樣，在我估價結束前，你就先看看我店裡的商品吧。接下來你馬上就會拿到一大筆錢，偶爾也闊氣點，買些東西再走。如果你買得夠大方，我估起價也會比較大方喔。」

見到葛城那顯得有些自暴自棄的態度，阿基拉放下了疑心。由於他也認為需要補充回復藥，便同意他的提議。

「啊～～知道了。只要我買東西，你就願意多出一點錢收購吧？」

「是啊，只要你買得夠多。讓我有機會給你優惠嘛，我很期待喔。」

葛城嘴上這麼說，表情卻明顯不抱期望。

◆

葛城當作移動店鋪使用的拖車中除了槍枝彈藥，也擺著獵人工作會用到的便利道具等商品。

阿基拉看著這些商品，發現了感興趣的品項而停下腳步。那是在上次的遺物收集中，莎拉建議他使用的遺物保存袋。

『這個就先買起來備用吧。呃……精密機器用、防水、防彈、防靜電、耐衝擊……種類還真多。阿爾法，妳覺得買哪種最好？』

『所有種類都買，按照用途適當使用當然是最好，不過你覺得麻煩的話，買泛用的就可以了。』

『可是泛用的也有很多種耶……』

『每種製品之間的細微差異只有實際使用才能確認。反正帶著也不礙事，就隨便選吧。』

『就這樣吧。』

阿基拉將泛用遺物保存袋放進購物籃中。保存袋有用過即拋和可重複使用等種類，價格也有不小的差距，不過在阿基拉現在的金錢觀念中，只是誤差的範圍。他也沒有太介意價格，真的隨意購買。

這以某種意義來說，代表了阿基拉作為一名獵人，已經到達一定的水準。這些無意間的舉動同時代表他不為金錢所困。

他就這麼繼續打量商品。

『防水噴霧啊……保護愛槍免於鏽蝕。促銷活動中。現在購買就附贈抗衝擊劑……嗯～～』

『這種東西和槍的材料有適合與否的問題，自己多注意點。要買的話就到靜香的店，連同槍的保養道具一起買，順便問她使用上有沒有問題。這樣應該比較好。』

『也對。』

他把東西放回架子上，拿起其他商品。

『情報收集干擾煙幕……柚藻公司泛用A28型。與您使用的情報收集機器間的配合度，請依據下列成分表，詢問情報收集機器的製造廠商……預備這種東西會比較方便嗎？』

『當你的情報收集機器精確度明顯降低，有可能加上我的輔助也無法補足。在這種狀況下，對我的搜敵也會造成負面影響。這點別忘了喔。』

『這樣啊。那還是算了。』

阿基拉再度把商品放回架上。就在他想繼續購物時，葛城走進拖車。

「阿基拉，遺物估價完畢了。所以，你要買的東西有多到讓我願意給優惠嗎？」

阿基拉將購物籃擺到葛城面前，他便回以不滿的嘆息。

「我說你啊，我剛才都說了，只要你買得夠大方，我就會多出點錢收購遺物。你也別只挑那種便宜的小道具，買些更貴的東西嘛。那邊不是有一整排很貴的槍枝嗎？」

「不了，槍已經有了。不好意思。」

葛城再度嘆息。隨後他不抱指望，以姑且一提的態度提議：

「遺物收購價是1200萬歐拉姆。不過如果你願意在我這家店買超過1000萬歐拉姆，我就給點優惠，多算100萬歐拉姆給你，怎麼樣？」

聽他這麼一說，阿基拉看向購物籃。

「這樣是多少？」

「誰知道。反正距離1000萬還很遠。」

「那就加買一些回復藥吧。」

「就算裝滿那個籃子也完全不夠啦。」

「不對。我要的不是那邊架子上的便宜貨，是之前買過的那種很貴的藥。一盒200萬歐拉姆的那種。我在架子上沒看到，現在沒有庫存嗎？」

聽他這麼一說，葛城原本有些懶得搭理的態度也急遽改變。

「等一下，你又要買那個了？才沒過多久吧？用太快了吧？」

「予野塚車站遺跡的騷動中發生了不少狀況。雖然還沒全部用完，已經消耗到想補充的程度了。如果有庫存就給我五盒，這樣就１０００萬了。沒有就算了。」

「等、等等！我現在就去確認數量！就算我這邊賣完了，我認識的店家可能還有貨。先等等！」

葛城歡天喜地，連忙走出拖車。阿基拉見到那模樣也不怎麼在意，回過頭來繼續購物。

◆

葛城好不容易湊齊數量，完成了與阿基拉的交易。原本因為雷賓等人加上衣物類遺物的銷售管道等問題，讓葛城心情大不愉快，但是因為收購了遺物，又順利成交了一筆１０００萬歐拉姆的生意，現在心情急遽好轉。

「真是一筆好生意。這樣一來雷賓他們造成的損失就補回來了，真是太好了。」

阿基拉聽了，面露有些納悶的表情。

「發生了什麼事嗎？」

「你在說什麼啦。你剛才明明就告訴我，那些傢伙不是憑著自身實力從遺跡生還吧？我花了一大筆錢僱用了那種廢物，覺得不滿也是天經地義吧？你剛才還不是一臉疑惑的表情。」

葛城這麼說著，臉上同樣露出有些納悶的表情。阿基拉淡然對他說道：

「我剛才只是覺得要說他們是從遺跡生還的實力派獵人好像不太對。不過那些傢伙也不算是廢物吧。」

葛城聽了出乎意料的意見，不由得面露疑惑的神色。

「是這樣喔？」

「是啊。就整體實力來說，裝備是有點不太行啦。可是反過來說，連強化服都沒穿卻還是在那種狀況中生存下來了。我覺得那樣也是滿厲害的。」

阿基拉並非想為雷賓等人美言幾句，單純只是說出自己的意見。葛城注意到這一點，因此面露意外的表情。

「居然連你也說得那麼嚴重。當時狀況真的那麼危險？」

「是啊。至少我自己是沒有自信不穿強化服從那種狀況中生還。我是靠著這套新裝備和回復藥，而且稍微不計成本消耗彈藥，才勉強脫離險境。」

葛城的表情頓時變為商人的臉孔。

（這份情報，恐怕那些仲介都不曉得。如果他們知道，應該會告訴我這件事，用這份交涉材料提高護衛費用……這之中有利可圖嗎？）

阿基拉看到葛城的反應而稍微會錯意。葛城的思考方向和他猜測的不同，不過他對著認真沉思的葛城補充道：

「所以啦，雖然你說花大錢僱用了他們，我是覺得沒有虧本喔。再來，雖然這是我自己的問題，你花大錢僱用他們，我也有好處。」

「為什麼？」

「他們還沒付清緊急委託的報酬。我是不打算急著催他們還債，不過要是拖太久，我和艾蕾娜小姐她們會傷腦筋。」

阿基拉三人已經說好，該次予野塚車站遺跡探索的相關經費會用當時接受的緊急委託的報酬，也就是雷賓等人的護衛費用來抵銷。

這是艾蕾娜兩人的意思。阿基拉為了幫助由米娜等人，與她們分頭行動，並未參與雷賓等人的護衛行動。他以此為理由，起初不願領取這份報酬，但是艾蕾娜說那也是小隊作戰行動的一環，以此說服阿基拉。

為了拒絕領取報酬而與艾蕾娜她們爭執，阿基拉也覺得不太對，便接受了提議。

不過雷賓等人沒有足以一次付清５０００萬歐拉姆的財產。變賣遺物、販賣遺跡的情報、算上存款同樣不夠，剩餘的部分預定將分期支付。

此外，分期支付的債務追討也必須由阿基拉等人自己執行。雖然緊急委託是經由獵人辦公室，獵人辦公室只負責擔保契約的正當性，不會連討債都代為處理。

還有將債權賣給獵人辦公室這種手段，不過不只會被低價收購，在心情上也會覺得不需要如此不留情面。於是艾蕾娜決定暫且不考慮。

聽聞這些內幕，葛城臉上的笑容中商人的成分更濃了。

「阿基拉，你可以仔細說明這些經過嗎？」

「你在打什麼算盤？」

阿基拉感到狐疑，葛城則擺出一副難以接受的誇張態度。

「沒什麼啦，我只是想幫個忙，讓他們馬上把剩餘的負債還給你們。畢竟我和你交情匪淺嘛。我來幫忙吧。」

阿基拉再度浮現懷疑的表情，葛城則笑得意味深長。

「我的確是期望你拿到錢之後，用那筆錢買我的東西。但是要跟獵人討債可是非常麻煩喔。我做這行的，很清楚這件事。」

「……哎，可以想見。」

「談成的話，艾蕾娜她們的負擔也會減少。我也希望你看在我幫忙的分上，在我的店裡買更多東西。這樣期待不過分吧？沒錯吧？」

阿基拉稍微考慮，最後判斷這提議確實對自己與艾蕾娜兩人都有利。

「我知道了。要告訴你什麼？」

「這個嘛，首先……」

葛城擺出一副愉快的商人臉孔，聽阿基拉描述細節。

◆

阿基拉辦完事情，打算馬上回到自己的車上。就在離開葛城的拖車時，他注意到遺跡出入口附近似乎莫名吵鬧。

「怎麼了？」

他面露狐疑的表情，同時以情報收集機器的望遠功能觀察那附近，發現許多獵人連忙衝出遺跡。

緊接著，怪物群自遺跡中不斷湧現。阿基拉見狀，認為獵人們應該正要逃離那些怪物。

但是他注意到某件事，表情再度轉為納悶。

『阿爾法，我覺得怪物好像沒有攻擊獵人，是我看錯了嗎？』

正確來說，怪物會攻擊行進方向上的敵人，但目的只是挪開逃走路線上的障礙物，只要不擋路，就算附近有獵人存在，怪物也只是從旁邊經過。

『不，不是看錯。證據是這之中沒有任何怪物停下來獵食獵人。怪物同樣忙著逃離某些事物，沒空攻擊獵人。』

『到底是想逃離什麼……？』

下一個瞬間，這問題的解答從遺跡中現身了。

軀幹部位直徑至少有五公尺的巨大蛇型怪物猛然自

遺跡竄出，同時將無數的其他怪物塞進那長滿尖牙的大嘴。

巨蛇的鱗片彷彿由多種怪物的外觀混合拼貼而成。爬蟲類的鱗片、肉食獸的毛皮、昆蟲的甲殼，甚至包含了機械的裝甲，不分種類將吞下肚的一切都反映於自身的鱗片上，向旁人宣告自己強大得能吞下這麼多怪物。

阿基拉臉頰抽搐。

『那是什麼啊？』

見到那怪物，阿爾法的態度稀鬆平常。

『和暴食鱷魚一樣，屬於合食重組類的一種。要成長到那麼大，應該需要相當多的食物。哎，實際上真的有吧。』

『看起來不像鱷魚啊……』

『合食重組類也不是只有鱷魚型。那怪物原本是蛇型吧。』

『這樣啊……』

來到地表的巨蛇吞下了塞滿血盆大口的食物後，為尋求新的獵物，開始追逐附近的怪物。

因為巨蛇從大型的目標開始依序追逐，奔跑逃走的獵人體型相對較小，因此並未遭到襲擊。

然而大型的車輛就會成為目標，一旦腳程較慢的怪物被吃光，接下來就輪到自己了。因此獵人們也驅車全速逃離。

『阿基拉，別因為距離還很遠就慢條斯理。我們也早點逃走吧。』

『啊，說的也是。』

阿基拉回過神來，繃緊了表情，立刻搭上自己的車子。這時葛城叫住了他。

「喂！阿基拉！你想一個人逃走嗎？」

阿基拉看向葛城的拖車，沒來由地覺得這麼大的車輛應該夠那條巨蛇填飽肚子吧。

「你也快點逃啊。都看到那傢伙了，你還想繼續在這裡做生意嗎？」

「不是啦！一起逃走也不會怎樣吧？」

「可以是可以，不過你的意思是要我當護衛的話，要收錢喔。」

阿基拉說道，對葛城投出有些銳利的視線。

葛城原本只是想順勢與他同行，省下護衛費，因此葛城有些畏縮。不過現在沒空詳細討論報酬，再加上阿基拉只要懶得與他討價還價，恐怕會一個人逕自逃走。因此他提出其他方向的報酬。

「既然這樣，你幫了多少忙，我就回饋給謝麗爾。這樣行嗎？」

「……知道了。」

「很好，萬事拜託了。」

葛城顯得有些安心，立刻開始準備撤退。他聯絡商人夥伴，所有人組成車隊，開始逃離。

阿基拉則來到車隊的最後方。逃離巨蛇的怪物雖然不會襲擊人，但也不會主動避開前進方向上的車隊。阿基拉從車上迎擊怪物。

車輛駕駛表面上是交給自動駕駛，實際上是交給阿爾法，阿基拉則來到車輛載貨台上，將一般子彈的大型彈匣裝到ＤＶＴＳ迷你砲，朝著車隊後方的怪物群開始掃射。

沐浴在子彈豪雨中，負傷的怪物頓時癱倒，又或者降低移動速度。阿基拉等人只要逃走即可，用不著執著於擊殺怪物。於是他主要採取牽制射擊，持續迎擊。

至於因為中彈而憤怒，朝阿基拉狂奔而來的個體，阿基拉就集中火力徹底粉碎。

儘管野獸具有強韌的毛皮與發達的肌肉，大量子彈將其毛皮與血肉漸漸剮落，隨著每次中彈慢慢變小。

雖然每一發子彈造成的損傷都不大，ＤＶＴＳ迷你砲射出的子彈有如暴雨，遭到集中攻擊的野獸稍微失去原型，很快就無法動彈。

這時大型彈匣耗盡了。阿基拉有些吃驚的同時，連忙更換彈匣。

『已經空了。明明尺寸這麼大，普通的彈匣真的馬上就會用完啊。』

阿基拉面露意外的表情，將空彈匣丟到車外。阿爾法對他輕笑道：

『迷你砲就是這種武器啊。如果不用擴充彈匣，子彈馬上就會耗盡。』

『就算是小型的擴充彈匣，裝彈量也有十幾倍之多，難怪那麼貴，價格也是十幾倍。』

『話雖如此，今後盡可能使用擴充彈匣。因為能攜帶的彈匣量有限。』

『也是。那便宜的彈匣就趁現在用光吧。』

阿基拉像是要把車上裝載的一般彈匣打完，以ＤＶＴＳ迷你砲高速掃射。也因此，試圖靠近葛城車隊的怪物幾乎都被殲滅。

見情況緩解，阿基拉看向遺跡的方向。他看到了巨蛇的身影。因為已經拉開好一段距離，肉眼可見的身影變小許多。

這時阿基拉面露狐疑的表情，隨後他以情報收集機器的望遠功能再度確認巨蛇的身影，表情變得更加不可置信。

『……阿爾法，那條蛇是不是變大了？』

『軀幹部位的直徑加倍了呢。因為來到遺跡外頭，不再受到通道寬度的限制，就配合環境改變了體型吧。』

『因為這種理由就能變大嗎……？』

巨蛇仍在遠方肆虐。目睹超乎自身常識的存在，阿基拉甚至感到幾分傻眼，並繼續驅車返回久我間山都市。

◆

回到都市後，阿基拉認為護衛任務已經完成而準備離開時，葛城對他搭話：

「幫上大忙了，阿基拉。話說回來，你果然很厲害啊。」

「如果你這麼覺得，報酬就給多一點。」

「我知道啦。對謝麗爾的協助我會額外多加幾成啦。畢竟我和你交情這麼深厚，儘管放心。」

葛城對阿基拉擺出特別親切的態度。阿基拉對此感到有些不可思議，但他認為那是營業用的親切，沒有特別多想。

「是喔，拜託了。我走了。」

葛城臉上掛著商人的笑容，目送阿基拉離去。

隨後他將同樣的笑容轉向雷賓。

「你們幾個也辛苦啦。哎呀～發生了那種騷動，還這麼努力，真是幫上大忙了。其實我原本想發給你們一些特別獎金，但礙於與仲介之間的契約，不太方便就是了。不好意思啦。」

雷賓見到葛城十分抬舉他們的態度，反倒覺得困惑，反應顯得遲疑。

「是、是嗎？如果可以，拜託把這些話說給仲介聽。委託人給我們好評價的話，我們也方便以後和仲介談個好報酬。」

這時葛城意味深長地笑了。

「好啊，我會告訴他們。雖然你們這群人在予野塚車站遺跡靠著緊急委託找人救你們回家，不過你們其實工作還算賣力。」

雷賓不由得噴出口水。那反應同時證明了許多的質疑，但他還是盡可能裝出理直氣壯的態度。

「……我們只是做好仲介說的工作。不管你和仲介之間怎麼談，找我們抱怨也沒用。」

雷賓並沒有說謊，但因為他有身為共犯的自覺，表情顯得僵硬。葛城對著雷賓這群人，刻意擺出了親切的笑容。

「我知道啦，我也不是在抱怨你們。不管經歷如何，和阿基拉一起努力做好護衛工作，這終究是事實嘛。」

「是、是嗎？」

葛城這時補上一段意味深長的沉默。雷賓等人感受到無謂的壓力，心生焦急。

接著葛城的表情添加了同情。

「話說，你們還真辛苦啊，居然欠那個阿基拉錢。我聽他講過喽，緊急委託的報酬還沒付清吧？自己當心別被他殺掉。」

「被、被殺……？」

「因為我和阿基拉有點交情，我很了解他。那傢伙是貧民窟出身，很習慣殺人。之前有三個獵人把腦筋動到他的女人頭上，他一個活口都沒留。」

雷賓等人的臉色頓時變差。

「對了，被殺掉的傢伙們可不是隨處可見的落魄獵人喔，所有人都理所當然般穿著強化服。聽說有個人的裝備還能彈開迷你砲的子彈，結果還是被他隨隨便便就幹掉了。」

雷賓等人的臉色變得更差了。

「自個兒當心喔。貧民窟出身的傢伙大概是有過那種過去，最討厭被人看輕。一旦被他認定你們是瞧不起人才不還錢，他有可能會乾脆不要錢了，不管三七二十一就直接殺人喔。」

「可、可是，先等一下。我們欠債的對象是叫艾蕾娜的獵人，不是那傢伙耶。」

雷賓勉強這麼回答試圖掩飾不安，然而葛城搖搖頭。

「這不重要啊。他們組成小隊行動，緊急委託的報酬也會分配給阿基拉。他確實遲遲沒收到他那一份。」

這時葛城單手扶額，繼續說：

「況且，艾蕾娜她們也是對還債相當嚴格的人，最好不要想得太輕鬆喔。坦白告訴你們，我也曾經對艾蕾娜她們發出緊急委託。我那次真是有夠慘，一個搞不好就連我都會破產。」

葛城感觸良多地談論當時的辛勞。聽他這麼說，雷賓等人難掩心中不斷高漲的焦躁與不安，葛城見狀則暗自竊笑。

「哎，事情就是這樣，自己當心。你們幾個，坦白說裝備是不怎麼樣，不過實力倒是不差。小心別因為欠錢這種無聊的理由被殺掉。就這樣啦。」

葛城說到這，打算結束交談。雷賓連忙插嘴：

「先等一下！要我們自己當心，就這樣而已？你講這些話煽動我們的不安，總不會拍拍屁股就走人吧？」

「我也沒辦法啊。不然你要我怎麼做？不好意思，就算你要我增加報酬好讓你們還錢，我也辦不到。」

「我、我不奢求那麼多，不過總有些辦法吧？對了，你和那傢伙好像很熟，就沒其他辦法嗎？」

葛城隱藏內心，板起臉。

「話先說在前頭，我也不想惹毛那傢伙。你們也明白那傢伙的實力吧？不要強人所難。」

「幫、幫點忙啦，拜託了。對了，你剛才不是說想給我們額外獎金嗎？況且你也覺得我們實力還不差吧？對有前途的獵人賣個人情，將來我們也會樂於和你做生意啊。所以說，拜託幫個忙嘛，好不好？」

「嗯～～這個嘛……」

葛城假裝沉思，隨後開始說明他早就擬定的計畫。

「……既然這樣，考慮看看借錢還債吧？說穿了只要付清緊急委託的報酬就沒事了。這樣一來，你們和阿基拉他們就互不虧欠，性命危機也會跟著解除喔。」

「借錢還債啊……」

「至於能借錢的業者，我來幫你們介紹。不過，你們也得答應許多條件。要人家把錢借給說不定明天就會沒命的獵人，條件會嚴格許多，最好先有心理準備。」

雷賓等人表情凝重地煩惱時，葛城補上臨門一腳。

「哎，就當作這次工作的獎金，我會盡量幫你們和要介紹的金融業者談條件，不願意的話我也不強迫。但要我幫更多忙，我也很為難。怎麼樣？」

雷賓等人沒有選擇的餘地。葛城知道這一點，逼迫他們做出選擇。於是一如他的預料，雷賓等人懷著絕望與一絲希望，同意了他的提議。

「好吧。拜託你了。」

「好。那我馬上就安排，稍等一下。」

葛城取出資訊終端機，聯絡他的商人同伴，同時轉身背對雷賓等人，因為一切進展順利而竊笑。

阿基拉為了解決手邊的事情，今天造訪謝麗爾的幫派據點。做好等同於要前往荒野的準備後離開家門，將全副武裝的荒野用車輛停放在據點前方。阿基拉與出來迎接他的謝麗爾一同進入據點內，來到她的房間。

阿基拉順著她的意思坐到沙發上，她就像過去那樣抱住了阿基拉。阿基拉輕嘆一口氣。

「謝麗爾，先談正事，之後再說。」

「好吧。之後一定要喔。」

謝麗爾顯得有些遺憾，但神色同時流露對「之後」的期待，移動到阿基拉的對面坐下。

「那麼，要談的是我們一起拿到的遺物吧？」

與謝麗爾等人一同前去予野塚車站遺跡收集遺物的成果現在仍堆在阿基拉自家的車庫。雖然因為一連串的事件隔了好一段空檔，也是時候該決定適當的分配方式了。

「沒錯。謝麗爾妳有什麼要求嗎？畢竟這次給妳帶來不少麻煩。只要不是想全拿之類，我可以多通融一些。」

如果遺物收集一切平安結束，阿基拉也不會說這種話。

但是欲奪取予野塚車站遺跡情報的牛馬率人抓走了謝麗爾，過程中幫派成員也有死傷。與新發現的遺跡扯上關係，謝麗爾等人因而受害。

如果那出自與阿基拉無關的理由，是貧民窟常見的爭執造成，阿基拉只會用一句「還真是倒霉」

就此帶過。
然而如果阿基拉不找謝麗爾等人去收集遺物，這些死傷都不會發生。阿基拉對於是自己把他們捲入這件事算是有自覺，認為自己造成了麻煩，所以表現出願意為此稍微退讓的態度。
不過謝麗爾輕輕搖頭。
「沒有。我沒有任何要求，一切遵照你的判斷。我們沒分配到任何成果也無所謂。」
阿基拉覺得這未免太不公平，因而萌生疑心，露出有幾分狐疑的表情。
「咦？呃，那樣也不太好吧？況且要是我真的說『既然這樣就沒你們的份』，妳打算怎麼辦？」
這時謝麗爾盡可能對阿基拉露出誠實的笑容。
「就算真的那樣，至今你已經為幫派整體帶來莫大的恩惠，就請你當作藉此償還其中一小部分的人情債吧。當然離全部還清還很遙遠就是了。」
謝麗爾原本就認為阿基拉會拿走大半遺物，她判斷與其為了拿剩餘的少許比例而和阿基拉討價還價，因而引發無謂的爭執，乾脆全部交給阿基拉，藉此償還人情債比較有效。
就算透過談判讓所有遺物成為幫派的財產，一旦阿基拉斷絕緣分，謝麗爾等人馬上就會走投無路。某種意義上也是理所當然的判斷。
不過阿基拉對這方面的理解沒有這麼深。他因為謝麗爾居然說出這種話而感到驚訝，在無意識間稍微放鬆了表情。
而謝麗爾打趣般笑著繼續說：
「哎，這先放一旁，如果你願意給，我也很樂意收下。畢竟經營幫派也要花錢。」
阿基拉也輕笑回答：
「嗯，我想也是。」
「是的。因此，真的就按照你的想法決定即

可。當然如果能手下留情，我會很高興。」

阿基拉原本相當認真地煩惱到底該以何種比例分配，不過聽了謝麗爾這番話，他也放鬆心情，說出某個想法。

「既然這樣，我還有件事想拜託妳。妳可不可以試著代替我去變賣遺物？」

「由我去？」

「對。不只是要交給妳的遺物，包含其他遺物也一起。」

無法賣給葛城的遺物依舊沉眠於阿基拉自家。總有一天要想辦法處理，而阿基拉也認為最好能夠變換成金錢。

但是，那些葛城不願意收購的遺物，就算送到獵人辦公室的收購處，能不能拿到像樣的價錢還很難說。將飾品類遺物堆滿收購用的托盤，結果只值100歐拉姆的話，光是變賣所需的工夫都讓人嫌麻煩。

然而要自己尋找適合的收購商家也很麻煩，阿基拉覺得如果有輕鬆的手段能換成金錢，那的確很便利。

「比方說賣熱三明治還有去予野塚車站遺跡時的安排，妳做過不少事吧？如果妳能用這份才能幫我高價變賣遺物，我會很感謝……哎，我只是覺得能這樣最好，如果辦不到就直說吧。」

阿基拉拜託的事情，謝麗爾沒有拒絕這個選項。不過她無法馬上回答這個請託。

「既然是你的請託，我自然很想幫忙。但是我記得你已經約好要將遺物賣給葛城了吧？真的沒問題嗎？」

「這方面也交給妳判斷，或是由妳來和葛城談價錢，我也比較方便。剛好之前我當葛城他們的護衛時說好的報酬是他會多協助妳，所以我想應該沒問題。」

既然已經和葛城說好了，謝麗爾便用力點頭答應：

「我明白了。我會盡我所能去做。」

「謝謝，拜託了。」

搞不好無處可賣的遺物日後會塞滿家裡——阿基拉原本這麼擔心，如此一來就少了個擔憂，阿基拉的心情也因此好了起來。

而謝麗爾認為只要能藉此對阿基拉有所貢獻，就能更強化與阿基拉的關係，在內心提振幹勁。

雙方都認為這是令人滿意的提議，不過兩人之間有認知上的差異。對於將遺物換成錢的行為，在阿基拉的認知是變現，在謝麗爾的認知則是販賣。

若在當下雙方更進一步討論細節，認知上的差異也會立刻弭平，但是謝麗爾決定暫且延後。

「關於細節部分，我也需要時間好好擬定計畫，日後再向你報告，可以嗎？」

「好。」

聽阿基拉如此回答，謝麗爾像是得到了承諾，笑容更加燦爛。

「那麼今天的正事就談完了，對吧？」

阿基拉晚了半拍才理解她的意思，苦笑道：

「隨妳的便。」

「真的很謝謝你。」

謝麗爾開心地起身，抱住坐著的阿基拉。

阿基拉想著兩人變成了莫名的關係，但還是任由謝麗爾做想做的事直到她滿意為止。

◆

結束了手邊的雜事後，阿基拉打算前往荒野重啟獵人工作。目的是找出未發現的遺跡。

里昂茲提爾公司設置終端機的位置紀錄就尋找未發現遺跡的線索而言十分有價值。因為實際上藉此找到了予野塚車站遺跡，價值已經得到實證。

雖然予野塚車站遺跡的騷動十分棘手，但也確實為阿基拉帶來不小的收穫。阿基拉提振鬥志，告訴自己下次要更聰明地應付。

就在他意氣飛揚地想從自家車庫出發時，副駕駛座上的阿爾法對他說道：

『阿基拉，獵人辦公室傳來公告。』

阿基拉以資訊終端機確認公告內容，隨即面露納悶的表情。

『懸賞目標速報。認定怪物為新懸賞目標的公告……？』

獵人辦公室設有名為懸賞目標的制度。那與一般的泛用討伐委託屬於不同分類，難易度與報酬金額也是天差地別。

當強得莫名其妙的怪物徘徊於荒野，可能會堵塞連結都市間的運輸路徑。一旦這種事態發生，物流業者就會為了盡速排除障礙而一同出資，提供高額的懸賞獎金。

懸賞目標制度主要是在這種狀況下啟動，因此被認定為懸賞目標的怪物盡是些強得莫名其妙的個體。

公告則是要將這類怪物的存在盡快告知眾多獵人，為了防止實力不足的獵人靠近懸賞目標的出沒地區而平白送命，也是為了吸引強者前去討伐。

討伐懸賞目標對獵人而言也是誇耀自身實力、揚名立萬的絕佳機會。懸賞目標遭到討伐後，討伐者的名字會一併公開，在獵人辦公室的個人頁面上也會確實留下紀錄。

一旦打倒懸賞目標，不只能拿到一筆鉅款，獵人等級會提升，身為獵人的經歷也跟著鍍金，甚至能打響名號。

為追求這些實質利益與名譽，每當有新的懸賞目標出現，對實力有自信的獵人們都會前去討伐。

阿基拉也確認了刊載於獵人辦公室的懸賞目標的消息。那裡登出了個別名稱和獎金金額，以及大致的出沒地區，還有外觀影像。

過合成巨蛇，5億歐拉姆；坦克狼蛛，1億歐拉姆；多聯裝砲蝸牛，1億歐拉姆；巨人行者，4億歐拉姆。阿基拉覺得其中一隻怪物——巨大的蛇型怪物很眼熟。

『阿爾法，這條過合成巨蛇就是那傢伙吧？』

『是啊。很可能就是在予野塚車站遺跡看到的那條蛇吧。』

『現在那種傢伙在荒野上四處晃蕩喔……』

阿基拉表情複雜，短暫煩惱後默默下車。

『阿基拉，今天就算了嗎？』

『是啊。我可不希望就這樣前往荒野，結果運氣不好撞見那傢伙。』

也許只要在遠離懸賞目標出沒地區的位置搜索遺跡就好。阿基拉也有這種想法，但他終究無法對自己的運氣有太高的期望。

阿爾法理解了這一點，意味深長地微笑。

『也對。因為不能小看你的霉運，今天就取消行程吧。』

阿基拉微微板起臉，但沒有反駁，默默回家。之後便將一整天的時間花在室內訓練與學習上。

◆

阿基拉不指望自己的運氣，擔心在荒野中移動尋找遺跡的途中遭遇懸賞目標，因此決定在懸賞目標被討伐前，暫且中斷尋找未發現遺跡的計畫。

儘管如此，他也不能就這麼一直待在都市。於是他接下久我間山都市周邊的巡邏委託，順便當作訓練。

因為他已經有自己的車，沒必要搭乘巡邏用卡車，某種程度上也能自己決定巡邏路線。巡邏時只要避開懸賞目標出沒地區，危險度也不高。

此外，就算真的運氣不好遭遇懸賞目標，只要是在都市近郊巡邏委託的過程中，都能拜託都市防衛隊出動救援。討伐懸賞目標並非防衛隊的職責，不過一旦出現在都市近郊，他們至少會驅離怪物。

只要這陣子持續接巡邏委託，不久後懸賞目標就會被打倒吧。阿基拉原本這麼認為。

在巡邏途中發現怪物，從搖晃的車身上開槍狙擊。為了順便訓練，阿基拉在沒有阿爾法輔助的狀況下開槍，命中率低落，射出的子彈大多數都命中目標附近的地面。

儘管如此，他還是持續以強化服的身體能力維持射擊姿勢，控制體感時間以瞄準，在立足點搖晃與目標移動的條件下反覆扣下扳機。其中一發精確命中對方的頭部，打倒了怪物。

但是阿基拉的表情沒有喜色。

『終於打中了。果然靠自己還差得遠啊。』

實際上，就一般水準的獵人而言，這已經是令人震驚的技術。從在未經鋪設的地面行駛的車輛上瞄準遠方的移動目標並擊中，已經確實超越了一般的水準。

但是阿基拉無意識間將有阿爾法輔助的精密射擊當作判斷標準，為自己那遠不及標準的孱弱實力輕聲嘆息。

阿爾法笑著鼓勵阿基拉：

『儘管放心，你的技術的確有所成長。你就拿出耐心，確實提升自己的實力吧。』

『……說的也是。』

既然阿爾法這麼說，自己的技術應該沒有差到需要總是垂頭喪氣吧。阿基拉如此認定後，轉換心情般笑著回答：

『話說，阿爾法，懸賞目標有什麼進展嗎？我想差不多該有其中一隻被打倒了吧？』

要在荒野遠行讓阿基拉感到躊躇，主要理由是有多達四隻懸賞目標怪物在荒野遊蕩。

如果其中一隻被打倒了，懸賞目標原本的出沒地區就會變得較為安全。他也認為可以將目標鎖定在那個地區，重新開始尋找未發現遺跡。

但是阿爾法搖頭。

『很遺憾，就連一隻都還沒被打倒。懸賞目標的公開資訊也沒有太大的變化，只是出沒地區的情報變得更詳細，以及懸賞獎金提高了。』

『這樣啊。既然打倒的話最少能拿到1億歐拉姆，我覺得總該有某支厲害的獵人隊伍拚命去討伐了吧。啊，獎金提高了是吧？阿爾法，現在獎金變成多少了？』

『獎金最低的懸賞目標是6億歐拉姆。順帶一提，最高的是15億歐拉姆。』

阿基拉吃驚得噴出口水，因為他原本以為頂多提高一到兩成。

『增、增加太多了吧。』

『大概就和你剛才說的一樣，有強力的獵人隊伍挑戰卻鎩羽而歸吧。所以為了請更強的獵人出手，再度提高獎金，卻又同樣被打敗，獎金就在這種不斷重複的過程中節節攀升。』

『所以，現在的獎金有可能還不是符合風險的金額嗎……原來是那麼厲害的怪物在遊蕩啊……』

阿基拉遠行的動力更加衰減，輕嘆一口氣。

『不管誰都好，能不能早點收拾掉啊？既然不是躲在狹窄遺跡的深處，而是在荒野四處晃蕩，有戰車的獵人應該能輕鬆打倒吧？』

『乘戰車的那種獵人基本上都在更東邊活動，也許目前正在趕往這裡的路上喔。』

『哦，原來如此。所以說只要繼續等下去就可以了吧？』

『不過這種厲害的獵人會特地從更東邊來到這一帶的可能性有多高，其實很難說就是了。移動過程中目標先被討伐的話，就白跑一趟了。』

『啊～～對喔。』

『儘管如此，要是長時間都沒有人能打倒怪物或是獎金提高更多，也許就會改變心意趕過來。』

『……？是沒錯。』

『可是過了那麼久都沒被討伐，人家也會覺得也許是有什麼問題，而獎金會不會提高到那麼多也很難說。』

『……阿爾法。』

『怎麼了？』

阿爾法反覆提高又降低期望，阿基拉也理解到自己被她捉弄了。不過他也注意到自己從剛才就一直說出期望他人解決的話，因而默不作聲。

『……沒事。』

『是喔。沒事的話就繼續巡邏吧。阿基拉，又有怪物了。』

『了解。』

阿基拉再度拿起槍。

◆

阿基拉繼續在都市周邊巡邏時，發現目擊其他獵人的機會莫名地多。他對阿爾法提起這一點，她便回答大家都打著一樣的算盤。

許多獵人害怕遭遇懸賞目標，都避免出遠門。但是一直窩在都市，錢只會不斷減少，因此為了順便賺取生活費，接下近郊的巡邏委託。這也和阿基拉相同。

『我也許沒資格這樣講，不過這麼多人在都市周遭巡邏也沒意義吧。』

『所以報酬也會跟著被壓低吧。你只要能抵銷彈藥費就沒問題，但是一般獵人就沒辦法靠這份收入維持生計了。』

『原來懸賞目標還會影響到這些層面啊。』

因為天色開始轉暗，阿基拉便結束巡邏，準備回到都市。回程也和許多獵人錯身而過。

結束今天的巡邏委託後，阿基拉回到都市邊緣時，資訊終端機收到了聯絡。

『阿基拉，收到了通話要求。對方是多蘭卡姆的西卡拉貝。』

『……是誰啊？』

『之前在崩原街遺跡的地下街，和艾蕾娜她們一起組隊時的那個獵人啊。當時和克也鬧得很凶，對吧？你不記得了嗎？』

西卡拉貝和克也同樣是多蘭卡姆旗下的獵人，過去曾經擔任克也等人的領隊，從那時就與克也水火不容。

在崩原街遺跡的臨時基地建設任務中，西卡拉貝曾與艾蕾娜與莎拉一同負責前線的警備任務，實力水準相當高。阿基拉也曾經在地下街與他一起行動，親眼見過其實力，認為他是與艾蕾娜等人相同水準的厲害獵人。

『喔喔，那傢伙啊。找我幹嘛？』

阿基拉想起西卡拉貝的存在，但不認為彼此之間有交情，也想不到對方為何會聯絡他，面露疑惑的表情。儘管如此，他在短暫迷惘後還是取出了資訊終端機。

「我是阿基拉，找我有事？」

阿基拉狐疑的說話聲稍嫌欠缺禮儀，不過西卡拉貝回以心情愉快的寬容態度。

『好久不見了，我是西卡拉貝。有點事想和你談談。現在能借點時間嗎？你人在哪裡？』

「都市附近的荒野，正要回去。要談什麼？」

『現在蔚為話題的獵人生意。不是什麼可疑的事，聽了也沒壞處。我也跟艾蕾娜她們提過同一件事。不過內容要保密，我希望能當面聊。我把我現在的位置傳給你，你有興趣就過來吧。就這樣。』

西卡拉貝說完就切斷了通話。阿基拉短暫思考後，直接聯絡艾蕾娜。

「我是阿基拉，請問現在能借點時間嗎？」

從資訊終端機另一端傳出了與平常毫無二致的開朗說話聲。

『可以啊。有什麼事？』

「不是什麼大事，只是有個問題想問一下。」

『如果會聊很久，要不要找個地方見面再談？我們家也可以，現在莎拉也在。』

「不了，大概不用很久，用不著那麼麻煩。」

阿基拉對艾蕾娜說明了西卡拉貝的聯絡。於是經過短暫的空檔，艾蕾娜回答她的推測。

『嗯～～我想八成是想僱用你去討伐懸賞目標喔。因為他也對我們提過類似的提議，八九不離十吧。不過因為有保密義務，我不能告知細節，不好意思。』

「不會不會，請別介意。只是西卡拉貝突然聯絡我，我有點好奇他找我要幹嘛而已。不過為什麼會找上我這種獵人啊？」

艾蕾娜聽了，回以帶有苦笑的一段沉默。隨後她想掩飾般接著說：

『……你在崩原街遺跡的地下街和西卡拉貝一起行動過吧？我想應該是那次讓他判斷你的戰力足以派上用場。此外就是你在予野塚車站遺跡的活躍表現透過克也他們傳到多蘭卡姆內部了。大概是這樣吧？』

「嗯～～是這樣嗎？」

『還有，如果容許我自吹自擂，我不希望實力足以救我們的獵人說什麼「我這種獵人」。』

「不、不好意思。」

阿基拉心生焦急，連忙道歉。於是明顯帶著苦笑的聲音回答：

『你對自己的評價太低了。謙虛也許是好事，但是有些人會對此產生反感，也有人會當成故意挖苦。自己當心喔。』

阿基拉自認某種程度上正確理解自己的實力水準，不過那評價是否真的正確又是另一回事了。

當下阿基拉對自己的評價，以及他人對他的評價，兩者間產生了明顯的落差。這證明了阿爾法的輔助效力之驚人，同時也是其副作用。阿基拉對此也有自覺。

再加上阿基拉已經非常習慣有阿爾法的輔助，也十分理解其效力，明白自己一旦失去輔助，實力就會急遽低落，讓他更降低了對自身的評價。

『我和莎拉，以及特地找上你的西卡拉貝大概也不例外，我們都承認你的實力。所以你也要更有自信一點，好嗎？』

那並非自己的實力。阿基拉理解這一點，但還是將回應艾蕾娜的體貼放在優先，刻意回以開朗的語氣。

「嗯，我知道了。」

儘管如此，艾蕾娜仍發現了他並非發自內心。

不過艾蕾娜認為要他突然拉高對自身的評價也是強

人所難，便決定暫不追究。

『話說，關於剛才那件事，西卡拉貝的提議大概不是壞事。不過他想找你做的工作和找我們做的不一定相同，向他仔細問清楚再決定吧。』

「我知道了。」

『還有，萬一條件對你不利，就來找我吧。我可是一直以來都努力擔任隊伍的交涉窗口，我會想辦法幫你談的。』

艾蕾娜半開玩笑地說道，阿基拉聽了也笑著回答：

「好的，屆時就拜託了。總之我想先聽西卡拉貝怎麼說。真的很謝謝妳。」

『如果有機會一起工作，到時候多多關照。』

「那是當然。那就先這樣。」

阿基拉切斷通話後，心滿意足地輕吐一口氣。隨後他發現阿爾法一直盯著自己，感到有些狐疑。

『怎麼了？』

『沒什麼。如果你要去見西卡拉貝，就先回家一趟吧。他指定的地點是低階區域的酒館，無法保證停車場有空位。』

『知道了……就先通知他會去吧。』

阿基拉操作資訊終端機，告知西卡拉貝赴約的意願。

阿爾法暗自思索。阿基拉十之八九會接受西卡拉貝的提議，而理由絕大部分是因為他得知艾蕾娜兩人都接到類似的提議，判斷她們已經答應西卡拉貝的邀約。

再加上假使艾蕾娜她們剛才勸阿基拉打消念頭，他就絕對不會去見西卡拉貝。

阿爾法不知道阿基拉是否對此有自覺，但是向他確認這一點有可能刺激他產生自覺。阿爾法這麼考慮，為避免阿基拉的自覺影響到她自身的計畫，便閉口不提，避免確認。

◆

艾蕾娜坐在家裡的椅子上，伸了個懶腰。這張椅子十分高級，坐起來很舒適，甚至能讓她坐在上頭熟睡，長時間坐著工作也不累人。這是她不惜花大錢買下的心愛用品。

她現在的打扮很休閒，穿戴的只有頭戴式資訊終端機以及內衣褲。

這時莎拉端料理來給她。莎拉也是一身內衣褲外加一件襯衫的休閒打扮。

兩人投身於危險的獵人工作時，都會穿著徹底包覆全身或是與肌膚緊密貼合的戰鬥服，因此當她們待在安全的家中，都會選擇輕鬆又清涼的打扮。

起初是為了刻意讓心態在日常生活與戰鬥之間明確切換，但最近主要的理由已經轉變為單純習慣了輕鬆的穿著。

兩人就這樣一起用餐，莎拉突然想到般提問：

「對了，艾蕾娜，剛才有聽到說話聲，多蘭卡姆有捎來聯絡？」

「不是，是阿基拉。他說西卡拉貝聯絡他說想見面談事情，來問我的意見。」

艾蕾娜將細節加上自己的推測，對莎拉說明。

莎拉聽完露出不可思議的表情。

「如果是多蘭卡姆的委託，應該會是幫派中負責交涉的人聯絡他吧？為什麼是西卡拉貝直接找上阿基拉？」

「大概是多蘭卡姆內部的問題，打算動些手腳吧？」

「動手腳？比方說？」

「這個嘛，阿基拉有那種實力，可是年紀和多蘭卡姆的年輕獵人相去不遠，對吧？如果在討伐懸賞目標時，把他悄悄加進年輕獵人的部隊裡，還不出色的新人部隊會大幅提升實力，而且局外人也不曉得他是外來的打手。」

莎拉一度接受這說法而點頭，但又歪過頭。

「不過這樣的話，應該是多蘭卡姆的事務派系聯絡他啊，由西卡拉貝去聯絡很奇怪耶。」

「那樣的話，也許反而是為了阻止事務派系這麼做，才打算一段時間內給他一些無關緊要的委託吧。」

見到莎拉充滿興趣般點頭，艾蕾娜有點開心地微笑。

「哎，實際上怎樣我也不曉得。我有提醒阿基拉一旦覺得提議不對勁就聯絡我，應該沒問題。」

「是嗎？那就好。」

聽了小隊的交涉員艾蕾娜的解釋，莎拉接受並不再繼續追問。

◆

久我間山都市低階區域的紅燈區有許多專為獵人開的店家。

在各方面都習慣殺生的獵人攜帶剛才工作時使用的武裝，來到酒館花大錢消費，大口飲酒讓醉意麻痺理性，治安狀況自然也會落得與這般情境相符。當然了，一般人等最好不要靠近。

在這樣的紅燈區，以這些獵人為顧客的娼館或娼妓也不少；擔任她們的後盾，負責解決暴力問題的人也多。不習慣面對暴力的人也不該進入。

西卡拉貝等人就置身於這種紅燈區內的酒館。

店內裡側的位置是賺大錢的獵人的座位，西卡拉貝和夥伴們在那裡交談。酒就擺在桌上，但西卡拉貝今晚滴酒未沾，因為他不想讓酒精在交涉時妨礙思考運轉。

不過另外兩名夥伴——山邊與帕爾葛則是大大方方地灌酒。山邊體內埋設了酒精分解裝置，就算爛醉如泥也能在十秒內恢復正常。帕爾葛則是在喝酒時，將酒精除去藥放在伸手可及之處。

西卡拉貝對夥伴們的飲酒習慣並非全無怨言，但是他們這樣喝對工作並不造成影響，因此他早已不再多說。

攜帶終端機接到了通知。確認後發現是阿基拉傳來的訊息，告知西卡拉貝自己正要出發來這裡。

「阿基拉說他要過來。由我來和他談，你們可別多嘴礙事喔。」

已經微醺的山邊笑著回答：

「知道啦。話說那個叫阿基拉的，派得上用場嗎？」

「至少不會扯我們後腿。話說你們要找的人，現在怎麼樣了？」

「我這邊首先找了兩個欠債的，再加一個負責監視的，身手還算可以。和債權人已經談好了，欠債的兩個人死了也無所謂，但屍體要回收。我還找了其他幾個人，不過會不會來這裡我也拿不準。」

「我這邊則有兩個人想要加入多蘭卡姆的管道。其中一個身手還可以，另一個則和我們差不多。別的人選就要等其他仲介聯絡。」

西卡拉貝聽了帕爾葛的人選內容，露出有些狐疑的表情。

「如果實力和我們相近，用不著和這件事扯上關係，直接和多蘭卡姆的窗口交涉不就好了？居然想要我們幫忙引薦，背後在打什麼算盤？」

「聽說那傢伙在其他地方鬧出一些爭端，想

要有靠山，走正規管道大概不妙吧。詳情我也不曉得，細節要等見了面再直接問。」

「……問出隱情之後，刺激他拿出值得我們推薦的表現吧。」

因為是信賴的夥伴們的人脈，西卡拉貝覺得就算有些隱情也無所謂。

西卡拉貝等人的目的是討伐懸賞目標，這次聚會就是為了招兵買馬。會找阿基拉過來也是同一個原因。

不過因為並未經過多蘭卡姆的正規交涉窗口，就如同艾蕾娜的預料，這場聚會背後有其算計。

◆

阿基拉為了前往西卡拉貝指定的酒館，走在紅燈區。

霓虹燈高掛的紅燈區有和貧民窟不同方向的治安不良，紅燈區是為了吸取獵人們賭上性命賺回的金錢而打造。為了讓獵人盡情揮霍以流血為代價賺得的金錢，紅燈區今天也維持充分的環境，揮灑獨有的光采。

那為獵人提供了撐過今天的活力源頭，也帶來使獵人失去明天的墮落。

因為平常毫無瓜葛，也沒有理由靠近，阿基拉好奇地看著眼前的光景。皮條客找上他推銷酒與女人，讓他感到意外，但他不理會那些招呼聲，一路向前進。

這時阿基拉發現與他並肩而走的阿爾法閃躲著避免撞上錯身而過的人。由於阿爾法並沒有實體，刻意閃躲也沒意義，這讓他突然感到不可思議。

『阿爾法，妳為什麼要刻意避開行人？就算撞到也沒差吧？』

『心情問題。』

『和別人撞到，會讓妳心情不好嗎？』

『是你的心情會受影響。如果你見到我和附近的某人融合的樣子，眉頭連皺都不皺一下，那就沒問題啊。』

阿爾法說完，故意讓自己的身影與走在附近的獵人重疊。於是獵人與阿爾法的五官彼此嵌合成奇形怪狀的頭部，身軀長著四條手臂的詭異人型物體就此完成。

阿基拉不由得皺起臉。那確實不是看了會讓人心情愉快的模樣。

『……是我錯了。今後也麻煩妳避一下。』

『對吧？』

阿爾法回到阿基拉身邊，得意地微笑。

目的地酒館是各樓層都挑高的三樓建築。阿基拉抵達店門前，觀察附近的人及出入這裡的獵人顧客。大概是自遺跡歸來後就直接來這裡，不少人攜帶著醒目的武裝，也有人隨身帶著遺物般的東西。

阿基拉的裝備是強化服以及ＡＡＨ突擊槍和Ａ２Ｄ突擊槍，ＣＷＨ反器材突擊槍與ＤＶＴＳ迷你砲都留在車上。裝滿預備彈藥的背包現在也沒揹在身上。

阿基拉考慮到攜帶前往遺跡般的武裝也許會被拒絕入店，於是刻意不帶重型槍枝，但是看現場氣氛，似乎沒必要介意這麼多。酒館的危險氣氛讓阿基拉萌生這般感想。

儘管如此，和遺跡或久我間大樓高樓層的高級餐廳修特利亞娜相比，根本就不需要畏縮。阿基拉這麼想著，走進酒館。

許多獵人在寬廣的店內各自喝酒。在出入口附近的櫃台處，酒館老闆對阿基拉擺出凶狠的表情。

「這裡可不是你這種小鬼頭該來的地方，快回去吧。」

酒館老闆的工作是為獵人們提供酒精，同時也要以魄力震懾醉客，藉此平息爭執。他的威嚇自然魄力十足。

不過阿基拉泰然自若。

「有怨言的話，去找把我這種小鬼叫來這裡的人說。有個叫西卡拉貝的傢伙應該在這裡，你知道嗎？」

見到阿基拉的態度，老闆也判斷他不是誤闖酒館的小鬼，沒必要為他操心。乍看之下雖然孱弱，但應該擁有與身上裝備相符的實力。於是老闆以懶散的語氣回答：

「不曉得。你自己找……真是的，把這種小鬼頭叫來這種地方，到底是哪個笨蛋。」

雖然被抱怨，但也得到了許可。阿基拉掃視店內尋找西卡拉貝，不過在放眼可見的範圍都找不到人。

『西卡拉貝在哪裡……聯絡他問問看好了。』

『在二樓裡側。我們過去吧。』

阿基拉正要取出資訊終端機，頓時停下動作。西卡拉貝甚至不在一樓，阿爾法究竟是怎麼找到的？阿基拉內心湧現這個疑問，但他告訴自己事到如今多想也無益，便把問題壓進心底深處。

『二樓啊？我們走吧。』

過去不識字的阿基拉靠著阿爾法的教學，現在有了許多知識，透過網路也得到了豐富的資訊。雖然還是有些欠缺常識之處，他已經不再是「貧民窟的暗巷就是全世界」的小孩子。

然而，每當他獲得符合一般常識的知識，他就更深刻地理解阿爾法是多麼無法捉摸的存在。

不過阿爾法的真實身分為何，對阿基拉而言並不重要，對他來說重要的是，就算只是委託契約的關係，阿爾法仍是自己的夥伴。

所以阿基拉將疑問與好奇心藏進心底，以更重要、更關鍵的事情重重地壓在上頭，以免失手掀開了沒必要打開的蓋子；以免從那天持續至今的幸運消散；以免失去與阿爾法一起的日子，他使勁將其壓進心底。

就如阿爾法所說，西卡拉貝坐在二樓裡側。

「你來啦，阿基拉，在這邊。」

西卡拉貝稍微舉起手呼喚阿基拉。偌大的桌子旁，為了讓數名陪酒女性左右陪侍而設計的寬敞沙發上，現在只有西卡拉貝等人。

「這兩人是我的同事，山邊和帕爾葛。山邊、帕爾葛，這傢伙就是阿基拉。哎，先坐下吧。」

阿基拉受到山邊與帕爾葛投以感興趣與懷疑的視線，但他不以為意，坐到西卡拉貝對面。

「話說，要談什麼？」

「對了，在談之前要點些吃的嗎？這裡雖然是酒館，下酒菜之外的菜色也滿豐富的喔。」

「不需要。先確認你要談的事情能不能邊吃邊聊，況且我也不曉得價格。」

阿基拉稍微顯露戒心，西卡拉貝對他露出得意的笑容。

「這樣啊，那就馬上來談正事吧。我們正在計劃討伐懸賞目標。我姑且問一下，你應該曉得有四隻懸賞目標吧？」

「知道。」

「如果單純只要打倒，只有我們三個也不是不可能，但是要迅速又確實打倒，戰力實在不足。所以為了補足戰力，我們決定僱用補充人員，於是我找上了你。報酬保證漂亮，要不要讓我僱？」

因為內容與艾蕾娜的推測相同，阿基拉降低了戒心。

「要看具體的契約內容。不過這種程度的提議，在找我來的時候先告訴我概要也無妨吧？」

阿基拉稍微提出疑問，西卡拉貝回以認真的表情。

「你還沒聽我接下來要講的條件就自己胡思亂想的話，我也會傷腦筋。這次的委託不會經由獵人辦公室，純粹是獵人之間的委託。我要你同意這個條件。」

阿基拉從西卡拉貝等人的態度理解了他提出的條件非常重要，但是他無法理解為何重要以及重要的程度。於是他表情認真地回問：

「如果我接受這個條件，具體來說會有什麼不利之處？盡可能對我說明。」

帕爾葛狐疑地插嘴問道：

「我們彼此都不是門外漢了，這種事你也要人一一解釋嗎？」

論獵人之間的常識，阿基拉在這個範疇還只是門外漢。他像是要掩飾這一點，投出略帶戒心的視線回答：

「我基本上都是獨自行動，所以對獵人之間常見的慣例或是不成文的規矩之類，我都不太熟悉。還有我不是多蘭卡姆的獵人，和多蘭卡姆也沒有往來。要是你們期待我因為面對的是多蘭卡姆，在交涉時自動讓步，有點難。」

山邊把阿基拉這番話解釋為面對多蘭卡姆也絕不畏縮，表示理解般輕笑。

「喔，是這個意思啊。」

「就是這個意思。應該不用一一說明吧？這種不成文的規矩常常是爭端的火種。你沒問，所以我也沒講。這種狀況我不想遇到，因為我不希望事後才翻臉。」

西卡拉貝依據長年來的經驗判斷那大概單純出自經驗青澀，但故意戳破使交涉決裂也沒意義，於是他決定繼續說下去。

「好吧。要是你覺得說明有哪邊不清楚，隨時都可以打斷我。」

西卡拉貝按照阿基拉的要求，開始詳細說明委託細節，其中也包含一般會省略的內容。

若委託並未經由獵人辦公室，當然獵人辦公室不會認知該委託的存在，也不會有任何牽連。

就算在這次的委託被西卡拉貝僱用，相關的工作經歷也不會登錄在獵人辦公室中阿基拉的個人頁面上。

同時，沒有任何事物能為這次委託背書，因為根本不存在於官方紀錄上。

換作是獵人辦公室經手的契約，一旦發生委託內容記載不詳或報酬未付清等狀況，將會留下紀錄。這會成為強制力，迫使締結契約的獵人遵守。

既然沒有這些背書，能強迫對方遵守契約的力量唯獨締結契約的獵人自身。換言之，假使為了追討尚未付清的報酬而動武，結果反被當成強盜被殺，也只會被視為自作自受。

在防壁的內側也許還另當別論，但在荒野這般欠缺倫理觀念的環境下，契約可能變成口說無憑的危險性超乎想像地大。

甚至有人會說，不願經過獵人辦公室的所有委託都該視作詐騙。兩種委託的可信度可說是天差地別。

西卡拉貝身為老練的獵人，非常了解這些背景，但還是決定這次的委託不經由獵人辦公室。為了符合其高風險，西卡拉貝對阿基拉提出的報酬也十分優渥。

討伐懸賞目標後，先從獎金扣除必須經費，而後因應參加者的活躍程度進行分配。但是西卡拉貝等人不參與分配。

討伐隊伍最後的人數還在討論，不過假設加上阿基拉的在場四人打倒了懸賞目標，從獎金扣除經費後，剩餘金額就會是阿基拉一人獨得。

支付方式則是西卡拉貝等人先向獵人辦公室領取全額，從中扣除經費後再匯入阿基拉的帳戶。

此外就算討伐懸賞目標失敗，西卡拉貝還是會支付500萬歐拉姆給阿基拉。不過這種狀況下，個人經費要自負。

聽完西卡拉貝的說明，阿基拉一面反芻內容一面找出疑問點。

「我有幾件事想確認。第一點，你說的經費，具體來說包含哪些範圍？」

「我不打算詳細規定，所以我只說明不接受的部分。首先，清償債務這點不能報帳。因為沒還清債務就無法參加作戰，應該把債務視作經費——這種理由我不聽。有欠債就拿各自的報酬去還。」

「有人會把債務當成經費嗎？」

「有啊。再來，裝備費用也不行。為了打倒獎金5億歐拉姆的懸賞目標，先買了5億歐拉姆的新裝備。如果接受這種理由，實際上那傢伙就會把所有獎金都拿走。」

「這個嘛，是有道理。」

「只是，即使如此，包含彈藥在內的消耗品費用以及裝備租借費用，可以列為經費。此外——」

說到這裡，西卡拉貝短暫露出沉思的神情，擺出嫌麻煩的態度。

「……要堵漏洞太麻煩了。就算成功討伐了懸賞目標，領到獎金後我們三個連1歐拉姆都不拿。

這點我能保證。」

阿基拉暫且接受了這部分。

「第二點，隊伍的人數是幾人？」

「包含你，最少四個人。最後會有幾個人，得看接下來的交涉成果，不過我想是十五到二十人，大概就這個人數。我們打算盡可能找人，但最多應該是三十人左右吧。」

「第三點，有什麼能保證你們一定會付錢？」

「沒有。」

西卡拉貝簡潔地斷言。阿基拉板起臉，對他投出銳利的視線，西卡拉貝也回敬同樣的目光。兩人威嚇彼此般默默讓視線在半空中對撞。

不經由獵人辦公室的委託究竟是何種意義，兩人在沉默之中如此確認之後，西卡拉貝補充：

「……真要說的話，我個人認為與其和拿不到錢而暴怒的你互相殘殺，乖乖付錢還比較省事。」

阿基拉的沉默除了威嚇對方的意圖，還透出了懷疑內容真假的思緒。這時西卡拉貝又說了：

「憑你的實力，我就算不付酬勞也沒什麼大不了，所以乾脆不付錢——如果我真的這樣認為，打從一開始就不會僱你，因為派不上用場。」

阿基拉表情複雜地思量。若從正面角度來看，西卡拉貝說他認同阿基拉的實力。不過反過來看，他也像是拐彎抹角地說：如果你表現不符期待，就不會支付酬勞。

同時，無論西卡拉貝的真正用意為何，只要阿基拉真的有實力，就能逼迫西卡拉貝採取前者的解釋。阿基拉也隱約察覺這是西卡拉貝輕微的挑釁：有本事就拿出來瞧瞧。

因為發現這一點，阿基拉對這個回答暫且感到滿意，於是提出剩下的疑問。

「第四點，不經由獵人辦公室的理由是什麼？

光聽目前這些內容，走正規流程訂契約也行吧？」

對阿基拉而言這只是不經意的疑問，但是西卡拉貝的表情再度轉為凝重。

「……如果我不回答這個問題，你就會拒絕這次委託？」

「我會拒絕。至少我不想在不知情的狀況下，被捲入莫名其妙的麻煩。」

西卡拉貝認為要不要說也不應該由自己一個人決定，便觀察夥伴們的反應。於是帕爾葛先回以苦笑。

「也沒差吧？反正遲早會人盡皆知。哎，不想講的心情我也懂啦。」

接著山邊也贊同：

「不要四處張揚就沒問題吧。既然是西卡拉貝也推薦的戰力，我不想因為這種理由就被拒絕。」

西卡拉貝嘆氣後，叮嚀阿基拉：

「不要說出去喔，畢竟是多蘭卡姆內部的事，一般來說不該告訴局外人。」

「知道了。」

見阿基拉沉穩點頭的態度，西卡拉貝也無奈地嘆氣。

「……說穿了，這是多蘭卡姆內部權力鬥爭的一環。原因就在這裡。」

因為內容也算是家醜，西卡拉貝提起這件事的口吻變得有些不愉快。

多蘭卡姆是存在於久我間山都市的無數獵人幫派之一，同時也是以獵人工作為主要業務的民間軍事公司。

不過其規模堪稱出類拔萃。近來增強了與都市間的聯繫並強化勢力，與剛成立時的小規模幫派相比已經大幅擴增。

人數一旦增加，自然會產生派系，管理方與其他人員間的嫌隙也會增加。派系之間的嫌隙開始影響到組織運作。

而現在多蘭卡姆的派系鬥爭正如火如荼。

老手派系擁有許多幫派剛成立時的資深獵人；新人派系以年輕獵人為中心；事務派系則是幫派內政管理人員干涉組織運作使得權力愈來愈大。多蘭卡姆內部主要可分為這三大派系，有時合作有時反目成仇，彼此鬥爭。

而這些派系也絕非團結一致，儘管大致上在同一個分類，內部還有更細的區分。

資深的幫派老手大多厭惡事務派系的人。因為事務派系一步也不曾離開安全的都市，卻擺出一副高高在上的態度，挑剔他們彈藥與回復藥等消耗品的使用量。不過因為事務派系透過與都市的管道接下優質委託，也有一部分老手親近事務派系。

新人大多討厭輕視他們是菜鳥的資深獵人，但明白了自己與老手的實力有明確差距，以及自己使用的裝備費用都仰賴老手賺來的資金，也有人反省自己的態度。

再加上事務派系特別優待召集出身較平凡者組成的A班，儘管同樣是新手獵人，出身於貧民窟之類的地方的B班待遇明顯較差，因而產生了A班與B班之間的對立。

另外，事務派系中絕大多數是不曾當過獵人的純粹事務人員，但也有一部分成員當過獵人。而純粹的事務人員有些也能體諒獵人工作的辛勞。此外還有事務派系內部的地位鬥爭。

目前在多蘭卡姆內，這些大大小小的派系正在互相爭奪於幫派內的影響力。為了在派系鬥爭中勝出，他們盯上了討伐懸賞目標的功績。

阿基拉聽西卡拉貝解釋了幫派鬥爭的問題，但還是無法理解。

「這我是懂了，不過和這次委託不能經過獵人辦公室的理由又有什麼關聯？」

「一旦由獵人辦公室經手，就多蘭卡姆的手續來說，一定要經過負責對外交涉的部門。那些傢伙自詡中立而在派系鬥爭中不偏袒任何一派，不過說穿了就是會把情報洩漏給所有派系。就是為了防止這件事。」

「啊～～聽起來很麻煩耶。」

聽了阿基拉不以為意的感想，西卡拉貝深深嘆息。

「是啊，真的很麻煩。」

西卡拉貝唾棄般的感想充滿了情緒，讓阿基拉不由得面露苦笑。

「知道了。我要問的大概就這些。」

西卡拉貝吐出一口氣切換心情。

「這樣啊。那就回答我願不願意接下這個委託吧。」

「我願意接，不過有條件。我會遵從大致上的作戰方針，但不要期待我一舉一動都配合部隊。還有，一旦我覺得沒有勝算，就會按照自己的判斷撤退。我在撤退前會通知一聲，但不會留下來戰鬥。這種條件也可以的話，我就接。」

「這條件對你還真有利啊。」

「彼此彼此吧。我可不想接了沒經過獵人辦公室的委託，結果被當成棄子。你怎麼說？」

「……好吧。」

如此一來契約就成立了。雖然並非正規途徑，阿基拉還是決定參與討伐懸賞目標。

阿爾法不著痕跡地問：

『阿基拉，真的好嗎？之前不是還為了避免遭遇懸賞目標，一直躲在都市？』

『他答應了最起碼的條件，我可以按照我的判斷自己逃走……還是說，憑我的實力，這條件還是太危險？』

『並不是你獨自戰鬥，我也會輔助，我沒打算阻止你。只是你好像突然變積極，讓我有點好奇而已。到頭來這件事和艾蕾娜她們沒有關聯吧？』

『對喔，這部分大概是多蘭卡姆也對艾蕾娜小姐她們發出了類似的委託吧。』

西卡拉貝之所以暗示艾蕾娜她們有關聯，是因為他認為只要這樣說就能挑起阿基拉的興趣。而事實也是如此。

『哎，也沒什麼不好吧？也許起初是因為他提起艾蕾娜小姐她們，我沒想太多就過來了，不過要是懸賞目標能早點被打倒，對我來說也是好事，總是比完全指望別人早點動手好吧。』

『也對。就這樣想吧。』

阿爾法開始思索。阿基拉對西卡拉貝的邀約萌生興趣而來到這裡，艾蕾娜兩人的影響的確重大，不過並未直接與最終的決定相關。

目前還在容忍範圍內，但日後發展還很難說，如果有必要就要擬定對策。阿爾法做出如此判斷。

阿基拉接下西卡拉貝的委託後，在西卡拉貝的請託下留在這裡。接下來要開始和其他補充人員交涉，希望阿基拉以參加者的身分待著。

為了不妨礙接下來要交涉的其他人，阿基拉離開西卡拉貝對面的座位，用固定在餐桌上的點餐用終端機點了簡單的菜色。因為西卡拉貝說這次用餐費可以算在經費裡，他也不客氣地多點了一些。

阿基拉一面聽西卡拉貝說明討伐懸賞目標的計畫，一面等候料理上桌。為他送上料理的女性店員身上服飾與其說是餐飲店店員，更像是為了接待異性所設計。

女性因為阿基拉這般年紀的小孩子也在場而稍微吃驚。她將料理擺在阿基拉面前，同時對西卡拉貝露出感到意外的表情。

「這新人年紀還真輕，而且居然待在二樓。西卡拉貝，是你找他來的？」

「對。他有事要忙，妳別打他的主意。對其他傢伙也這樣說一聲。」

「再怎麼說，我也不會找上這種小朋友。那你們呢？」

女性露出熟練的笑容向西卡拉貝他們拉生意，然而被西卡拉貝隨意應付過去。

「我們也很忙，剛才不是和老闆說過了？他沒跟妳說嗎？不要來找這桌的客人。」

「好冷淡喔。那為什麼跑來二樓啊？」

「我們也有我們的考量啦。等工作結束開慶功宴時，我們花起錢來也會大方許多。等到那時候再說吧。」

「這句話，可別忘了喔。」

女性留下挑逗的笑容離開了。

阿基拉無法理解西卡拉貝與女性間的對話，面露納悶的表情。

「西卡拉貝，二樓有什麼特別的意思嗎？」

「喔，這裡的三樓是娼館。那邊的傢伙下來二樓當女侍，順便接樓上的生意。這裡的慣例是單純喝酒的客人就待在一樓喝。」

阿基拉理解了原因，並對西卡拉貝投以有點不滿的視線。

「……這不是該叫小孩子來的地方吧？」

「獵人工作沒有什麼年紀之分啊。我也不是故意要整你才指定這個地點。」

西卡拉貝對阿基拉的指責一笑置之，並補充：

「哎，因為你都答應了，現在這樣講也許失禮，不過願意接不經由獵人辦公室的委託的人絕大多數都有特殊背景。要和那些傢伙交涉，二樓比較方便。你就別介意了。」

阿基拉輕嘆一口氣。隨後他決定別再介意，開始吃料理。

在阿基拉之後到場的，是山邊找來的補充人員等一行人。

兩名欠債的獵人、一名監視員，還有一名債權人的代理人，這男人同時也負責與西卡拉貝等人交涉。一共四人。

山邊與西卡拉貝交換座位，對他們招手。負責交涉的留島聽從山邊的指示，坐到他對面的座位。

「讓你們久等了嗎？」

「是啊。你帶來的傢伙應該值得我們花時間等待吧？」

「那當然。如果你們只是要湊人數，要幾個人都沒問題。但要滿足你們的條件，那可不容易喔。稍微遲到就拜託別太計較。實力足以參與討伐懸賞目標，而且願意接受不經由獵人辦公室，這種人可不好找。」

「所以我付了一大筆手續費給你們啊。如果我付了錢才發現後面的傢伙不中用，我也有我的辦法喔。」

「我知道。那麼就來談生意吧。」

山邊與留島開始交涉的同時，阿基拉停下用餐的手，對負責監視的男人露出有些提防的表情。

男人苦笑著坐到阿基拉身旁。

「好久不見了。」

「……是啊。」

負責監視的男人，正是阿基拉與謝麗爾一同到予野塚車站遺跡收集遺物時遇見的柯爾貝。因為當時與柯爾貝同行的牛馬後來襲擊了謝麗爾，阿基拉臉上浮現戒心。

「別擺出這種表情啦。也不是我對你們做了什麼事吧？」

「你的同伴擄走了謝麗爾，我當然會提防……等等，你為什麼知道這件事？」

「欠債的獵人還沒還錢就掛了，我當然會稍微調查一下。」

阿基拉露出不解的表情時，柯爾貝對他說明自己的立場。

他的職務是監視欠債獵人組成的遺物收集作業集團；襲擊謝麗爾的獵人都債台高築；這些獵人突然失去音訊，他以為人逃走了而展開追查；在調查的過程中得知了許多隱情——柯爾貝加上簡單的解釋，如此說明。

聽起來沒有矛盾之處。阿基拉雖然這麼想，還是對柯爾貝投以懷疑的目光。

「你真的跟這件事無關？」

「你如果要說我監督不力，我也只能說我很抱歉，不過我既沒有指示那些傢伙幹那種事，也沒有間接唆使他們那麼做，和那件事毫無瓜葛。」

『阿爾法。』

『至少沒有說謊。』

自己在交涉方面算不上多高明——由於阿基拉對此有自覺，而且對他而言，判定真假時阿爾法的判斷勝過一切，因此他決定暫且相信。

「我知道了。不好意思懷疑你。」

說完，阿基拉解除了對柯爾貝的警戒。

「別介意，誤會解開就好。」

那你知道是誰唆使了他們嗎？在對方如此提問前，柯爾貝輕笑著轉移話題。

「話說回來，你為什麼會來到這裡？你應該不至於背了一屁股債吧？」

「我沒欠錢。只是之前曾經和西卡拉貝組隊行動，所以他僱用我當討伐懸賞目標的戰力。」

「因為這種理由就願意接受不經由獵人辦公室的委託？明明沒欠債也接？」

「和欠錢與否無關吧？」

阿基拉和柯爾貝因為認知差異而對彼此露出懷疑的表情，這時西卡拉貝插嘴說道：

「喂，那邊的。局外人不要對我們與阿基拉的契約指指點點，閉上嘴。阿基拉也別在意，不要把契約內容說出去。」

阿基拉與柯爾貝便不再交談。不過這時另一人插嘴：

「喂！你說那邊的小鬼也是成員？這是怎麼回事？」

扯開嗓門的是站在留島背後的獵人，名叫卡多魯。

「不准隨便插嘴，安靜等著。」

雖然遭到留島以強硬的口吻責備，卡多魯更是大吼大叫：

「……我可是要賭上性命和懸賞怪物戰鬥耶！卻把那種小鬼頭加到隊伍裡？是不是想要加人數灌水，減少分配的報酬啊！」

「廢話少說，閉嘴！不要干擾交涉！……柯爾貝，盯好他。」

留島要柯爾貝站到卡多魯身旁阻止他繼續吵鬧後，在心中竊笑：「這下有了好藉口。」繼續與山邊談價錢。

「不好意思吵到各位了。不過，該怎麼說，這傢伙講的話也有點道理吧？為了還債賭上性命，報酬卻和那邊的小鬼頭一樣，當然會忍不住想抱怨兩句嘛。能不能考慮一下？」

「要考慮什麼？具體來說要怎樣？既然你負責談判，就該由你提出具體內容吧。」

「我不會要求排除那小鬼，但是希望你們把他的報酬比例降低到合乎實力。」

留島別有深意地打量阿基拉，如此提議。

多蘭卡姆的年輕獵人目前傳出了裝備精良但中看不中用的負面風評。見到看起來一點也不強的阿基拉，留島認定他也是這類新手獵人，以為他是增加人數用的灌水成員。

卡多魯的想法與留島大致相同，但他懷疑得更深。他覺得阿基拉根本不是新手獵人，而是貧民窟的小孩被要求穿上看起來很貴的便宜裝備。此外他還懷疑留島可能與西卡拉貝私下串通，企圖藉此減少他的報酬，將差額中飽私囊。

由於阿基拉是西卡拉貝特別指名的人物，山邊與帕爾葛也沒多加置喙，不過對於乍看之下實力平庸的阿基拉，兩人心中其實多有懷疑。

現場視線集中在阿基拉身上，但他不以為意，繼續用餐。

那視線隨後轉向西卡拉貝。西卡拉貝嫌麻煩地嘆息後，表情轉為嚴肅，隨後面向留島。

「不行，和阿基拉之間的交涉已經敲定了。既然一言為定，我不打算因為你們的好惡就更改契約內容。」

隨後他露出有些鄙視的表情，看向卡多魯。

「況且，酬勞要和實力相符，如果因為實力不足減少阿基拉的報酬，能付給你們的酬勞會連零頭都不剩喔。」

「你說什麼！你這傢伙，你的意思是我比這小鬼頭還弱嗎！」

卡多魯認為自己被看輕了，不由得憤慨吶喊。但他這時還留有最後一絲理性，不採取更進一步的行動。

然而因為他大聲嚷嚷，阿基拉將視線轉向他，不只露出了非常嫌麻煩的表情，還猛然嘆息，緊接著若無其事地回過頭繼續用餐。卡多魯見到那般態度，剩餘的理性也沒了。

卡多魯不禁認為阿基拉的一舉一動都像是瞧不起他。

「死小鬼！」

卡多魯任憑激動的情緒驅使而拔槍，要將槍口指向阿基拉。

究竟是想殺對方或只是威脅，抑或是想讓對方露出害怕的神情，收起那讓人看不順眼的悠哉態度，卡多魯自己也不明白，只是一時激動做出了這般舉動。

下一瞬間，卡多魯被摔在地上。槍被打飛；槍口猛然塞進他那張為了吶喊而張大的嘴巴。那股力道撞擊喉嚨深處，順勢把他向後壓倒。

倒在地上的卡多魯口中含著槍，吃驚而混亂到無法理解自己當下的狀態。視野中映著人影，那是將槍口塞進自己口中，手指已經擱在扳機上的阿基拉。

這時卡多魯反射動作般想對他舉槍，才發現自己的槍已經被打飛。

阿基拉把槍口更用力塞到卡多魯的喉嚨深處。痛苦加上警告他繼續掙扎就殺人的視線，讓卡多魯吐出了苦悶與恐懼混合的細微呻吟，臉上掛著恐懼的表情，不再動彈。

看到結果才理解過程的人感到震驚；打從一開始就將過程都看在眼裡的人臉上浮現些許驚訝之色。前者是留島等人，後者則是西卡拉貝他們。

卡多魯企圖舉槍指向阿基拉的動作完全在阿基拉的視野死角。

明明是這樣，阿基拉卻對卡多魯的動作有所反應，迅速站起身，拉近距離，用左手打飛對方的槍，右手拔槍硬是塞進卡多魯口中。

柯爾貝也想阻止卡多魯，但阿基拉的動作比他更快。他頂多只能認知到阿基拉的動作，現在他啞口無言地看著阿基拉。

西卡拉貝看起來不怎麼吃驚，不過那只是表面上，實際上他好不容易才按捺住內心的驚訝與疑問，避免浮現在臉上。

（對視野外的對手動作也能這麼靈敏地反應。阿基拉在地下街的時候確實也精確掌握遠方怪物的位置，這是同一種手法嗎？讓情報收集機器隨時運作，時時監視周遭狀況？……感覺不像啊。）

包含他的第六感在內的推測有部分正確。隨時監視周遭狀況的並非阿基拉，而是阿爾法。

（敏捷度就算要歸功於強化服的性能，現在阿基拉穿的強化服和地下街那時是不同製品。要掌握強化服的身體能力並操控自如，應該需要相當程度的訓練。在這麼短的期間內就能如此靈活運用嗎？

或者單純只是強化服的控制裝置性能非常高？……看起來也不像。）

他的第六感與推測也有一部分正確。強化服的高度控制源於阿爾法的輔助功效。

（……真搞不懂。每次面對阿基拉，這些第六感就不管用。）

西卡拉貝憑著第六感和推測得到接近正確的答案，卻又因為他的實力高得足以理解那並非事實，讓他再次搞不懂阿基拉這號人物。

另一方面，原本半信半疑的山邊與帕爾葛確認了阿基拉的實力，改寫了心中的評價，認為他確實值得西卡拉貝特別指名。

不過獵人的評價不光是由戰鬥能力來決定。就在他們觀察其他部分時，阿基拉有了動靜。

一語不發，面無表情地將槍口抵在對方的喉嚨深處，阿基拉若無其事般問道：

「西卡拉貝，要是殺了這傢伙，對討伐懸賞目標會有多少影響？」

阿基拉之所以還沒殺掉卡多魯，是因為他現在勉強算是西卡拉貝僱用的一員。削減討伐懸賞目標的補充戰力，就當下受僱的身分來說也許不太好，這樣的想法阻止了扣扳機的指頭。

自己的性命端看西卡拉貝的回答——卡多魯理解這一點，顫抖更劇烈了。

於是西卡拉貝開口：

「隨你便。但是一切善後你要自負喔。」

「善後？」

「這裡可不是荒野。酒館至少會跟你收屍體處理費，還有地板被血弄髒的清潔費、地板開洞的修理費。這些你要自己付。」

阿基拉原本毫無感情地注視著敵人，現在臉上添增了嫌麻煩的感情。

「……不能算成經費？」

「不行。等一下老闆聽見槍聲來罵人，你也要自己應付他，我懶得幫忙。」

阿基拉嘆了口氣，抽回槍。一方面是因為剛才他輕易化解危機，對卡多魯的殺意沒有強得足以容忍後續的麻煩事。

如果這裡是荒野，他已經殺人了。換作荒野，屍體只要隨便棄置即可。想法類似的人也不少，使得荒野的治安惡化。

都市與荒野的差異。這差異在千鈞一髮之際挽救了卡多魯的性命。

阿基拉轉身面對西卡拉貝。

「我要回去了。繼續待在這裡好像會有更多麻煩事。」

「知道了，之後再聯絡你。在那之前做好討伐懸賞目標的準備。」

「好，就這樣。」

阿基拉說完就想走向樓梯，但是他一度停下腳步，補上這句話：

「西卡拉貝，要僱用那傢伙是你的自由，但最好不要保證能讓他活著回來。」

西卡拉貝笑著回答：

「我想也是。」

阿基拉警告般輕吐一口氣，隨即揚長而去。

山邊看著離去的阿基拉，說道：

「真是暴躁啊。那就是殺過頭最後害死自己的類型。」

對於阿基拉的行動，山邊的觀感硬要說的話是偏向負面。不過帕爾葛則是偏向正面看待，他簡單反駁：

「無法保證對方會有耐性，而且那還算是自衛。只要劃清這方面的界線不就好了？」

「那條界線就是會越來越模糊啊，最後的下場不就倒在那邊嗎？」

山邊說道，略帶嘲笑地指向卡多魯。

界線變得太過模糊，輕率地將槍口指向他人。簡單易懂的實例擺在眼前，帕爾葛也想不到如何反駁，短暫沉吟。

卡多魯挺起身子想撿槍，但柯爾貝先撿起了他的槍。緊接著他被柯爾貝猛踢，發出痛苦的呻吟聲俯臥在地。

柯爾貝踐踏般又踢了他一腳，隨後命令：

「趴好。」

於是卡多魯被迫無法起身了。

柯爾貝踩著卡多魯，警告另一個負債的男人：

「你也別幹蠢事。」

男人的臉因為恐懼而扭曲，劇烈點頭。

山邊稍微威嚇留島並笑了。

「對了，正事還沒談完。我還記得我對你開出補充人員的條件時，確實沒有明說『不要會拿槍指向自己人的笨蛋』。我覺得這種程度的條件應該是大家的共識，不需要一一說明才對。留島，我是不是該說清楚比較好？」

留島冷汗直流，焦急地回答：

「不、不是啦，你誤會了……」

「哎，反正契約也還沒談好嘛。換個角度看，你們也不是我們的夥伴，包含確認這些認知上的出入，我們接下來就打開天窗說亮話吧？」

對留島而言非常苦澀的交涉才剛開始。

◆

阿基拉受僱於西卡拉貝，要討伐懸賞目標。當下的預定行程是在家待命。

西卡拉貝他們也有準備和計畫。而討伐懸賞目標是先搶先贏，但要打倒哪一隻，又要在哪個時機動手，這些判斷非常重要，並非單純愈快愈好。

坦克狼蛛起初的獎金是1億歐拉姆，現在已經提高到8億歐拉姆。急躁搶快的獵人反遭擊退、實力不足的獵人認為不划算而收手，於是設下獎金的運輸業者為了吸引更強的獵人打倒怪物，不斷提升懸賞金額，使得獎金愈來愈高。

而增加至8倍的獎金也不一定是適當的金額。到了這個程度依舊不敷成本的可能性其實也很高。

將這些都列入考慮，在適當的時機行動。開始行動前會盡可能提早告知，但只要時機一到就會馬上出發，因此要隨時保持能立刻動身的狀態。阿基拉從西卡拉貝那邊接到這樣的指示，於是在自家等候聯絡。

「話說回來，坦克狼蛛是8億啊。起初才1億，增加好多耶。而且這金額也許還不划算，到底是有多強啊？」

看著最新的懸賞目標情報，阿基拉皺起臉。阿爾法笑著對他說明：

『怪物的正確強度沒有那麼容易得知，只能實際戰鬥取得情報。』

「哎，是這樣沒錯啦。在獎金1億歐拉姆的時候就去挑戰的傢伙想必下場很慘吧。」

『看準時機也是獵人的實力啊。這代表你為防萬一，一陣子不去荒野，這個決定也沒錯。』

見阿爾法笑得意味深長，阿基拉回以苦笑。

「是啊。至少我沒有自己一個人遇到那麼厲害的懸賞目標，就當作是正確的判斷吧。」

適宜的判斷避開了不幸的下場。阿基拉自嘲般讚賞自己的判斷，如此輕笑道。

◆

克也接到水原的呼叫，來到多蘭卡姆據點的會議室。

水原是多蘭卡姆事務派系的幹部，立場上則是克也等人的上司，也是他們的後盾。克也當然也想盡量友善以對。

但克也現在表情僵硬。因為在水原的指示下，他們被派遣到予野塚車站遺跡參加作戰時，夥伴之中有人喪命了。

「所以，請問找我有什麼事？」

見到克也實在算不上親切的態度，水原自然也心生許多揣測，但她決定先討好克也。

「在進入正題前，之前你拜託的回復藥已經到手了，就先交給你。」

水原說著，將回復藥的盒子擺到克也面前。和阿基拉在予野塚車站遺跡交給他的回復藥是同一種製品。

「最近其他派系盯得特別緊，不太方便在公眾場合給你這種高級品。」

「有那麼貴嗎？」

「是啊。這個一盒要價200萬歐拉姆也不奇怪喔。」

水原為了賣人情，故意講了較高的金額。實際上是加進多蘭卡姆訂購消耗品的大筆訂單中取得，撇開店面售價不談，花的費用並沒有那麼高。

但是對克也而言，這句話證明了阿基拉當時說回復藥價值200萬歐拉姆，所言不假。

換句話說這也證明阿基拉明明不像他那樣隸屬於幫派，收入卻高得能購買那種高級品。克也懷著複雜的心情看著手中的回復藥，勉強擠出道謝的言詞。

「……真的很謝謝妳。」

見到克也的反應，水原心中有幾分不滿。原因在於她將費心取得的貴重物品交給克也，克也的情緒卻沒有明顯變化。不過她確實隱藏心聲，微笑說道：

「不客氣。坦白說花了好一番工夫才拿到那個，不過畢竟是你的請求，我也不惜辛勞。」

「……是的，很感謝妳為我如此費心。」

異樣的凝重氣氛久久不散。不過這時水原轉換思路，為了拂拭這股氣氛般擺出嚴肅的態度說：

「那麼就進入正題吧。你也知道最近出現了懸賞目標吧？多蘭卡姆也決定參加討伐，我則負責編組討伐部隊。隊長就是你，克也。」

克也先是吃驚，隨後表情轉為懷疑。

「妳說我？呃，再怎麼說也不可能只靠我們就打倒懸賞目標。在予野塚車站遺跡那次，光是要撤退就耗盡全力了耶。」

「這問題儘管放心。我會編組大規模部隊，做好萬全準備。雖然人員還在調度，我會盡可能增加人數。我會為你準備充分的戰力，你要做的只有確實打敗懸賞目標。別擔心，準備工作就交給我。」

克也顯露強烈的遲疑般視線一度自水原臉上挪開，隨後表情凝重地拉回視線。

「雖、雖然妳這麼說……」

克也顯然面有難色，這態度讓水原深入思索原因。她隱藏心中不滿，露出憂傷的表情，神色歉疚地低下頭。

「你因為予野塚車站遺跡的任務，無法信任我吧？我很抱歉。這樣說也許你也不會相信，不過那次任務我自認當時為了大家做出了最佳選擇。」

水原判斷大概是其他派系的人對克也灌輸了某

些降低她評價的話。她為了拂去汙點，慎重地選擇言詞。

「確實，如果一開始就將情報傳給西卡拉貝他們，也許能減少死傷。但是那樣你們終究只是被老手呼來喚去的跟班，永遠都會被他們看扁。這樣是不行的。」

這些話並非謊言，水原再三強調。

「為了讓新人成為老手也無法輕視的存在，無論如何都需要只靠新人發掘遺跡，占據出入口，之後再找老手支援。如此一來，他們就無法再把你們視作只是裝備精良的門外漢。原本應該會這樣。」

克也等人攻略予野塚車站遺跡失敗，水原也很遺憾。她只將真心為此感到悲傷與遺憾的部分顯露在臉上，繼續說：

「當然了，這些都是事後諸葛。我不會用無法預料那種事態當作藉口，會誠摯面對失去你的信賴這件事。正因如此，為了取回這份信賴，我會盡全力編組部隊。」

實際上水原也打算竭盡全力。某種角度而言，在予野塚車站遺跡的失敗也是水原的責任，因此討伐懸賞目標就是挽回的絕佳機會。如果連這次都失敗，水原將再無退路。

「唯獨這件事，希望你能相信我……不，這應該以結果來證明吧。現在不相信我也無所謂。」

隨後水原露出了哀傷但充滿決心的表情。

克也的確因為予野塚車站遺跡一事對水原產生疑心，但是從水原的態度感受到誠實與決意，抹去了這份懷疑。

儘管如此，克也依舊愁眉不展。

「不是，我也明白水原小姐是為了我們著想。但是，我不是那個意思，那個，我不覺得我能勝任那種大部隊的隊長……」

換作是過去的克也，他會不假思索地回答自己會為了夥伴盡全力。他有自信回答一旦有任何狀況，他會挺身保護大家。

但是現在，在予野塚車站遺跡無法拯救的夥伴的身影讓克也難以啟齒。

水原隨即改變表情，展露輕鬆的笑容。她發現克也的態度並非出自對自己的懷疑，便將說服的方向切換為讚賞。

「沒那回事，你一定能辦到的。也許這樣講不太好，但是在那種狀況下，只付出少許犧牲就讓隊伍生還，已經是很充分的成果了。」

即使撇開個別的實力不談，眾多獵人被怪物群淹沒而喪命是事實，水原是發自內心讚賞克也。

「當然你想救出所有人，不想讓任何一個人因此犧牲，這我也明白。不過考慮到在那場騷動中喪命的獵人數量，在那麼嚴酷的狀況下保全隊伍已經很值得自豪了。」

緊接著她補充了讚賞的理由，為了讓對方更容易接受，繼續說：

「我找生還者問過狀況，確認事態了。大家都很感謝你。多虧有克也才得救、真不愧是克也——大家都這樣稱讚。身為隊長，同時也是為了眾人，你該接受這樣的讚美。」

克也顯露幾分動搖，但他立刻抹去那種情緒，告訴自己那是為了夥伴們，盡可能擠出笑容。

「……我明白了。我會試試看。」

「謝謝你。一旦有了進展我會聯絡你，在那之前注意別受傷了。出發討伐懸賞目標前，先減少獵人工作。」

在一臉滿足的水原目送之下，克也離開了會議室。

回到走廊上，克也再度因為憂傷而露出凝重的表情。在予野塚車站遺跡理應已死的夥伴們、過去無法救助的友人正擺出責備般的表情凝視著克也。

克也又緊緊閉起眼睛，隨後睜開。夥伴們的身影消失了。他輕輕吐氣。

（……雖然知道是幻覺，還真不好受。）

無法拯救的夥伴們責備自己的惡夢，克也過去已經夢見無數次。然而到了最近，正確來說是從予野塚車站遺跡回來後，連清醒時都會看到。

這時由米娜向他搭話。她在走廊上等待他。

「克也，結束了嗎？你們談了什麼？」

克也立刻掩飾，裝出若無其事的態度笑道：

「嗯？水原小姐任命我當懸賞目標討伐部隊的隊長。」

「真的嗎？好了不起。」

「還有這個，是回復藥。她說不可以張揚，特地在房間裡給我。這個得想辦法交到那傢伙手上，該怎麼辦？」

「這個嘛，也許不久後還會有機會遇見他，這陣子就先帶在身上吧……為了不要在這段時間把藥用掉，別太亂來喔。」

由米娜捉弄般笑道，克也回以苦笑。

「是是是，我知道啦。」

「知道就好。愛莉在餐廳幫我們占位子，我們過去吧。」

由米娜笑著牽起克也的手。雖然她注意到克也笑容中的陰霾，但沒刻意說破，帶著他離開。

她無法勸克也不要介意夥伴的死，只能緊緊握住克也的手，以免死亡帶走他。

謝麗爾為了阿基拉拜託她販賣遺物一事，造訪久我間大樓。耶利歐和葛城他們也一起。

謝麗爾向葛城要求協助時，也提及這次的協助就相當於阿基拉上次為他護衛的報酬，因此他也只能幫這個忙。

再加上葛城從謝麗爾販賣熱三明治這件事得知她出乎意料的經商才能，便決定提出更認真的協助。具體來說，就是請謝麗爾正式開業，成為葛城店鋪的子公司。

因此謝麗爾在開店時就能正式使用獵人辦公室的帳戶，以及接受用獵人證支付。在販賣熱三明治時是借用葛城商店的會計系統結帳，但若要進行高額金錢進出的遺物買賣，現在這樣實在不是辦法。這是必要的手續。

來到大樓一樓的獵人辦公室櫃檯前方，謝麗爾脫下荒野用的大衣，秀出底下那套精美服飾後，稍微吸引了旁人的視線。

將好幾件舊世界製衣物當作材料，再額外支付150萬歐拉姆的裁縫費。名為瑟蓮的裁縫師不只徹底發揮手藝，甚至稱之為奇蹟——這套衣服不愧對費用與評價，就連收入與泛泛之輩可謂天差地別的獵人們也將視線投向謝麗爾。

此外謝麗爾也使出全力佯裝她的地位配得上這套衣服。衣服穿在她身上並未反客為主，她也不受周遭目光影響，態度泰然自若，穿著與姿態甚至透出幾分高雅。再加上她天生麗質的容貌，看起來有如富貴人家的千金。

有事要辦而來到牆外的千金小姐與護衛一同回到牆內。目睹這幅光景，無論誰都會如此誤會。至少沒有人看穿謝麗爾是貧民窟的居民。

儘管如此，還是有破綻。那就是扮演護衛與她同行的耶利歐。

耶利歐被這裡的氣氛震懾了。雖然他曾經來到久我間大樓附近，大樓內外又是兩個世界。

在葛城的協助下，耶利歐現在的打扮也勉強稱得上是假阿基拉。不過這單純是指裝備，本人的能力完全配不上裝備。

與貧民窟不時可見的落魄獵人截然不同的眾多獵人散發的氛圍，讓他難掩緊張，靜不下心地左顧右盼，甚至冒出冷汗。

謝麗爾將大衣遞給他的同時，小聲提醒他：

「耶利歐，冷靜下來。這裡不是危險的場所，遠比貧民窟的暗巷安全多了，沒必要害怕。」

「就、就算老大這樣說……」

「慢慢地、小聲地，不斷反覆深呼吸。光是這樣就能冷靜下來。」

耶利歐按照她說的，反覆深呼吸。於是他漸漸冷靜下來，同時注意到謝麗爾若無其事的態度，心中湧現些許尊敬及近乎畏懼的感情。

（真誇張，到底是哪門子的膽量啊。上次被擄走回來之後也只是說很累，看起來很平靜。就算是被阿基拉搭救，正常人有辦法那樣若無其事嗎？）

這樣的納悶讓耶利歐暫時忘記了緊張，被周遭氣氛震懾的自己也一併拋到腦後，緩緩放鬆思考。

（……哎，正常人不會主動去找自家幫派攻擊過的獵人交涉吧。然後還和阿基拉交易，成了幫派老大。這方面的膽量想必非比尋常，和隨處可見的傢伙就是不一樣。）

於是放鬆的思考注意到今天阿基拉不在場。要到久我間大樓內部辦事，應該是拜託阿基拉隨行的絕佳藉口。謝麗爾沒找他來，讓耶利歐感到疑惑。

「話說今天為什麼沒找阿基拉先生一起來？」

「……我聯絡過了，但他好像有事要忙，拒絕了。我也沒辦法。」

對謝麗爾而言運氣不好，阿基拉接了西卡拉貝的委託，正在家待命。因此他拒絕，說若是這種程度的事情，他無法隨行。

因為不久前謝麗爾被擄走時阿基拉前去救她，也拜託她負責對獵人很重要的遺物販賣，謝麗爾原本以為她和阿基拉之間的關係有了明顯的進展。

然而，對謝麗爾而言只是小事的要求被他一口回絕，謝麗爾感到有些疑惑與不安。

西卡拉貝的委託是非公開的契約，向其他人透露似乎不太對。阿基拉這麼認為，只用「現在很忙」當作對謝麗爾的說明。就連謝麗爾詢問改天是否就可以，他也完全不接受。

這更刺激了謝麗爾的不安。這種程度的小事也拒絕，是不是不願意和自己待在一起？她不由得往負面方向多想。

出於這般背景，謝麗爾不願繼續這個話題。

然而耶利歐想靠與謝麗爾說話來暫時轉移注意力，便不假思索地繼續說：

「哦～～話說他在忙什麼？」

「……耶利歐，你問這個想幹嘛？」

「沒有啦，換作是我，如果只是簡單的小事，我會把陪伴艾莉西亞擺在前面，所以我想說他到底在忙什麼……」

他告知阿基拉謝麗爾被擄走的時候，阿基拉淡然的態度讓他一度覺得阿基拉非常無情。儘管如此，阿基拉馬上就去救謝麗爾，不只平安救回來，還把擄走她的犯人全部殺光。

這麼深切關心謝麗爾的人，會把謝麗爾暫且擺到一旁，究竟是什麼樣的重大理由呢？對耶利歐而言，單純只是憑著自己與情人的關係來對照，覺得有些不自然才隨口提問。

不過這已經超過了謝麗爾容忍的限度。因為現在正置身於久我間大樓，必須表現得比平常更加鎮定——為此露出的笑容從謝麗爾臉上消失，她開口發出沉靜的聲音。

「耶利歐，你該不會是在懷疑我和阿基拉的關係？」

聲音帶著冰冷的慍怒，眼眸中魅惑男性的光芒消失。接著她以窺探對方心底般陰暗又深沉的目光看著耶利歐。

耶利歐自知大事不妙，連忙否認：

「不、不是啦！誤會了！反了啦！我只是想說阿基拉先生明明和妳感情那麼好，為什麼寧可拋開約會……我是說，為什麼這次會忙得抽不出身！對嘛！阿基拉先生賺那麼多錢！一定沒空成天搭理妳……我是說他一定很忙！」

耶利歐緊張兮兮地辯解，焦急得屢次說錯話又慌忙修正。

隔了短暫的沉默，謝麗爾恢復笑容。隨後她帶著微笑警告：

「……那就好。無謂招惹誤會的言行，會帶來不幸喔。」

耶利歐勉強擠出笑容回答：

「說、說的也是。我會注意。」

「還有，你講話很大聲，會吸引多餘的注目，小聲點。」

「我、我知道了。」

耶利歐想著剛才真是好險，放心地吐氣。原本對這裡的氣氛感覺到的緊張與畏縮已經完全消失。

謝麗爾在心中猛然吐氣，試著完全恢復平靜。

（我要冷靜。因為這點小事就情緒暴躁，不就像是承認和阿基拉的關係有令人不安之處嗎？沒問題的。我只是因為與阿基拉的感情受到質疑，有些不愉快而已，只是為了讓耶利歐冷靜下來才演了一齣戲。只是這樣而已。）

不只是為了告訴耶利歐，也包含葛城兩人，還有更重要的是要告訴自己這是事實，謝麗爾面露遊刃有餘的笑容。

「葛城先生，耶利歐也差不多冷靜下來了。讓您久等了，我們出發吧。」

「知道了。往這邊。」

以謝麗爾為中心的假千金一行人在葛城的帶領下，理所當然般走向大樓深處。

如果成功辦妥這次的遺物販賣，阿基拉肯定就無法輕言捨棄自己，視成功的程度，甚至可能為了追求更多利益，積極與自己有更進一步的交流。加上這個理由，絕對不允許失敗——謝麗爾這麼告訴自己，重新燃起鬥志。

◆

謝麗爾等人在大樓二樓辦好手續後，接受葛城的提議來到一樓的咖啡廳。謝麗爾與葛城討論遺物販賣計畫時，耶利歐與達利斯則在一旁閒聊。

「所以啦，謝麗爾，就算要賣遺物，有些東西是賣不出去的喔。分辨這些東西需要知識。既然我會幫忙，這部分乾脆交給我吧？怎麼樣？」

「那當然。我想一定期間內找不到買家的遺物基本上就按照往例賣給葛城先生沒問題。聽說葛城先生曾在收購衣物類遺物這方面為阿基拉多費了一番工夫。這些費時費力的瑣碎問題，我會詳實告知阿基拉，徵求他的同意。」

「不用啦，不必這麼麻煩，用不著什麼事都去打擾阿基拉，他也會體諒啦。先撇開這個不談，既然要做遺物買賣，警備最好更完善一點喔。」

「是的。這部分我非常期待能仰仗葛城先生的協助。」

葛城要求謝麗爾答應阿基拉帶回來的遺物之中能賣高價的遺物不要販賣，而是賣給他。謝麗爾則威脅葛城，她會告訴阿基拉葛城曾試圖在收購衣物類遺物時占阿基拉便宜。

葛城因此一度妥協，換個方向要求她以販賣遺物所得的利益購買他店裡的裝備。謝麗爾接受了提議。

這樣的談笑之後仍持續著。達利斯因為與葛城交情很長了，能理解兩人話中有話。他一臉愉快地在旁邊聽著兩人之間的試探與交手。

耶利歐搞不懂這麼多，但隱隱約約明白兩人之間暗潮洶湧的攻防。他覺得這樣的謝麗爾很可靠，而她不知不覺間變得能辦到這種事也讓他不禁有些害怕。

就在這時，經過謝麗爾一行人身旁的某人停下腳步。

「……謝麗爾？」

謝麗爾將臉轉向聲音傳來的方向，認出對方身分的同時面露親切的笑容。

「好久不見了，克也先生。」

那笑容讓克也再次看得出神。

◆

水原身為多蘭卡姆事務派系的幹部，帶著克也來到久我間大樓。目的是向自身的贊助者介紹克也，藉此爭取更多贊助。

贊助者大多屬於都市的富裕階層，也就是所謂的善良市民。雖然想要遺物，但是要出錢資助那種殺人不眨眼、欠缺倫理觀念、形同罪犯的獵人會讓他們心理上有所抗拒。簡單說就是這樣充滿良知的市民們。

事務派系召集的A班年輕獵人就是因為親屬死亡而生活窮困，只好成為獵人。這些孩子不偷不搶、不詐騙也不殺人——具備防壁內的倫理觀念，十分符合這些善良市民願意出資贊助的條件。

多虧自己出資贊助才能不沾染邪惡，成長為獵人的這些少年少女，現在甚至要挑戰討伐懸賞目標。為了讓他們成功，並且證明資助這些不幸孩童是對的，還需要更多援助。水原事先如此告知所有贊助者，準備了這場餐會。

克也是這場餐會的主角，也是宣傳主軸。

獵人等級32。這數字不只在年輕獵人當中出類拔萃，甚至已經逼近都市內的高階獵人。

如此才華洋溢的年輕人，不只未來想必能大展鴻圖，而且他心繫夥伴，夥伴對他也信賴深篤，就連外表容貌都高人一等。

光聽這些說明，贊助者們恐怕會懷疑是否過於誇大。這代表了水原對克也就是這麼大力支援，也押注在克也的成長上。

然而水原幹勁十足地抵達久我間大樓時，不禁稍微板起臉。

「克也，你還好嗎？」

「……我沒事。」

儘管嘴上這麼回答，又或者該說就如同那孱弱的回答，克也顯然無精打采，臉上全無自信。如果置之不理，他會呈現將垂頭喪氣的臉硬是抬起來的狀態。

水原盡可能關心克也。

「最近由米娜她們也說你沒精神，都在擔心你喔。究竟發生了什麼事，告訴我吧。對由米娜她們難以啟齒的事，換作是對我能說出口嗎？」

「……我沒事。」

「……這樣啊。」

水原在心中抱頭苦惱。將這種狀態的克也介紹給贊助者，只會收到反效果，但是餐會的行程無法變更。

（距離餐會還有點時間……必須在這段時間內設法解決……）

焦急的水原總之先邀請克也到附近的咖啡廳，打算在那裡激勵克也直到時間極限。

克也緩步跟在水原後方。他的視野中映著死去的夥伴身影。

那些身影並非實際存在，但已經足以傷害克也的心靈。

◆

見到對自己看呆了的克也，謝麗爾投以微笑，並短暫思索應對方法。隨後她對葛城使了個眼神。

葛城接到她的暗號，立刻發揮生意人的臨機應變，對謝麗爾與克也露出有些奉承的親切笑容。

「謝麗爾小姐，這位是您的友人嗎？」

聽見這句話，謝麗爾明白處理方針已與葛城取得共識，便愉快地對克也搭話：

「是的，不過前提是克也先生也願意如此看待我。不知道您怎麼認為。」

克也回過神來，連忙回答：

「咦？啊、嗯！是朋友！是的！」

剛才沒注意到克也停下腳步而繼續向前走的水原回到這裡。她看到克也的反應，感到吃驚。

「克也，怎麼了嗎……咦？」

克也雖然有點慌張，但臉上沒有方才揮之不去的凝重陰鬱。究竟發生了什麼事？水原有些疑惑。

這時葛城體諒般點頭。

「原來兩位是謝麗爾小姐的友人啊。那麼我們就讓出位子吧。不，請別介意。與我們的商談只是小事，待您與友人歡談後再繼續吧。」

「非常感謝您的體恤。」

謝麗爾說完微微低下頭，葛城則回以親切的表情，站起身。緊接著達利斯也離席，拍了耶利歐的肩膀要他起身。於是他們三人一起移動到隔壁桌。

謝麗爾邀請克也兩人坐到空出來的座位上。

「不嫌棄的話請坐，有空位了。」

克也毫不猶豫就坐到正對面的位子。水原短暫懷疑後，推測克也的變化原因出自眼前的少女，便坐到克也身旁。

謝麗爾見兩人就座後，別有深意地微笑。

「那麼容我重新打招呼。很高興能再次見到您，克也先生。」

「我、我也是……」

「話說您又將隨行的女性晾在一旁，找我搭話了吧？和上次是不同的女性，這回年齡也有點差距。您正在廣泛搜羅各種對象嗎？」

「不、不是啦……！」

克也慌張的模樣就像個與年齡相符的孩子，朝氣蓬勃。剛才在店外展現的陰鬱氣氛已不知去向。顯著的差距令水原吃驚。

◆

謝麗爾、克也、水原三人圍著桌子，簡單自我介紹後開始閒聊。

話題的中心是克也在多蘭卡姆的活躍。剛加入幫派時的辛勞；在訓練與實戰中出類拔萃的才華嶄露頭角；在獵人工作方面的活躍；受到眾多夥伴景仰；於遺跡中的奮鬥；甚至受到幫派幹部的器重。才華洋溢的年輕獵人輝煌璀璨的成功軌跡不斷持續著。

水原為了方便謝麗爾稱讚克也，刻意引導話題方向。她的目的是盡可能讓克也的心情轉好，帶那種狀態的他到餐會會場，使這次餐會成功。

謝麗爾也順著水原的誘導，不停稱讚克也。她的目的是透過克也的境遇了解幫派的內部消息。再加上也許有可能得到對販賣遺物有用的情報，因此她盡可能從中探聽。

結果就是目的不同但手段相同的兩人不停誇獎克也。

最後是謝麗爾先察覺異狀。她斂起親切的笑容，將困惑與不安掛在臉上，憂慮地問道：

「……克也先生，我是不是在不知不覺間說了什麼會壞了您心情的話呢？如果是這樣，我願意道歉。」

有些心不在焉的克也回過神，慌張地回答：

「咦？沒有，沒這回事啦！」

「真的嗎……那個，打從剛才每次我開口說話，似乎都會讓克也先生的情緒更加消沉……」

謝麗爾壓低語調如此回答，擺出有些失落的表情低下頭。

克也的表情轉為僵硬。

「呃、這個嘛……」

克也無法回答沒這回事，因為他也有自覺。

實際上每當克也受到誇獎，情緒就更加消沉。起初還純粹感到開心，笑得有些羞赧，但隨著兩人不斷讚美，那笑容也漸漸浮現陰影。

不只受到防壁內贊助者的高評價，現在還被任命為懸賞目標討伐部隊的隊長。憑克也的能力一定能成功達成任務——當水原這麼說，克也已經連擠出笑容都有困難。

謝麗爾在疑惑的同時，露出看似關懷克也的表情，並冷靜思索。

是不是誇獎得太露骨，反而招致反感了？不是。那麼是誇獎的方式錯了？不是。對方確實因為受到誇獎而開心，但也感到更深的沮喪。她如此判斷。

謝麗爾將內心想法與表情區隔開來，露出憂愁的表情，冷靜地觀察水原的反應。她看起來在擔心克也，也十分煩惱，但感覺不到疑惑和驚訝。換言之這對水原來說並非出乎意料的事態。另外，她沒有責備謝麗爾的跡象，所以也不是謝麗爾的過錯。

謝麗爾在如此判斷的當下停止繼續思考原因，轉而做其他判斷。究竟要繼續交談還是就此作結？

（聽說他之前也和阿基拉起過衝突，在這時結束對話，就此斷絕關係也沒什麼不可以……）

謝麗爾一瞬間瞄向葛城，然後立刻將視線拉回克也兩人身上。

（葛城大概正在測試我在這種狀況下的應對能力。捨棄人際關係的可能性會導致他對我的評價變低吧……）

由妳獨自主導這次會談——謝麗爾如此解釋葛城主動離席的意圖。

（在這個當下讓葛城對我的評價降低，會對販賣遺物有負面影響。別無選擇啊。）

繼續下去。謝麗爾如此判斷後，立刻著手處理。在鼓勵關心克也的微笑中自然而然添加了因為自己說錯話而傷害對方的憂傷陰影，以擔心對方的口吻溫柔地說道：

「克也先生，如果真的不是我的錯，不，就算真的是我的錯，不嫌棄的話可以告訴我理由嗎？」

克也與謝麗爾對上視線，但他沒有開口。

「我不會逼您說出口。不過，如果您願意說，我也願意聽。也許無法解決您的煩惱，但聽說有時候光是開口告訴別人就能讓心情輕鬆幾分。況且，只是聽人訴苦或談心，這點小事我也能辦到。請儘管對我說。」

謝麗爾那刻意強裝開朗，卻又掩不住眉間陰鬱的笑容緊緊抓住了克也的視線。不過他仍然沒有開口。

「……好吧，我會放棄。抱歉對您如此強求。我傷害了願意說我是朋友的人，讓我想知道理由，但如果因為追問而更加傷害對方，就沒資格自稱朋友了吧……雖然可能已經太遲了。」

微笑蒙上陰影，憂傷成分轉濃。謝麗爾的笑容扭曲至此，讓克也不禁開了口。

「不是那樣的！真的不是妳的錯……那個，呃……該怎麼說才好……我是有些煩惱……我自己也無法說明清楚就是了……」

由於克也顯露願意解釋的態度，謝麗爾也抬起垂下的臉，在表情中添上溫柔。

兩人四目相對，這讓克也做好了覺悟。他猛然吐氣，以認真的表情問道：

「……妳覺得我是厲害的獵人嗎？」

謝麗爾先是露出意外的表情，隨後展露確切的笑容並點頭。

「是的，我這麼認為。」

「……真的嗎？」

「是的。當然這類標準因人而異，不過至少我認為，只要剛才說的並非謊言或隨口編造，您已經稱得上是很厲害的獵人了。」

「……這樣啊。」

克也有點欣喜地笑了。

「謝謝妳，我很開心。但是……」

接著他像是要吐露心境般深深嘆息，陰影籠罩了他的臉。

「……我不這麼認為。」

在一臉意外的謝麗爾與水原面前，克也再度吐氣，繼續說：

「……到底怎麼樣才算得上厲害的獵人，我已經搞不太懂了。」

克也終於脫口說出過去對任何人都無法吐露的煩惱，心情稍微變輕鬆後順勢娓娓道來。

◆

克也從小就對獵人抱持著憧憬。聽聞許多獵人大展身手的傳聞，想像那樣的光景令他雀躍不已。

歷經無數鍛鍊提升自身能耐，與彼此信賴的夥伴攜手挑戰諸多危險但更具魅力的遺跡。

與強度超乎自身能力的怪物群交戰、在遺跡的未知領域摸索尋覓、與夥伴們一起跨越許多苦難，最後得到寶貴的遺物踏上歸途。

有時會和夥伴一同胡鬧揮霍金額龐大的報酬，也會為了更進步，認真討論如何運用報酬。

這些都是在東部俯拾即是的冒險故事。

有朝一日自己也要成為在冒險故事中登場的那種厲害獵人。過去的克也想像著實現夢想的自己，如此下定決心。

「這樣講或許很厚臉皮，不過我想那個夢想大概已經實現了。多蘭卡姆的年輕獵人中，好像是我最有實力，現在也有了許多夥伴，也許是我囂張，但我不覺得自己會輸給隨處可見的平凡傢伙。」

事實上，克也已經成為與泛泛之輩截然不同的獵人。光是站在多蘭卡姆的新手獵人的頂端，就明顯有別於單純經歷長卻事業低迷的獵人。他已經出人頭地，是成功者了。

「所以，哎，也許我已經成為厲害的獵人。」

克也一償宿願成了厲害的獵人之後，現在必須面對過去令他雀躍不已的冒險故事的陰暗面。

「……起初，不，其實這也不是第一次，但該說是第一次萌生自覺吧？我第一次清楚理解這一點，是在久我間山都市防衛的緊急委託中……有夥伴死了。我沒能救回夥伴們。」

在同一間餐廳一起用餐，一起努力撐過艱苦的訓練，在探索遺跡與討伐怪物時互相扶持的夥伴死了。

挨了敵人的砲擊，變成碎片而死；被怪物啃食，瘋狂哭喊而死；雖然並非致命傷，卻因為手邊回復藥不夠而死。

光輝耀眼的冒險故事只屬於成功者與倖存者，死者則是無人提起。

「那時我覺得，只要我變得更強就好，成為能救所有人的厲害獵人就好。但是我辦不到。夥伴又死了……這次我又沒能救他們了。」

因為失去夥伴而選擇退出獵人工作的人也不少，其中也有人是因為害死夥伴的悔恨。有些人雖然不至於退出，卻因為害怕再度失去夥伴，之後選擇獨自行動。

「謝麗爾說我是厲害的獵人，我真的很高興。

不過聽人稱讚救不了夥伴的我厲害……那個，我總是會多想，就算別人再怎麼覺得我厲害，以後我是不是同樣會救不了同伴……只是這樣罷了。」

予野塚車站遺跡的經歷在克也心中留下了深刻的傷口。那並非單純因為他無法拯救同伴性命，而是因為他認為自己捨棄了同伴。

加上在那之後，死去的夥伴身影不時會出現在視野中，克也從他們的身影感受到指責般的意思：你根本無法救同伴，所以只有單獨行動最適合你。

然而事到如今就算不當獵人，就算要轉為獨自一人行動，那同樣是捨棄了其他夥伴。自己終究辦不到。這樣的想法，還有責怪似的不斷凝視著自己的死去的夥伴身影，使克也心神憔悴。

◆

謝麗爾表面上擺出對克也的苦惱深感同情的表情，暗自分析並整理他的話語，思考應對方法。最後她在心中感到傻眼。

（啊啊，簡單說，他基本上認為只要自己努力就能一切順利，明明努力了卻不如意，所以感到沮喪啊。自信過剩也太誇張了。）

無論才華或成果應該都是真的，才讓他得以抱有這麼強烈的自信吧。但是這些事物累積到最後，從他無意識間認定得到成果是理所當然的那瞬間開始，強烈得過剩的自信開始反過來侵蝕他自己了。謝麗爾如此推測。

（會受到夥伴景仰，這部分想必就是理由吧。與其說景仰，應該已經惡化成仰賴了。）

置身於危險的獵人工作，在一次次的生死關頭為了鼓舞自己和夥伴而說大話，並憑藉出類拔萃的才華使之實現。

拯救別人使人欣喜，受人仰賴便回應期待，因此受到更多依賴。旁人則為了拋開恐懼、為了找出希望，將希望寄託於他，告訴自己只要有他在就沒問題。

（這就是擁有太多才華所衍生的苦惱嗎？）

自信和責任感都太過強烈，也有回應期盼的才能。拿出成果後受到更多期待，有更多人期望他拿出更多成果。

於是旁人的要求終於超越了他的才能，對他有所要求的人已經多得憑他的實力也無法每一個人都拯救。謝麗爾如此推測。

（他是真的為了夥伴的死而悲傷，但更讓他悔恨的是自己沒辦法拯救夥伴。不過這也代表他認為憑自己的實力有辦法拯救吧。）

賭上性命、拚盡全力，還是失敗了——他並非這麼想，而是認為原本應該能挽救的性命，因為他輕微的失誤而逝去。正因為他這麼認為，再加上他自己的責任感，使得悔恨更深。謝麗爾如此推測。

接著她簡單思索，決定了應對方法。她對克也面露嚴肅的表情，以有些強硬的口吻說道：

「克也先生，聽了您這番話，接下來我會老實說出感想。也許內容會有些不合理或根本錯誤，到時候請您當作耳邊風，或是嗤之以鼻。」

克也抬起低垂的頭。看到筆直凝視著自己的謝麗爾，他感受到幾分壓力，但還是擺出傾聽對方說話的態度。

兩人就這樣表情認真地互相凝視。就在克也因為持續的沉默而開始有些緊張時，謝麗爾放鬆表情，面露微笑，深深低下頭。

「真的非常感謝您保護了都市。對克也先生和您的夥伴們，以及為了守護都市而戰死的各位，我在此鄭重致上謝意。真的非常感謝各位。」

克也因為對方突然道謝而愣住了。謝麗爾抬起頭，雙眼再度從正面直視克也。

「若當時無法擊退怪物群，都市肯定會遭受慘重的損害。為此而戰的獵人們也許是為了高額的報酬，也許是為了揚名立萬，也許單純只是獵人工作的一環，由於經濟困難別無選擇，或許並非人人都是為了保護都市。」

那只是為了自己而戰，用不著感謝——謝麗爾為了事先堵住這句話，再度低下頭。

「儘管如此，他們冒著生命危險，實際上也因此戰鬥至死，這一點並沒有差別。我為此深深致上謝意。」

克也注意到自己現在心神不寧，但是他搞不懂理由。

「只要繼續投身於獵人工作，死亡的危險便如影隨形。包含風險在內都屬於自己的責任，要這樣說我也無法反駁。獵人這個行業也許真的需要這般覺悟。」

謝麗爾先如此設下前提，隨後否定：

「不過我不認為人人都懷著同樣的覺悟成為獵人。想必也有迫於無奈成為獵人，直到最後都缺乏實力與覺悟而死去的人。」

她表示對個人狀況心有戚戚焉，繼續說：

「而就算擁有實力與覺悟，運氣不好還是會喪命。趕不及被克也先生救援，我認為也算在運氣不好的範圍。」

克也發現自己的心情稍微變輕鬆，但是他搞不懂理由。

「我不知道克也先生是如何看待逝去的夥伴，但是，如果那些賭上性命與您並肩戰鬥的人們讓您引以為榮，請您永遠記得他們。」

謝麗爾說到這裡，露出懷著敬意的微笑。不過這時她的表情再度轉為嚴肅。

「但是，如果並非如此，如果那些人的死會成為您的枷鎖，那請您現在就忘記他們的存在。」

要我忘記死去的夥伴。克也認為謝麗爾這麼要求，不由得動怒。

「妳的意思是，反正都已經死了，乾脆早點忘掉嗎？」

因為認為逝去的夥伴遭到侮辱，帶有怒氣的威嚇也強烈到過剩的地步。換作平常的克也，絕對不會這麼做。

然而謝麗爾並未畏縮，反而投以嚴肅的強烈目光，使得克也為之震懾，平息了怒氣，恢復冷靜。

接著她以認真的語氣叮嚀般繼續說：

「如果您以已逝的夥伴為榮，那就沒問題。那肯定會成為您的助力。即便置身於艱難的狀況，那也會成為讓您邁步向前的力量，在絕望的狀況下振奮您抵抗的意志。」

隨後她在嚴肅的表情中添加哀傷。

「但是，如果無法拯救戰友的怨嘆與後悔會成為您的枷鎖，那將會殺死您。請忘了那些人。」

她用那樣的表情凝視對方，堅定地訴說：

「在應當前進時讓您畏縮不前而害死您；在應當後退時纏住您的雙腳而害死您。所以請您忘了他們，請您儘管把我罵得狗血淋頭，說出所有您能想到的責罵，然後就此拋到腦後。」

克也默默地聽她說。失去夥伴的悲傷至今仍殘留於心中，但是從那悲傷當中產生的，已經不再是責備克也的幻影。

說到這裡，謝麗爾稍微放鬆表情。

「……我不會說您不應該為已逝的人們而活，不過請您同樣為了還活著的其他人而活。打從剛才兩位就都很擔心您喔。」

語畢，謝麗爾的指尖指向克也背後。克也回頭一看，發現由米娜與愛莉站在那裡而嚇了一跳。

「啊～～其實我們剛才就在這裡了，只是一直找不到時機搭話。」

由米娜這麼說，面露僵硬的笑容試著帶過。愛莉則是擺出平常的表情，用力點頭。

克也突然有種與兩人闊別已久的感受。而他終於發現自己瑟縮在後悔與自我厭惡的硬殼中過了多久，終於明白那讓由米娜兩人多麼憂心。

已逝的夥伴身影依然映於視野角落，但克也已經不再畏懼。

◆

我沒辦法救他們，他們想必非常恨我吧。這樣的認定讓已逝的夥伴表情看起來滿懷怨恨。

無法拯救的悔恨讓他無意識地期望受到責備，讓他產生已逝夥伴的幻覺，按照他的期望責備他。

於是他萌生了不想失去更多夥伴的想法，為了避免增加夥伴，試著讓自己主動孤立。

映於視野中的夥伴的幻覺，全都反映了自己的認知與期望。是自己脆弱的心靈將已逝的夥伴轉變為惡靈。

克也如此解讀自己的狀態後，改變了認知。

已逝的夥伴當然不可能希望自己去死。就算真的希望，也不能拋下還活著的夥伴跟著死去。不好意思，抱歉。

當他這麼想，映於視野中的夥伴們紛紛面露笑容，點頭同意他的決定，緩緩消失。

克也笑得像是拋開了煩惱。那久違的笑容讓由米娜與愛莉都看呆了。而他對謝麗爾堅定地宣言：

「我不會忘記。我會永遠記住。」

眼前的少年接受了哀傷與後悔，仍然決定笑著向前看。

克也露出重新振作的笑容，謝麗爾也確實回以笑容。

「您真是溫柔。坦白說，我原本以為您會對我破口大罵，說些『局外人不要說得好像很懂』之類的話。」

「咦？那……那妳為什麼剛才要那樣講？」

「因為我覺得克也先生光是大發雷霆，將心底累積的情緒發洩出來就會好上許多。不過看來是我白操心了。」

謝麗爾笑了笑，不在乎地回答。

克也受到強烈的衝擊。這位少女為自己拂去了自從失去夥伴後一直懷抱至今的憂傷，她不惜觸怒能輕易殺死一般人的獵人，還是將對他的擔憂、除去他的痛苦放在第一。這件事讓克也甚至感到幾分感動。

他懷著這樣的感想注視著謝麗爾，於是謝麗爾也面露微笑，反過來注視著他。克也為此感到羞赧，想遮掩似的笑了笑。

◆

在純白的世界中，少女不愉快地皺起臉。

就算是實際存在的事物，有時隨著個人認知不同，填補了其他資訊後看起來就像其他事物。

換作是實際上不存在的事物，更是如此。只要認知上如此，看起來便是如此。

「多管閒事。」

認知已被改寫。

克也與謝麗爾交談後取回鬥志，由米娜與愛莉兩人和水原交換，坐到桌旁。

距離餐會開始——正確來說是離介紹克也的時間還有一段空檔，水原建議眾人在那之前先聊天。

克也神采奕奕，朝氣蓬勃更勝平常；謝麗爾臉上掛著甚至令人覺得優雅的微笑；愛莉則是一臉欠缺情感起伏的平常表情。和三人相比，由米娜顯得有些心神不寧。

克也注意到由米娜的異狀，感到納悶。

「由米娜，妳怎麼了嗎？」

「咦？沒事啊。」

由米娜以輕笑帶過後，對謝麗爾低下頭。

「謝謝妳聽克也訴苦，幫上大忙了。」

由米娜也察覺了克也苦惱的原因，儘管知道，她無法建議克也忘記或別在意，因為她知道溝通時如果不仔細挑選言詞，只會讓狀況更加惡化。

而儘管由米娜認為克也輕易切換心情拋開死去的夥伴是最好的做法，當她想到有朝一日自己死去時也會被輕易忘記，便不禁感到躊躇。

她不願意死了還成為克也的負擔，但她也不願意被克也輕易忘記，只是偶爾想起有她這個人。

愛莉也跟著對謝麗爾低下頭。

「謝謝妳。」

愛莉某種程度也看穿了克也的煩惱，但她認為那只是克也還沒習慣，便不多置喙。

愛莉對於夥伴之死不如克也兩人那樣悲傷。人會死的時候就是逃不掉，這是理所當然的結果。即便是昨天彼此展露笑容的對象，最後總是會習慣。她一直在這是理所當然的觀念中活到今天。

儘管這麼想，她也希望自己死去時，克也能為此感到悲傷。她不願意自己死掉之後，克也只是輕描淡寫：「最近都沒見到她，是不是死了啊？」

克也為夥伴之死憔悴的模樣，某種角度也符合愛莉的願望：希望自己死去時，克也有同樣的反應。於是她無法開口建議克也習慣夥伴逝去。

由於與謝麗爾談話，克也得到了能接受夥伴死亡的堅強。由米娜兩人為克也恢復朝氣真心感到喜悅，也因為他的回答，知道自己死掉的時候大概不會被他忘記，無意識間感到安心。

「不客氣。能有所助益是我的榮幸。」

說完，謝麗爾神態優雅地微笑。由米娜見狀，心懷複雜的感情。

她解決了克也的煩惱，這一點確實讓由米娜感謝，同時也能理解克也對謝麗爾抱持強烈好感的理由。

然而，與克也有長年交情的自己也辦不到的事情，這位少女短短兩次見面就輕易達成。一想到這裡，就讓她不由得想問自己與克也一起度過的歲月究竟算什麼，湧現一股混著嫉妒的自我厭惡。

（啊～～這樣不行，這種想法不好。克也振作起來了，這樣就好了吧？）

至少謝麗爾應該沒有把克也視作戀愛對象，所以一定沒問題。由米娜盡力說服自己。

剛才點的餐點送到謝麗爾等人的餐桌上。

克也預定待會兒就要出席餐會，但那場聚會重點並非用餐，因此他點了些不至於讓自己餓肚子的餐點。由米娜和愛莉並沒有要參加餐會，所以她們點菜毫不客氣。水原會將費用列入幫派經費。

而一小杯咖啡被擺到謝麗爾面前，費用是自付。水原願意請客，但是謝麗爾婉拒了。

克也露出有些不可思議的表情。

「謝麗爾真的這樣就夠了？只喝一杯咖啡？」

「是的。請別介意。」

謝麗爾笑著答道，但若允許她說真心話，她非常希望能吃一頓免費大餐，盡情享受昂貴的料理。

然而現在的她正在佯裝富家千金。她不曉得真正的千金小姐會選擇什麼料理，也不知道上流階級的用餐禮儀，絕不能在這般狀態下因為拙劣的模仿暴露自己其實是貧民窟出身，所以她只能忍耐。

而且如果接受水原他們的招待，就有可能被懷疑出身，因此她選擇自己付費。

不過什麼也不點同樣不自然。就算舉止有些可疑之處，只是喝杯咖啡的話應該還能蒙混過關吧。她如此考慮後決定。

料理一一擺到克也等人面前，無論如何都會映入眼中。要是覺得美味而忍不住探頭看，就一位生活富裕者而言未免太不自然了。

所以她既不能讓視線飄向料理，也不能輕率地有所反應。謝麗爾如此告誡自己，微笑的同時用盡心力忍耐。

她的舉動讓克也感到疑問。

「啊～～這間店雖然滿平價的，不過我覺得口味還不錯，是不是不合謝麗爾的胃口？」

冷靜下來後仔細打量謝麗爾的服裝，就能清楚感受到那股與一般市售品大不相同的氣氛。一定是這種程度的餐廳的料理無法滿足防壁內的居民吧。克也這麼推測。

另一方面，謝麗爾聽見了出乎意料的話，為了按捺自己不要有任何反應，已經耗盡心力。

（平價？光是這杯咖啡就要價１５００歐拉姆耶！金錢觀念到底是怎麼回事？）

果然有實力的獵人收入非比尋常。難怪阿基拉能若無其事就買下一盒２００萬歐拉姆的回復藥。謝麗爾雖然理解，但也難免驚訝。

同時她隱藏著這些思緒，露出有些害臊的神情微微搖頭。

「不是的，沒這回事。那個，我不是對料理的品質不滿，這是重視改善自身體型的選擇……」

克也聽不懂謝麗爾話中之意，納悶地歪過頭。

「體型？謝麗爾的？」

這時由米娜與愛莉責難道：

「克也，你閉嘴。」

「克也，說話前多想一下。」

由米娜兩人責怪的視線集中到克也身上，他晚了半拍才理解了。他連忙說出辯解般的話語。

「沒有啦，我只是想說謝麗爾看起來也不胖，況且豐腴一點對健康也比較好……」

「克也，總之你先閉嘴。」

「克也，講話真的要先經過大腦。」

受到更強烈的斥責讓克也察覺風向不對，便閉口不語以防情況惡化。

由米娜面露苦笑，對謝麗爾道歉。

「不好意思喔。也許有點太遲了，不過克也就是這種傢伙。聽起來可能像是藉口，但他真的沒有惡意，只是常常忍不住多嘴……不，還是不能縱容。上次的反省效果開始降低了嗎？」

「我、我錯了。謝麗爾，不好意思。」

「請別介意。難得有這機會，彼此就別介意小事，開心地聊吧。」

勉強蒙混過關了——謝麗爾這麼認為而感到安心，開始將牛奶與砂糖加到小杯子中。

目睹她的舉動，克也等人的表情漸漸轉為納悶，隨後越來越疑惑。

咖啡杯小得連體格嬌小的謝麗爾的手也能完全掌握，杯中原本盛了七分滿的咖啡，隨著砂糖與牛奶不斷加進去，水面也漸漸上升到八分甚至九分。

最後謝麗爾加入的砂糖和牛奶，對某些人而言堪稱對咖啡的褻瀆。謝麗爾拿起那杯要稱為咖啡會不禁讓人產生疑問的液體，輕啜一口。

接著她覺得非常美味般露出微笑。若非在這種狀況，那笑容甜美得足以讓克也心神蕩漾。然而現在克也感到不同層面的衝擊，並未注意到那笑容。

謝麗爾發現了克也三人的視線。

「……那個，怎麼了嗎？」

「呃～～那個，不甜嗎？」

由米娜戰戰兢兢地問道，謝麗爾回以疑惑的表情。

「很甜啊。」

「不，不是那個意思……抱歉，當我沒說。」

不嫌太甜了嗎？由米娜並未追問這個問題的答案，收回了問題。

克也有些慌張，詢問類似的問題。

「那個，妳是不是特別喜歡吃甜的？」

「是的，很喜歡。」

謝麗爾發自內心笑著回答。那同樣也是會讓人看得出神的笑容，但是克也突然有種口腔充滿了強烈甜味的錯覺，無暇分神注意她的笑容。他試著敷衍過去，繼續說：

「是、是喔。我的夥伴中也有不少女性，大家也都喜歡吃甜點。因為獵人工作必須大量運動，有些回復藥則會消耗身體能量來治癒傷口或提升體力恢復速度，所以大家都說能不管熱量之類，愛吃多少都沒問題。有些人吃的量非常誇張……」

為了擺脫那似乎會傳染到自己舌尖上的甜膩，克也三人挪開視線，對謝麗爾的咖啡視而不見。

◆

葛城坐在其他餐桌旁，觀察謝麗爾等人的反應，不禁感到懼怕。

謝麗爾的表現遠超過他提出的考驗。她不只完全瞞過多蘭卡姆的幹部，讓對方相信她真的是富裕階層出身，還贏得了那位幹部重用的獵人的信賴。

消耗數件舊世界製衣物當作材料的量身訂做服也許有其效果，但葛城不認為光靠衣服就能如此徹頭徹尾騙倒對方。如果自己不知道謝麗爾的來歷，恐怕同樣會被騙，這讓葛城甚至感到輕微戰慄。

（不過還真可怕，完全不用出自真心也能講出那種話嗎？要不是我見過她當幫派老大的樣子，實在看不穿那是在演戲啊。）

他偷偷觀察達利斯與耶利歐的反應，發現兩人的表情大同小異。葛城想到自己臉上的表情大概也類似，試著讓近似苦笑的僵硬臉龐變回生意人的笑臉。這時剛才讓位給由米娜兩人的水原對他搭話：

「請問我可以坐這裡嗎？」

「喔喔！請坐請坐！」

葛城起身，為水原拉開椅子。緊接著他為防萬一，以視線對達利斯下了「不要多嘴也不要讓耶利歐開口」的指示。達利斯露出一絲苦笑點頭。

見水原在對面坐下，葛城刻意擺出諂媚奉承的表情。

「幸會，我叫葛城。我是謝麗爾小姐的友人，望您不吝指教。那個，我可以請問您與謝麗爾小姐的關係嗎？請別誤會，我沒什麼用意，只是正好有這個緣分……」

小商人偶然間遇見了理應沒機會認識的要人，用盡辦法想維繫這次的緣分——水原從葛城的態度如此判斷。她覺得被這種程度的人纏上也很麻煩，便慎選言詞。

「嗯，也是。啊，我忘了自我介紹，我叫水原，在多蘭卡姆主要負責行政事務。」

水原並未否認自己是謝麗爾的朋友，但也沒明確肯定，以自我介紹帶過這個話題。

葛城誇張地反應：

「多蘭卡姆！那個，所謂的行政事務，是不是也和採購裝備品項有關？其實我做的正好就是這方面的生意……」

「那個，不好意思，在這種場合不太方便談這個……而且雖然是您好意讓座，但我中途打斷了謝麗爾小姐的商談，卻和您談起生意，這樣對謝麗爾小姐實在失禮……」

「說、說的也是。真是失禮了。」

葛城與水原對彼此露出禮貌性的笑容，互相捉摸對方的底細，以謊言掩蓋謊言。

「話說，葛城先生，您和謝麗爾小姐談的是什麼生意呢？這樣說有點失禮，但是她會和獵人用的裝備採購有關係，讓我有些意外。況且這地方似乎也不是適合商談的場所。」

真的是談生意嗎？不是某種詐欺？水原言下之意就是這般質疑。這也證明了她已經認為謝麗爾是可能遇上這類詐欺的富裕階級。

葛城故意裝出著急的態度。

「啊～～那個，不是，呃，對了，我們在談有關遺物買賣的話題，所以麻煩她來到這個地方。在這裡的話，我們這些人也勉強還能進入。」

葛城打迷糊仗般回答，暗示謝麗爾是防壁內側的居民。

水原對此不抱疑問。被葛城灌輸錯誤認知的同時，她對其他部分湧現疑心。

「您說有關遺物買賣，比方說是哪種？」

「這個嘛，經手的遺物種類繁多，不過要舉例的話……那麼，請看她身上那襲服裝。」

水原在葛城的引導下，重新打量謝麗爾身上的服裝。洋溢著高級感，毫無疑問是價格昂貴的衣物，但整體設計風格偏向現代，難以視作舊世界製的衣物。她不知其中有何關聯，表情顯得有些納悶。

「的確是一套非常棒的服裝。那又如何？」

這時葛城露骨地擺出了出乎意料的表情。

「就……只是這樣嗎？」

「只是這樣，指的是什麼？」

水原回以不解的表情，對此葛城則以表情表示懷疑。

「那套衣服是用上數件舊世界製服裝為材料的訂做服，據說光是裁縫費用就花了１５０萬歐拉姆。如果還要加上材料的價格，成本究竟是多少錢呢？憑我實在無法想像。」

水原連忙再度觀察謝麗爾的服裝。聽葛城如此說明後再仔細端詳，確實能看出貴重程度如他所說。她暗忖不妙，試著扳回顏面。

「……一旦這麼做，作為遺物的價值不就沒了嗎？」

「是的，當然會這樣。但是憑她的身分，明知如此也不須猶豫。您……真的是謝麗爾小姐的友人吧？」

如果真的是謝麗爾的友人，為何連這點小事都不曉得？葛城言下之意就是這般質疑。水原事到如今也無法說出其實跟她非親非故，便回答：

「不，我只是在想，這樣處理要變賣的遺物就生意而言有利益嗎？那個，她真的是找你討論買賣遺物嗎？」

「咦？啊、啊啊，原來是這個問題。當然我也問過這樣有什麼利益，畢竟不是人人都能像那樣花錢，這是當然的感想。」

「我想也是。」

「的確。」

閃躲了質疑；騙倒了對方。兩人在心中鬆了口氣的同時，更多謊言層層堆疊，過程中謝麗爾的立場也隨之不斷被抬高。

◆

謝麗爾等人談天說笑，但餐會的時間已近。

水原告知眾人差不多該離開了，這時她發現克也對謝麗爾投出充滿好感的視線，於是心生一計。

「謝麗爾小姐，接下來的餐會，若不嫌棄可以請您參加嗎？難得各位相談甚歡，我想克也也會開心。」

只要有謝麗爾在場，克也想必會更加充滿幹勁吧。就如同水原的想法，克也上半身稍微前傾，顯得十分期待。

但是謝麗爾搖頭。

「非常不好意思，您的邀約讓我很高興，不過我還在商談，請恕我拒絕。」

「這樣啊，真是遺憾。」

克也露骨地顯露出失望之情。謝麗爾見到那模樣，苦笑道：

「克也先生，您已經左擁右抱了，建議您不要再貪心。也建議您忍耐，別從餐會摘回更多花朵。如果您想宣揚這種名聲，倒是無所謂就是了。」

克也慌張起來。

「我不會做那種事啦！況且由米娜她們也不會出席餐會……奇怪？妳們要出席嗎？」

因為水原告訴過他由米娜兩人都不會出席，他事到如今才對兩人為何出現於此感到不解。

由米娜是因為聽說水原硬拖著擺明無精打采的克也離開據點，出於擔心才與愛莉一起出來找人。

此外，她並不知道克也人在這裡，而是在愛莉的引導下來到這裡。她以為愛莉應該知道位置，所以對此並未感到疑問。

水原也認為由米娜兩人之所以來到這裡，是透過某些方法調查了她或克也當下的位置，因此沒有特別追問。

實際上，愛莉也不知情。她只是沒來由地知道克也的位置才來到這裡。至於她為何會知道，因為她自己沒有特別在意，也沒人追問她，這個謎就這麼被擱置了。

這時水原插嘴說道：

「克也穿著強化服亮相也無妨，不過由米娜兩人還是換件衣服比較好。」

她原本根本不打算讓由米娜兩人出席餐會，因為她判斷讓貧民窟出身的愛莉出席可能會招惹贊助者的不快。不需她明說，由米娜兩人也知曉她的用意，但她們理解自身立場而選擇沉默。

不過水原認為一旦將真相告訴無法自己察覺的克也，想必會使他大為光火，因此她原本只用「克也是部隊的代表」這般名目帶走克也一人。

然而水原在這時改變了當時的判斷。她認為在謝麗爾面前顯露可能被視作歧視貧民窟出身者的舉動，會帶來更大的不利。

從謝麗爾為都市防衛戰道謝的態度來看，她的價值觀不會因為對方是貧民窟出身就鄙視對方。一旦不讓愛莉出席餐會的理由被她識破，她甚至可能會動怒。

因此，她不願觸怒謝麗爾。她不知道謝麗爾對都市的富裕階層擁有多大的影響力。一旦克也也附和她的意見，那就更難收拾了。

既然如此，乾脆讓由米娜兩人也出席，讓她們來稱讚克也更好。水原在一瞬間做出這樣的判斷。

於是她決定在由米娜兩人多嘴之前，先將兩人帶離這裡。她推著兩人的背，對克也簡單說道：

「克也，我們接下來要換出席餐會的服裝。雖然還有段時間，你可別遲到了喔。」

「啊，好的。我明白了。」

克也有些納悶，但沒有多想什麼，就這麼目送水原三人離去。

謝麗爾看著留在這裡的克也，心想：

（呃～～這情況不是應該跟上去嗎？）

由米娜兩人明明那麼仰慕克也，這樣對待兩人實在說不過去吧。謝麗爾這麼想著，在心中稍微降低對克也的評價。這時她不禁想像換作是阿基拉會怎麼做。

隨後她立刻打斷這種想像。如果阿基拉對自己擺出同樣的態度，要麼單純因為個性不懂得體貼，不然就是根本不把自己當一回事。謝麗爾不想在這二選一當中做判斷。

而這反應證明了謝麗爾自己也明白答案明顯偏向後者。

謝麗爾害自己稍微不愉快的時候，方才有些欲言又止的克也以認真的態度對她問道：

「我也差不多該走了。在那之前，可以問妳一個問題嗎？」

「什麼問題？」

克也一瞬間躊躇，但他鼓起勇氣開口問道：

「其實我自從好一段時間前，獵人工作的狀況就大起大落。希望妳不要用奇怪的眼光看待，該怎麼說，雖然並非一定如此，但不管是訓練或實戰，當我獨自行動時狀況就是特別好。妳覺得原因會是什麼？」

我哪知道啊？謝麗爾小心不讓這種情緒浮現在臉上，裝出思考的模樣。

「會不會只是錯覺，或是您想太多了？」

「不，不是。狀況就是不一樣，差距大到我自己也能清楚分辨。」

「可是，並非您一個人就保證狀況絕佳，和別人一起就明顯不對勁吧？」

「是沒錯……可是顯然不一樣，絕對不是我的錯覺。」

克也非常認真地斷言。

謝麗爾在心中嫌麻煩的同時，認定若不給他一個聽起來合理的說法，他大概不會接受，於是隨便找了個理由。

「我隨意推測的原因也可以嗎？而且，聽我這樣說，您可能會生氣。」

「無所謂。還有，我不會生氣。我保證。」

克也認真地展現誠意，如此回答。

雖然嚴重程度比不上剛才獲得解決的痛苦，這方面的煩惱其實也讓他非常介意，而且找不到解決的契機，讓他大傷腦筋。

而這同樣是無法向同伴訴苦的內容。「和你們在一起，狀況就會變差」這種話，他當然無法對由米娜等人說出口。

入睡就會受惡夢所困，醒來又會受到幻覺侵擾——因為謝麗爾為克也解決了這般苦惱，克也對她懷著一種近似信仰的心態。

如果問謝麗爾，也許她會連這方面的問題都一併解決吧？他如此期待，期待強烈得近乎祈求。

於是謝麗爾下達啟示。

「那個，大概是因為您想保護夥伴吧？」

「…………咦？」

然而，啟示的內容太過出乎意料，克也沒有生氣，而是愣住了。

這時謝麗爾繼續說明：

假設克也的實力是十，獨自行動時就能將十成實力全部用在自己身上。

但是和夥伴一起行動時，克也為了保護夥伴，用了七甚至八成實力，說不定到達九成，剩下的才留給自己。

而克也等人基本上都以小隊為單位行動，太過注意夥伴而幾乎無法發揮實力的狀態成為他的判斷標準。

再加上克也可能以為他與夥伴們互相掩護，但實際上並不是互相幫助，而是他在護衛自己以外的所有人。這樣一來當然無法發揮全力。

所以當他不需要護衛夥伴，只有自己一人的時候，沒有那份負擔使得他感覺狀況非常良好。

他因為無法救夥伴而那樣悔恨，恐怕平常就為了保護夥伴耗盡心力。正因如此，光是留意夥伴的狀況就足以用盡他的能力。

一個人也狀況不好的時候，是因為置身於其他地點的夥伴讓他擔心得無法專注。和夥伴一起也狀況良好的時候，是因為當時有某些理由讓他無意識地判斷不需要護衛夥伴。

謝麗爾說到這裡，先觀察克也的反應。他並未動怒。

克也幾乎啞口無言。因為想保護夥伴，反而因此變弱而保護不了夥伴。這種說法本末倒置，確實讓他有些難以接受。

但是，因為是謝麗爾這麼說，當他一度覺得「也許真是如此」，懷疑的餘地也隨之消失。再加上他也記得有部分情況確實如她所說。

之前在予野塚車站遺跡，當地表部分崩塌時，他和由米娜、愛莉一同被捲進其中，他毫無疑問發揮了全力。當時狀況的確危急到讓他無法誇口說「由我來保護妳們」。

在那之後，與阿基拉一起作戰時，確實也拿出了全力。那次只是因應狀況並肩作戰，他不曾想過要保護對方。

說明有其道理，也有實際例子。於是他愈想愈覺得這就是唯一的解答。

這時謝麗爾接著又說：

「對被任命為懸賞目標討伐部隊隊長的人這麼說也許不太好，但是我想，您恐怕不適合擔任這種大部隊的隊長或是指揮官。」

如果克也成為有一百名成員的大部隊的隊長，他會去注意各個隊員的狀況，並且嘗試確實保護所有人，那麼光是監視所有隊員的安危就足以讓他耗盡精神，根本無法指揮整支部隊。

而且，假使遇上了捨棄其中一人就能讓九十九人獲救的狀況，克也恐怕無法捨棄那一個人。無論是多麼無法挽回的狀況，他都會賭上一絲可能性動員所有人去救援，結果徒增死傷。

聽謝麗爾如此說明，克也自己同樣去想像那種狀況。於是他得到相同的結果，表情不由得轉為凝重。

「那、那該怎麼辦才好？」

克也向那個答案尋求救贖，如此追問。

我哪知道啊？謝麗爾再度浮現同樣的想法，開口說道：

「這個嘛……比方說……」

改變對小隊行動的認知。並非自己單方面幫助小隊，而是確實做到彼此幫助。如果辦不到，就把所有人當成自己。按照克也的個性，不管隊友是強是弱，他應該都會盡全力追求最好的結果。

在指揮部隊方面，最重要的並非指示內容，而是屬下是否按照指令動作。就算有萬無一失的作戰計畫，一旦隊員無法信任指示內容而擅自行動，一切都會功虧一簣。就算計畫平庸，只要部隊確實遵守指示，有時也能發揮遠勝平庸的結果。

既然擔任隊長且受人仰慕，試著告訴隊員「萬一失敗我也會負全責，絕對要按照指令行動」也許是個好辦法。

如果無論如何都無法割捨夥伴，就不能因為成為厲害的獵人而滿足，還要更上一層樓。為了拯救其他九十九人，自願成為誘餌，憑著自身實力存活

——要成為這樣超一流的獵人。

「……大概是這樣吧。畢竟只是門外漢的想法，請您聽過就算了，別放在心上。」

謝麗爾也覺得自己說的話簡直是胡說八道，於是在最後為自己留了退路，如此笑道。

但是克也的反應好得讓她感到不可思議。他像是接納了一切，深深點頭。

「這樣啊……這樣就好了嗎……」

於是他面露燦爛笑容。

「謝謝妳，幫上大忙了。」

「不、不客氣。」

謝麗爾感到自己也覺得突兀的心驚，無法完全隱藏。

克也端正的臉龐上浮現了充滿自信的笑容，以意氣飛揚的態度對她道謝。從他身上能感受到無法解釋的存在感。一度認知就無法視而不見的某種力

量就存在於謝麗爾眼前。

（這感覺……怎麼回事……克也這個人，之前就像這樣嗎？）

無法相信是同一人。搖身一變的克也，甚至讓謝麗爾產生這般懷疑。

「謝謝妳給我這些建議。那麼我也該走了。」

克也再度正色道謝。隨後他露出有些害臊的笑容，凝視著謝麗爾。

「最後……真的是最後一個問題。還有機會見面嗎？」

謝麗爾想取回平常心，捉弄克也般露出別有用意的微笑。

「是要追我嗎？」

「不、不是那個意思啦……那個，只是想說有機會的話希望能再見面，再給我一些建議。」

「開玩笑的。日後有緣再見吧。討伐懸賞目標的戰鬥，請好好努力。」

「知道了。我先走啦，謝麗爾。」

克也轉身離去。謝麗爾面帶微笑目送他的背影，但在他的身影完全消失的同時，謝麗爾表情頓時轉為疑惑。

「……怎麼搞的？」

沒有人回答她的疑問。

在這之後舉辦的餐會成功收場。眾人稱讚意氣飛揚的克也。

面對克也判若兩人的改變，唯獨由米娜在高興的同時也感到不解。

◆

謝麗爾回到據點後在自己的房間小憩時，表情有些複雜的耶利歐現身。

「耶利歐，有什麼事嗎？」

「沒有啦，只是有點事想問。」

耶利歐雖然主動提起，卻又躊躇疑惑，欲言又止。謝麗爾見狀，狐疑地問道：

「幹嘛？我很累了，有事想問就快說。」

「啊～～呃，妳剛才跟那個叫克也的傢伙講話的時候，說了很多有的沒的吧？……那些，有多少是真心話？」

「真心話？」

謝麗爾無法立刻理解耶利歐的疑問，臉上浮現些許困惑。

「耶利歐，不好意思，你到底在說什麼？」

「沒有啦，就那個啊，那傢伙說夥伴死了很難過的時候，妳不是很認真地叫他忘記、不要在意之類嗎？」

「喔喔，你說那些話？因為夥伴死了就在原地打轉，我就叫他不要一直鑽牛角尖，幹嘛不正面一點向前看？——把這些話稍微修飾一下的那個？」

「稍、稍微修飾……」

耶利歐顯得十分震驚，謝麗爾對他擺出有些傻眼的表情。

「我說耶利歐，你該不會以為我說的是真心話吧？你也動一下腦袋。」

「呃，可是，妳剛才不是謝謝他保護都市嗎？而且萬一怪物群來到都市，我們也很危險，這是真的吧？」

「你以為他們保護的都市包含貧民窟嗎？怎麼可能嘛。要是真的發生了，貧民窟不是被當成爭取時間的犧牲品，不然就是連同怪物一起被炸飛。有值得道謝的要素嗎？」

「其他獵人也許是這樣……不過那傢伙，真的會連貧民窟一起保護吧？」

這時謝麗爾感覺到耶利歐的反常。她為了試探，稍微表示同意。

「哎，這也許是真的沒錯。」

於是，剛才對謝麗爾投出帶有些微責備意味的視線的耶利歐頓時改變了態度。

「對吧？那傢伙因為救不了夥伴而那麼自責。換作是我們，他肯定也願意挺身保護……」

不只邏輯跳躍，甚至顯露出些許景仰與崇拜，耶利歐的氛圍讓謝麗爾不禁狐疑。接著她皺起眉頭，先稍微提醒耶利歐。

「耶利歐，話先說在前頭，如果你想的是希望克也像阿基拉那樣成為我們的後盾，那種事絕對不可能。」

因為受到強硬口吻如此斷言，耶利歐像是恢復神智般畏縮。

「咦？真、真的不可能？」

「不可能。我反倒想問你，到底哪裡有可能實現的要素？」

「呃，那個，因為他看起來和妳很要好，只要努力拜託他也許就……」

「他那種態度，當然是因為他誤會我是有錢人家的大小姐嘛。難道你以為多蘭卡姆旗下的獵人會認真和貧民窟的小鬼頭打交道嗎？」

「正常來說是這樣，但換作是克也就還很難說吧……」

見耶利歐莫名堅持，謝麗爾提高疑心。她觀察對方的反應，開始列舉不可能發生的根據。

「首先，假設克也成為了我們的後盾，要拿什麼回報他？」

「這部分，阿基拉不是也沒有強求嗎……」

「那是因為我是阿基拉的情人吧？還是你想說

要我設法讓克也同樣覺得可以？」

謝麗爾無意識間在語氣中透出冰冷的怒意。

「我、我不是這個意思啦。」

耶利歐至少明白一旦他說「是」，就會馬上完蛋。以肉體色誘、腳踏兩條船，或是真的移情別戀，不管他指的是其中哪一種，肯定都會讓謝麗爾大發雷霆。

耶利歐流了一身冷汗，隨即察覺到自己內在的莫名亢奮漸漸消退。他恢復了冷靜，也覺得自己說了一堆奇怪的話，同時輕輕吐氣。

「……也對，的確不可能。抱歉喔。」

「你明白就好。話說，你為什麼突然找我講這些？」

「為什麼嗎？只是剛才覺得能成真就好了。」

「是喔。」

憑這麼微不足道的理由，剛才的他未免太執著了。謝麗爾在心中猜疑，但從現在的耶利歐身上感覺不到企圖和謊言。

謝麗爾認為這同樣不自然，但就算有某些理由，那恐怕是他本人也沒意識到的理由，追問到底只是白費力氣。她如此判斷後，姑且補上一句話。

「哎，假使克也成了我們的後盾，你一定會被艾莉西亞甩掉吧。」

因為謝麗爾說得理所當然，讓耶利歐驚訝得噴出口水。

「為、為什麼啦！」

「這還用問，因為艾莉西亞是幹部啊。克也一旦成為幫派後盾，接觸機會就會增加。你不覺得因為某些契機使她變心也不奇怪嗎？」

「不、不會啦，光是這樣還……」

「剛才他也是左擁右抱，想必很習慣對待女性吧。還有，聽說他常常有讓異性誤會的言行。」

「就、就算這樣……」

「俊美、厲害又有才能，收入優渥又溫柔，而且願意成為大家的護盾保護自己，說不定還願意養活自己。要是這種人說出讓人誤會的話，一旦覺得他也許有這個意思，轉瞬間就會動真情吧。」

耶利歐想像那幅情景，臉色鐵青。謝麗爾認真觀察他的反應。

「話說耶利歐，你找我到底想講什麼？我很累了，如果不重要，之後再說吧。」

「喔、喔喔。抱歉了，之後再說吧。」

耶利歐踩著有些不穩的步伐離開房間。

房內只剩下謝麗爾一個人，她回顧耶利歐的言行。

如果粗略推測，耶利歐是因為某些誤會，或是欠缺周全的思考，讓他以為有機會找克也來當幫派的後盾吧？

但是不管怎麼想，耶利歐為了擺明只是場面話的言詞來問她是否發自真心；又執著於找克也當後盾這種顯然不可能的事情，有太多表現不像平常的耶利歐，謝麗爾覺得非常不對勁。

「到底是怎麼搞的……？」

在這之後她又想了一陣子，但結論只有搞不懂。於是她停止思索，因為還有其他事必須思考。

那些話是否出自真心、克也能否成為後盾，這兩個問題並無關聯。然而謝麗爾將兩者視作相關，所以並未看穿這一點。也因此謝麗爾沒有發現是因為她在克也面前展現的演技讓耶利歐不禁畏懼，耶利歐才忍不住想問那些話是否發自她的內心。

第91話 反克也派矚目的新星

不知該歸深夜或凌晨的曖昧時刻，阿基拉驅車奔馳於荒野。目的地是與西卡拉貝等人會合的地點，目的則是討伐懸賞目標。

一直在自家待命的阿基拉接到西卡拉貝的聯絡是在出發前一天太陽西沉之後。雖然他提早就寢，睡眠時間還是不足。阿基拉忍受著輕微的睡意，駕駛車輛前進。

副駕駛座上的阿爾法關心阿基拉的狀態。

『阿基拉，我來開車，你趁現在先小睡片刻。睡眠不足會影響作戰。』

「也對。那就拜託了。」

阿基拉閉上眼睛，由於睡意侵襲，馬上就落入夢鄉。

已經接手駕駛的阿爾法為避免車輛搖晃影響阿基拉的睡眠，以精密的駕駛技術在崎嶇不平的荒野上行駛。拜她的輔助所賜，阿基拉的睡眠品質就車上環境來說十分優良。

睡了好一段時間後，阿基拉被阿爾法叫醒。

『早安，阿基拉，睡得好嗎？』

「……哎，還可以。」

阿基拉動用還有些朦朧的腦袋，觀察四周狀況。太陽還沒升起。

『趁現在先吃早餐吧。和西卡拉貝他們會合後，不一定有時間用餐。』

「說的也是。」

裝載在車上的行李大部分都是彈藥，不過也帶了起碼的食物。阿基拉從那個行囊中取出了獵人用的攜帶食品。

以獵人為客群販售的攜帶食品中，有不少商品的主打賣點與一般攜帶食品大不相同。

有些食品吃起來味道與口感無異於一般食品，但在體內會幾乎完全被消化吸收，排出體外的量降低至極限，還能抑制便意與尿意。

有些食品能發揮類似回復藥的效能；有些效果是就算胃部在戰鬥中遭到破壞，消化中的食物散在體內也不會造成負面影響；還有消化吸收異常快速的食品；促使意識亢奮、提升集中力的食品。

在都市的正常生活中，這些商品主打的機能與效果、安全性，可說是完全沒必要。

阿基拉購買了多種食物嘗試。現在他拿在手中的獵人用攜帶食品，乍看之下只是尋常的三明治和咖啡。

真要說的話，三明治口感柔軟，咖啡也溫熱。而且吃了也不需要擔心上廁所的問題。

阿基拉帶著狐疑將這些食品送進口中。

「嗯～～很普通啊。也許光是吃起來普通就很厲害了吧。」

『如果對一般的味道不滿，下次選購的時候就把口味也列入考量吧？為了提振戰意，溫熱又美味的餐點也很重要喔。』

「說的也是。最近生活上沒那麼吃緊了，這種程度的奢侈不算過分吧。應該。」

聽了阿基拉那某種角度而言勤儉刻苦的意見，阿爾法面露愉快的苦笑。

『眉頭不皺一下就支付８０００萬歐拉姆的裝備費，像喝水一樣服用要價２００萬歐拉姆的回復藥，真難想像這種獵人會這麼說。你平常就可以吃得更豐盛一點啊。』

「嗯～～雖然妳這樣講，平常吃那樣我也沒什麼不滿啊。」

阿基拉平常吃的菜色，與貧民窟時代相比已經非常豐盛了。此外雖然僅僅一次品嘗了修特利亞娜的超美味料理，還是讓他對食物的要求提高，無意識間漸漸拉高了餐費。

儘管如此，和阿基拉現在的收入相比，餐費只是非常微薄的金額。而且阿基拉對那些食物也大致滿意。

當然阿基拉也有品嘗更美味的料理的欲望。但是為此要自負昂貴的金額，由於過去長年的暗巷生活，讓他終究難免躊躇。

『我也不會強硬推薦你。不過你要知道，你可以在生活上多花點錢。至少在選獵人用的攜帶食品時，可以拋開顧忌大方挑選。』

「說的也是。那就再多吃一點吧，正好覺得不太夠。」

阿基拉多拿了一份攜帶食品。見到他因為這點小事便喜上眉梢，阿爾法面露苦笑。

◆

阿基拉抵達了與西卡拉貝等人會合的場所，已經有幾輛車以裝甲運兵車為中心停在這裡。

這時，正與夥伴們討論討伐懸賞目標事宜的西卡拉貝注意到在附近停車的阿基拉。

「阿基拉，狀況怎樣？」

「沒問題。」

「這樣啊。時間一到就立刻出發。在那之前，到那邊找那傢伙問清楚，做好準備。準備結束就待命，自己打發時間。」

西卡拉貝說完便指向裝甲運兵車。車輛後方的車門敞開著，受僱的獵人正將討伐懸賞目標用的物資發給眾人。

阿基拉按照指示前去，接受簡單的說明後，領到許多用品。

對大型怪物用的火箭發射器以及火箭彈；即將使用的情報收集妨礙煙霧的成分表，以及情報收集機器用的調整數據；通訊器與個人編號。阿基拉帶著這些回到自己的車上。

阿基拉見到堆在裝甲運兵車上的大量火箭彈，重新理解到自己被僱用來擔任火力人員，也明白擊破懸賞目標需要這麼多火力，強度想必非同小可。

距離作戰開始還有一小段時間，西卡拉貝等人僱用的補充人員也還沒到齊。阿基拉坐在駕駛座上等候作戰開始，這時輕微的睡意再度湧現。但是他覺得現在再小睡也不太好，便與阿爾法聊天，忍受著睡意。

阿爾法見狀，對他提議：

『阿基拉，想睡的話，就做點柔軟操掃除睡意吧？』

『柔軟操？在這種地方？這裡是荒野耶。』

『我會持續警戒周遭，不用擔心。況且接下來要和懸賞日標戰鬥，最好趁現在好好舒展筋骨。』

阿基拉有些懷疑，不過既然阿爾法這麼說，他也順從建議。

自己的舉動和周遭格格不入，不過這樣能讓身體動作更敏捷就好——阿基拉這麼想著，與阿爾法一起繼續做柔軟操。

阿爾法在阿基拉面前示範柔軟操的動作。身為範本讓阿基拉確實看清楚自己四肢的動作——以這樣的藉口，她換上了裸露大片肌膚的泳裝。

裝扮暴露的阿爾法伸展手腳、扭動四肢、扭轉腰部、讓指尖伸向腳尖、抬高單腳靈巧站立。雖然柔軟操並非以展露性感為目的，那藝術品般的肢體結合了運動機能的健美，提升了魅力。

不過阿基拉無暇欣賞她的身影。有些動作他伸展身體也無法做到，阿爾法便操控他的強化服，在不帶來傷害的範圍內拉伸他的身體。

『阿爾法，會痛。有點痛。』

『身體有點僵硬喔。為了預防受傷，還有提升動作效率，身體的柔軟度很重要，也兼具強化服的訓練和調整，日後應該要繼續下去。』

『拜、拜託手下留情。很、很痛。欸，先等等，欸，真的會痛啦！』

『沒問題，就算稍微扭斷了，也還有回復藥能用。』

『要把這當作沒問題的理由，絕對有問題！』

阿爾法愉快地微笑，阿基拉抱怨歸抱怨，也沒有要求她停止。

阿爾法擺出了開腿前彎的姿勢，雙腿向左右大幅張開成一直線，胸口向前壓到地面，臉上擺著輕鬆的笑容。擺出同樣姿勢的阿基拉臉上則充滿了痛苦。

這時西卡拉貝來到他身旁。

「……你在幹嘛？」

「看就知道了吧？做柔軟操。」

「……是喔。」

西卡拉貝想問的是為何要在這時候做這種事。然而阿基拉理所當然的態度，讓他失去追問到底的動力。反倒因為見到阿基拉那痛苦的表情，湧現了其他疑問。

「這問題單純出自我個人的好奇，你那件強化服是追隨式？還是讀取式？」

「呃～～……」

『是讀取式喔。』

「是讀取式。」

「……這樣啊。阿基拉應該是不用擔心，不過自己當心點。」

西卡拉貝稍微板起臉說出意味深長的話，他的態度讓阿基拉納悶地反問他：

「要當心什麼？」

「叫你當心別自己扯斷四肢。」

見阿基拉表情轉為納悶，西卡拉貝補充解釋。

雖然強化服價格昂貴，只要付錢就能取得需要非凡天賦才能擁有的身體能力，因此強化服人氣非常高，被視作收入優渥的獵人的基本裝備。

當然企業也競逐這片市場，在宣傳上自然不遺餘力。只要穿上身，不管誰都能成為超人——有時也會搬出這類誇張的廣告台詞。

於是有人受到氾濫的誇張廣告所誤導，或是明知誇張但無法判別有多麼誇大，因而心生近似幻想的誤會：無論是誰，只要穿上身，立刻就能取得超凡的力量。

而西卡拉貝的友人中，也有人誤判了誇大的程度。那個人選擇可廉價取得高性能強化服的地下管道，拿到了尚未經過轉賣處理的盜賣品。

再加上那個人以為只要穿上身，強化服就會配合穿著者自動進行調整，於是直接穿上了仍留有他人使用數據的強化服。

「然後我和那傢伙一起去收集遺物。他在移動過程中還好端端的，大概是因為在那之前只有走路跟坐下之類的普通動作吧。但問題馬上就來了。」

西卡拉貝露出哀憐的表情，阿基拉見狀，臉上也冒出些許冷汗。

「……發生了什麼事？」

「那傢伙在等待的空檔為了打發時間，順便確認強化服的動作，就做起輕度的柔軟操。於是在他用力伸展四肢的瞬間，強化服就將關節彎折到突破人體的可動範圍，硬是折斷了那傢伙的手腳。手臂和腿全都慘不忍睹。」

阿基拉不由得表情凝重。西卡拉貝回憶當時的情景，皺起臉。

「那傢伙的強化服是讀取式的，而且前一個使用者好像是改造人，關節的活動範圍超過人體。他用了那種數據設定來彎折關節。追隨式強化服不會做出超過本人的動作，比較不容易出這種意外。」

讀取神經傳導訊息的強化服為了提升反應速度，有時甚至能比本人的肢體更早動作，因此覺得痛的時候已經太遲了。

阿基拉想像著那情景，面露厭惡的表情。

「……沒有安全裝置之類嗎？」

「好像是上一個使用者解除了。這種傢伙其實比想像中多喔。有很多改造人用常人的設定就無法自由活動，就算是天生的肉體，遇到危急狀況就必須懷著不惜骨折的覺悟來動作才能活下來。這種情況下，安全裝置反而礙事。」

這時西卡拉貝微微苦笑。

「不過就算安全裝置正常運作，也只會按照上一位使用者，也就是那個改造人的安全當作標準，結果還是不會變吧。」

「……那傢伙後來怎麼了？」

「灌了大量回復藥，勉強撐了過去。不過他因為這件事，對強化服有了心理創傷，在那之後就改用身體強化擴充處理加上防護服的組合了。哎，他的心情我也不是不懂。」

阿基拉沒來由地，正確來說是無視某種擔憂，看向阿爾法。阿爾法臉上掛著溫和的微笑。

她剛才提到回復藥只是開玩笑。阿基拉決定這麼認定。

為了重整心情將多餘的擔憂趕出腦海，阿基拉停止做柔軟操，站起身。

「話說，西卡拉貝找我有事？要出發了？」

「啊，差點忘了。是差不多該出發了，不過不是為了通知你。我有件事要拜託你，希望你讓這傢伙搭你的車。」

西卡拉貝如此說完，將背後的少年推到阿基拉面前。

隸屬於多蘭卡姆的年輕獵人下意識對阿基拉投以打量實力的眼神，隨後皺起眉頭，露出疑惑的表情。儘管如此，他對外部的獵人還是表達最起碼的禮儀。

「我叫富上，多多指教。」

「……我是阿基拉，多多指教。」

阿基拉同樣一臉納悶，不過對象並非富上，而是西卡拉貝。

「西卡拉貝，你要這樣命令，我會讓他搭車，但這是要我們一起戰鬥的意思？應該不包含擔任他的護衛吧？」

「別擔心。我僱用你是為了增強戰力，不會要你去做那種麻煩事。你沒必要與他合力戰鬥，各自戰鬥就好。」

「如果能隨我便，假如他會礙事，我可以把他扔到車外嗎？」

既然接受了委託，阿基拉也願意盡量服從指示。然而因為他想要盡可能獨自一人戰鬥，在心情上想拒絕。

於是他在不違反自己尊重委託的觀念範圍內，期待西卡拉貝撤回指示而姑且提問。

但是西卡拉貝輕笑，回答：

「到時候盡可能扔到我的車上。要停車撿人也很麻煩。」

既然他都這樣說了，就阿基拉的觀念，只能照辦。

「……我知道了。我會讓他搭車。」

「不好意思啦。馬上要出發了，別落後喔。」

西卡拉貝拋下富上離開。被當作累贅的富上不悅地皺起臉，但阿基拉和西卡拉貝都不予理會。將富上那份物資也裝載到阿基拉的車上，做好準備之後，沒過多久西卡拉貝就下達出發的指示。

『好了，出發吧。』

阿基拉稍微提振鬥志。

『是啊。就拿出幹勁加油吧。』

因為富上坐在副駕駛座，阿爾法便坐在另一側的半空中。在她如此激勵的同時，阿基拉的懸賞目標討伐戰開始了。

◆

阿基拉等獵人組成集團，在日出前的陰暗荒野上前進。西卡拉貝等人搭乘的裝甲運兵車也是指揮車，行駛在最前方，補充人員搭乘的車輛則跟在後方。

富上維持出發前的不愉快，而且在移動過程中顯得心情更加惡劣了。原因是他坐在副駕駛座上看到的阿基拉依舊是一副看起來不怎麼強的模樣。

在不斷升高的煩躁驅使下，他無意識間瞧不起阿基拉，以煩躁的語氣搭話：

「喂，你出發前講那些護衛之類的話，是什麼意思？」

「什麼意思是指什麼？」

「明知故問喔？開什麼玩笑。你擺明了就是

把我當成累贅嘛。說什麼萬一礙事就要把我扔出車外？看我反過來把你扔下車。你最好自己當心，不要礙了我的事，免得我真的動手。」

「知道了。」

阿基拉完全不把他當一回事的態度，讓富上更是不爽。

（西卡拉貝那混帳……讓我跟這傢伙坐同一輛車，到底在想什麼？）

富上按照西卡拉貝的指示搭上阿基拉的車，但他並不知道理由，只接到一句不容質疑的命令：

「閉上嘴，坐上車。」

西卡拉貝的態度讓他有些氣憤，但因為指示來自實力、裝備與戰鬥經歷都在自己之上的獵人，他便乖乖聽話。

他對自己的實力有自信，不過他也有自知之明，看在老練的強者眼中，他還只是個年輕小夥子，因此選擇服從。

可是指示的理由還是讓他好奇。既然特別命令自己與他坐同一輛車，肯定有其用意才是。富上因為自我評價之高，對此過度解讀。

然而他的共乘對象是個怎麼看都不太厲害的小孩子。只有裝備特別精良的生手——那個人給人的第一印象無異於多蘭卡姆的年輕獵人目前被貼上的負面標籤。

（難道是要我看看這傢伙來反省自己嗎？不要把我跟他混為一談！）

我可不一樣。富上為了確認，開口問道：

「喂，你的獵人等級多少？說來聽聽。」

「21。」

富上聽他這麼說，臉上浮現了充滿對自身實力的自信的嘲笑。

「21？獵人等級這麼低也敢對我擺出這種態

度？我等級27！」

因為裝備只要向幫派借即可，比起換錢，提升獵人等級更實在。事務派系這樣的策略使得多蘭卡姆的年輕獵人之間，特別重視獵人等級的傾向愈來愈強。

富上同樣處於向幫派借用裝備的立場，無法免於這些影響，聽了阿基拉的獵人等級便在無意識間區別了彼此的立場高低。

也因此，阿基拉的反應僅止於瞄他一眼，立刻就覺得無所謂般將視線轉回前方。看到他的態度讓富上的情緒再度惡化。

「喂！你有在聽嗎！」

不管他如何叫喚，阿基拉都沒有反應。完全被忽視了。於是富上唾棄般咂嘴，將不開心的臉轉向荒野，隨後微微挑起嘴角。

既然他對自己擺出這種態度，就讓他見識一下實力高低，讓他明白。他如此想著，振奮鬥志。

駕駛座上的阿基拉嫌麻煩而不再理會富上，阿爾法坐在一旁的半空中，對他笑道：

『不管他也沒關係？』

『當他製造出噪音以外的麻煩，就把他扔到西卡拉貝的車上吧。』

阿基拉立刻就這麼回答。

他已經得到西卡拉貝的許可，也真的打算這麼做。

◆

引領阿基拉等人前進的裝甲運兵車上坐著西卡拉貝、山邊、帕爾葛三人。

車輛的標準乘員是十名。寬敞的空間足以輕易容納十名全副武裝的獵人，剩餘的七名人員的空間原本堆著討伐懸賞目標用的物資，現在大多數都已經分配給包含阿基拉在內的補充人員，因此有相當充分的空間。

換言之，富上被趕下這輛車，與車內寬敞與否無關。

駕駛座上的山邊對此感到有些納悶。

「西卡拉貝，既然你要趕人出去，何必帶富上一起來？況且你不是討厭那些小夥子嗎？」

西卡拉貝審視偵察班送來的懸賞目標的位置情報，如此回答：

「我是討厭。不過，我認為相較之下B班的傢伙至少比A班像樣一點。事務的那些人特別偏袒A班，優先給他們精良裝備和優質委託，而B班的人不一樣，好歹還有一些憑自己實力打拚的想法。」

「不過你還是看不順眼，才把他趕出我們的車子吧？」

「不是。我會帶富上過來，是因為和那群想趁機提升B班勢力的傢伙之間的交易。我會要富上和阿基拉同行，也是為此動了些小手段。」

多蘭卡姆的資深老手基本上都討厭新手，因為他們靠著事務派系的政策受到幫派優渥的支援。

但是對於B班，因為成員大多出身於貧民窟等嚴苛環境，而且至少通過了有生命危險的測驗，也有不少老手較願意接納他們。

對西卡拉貝提出交易的，就是這類老手。帶B班厲害的新人一同討伐懸賞目標，以討伐成功的經歷為新人鍍金。日後以那個人為中心，維持足以對抗A班的勢力，這就是其目標。

近來A班因為在予野塚車站遺跡的攻略失敗，對事務派系也產生影響。如果一切順利，也許能讓B班的勢力成長到足以與A班抗衡——基於這般用意提出了交易。

而這正是西卡拉貝厭惡的派系鬥爭，以及相關爭執的範疇。但是他討厭A班與事務派系的程度更在這之上，因此他接受交易，允許富上同行，代價則是討伐懸賞目標的資金。

聽了這些背景，帕爾葛臉上浮現幾分興趣。

「哦～～所以那傢伙就被選為要鍍金的對象啊？話說西卡拉貝，實際上他實力怎樣？在我看來只是個不知天高地厚的小鬼。」

「誰曉得呢。既然被指定為鍍金目標，好歹有足以囂張的本事吧？」

「哦～～所以那傢伙就是B班的，不，就是反A班，不，是反克也派矚目的新星吧。」

A班與B班的區分只是新手獵人內部的分類。克也派這個名詞，指的則是多蘭卡姆整體內部的派系。以克也為中心的A班成員，以及擔任克也等人後盾的水原等人的派系，再加上期望未來而予以協助的其他人。

不只包含新手獵人，克也派已經成長為多蘭卡姆整體也無法忽視的派系。

一提起克也的名字，西卡拉貝的表情顯然變得不愉快。帕爾葛見狀便笑道：

「你真的很討厭那傢伙耶。」

「是啊，我是討厭。」

西卡拉貝毫不掩飾厭惡之情，清楚回答。山邊見到他的態度，也面露苦笑。這時他注意到搜敵機器的反應，愉快地笑道：

「那麼為了讓西卡拉貝的心情好轉，現在就讓反克也派矚目的新星秀一下實力吧。」

接著他透過通訊器對富上發出指示：

「8號！前進方向上有怪物！先到前方驅除障礙！」

『8號！收到！立刻就收拾掉！』

聽見充滿幹勁的回答，山邊與帕爾葛愉快地笑了。

西卡拉貝則輕聲嘆息。

◆

富上接到帕爾葛的指示，認為在阿基拉面前展現實力的機會來得正是時候，無所畏懼地笑了。

「8號！收到！立刻就收拾掉！」

隨後他擺出充滿自信的表情，對阿基拉發出指示：

「喂！馬上把車開到怪物附近！快點！」

阿基拉默默地讓車子急遽加速，同時為了超過前方的裝甲運兵車，大幅偏轉方向，因此車身劇烈搖晃。

這使得富上失去平衡，險些自副駕駛座摔落。他連忙穩住姿勢，扯開嗓門喊道：

「喂！駕駛小心一點！你在想什麼啊！」

阿基拉瞄了富上一眼，將視線轉回前方。

在阿基拉的意識中，他只是按照「馬上、快點」的指令行動。不過，他無意識間將有阿爾法輔助的狀態當作標準，因此看在富上眼中完全就是故意惡整他。

富上臉上浮現怒意，瞪著阿基拉。

「你這傢伙……」

阿基拉被瞪也毫不介意。不過他還是姑且減緩了車子加速。

超越裝甲運兵車後驅車飛馳，以巨大肉食野獸為中心的怪物集團出現在前方。體型無異於車輛的巨大野獸注意到阿基拉與富上，立刻發出響亮的咆嘯，接著整群怪物朝著獵物奔馳。

因此與對方的距離急遽接近時，阿基拉沒看向富上就問了：

「要靠多近才行？」

「……隨便找個地方停！」

富上咒罵般回答。阿基拉閉口不語，緩緩停下車。

富上下了車，握起槍，朝向阿基拉的表情頓時轉為笑容。那近似於輕視對方的嘲笑，但確實洋溢著自信。

「接到指示的只有我。所以說，上頭覺得我一個就夠了。你就乖乖坐在那邊看著，讓你見識一下實力的差距。」

富上認為在本次的懸賞目標討伐戰中，能指望的戰力只有包含自己在內的多蘭卡姆獵人。

他的認知大致正確。西卡拉貝三人找來的補充人員絕大多數都是債台高築的落魄獵人，實力與西

卡拉貝等人無法相提並論，對富上而言也盡是隨處可見的平庸獵人。

同時他認為自己能參加這次的懸賞目標討伐，是因為實力終於得到資深獵人的認同。雖然這想法算不上錯，富上的認知與老手獵人間的認知還是有莫大的隔閡。

自己也承認是強者的西卡拉貝等人、那些低於自己的補充人員，以及阿基拉。富上為了對所有人展現自身實力，鬥志高昂。

首先環顧四周，快速找出適合狙擊的位置。他立刻移動至該處，架起為了這次作戰所準備的槍。接著瞄準敵方集團的領頭怪物，扣下扳機。

強力子彈擊發時的後座力將富上的身體微微向後推，子彈貫穿空氣，削過目標的軀體側面。稱為撕裂傷未免太深的傷口噴出了夾帶碎肉的鮮血。

然而巨大野獸的鬥志不減，反倒因憤怒而猛然

加速。透過瞄準鏡看到那殺氣騰騰的模樣，富上臉上掛著游刃有餘的笑容，射出下一發子彈。

自大型槍枝間斷射出的子彈，硬是削減了怪物堪稱異常的生命力。

野獸粗壯的八條腿減少到剩下五條，身軀開了窟窿仍舊不斷前進。即使如此，當窟窿不斷增加，動作也漸趨遲緩。這時頭部挨了致命一槍，終於氣絕身亡。

在這段時間內，其餘怪物群不斷逼近富上。距離已被拉進許多，但是富上不慌不忙地換拿另一把槍，朝著敵方集團開始掃射。

大量子彈連續自槍口噴出，憑著充足數量彌補稍嫌低落的精準度。每發子彈都各自擊穿怪物的骨骼與血肉。

伴隨巨大野獸行動的中型個體同樣擁有在荒野生存的強韌生命力。每一處槍傷只要不是擊中弱點部位，就算不上多麼嚴重的傷勢。

但是當全身各處都中彈，那就足以成為致命傷。槍枝得到擴充彈匣的充分供給，接二連三擊破體型不算小的嘍囉。

當富上掃蕩了這些個體時，朝側面繞開以躲避濃密彈幕的小型怪物已經逼近至足以撲向富上。剩下的怪物主要並非受到食慾而是憤怒的驅使，撲向它們的仇敵。

然而富上已經注意到它們逼近，輕易躲過了敵方的突擊。閃躲並俐落反擊，憑著強化服的身體能力踢飛了小型野獸。肉塊在骨骼碎裂的同時飛在空中，猛然墜地。

富上對同樣撲向他的數隻怪物使出同樣的一擊後，瞄準已經無法敏捷動作的敵人，以槍擊確實奪命。

一般初出茅廬的獵人遇到這種怪物群只能匆忙

逃命，但富上按照他的宣言，獨自一人全部打倒。

「解決啦。沒什麼了不起的嘛，輕鬆簡單。」

富上十分滿意，認為這是足以誇耀的活躍。阿基拉肯定也全部都看到了，他期待阿基拉的反應，回到車子旁。

不過事與願違。阿基拉坐在駕駛座上，閒閒無事般望著前方。西卡拉貝等人的車子從旁邊經過。

看到阿基拉的態度，富上有些吃驚，緊接著露出疑惑的表情。

（……他沒看到嗎？不，應該看到了才對。我回來的時候，他確實看著我這邊，不會錯。）

他毫不掩飾不愉快，對阿基拉說道：

「……喂，你應該有些話要對我說吧？」

「快點上車。會追不上車隊。」

阿基拉的反應僅只如此。

富上的情緒一口氣惡化。

不管是正面或負面，只要對富上剛才的表現有所反應，就能讓富上心滿意足。如果是讚賞，他會直接收下；如果是中傷，他會視作嫉妒。無論如何都能滿足他的自尊心。

然而阿基拉幾乎毫無反應可言，甚至連刻意忽視都算不上。方才的戰鬥沒有任何值得特別一提之處——阿基拉的態度彷彿對富上如此宣告。

富上不由得想扯開嗓門，但是帕爾葛的聲音自通訊器傳出，阻止了他。

『8號、9號，你們落後很遠，到底在幹嘛？剛才的戰鬥讓車子出狀況了嗎？』

阿基拉輕輕吐氣。

「這裡是9號。車體無損傷。8號遲遲不上車，理由不明。可以拋下他嗎？」

『8號就在附近嗎？8號，發生什麼事？因為負傷無法動彈嗎？』

「沒、沒有，不是因為……」
『那就快上車！』
帕爾葛斥責後切斷通訊。
富上渾身顫抖，咬緊牙根，好不容易按捺心中激動的情緒，之後非常不爽地坐上車。阿基拉立刻驅車前進。
在這之後，車上不再有對話。

◆

西卡拉貝等人透過車輛搭載的機器觀察了富上的戰鬥表現，簡單提出感想。
帕爾葛給予良好的評價。
「還不錯吧？考慮到年紀和裝備，已經很值得打個合格分數了。」
另一方面，山邊的評價不佳。

「會嗎？在小隊行動時，因為自己能打贏就一個人衝上去，這樣好嗎？」
「那是因為我指名了那傢伙吧？」
「就算如此也一樣。可以用接到指示為由擔任隊長，要求阿基拉從旁輔助。我承認他一個人也能打贏的實力，不過那不叫自信，而是鬆懈。這裡是荒野，沒必要冒多餘的危險。」
「還真嚴格啊。西卡拉貝，你怎麼想？」
西卡拉貝簡短回答：
「再觀察。哎，若要給個當下的評價，打倒那種垃圾就得意忘形的話，那傢伙派不上用場。」
帕爾葛與山邊一起笑了。
「你也同樣嚴格啊。那傢伙可是反克也派矚目之星耶。如果你討厭克也，給那傢伙多加點分數也無妨吧？」
「我不會因為私情扭曲評價。只要在懸賞目標戰鬥時有好表現，我就會拉高評價。」

山邊顯得有些不可思議。

「和懸賞目標戰鬥時要讓那傢伙上最前線？交易的用意不是為那傢伙的經歷鍍金嗎？萬一死了要怎麼辦？」

「真的死了再說。如果只是那種程度的傢伙，真的貼上金箔也會馬上剝落。再說交易內容也不包含護衛那傢伙。」

聽見西卡拉貝的嚴苛評語，山邊與帕爾葛紛紛笑著同意。

日出前的荒野上，阿基拉等人朝著懸賞目標出沒的地區前進。

阿基拉與富上之間沒有對話。阿基拉表面上一語不發，其實正在跟阿爾法閒聊，富上則是因為對阿基拉的不滿而閉口不語。雙方都感覺不到與對方交談的必要性，也能說是兩人唯獨在這部分取得了共識。

不久後太陽升起，日出的光芒開始照亮荒野。

阿基拉不經意地將視線投向朝陽。由於副駕駛座被富上占據，阿爾法的身影與車子並行，飛在半空中。

日夜切換之際的短暫光景。世界自日光灑落之處依序轉變為白日，光芒尚未觸及的地方仍是黑夜，白日與黑夜並存的霎那間的景色。

置身於這樣的景色之中，阿爾法沐浴在朝陽下，髮絲與肌膚散發著非現實的光芒，對阿基拉投以微笑。

『阿基拉，太陽出來了喔。』

『……是啊。』

阿基拉的回答就目睹那幅光景的人所說出的感想而言，未免太平淡了。

阿爾法語帶捉弄說道：

『還是老樣子沒什麼反應啊。難道就沒有其他感想嗎？』

『沒有就是沒有啊……』

實際上，阿基拉目睹那幅景色，甚至算得上有一股感動。但是他擁有的詞彙無法貼切表達自內心湧現的感受。

儘管如此，他還是說出率直的心情。

『哎，和我在貧民窟看到的日出相比，是比較令人印象深刻。』

阿基拉說出的感想僅只如此。不過，要說出這麼簡單的感想所必須的條件，過去的阿基拉就連一項都沒有。

比方說能看見日出的場所。過去在貧民窟暗巷生活的日子，為了避免在睡著時被殺，需要小心選擇過夜地點。這種地點大多不會暴露在陽光下。

其次則是能觀賞日出的心境。為了避免被人突襲，必須時時維持警戒。視線應當投注的位置並非陽光可及之處，而是暗處或暗巷轉角等容易遭受突襲的場所，無暇分神注意日出的景色。

另外還有許多原因，不允許過去的阿基拉保留多餘心力悠哉地眺望日出。

而現在這個地方同樣也有不讓阿基拉繼續專心享受這幅景色的事物存在。

阿爾法指向荒野彼端。

『阿基拉，有怪物。雖然位置有點遠，但已經注意到我們，馬上就會衝過來。』

『……了解。』

阿基拉感受到一股自己也搞不清楚的不快，他順從這個感覺前往車輛的載貨台。接著他將ＣＷＨ反器材突擊槍從固定槍座卸下，一臉不高興地舉起槍。

受到阿爾法輔助而得到擴增的視野中，造成這股不快的原因正放大顯示。巨大的生物類怪物忽視龐大身軀的重量般高速奔馳。

軀體部位的大小幾乎是西卡拉貝等人乘坐的裝甲運兵車的兩倍，渾身披著裝甲般的鱗片。外觀像是鯊魚與鱷魚的綜合體，也長著好幾條不屬於這兩者的多關節粗壯腿部。

而呈扇狀分布於頭部的十幾顆眼睛已經確實鎖定阿基拉等人，敏捷且狂野地在凹凸不平的荒野上奔馳。那是一幅光是見到，地鳴聲似乎就會在耳畔響起的情景。

筆直目睹那模樣，阿基拉感到不爽，表情嚴肅地扣下扳機。伴隨著巨響擊出的子彈一瞬間便劃破空氣，沒有分毫偏差地擊中遠方的目標。

不只是單純擊中遠方的敵人，而是不偏不倚地精準命中敵人身上相當於弱點的極小部位。

CWH反器材突擊槍的專用彈從命中位置入侵敵人體內，將衝擊力傳遍身體各處。發揮其足以擊破一般戰車的威力，從內側粉碎目標的強韌肉體。

子彈並未貫穿目標，證明了那生物類怪物的身軀有多麼強韌。

然而其強韌程度還不足以讓它以全身承受了專用彈的威力還能平安無事。堅硬的外表雖然維持了整體外形，自子彈散播的衝擊力已經將體內器官震碎，使之斷氣。失去意識的龐然大物就這樣頹然倒地。

晚了半拍，通訊器傳來帕爾葛對阿基拉下達的指示。

『9號，三點鐘方向有大型怪物的反應。從移動速度推測，置之不理的話會被追上。如果可以，就由你們兩個應付，辦不到就由我們處理。總之先確認目標。』

「這裡是9號。結束了。」

『這樣啊，你們行嗎？』

「不是。已經打倒了。」

『……啥？』

這簡短的疑問代表了阿基拉的回答有多麼出人

意料。隔了一小段空檔，帕爾葛以裝甲運輸車的搜敵機器確認目標已遭擊破，這才回答：

『……啊～～我這邊也確認了。維持這樣的表現，靠你了。』

「9號，了解。」

阿基拉回答完就回到駕駛座上。雖然打倒了敵人，他的心情還是不太好。

接著他注意到阿爾法對他露出愉快的笑容。他像是要掩飾害臊，擺出冷淡的態度。

『幹嘛？』

阿爾法面露意味深長的微笑。

『沒什麼。被打擾了會生氣，看來你剛才也很享受日出的景色啊。』

『……算是吧。』

在戰鬥過程中，日出也已經結束。剛才他欣賞的不只是日出的景色，但他只這樣回答。

阿基拉也知道阿爾法一定明白不只如此，不過他不打算主動被她捉弄，因此沒有多說什麼。

人會習慣。然而當阿爾法沐浴在朝陽下，那無以形容的美麗身影，阿基拉仍未習慣。

當阿基拉回到駕駛座上，一旁的富上依舊愕然無語。

◆

指示阿基拉擊破怪物時，怪物已經被擊倒了。這樣的事態讓帕爾葛也不禁訝異。那並非尋常的嘍囉，而是讓帕爾葛判斷萬一無法應付就該由他們三人出手收拾的強悍怪物，所以強烈刺激帕爾葛的好奇心。

「西卡拉貝，那種人你是從哪裡找來的？」

「在崩原街遺跡的地下街一起行動過。起因就是那時候。」

「喔喔，那一次啊。我記得就是有亞拉達蠍巢穴的任務吧？好像還發動了大規模掃蕩作戰？他是在那時候大顯身手，你才選上他？」

「不，不是。同行是在探索地下街的時候，至於那時候……也沒什麼很醒目的活躍，只是不至於礙手礙腳的程度。」

帕爾葛面露狐疑的表情。

「那你為什麼找他來？是那個？西卡拉貝的第六感？你老是說要幹獵人這一行，第六感一定要夠靈嘛。」

西卡拉貝輕笑道：

「我不否認，不過再怎麼說，也不會光憑第六感這種理由就把你們牽扯進來。我是考慮到其他情報，才會特別邀他。」

他操作資訊終端機，將他作為根據的檔案傳給

帕爾葛兩人。

山邊看了檔案內容，面露疑惑的表情。

「這是獵人辦公室的阿基拉個人頁面的拷貝？我因為酒館的騷動對他起了點興趣，所以之前稍微看過……上頭沒寫什麼特別的啊。」

帕爾葛也點頭同意。他和山邊一樣因為好奇而閱覽過，但阿基拉的戰鬥經歷幾乎都設為不公開，至於可閱覽的地下街戰鬥經歷，也只有負傷，半途中止任務的平庸內容，毫無醒目之處。正因如此，他們認為邀約原因也許出自西卡拉貝的第六感。

西卡拉貝補充說道：

「我都特地給離線檔案了，你們也該發現了吧。那是跟情報販子買來的檔案，裡面包含了一般看不到的部分。你們看看地下街的經歷內容。」

帕爾葛按照西卡拉貝所說，看向那個部分，覺得很有意思似的笑了。

「經歷內容變了啊。久我間山都市業務部非公開機密委託，細節……怎麼看不到！」

山邊也充滿興趣地審視同一個部分。

「是從權限不夠高的職員那邊複製來的吧？能閱覽的部分……只有地點和委託內容的概要。」

「是啊。不過可以看到大略的報酬金額。你們看一下。」

兩人按照他所說的，確認了報酬金額。這瞬間兩人的表情驟變。帕爾葛不禁驚呼：

「1億6000萬歐拉姆？原來那傢伙是破億獵人嗎！」

破億獵人指的是委託的報酬金額以企業貨幣計算超過1億的獵人。那意味著足以賺到此等鉅款的實力，也是其證明，同時是獵人的分類之一。

當然那並非尋常的平庸獵人也能登上的領域。一旦成為破億獵人，旁人的態度也會大幅轉變。山邊和帕爾葛也因此對阿基拉全面改觀。

帕爾葛理解了原因般點頭，並且察覺：

「難怪那麼強……啊，原來是這樣。所以你才讓富上跟著阿基拉一起行動吧？」

一旦成功討伐懸賞目標，討伐者名稱就會登記在獵人辦公室的懸賞目標資訊中。但是這次，會登上的只有多蘭卡姆旗下的四名獵人，包含阿基拉在內的補充人員的名字不會出現。因為從官方角度來看，並沒有他們參與討伐懸賞目標的紀錄。

就算成功討伐懸賞目標可為獵人的履歷鍍金，如果大肆動員一百名多蘭卡姆的資深獵人圍攻，那層金也會變得非常單薄，失去鍍金的意義。

為了確保鍍金的意義，有必要營造少人數擊破懸賞目標的狀況。正因如此，西卡拉貝故意讓官方紀錄上只出現多蘭卡姆旗下四名獵人，若撇開富上就只有三名獵人挑戰討伐懸賞目標。

西卡拉貝他們之所以選擇不經由獵人辦公室的委託僱用阿基拉等人，就是為了在表面上只靠多蘭卡姆的獵人打倒目標，卻又需要官方紀錄上不存在的補充人員。

而帕爾葛從這個前提推測西卡拉貝命令富上與阿基拉一起行動的理由——讓其他人搞混富上與阿基拉的實力。

就算讓富上一起參加討伐懸賞目標，要是太缺乏實力就可能穿幫。一旦扯後腿的小孩特別醒目，就算要求那些負債的補充人員守口如瓶，也有極限。再者他們也並未嚴格保密，只要旁人稍加調查，真相或多或少都會走漏。

然而，如果讓同樣是個小孩子卻已經躋身破億獵人之列的阿基拉與他共同行動，究竟是誰大展身手、又是誰扯了後腿，非當事人就難以分辨。

富上和阿基拉的名聲都還不響亮，若只憑著公開資訊判斷，一般會認定獵人等級高的一方表現較佳。而且阿基拉在官方紀錄上並未同行，旁人非常可能認為他與其他補充人員水準相同。

不過，這些同樣只要詳加調查就會水落石出。但很少人會為此追查到底。西卡拉貝也理解這一點，覺得只要誤導旁人的直覺判斷就夠了。帕爾葛認為這就是西卡拉貝說的「小手段」。

帕爾葛洋洋得意，而西卡拉貝也暢快地笑著回答：

「就是這樣。別傳出去喔。」

「知道啦。」

山邊雖然理解了背後原委，還是不免納悶。

「從這份離線檔案判斷，不只是隱藏戰鬥經歷，恐怕還包含了篡改公開資訊。要到這個地步，都市和阿基拉之間一定需要經過某些交易才對。發生了什麼事？」

「誰曉得呢。不過至少報酬金額不會錯。因為這是內部檔案，沒必要刻意竄改。換言之，這件事雖然不能對外張揚，但他確實完成了值得那麼一大筆錢的工作。光是知道他有這種實力就夠了。」

「說的也是。」

山邊心裡好奇真實情況，但也不想無謂地探聽都市的機密情報，因而被都市盯上。

「不過西卡拉貝，既然他是破億獵人，從這分類來說和我們也是相同水準。你要是不付錢給這種傢伙，麻煩可會不小喔。真的沒問題嗎？萬一被殺我可不管喔。」

山邊戲弄般笑道。對此西卡拉貝也愉快地笑著回答：

「怕什麼，只要能打倒其中一隻懸賞目標就不會虧本。為了讓我能付出這筆錢，就讓阿基拉好好加油吧。」

「也是。」

賭上性命的如意算盤，這也是獵人們的日常生活。雖然有程度高低之分，既然前來荒野，獵人工作總是不離生命危險。不管對手是遺跡或懸賞目標，戰勝可得榮華富貴，落敗的下場就是破滅，這一點並無差異。

即使如此，只要戰勝就沒問題。將這個前提視作必然，西卡拉貝三人相視而笑。

西卡拉貝沒對山邊兩人提起，他之所以將阿基拉加進本次的懸賞目標討伐，其實還有一小段下文。他耗費一筆不便宜的開銷，找上情報販子購買機密情報，理由也在此。

西卡拉貝在崩原街遺跡的地下街看到了阿基拉的實力。後來得知阿基拉負傷而中途退出任務，讓他不禁感到懷疑。那懷疑甚至影響了他對自身第六感的信賴。

果然他只是那種程度的獵人嗎？或者背地裡有某些緣故？西卡拉貝無法正確評估阿基拉的實力，為此迷惘而獨自進行調查。

他得到的結果是，確實有某些緣故，但無法得知細節。他也考慮過同一時期發生的遺物強盜騷動可能有關，不過終究沒有證據。

於是他讓阿基拉加入懸賞目標討伐，就是想再度確認阿基拉的實力。

讓值得信賴的夥伴評估阿基拉的實力，觀察他們的反應，再透過與懸賞目標的戰鬥，客觀判斷阿基拉的實力。從這樣的結果評估自己第六感的可靠程度。原因就在此。

西卡拉貝之所以對他不願涉足的派系鬥爭顯得有些積極，背後也有這些原因。

◆

富上坐在副駕駛座上，臉朝向荒野。表情僵硬的他側眼打量阿基拉。毫無反應。阿基拉也知道富上正在看他，但他不以為意。

在阿基拉獨自一人打倒了巨大怪物後，他們之間仍舊沒有對話。

不過還是有了變化。現在富上的臉上沒有絲毫先前的強烈不悅，取而代之的是對無法捉摸的對象產生的懷疑與提防，還浮現了不安與焦慮。這代表阿基拉的狙擊為富上帶來的衝擊有多強烈。

比誰都更早發現遠方怪物的存在、在移動中的搖晃車輛上開槍、一發就精準擊破。若富上捫心自問能否拿出同樣的表現，他可以立刻斷言不可能。

如果那是西卡拉貝等人辦到，他只會驚訝原來彼此實力差距這麼大。但是剛才富上鄙視為弱者的阿基拉輕而易舉地辦到了，也因此富上十分震驚，到達混亂的程度。

混亂的意識嘗試整合各方條件。富上無意識間屢次看向阿基拉，並且繼續思索。

最後富上不由自主想到了可以解釋這一切矛盾的理由。

這瞬間，富上明顯皺起臉。不願接受理由的心情在他臉上一覽無遺。

身旁的這個傢伙獵人等級比自己低，看起來一點也不強，體現了只有裝備精良但欠缺經驗的負面風評——但如果與符合這些條件的人比較，其實是富上自己更稚嫩，那一切就合理了。他不禁浮現這樣的念頭。

（……不對！不可能是這樣！）

他強烈否認。斥責自己，嘗試穩固搖搖欲墜的自信。然而搖晃並未停止。

（我很強！這次能特別參與討伐懸賞目標，也是因為我的實力夠格！）

實際上，富上也擁有足以如此自誇的實力。獵人等級之高，在多蘭卡姆的年輕獵人之間僅次於克也，受到的高評價讓外界期待他成為反克也派的領袖。說好聽點，他的實力的確足以自豪，但反過來說，也足以讓他得意忘形。

於是他以這份自信為根據，嘗試從其他角度解釋現況。他虛張聲勢般擺出不爽的表情，對阿基拉宣告：

「……喂！不要因為運氣好打中就囂張起來喔。我絕對不會承認那是你的實力。」

阿基拉把臉轉向富上，平淡的視線不帶任何感情，但富上還是感受到些許緊張，不禁微微後仰。

隔了一小段空檔，阿基拉回答：

「是啊。我也沒自信靠自己打中。」

阿基拉拋下這句話，轉頭將視線挪回前方。短暫沉默後，富上僵硬地笑了起來。

「……哈、哈哈！我就知道，只是偶然吧！竟敢嚇我！本來就是嘛！等級才21的傢伙，怎麼可能辦到那種事！」

富上擁有足以自豪的實力，以及作為基礎的優秀才能。雖然年輕，他積極趕赴荒野，累積許多獵人工作的經驗，也增進身為獵人的第六感。

這一切都在告訴富上，那一槍絕非偶然。也因此，富上的笑容顯得僵硬。

阿爾法對阿基拉露出納悶的表情。

『阿基拉，講那種話真的沒關係嗎？』

『嗯？我又沒說謊。雖然不是因為運氣好，但也不是靠我自己打中的。因為有妳的輔助才能打中啊。』

『是這樣沒錯，不過艾蕾娜之前也講過吧？過度的自謙，也有人會當作是在挖苦。』

阿基拉稍微皺起眉頭，但立刻反向思考。

『既然這樣，就當作是在挖苦吧。』

『哎呀，居然來這招？』

『對那種沒事就找碴的傢伙，沒必要和顏悅色吧？』

這次駁倒阿爾法了。阿基拉得意地放鬆眉間皺紋。不過阿爾法輕易點破癥結。

『他之所以會找你麻煩，我想是因為你一見面就說要把他丟到車外。』

阿基拉為之語塞。

『看來爭端製造機依舊運轉順暢，不過可以把功率放低一點喔。』

『……對不起。』

阿基拉對笑得愉快的阿爾法勉為其難地擠出道

歉的話語。阿基拉的個性依舊彆扭，不過彆扭的程度已經有了些許、一絲絲的改善，讓他能開口為此道歉。

◆

被阿基拉擊倒的巨大怪物附近有蜘蛛般的其他怪物遊蕩。

體長約一公尺左右，身體有如改造人有部分機械化，頭部的眼睛則是攝影機。

那蜘蛛用攝影機注視著阿基拉的狙擊。被擊倒的怪物以及擊倒怪物者，同樣清楚映於視野內。

阿基拉的車輛依舊在沉默中奔馳於荒野。阿基拉故意忽視富上。富上取回了冷靜後，不時以狐疑的表情對阿基拉投出視線，但也僅只如此。沒有遭遇怪物襲擊，度過了一段平穩的時光。

然而這段平靜的時間也因通訊器傳出西卡拉貝的聲音而告終。終於要開始了。

『差不多要進入可能遭遇要討伐的懸賞目標的區域了。對手是坦克狼蛛，獎金8億歐拉姆。拿出幹勁啊。』

阿基拉與富上立刻切換意識，表情轉為嚴肅。特別是富上，幹勁提振到過剩的地步。

西卡拉貝以通訊向所有人告知作戰。

迎敵前各自分散以求有效包圍目標。每個人的初始部署位置顯示在交給他們的通訊器螢幕上。

就定位之後，山邊與帕爾葛會開始行動，剩下的人則專心擔任誘餌，吸引坦克狼蛛攻擊。

山邊兩人的工作結束後，發動全面攻擊。屆時才會使用火箭發射器，在接到指示之前切勿擅自使用。

阿基拉等人接收到的作戰說明就只有這樣粗略的內容。

『就這樣。誰有問題？』

富上表情納悶，發出疑問：

「這裡是8號。作戰計畫內容太粗略了。對每個人的移動路徑和部署位置、攻擊時機都沒有指示嗎？」

第93話 坦克狼蛛

『除了撤退之外，各自臨機應變。』
「臨機應變？意思就是大家各打各的？」
『各自選擇最佳的行動。有必要的話，我們會發出指示。』
「……這樣未免太隨便了吧。指揮部隊不是你們的工作嗎？」
富上的意見某種角度而言沒有錯。光靠西卡拉貝這種指示，頂多只能讓這群補充人員成為比烏合之眾好一點的集團，大幅割捨了部隊行動的好處。
然而西卡拉貝也是明知如此才下達這種指示。補充人員大多是因為債台高築，逼不得已才參加本次懸賞目標討伐戰，西卡拉貝打從一開始就認定這群人不可能辦到需要縝密合作的高效率部隊行動。
富上想不到這種可能性，是因為B班雖然被事務派系冷落，但他同樣是多蘭卡姆的新手獵人，受過集團戰鬥的訓練。出自這樣的經驗，他認為補充

人員應該也有這種程度的基本能力。
儘管同樣是獵人，每個人擁有的常識都不同。由此而生的判斷標準的差異，同樣是老手與新人間產生嫌隙的原因。
而現在的西卡拉貝沒有與他爭論的空閒與心情，他以稍微強硬的口吻說：
『不給你詳細指示，你就什麼都不會嗎？那你只要不扯我們的後腿就好，其他愛怎樣都隨便你。還有其他人有問題嗎？』
沒有任何人提出其他問題。阿基拉對「憑各自的判斷行動即可」這項指示沒有異議，至於參加目的只是償還債務的其他人，只要能拿到按照人頭分配的報酬就滿足了，欠缺積極性。
『沒問題的話就這樣了。每個人至少拿出值得領錢的成果。』
於是通訊中斷。阿基拉的契約是因應表現優劣

提升報酬，他提振鬥志，想盡可能拿到更多報酬。

在他身旁，富上一直瞪著通訊器。

◆

裝甲運兵車上，西卡拉貝對山邊和帕爾葛說：

「你們兩個準備好了嗎？」

兩人在車內跨坐在荒野用摩托車上，臉上都掛著輕鬆的笑容，同時展現適度緊張帶來的亢奮。

「是啊。隨時都能上。」

「我也行。」

山邊手中握著無後座力砲與狙擊槍結合般的大型槍，帕爾葛則拿著大型的自動榴彈槍。他們乘坐的機車上都裝載了附有自動裝填器的彈藥庫，與兩人的槍相連。

見到兩人已經準備就緒，西卡拉貝笑著點頭。

「很好。怎麼樣？要先到外頭嗎？也不曉得其他傢伙會多認真當誘餌。視狀況需要，由我來當誘餌，不過到時候你們還留在車上就沒意義了。」

山邊搖頭。

「不了，摩托車在出乎意料的狀況下被轟到就糟了，至少要先掌握敵人的位置再出去。這輛車的裝甲已經全面強化過了吧？」

「是啊，就算遭到集中攻擊也能撐上一段時間吧。這輛車的防禦一旦有危險就要撤退，你們也別太逞強。」

帕爾葛笑得豪爽。

「知道啦。活著回去才叫獵人，我可不打算死於貪心。」

時時將風險與報酬放在天秤兩端，不斷做出正確的選擇。當欲望讓報酬的重量增加，獵人相對輕視風險時，就會被荒野吞噬而死。

不只今天，西卡拉貝三人未來也不打算尋死。

這時，車輛的搜敵機器捕捉到大型反應。西卡拉貝立刻確認反應的來源，隨後無懼地一笑，發出戰意昂揚的斥喝。

「發現坦克狼蛛！戰鬥開始！」

一聲令下，與8億歐拉姆的懸賞目標的戰鬥終於開始。

◆

阿基拉比西卡拉貝他們更早發現坦克狼蛛。

剛才接到散開指示的同時，他以通訊器確認自己的部署位置，發現自己被擺在部隊前方，於裝甲運兵車前好一段距離的地方。阿爾法對該位置進行搜敵，發現了目標。

『阿基拉，發現懸賞目標了。』

阿爾法指向荒野，阿基拉凝視她的指尖所指之處。於是在阿爾法的輔助下大幅提升性能的情報收集機器以望遠功能捕捉到肉眼看只有豆子般大小的敵人身影，於阿基拉的擴增視野中放大顯示。

目睹那模樣，阿基拉不由得面露驚訝，在那之中好奇比警戒強烈許多。

『那就是坦克狼蛛啊……還真大。』

坦克狼蛛是巨大的蜘蛛型怪物。

其體型近似於三層樓高的民房。全身披著裝甲板般的外骨骼，多達十六條的腿不只從頭胸部長出，腹部也長著好幾條腿。

頭胸部與腹部的上方則長著戰車砲塔般的部位，每個砲塔都有兩門大砲。身體下方有數個比人還高的巨大輪胎以及履帶部位。

尋常獵人一旦偶然遇見，只能逃命。不應出現於此的強力怪物就在遠方。

在阿基拉注視時，坦克狼蛛用腳刺穿了燒焦半毀的車身，送到嘴裡咀嚼。車體殘骸被有如強韌利牙的粉碎器撕裂、擠碎，隨即被送進龐大身軀的內部。

『在吃車子……正在用餐嗎？』

『看來是這樣沒錯。大概是反被擊敗的獵人的車子吧。』

『雜食也該有個限度……』

阿基拉想像自己的車子被吃掉的場面，厭惡地皺起臉。兩人交談時，坦克狼蛛已經將車子吃得一乾二淨。

不同於一般的小型車，那是荒野用車輛。即便有著龐大的身軀，吃起來想必也很花工夫，要吃完應該還要一段時間吧。阿基拉原本這麼想，但坦克狼蛛以其旺盛的食慾，沒兩下就吃完了。

『已經吃光了嗎？真是誇張。』

『畢竟能巨大化到這種程度，雜食性和食慾也同樣提升了吧。』

『……就是妳之前說的突變種？』

『是啊。突變應該是在予野塚車站遺跡發生，在那邊得到大量食物而成長的吧。最後巨大化到無法居住於遺跡內部，所以跑到地面上。』

『哎，那種大塊頭也沒辦法待在遺跡內吧。所以是吃光了遺跡內的食物，變得那麼大嗎？』

阿基拉覺得這樣想就合理了，但是阿爾法額外補充推測：

『剛離開遺跡的時候，體型應該還沒那麼大。巨大化到這地步的原因大概發生在那之後。』

『咦？可是荒野沒有那麼多食物吧？妳說的食物，指的是遺跡裡頭的怪物群吧？』

阿基拉表情納悶，阿爾法對他露出意味深長的笑容。

『想必有許多其他群體自己送上門，哎，也因此食物主要偏向金屬類。它似乎為了食用這類獵物，進一步突變了吧。』

阿基拉也理解了她的意思，更不悅地皺起臉。獵物就是前來挑戰懸賞目標的獵人們。反遭打敗的獵人連同裝備和車輛一併成為食物，讓坦克狼蛛變得更強更大了。

『難怪獎金會一直上升……』

這時通訊器傳出西卡拉貝的聲音。

『發現坦克狼蛛！戰鬥開始！按照作戰計畫，好好吸引坦克狼蛛攻擊！開始！』

阿基拉切換心情，集中意識。既然自己被部署於最前方，應該是期待自己率先衝上去吧。他這麼認為，驅車加速。

富上因而失去平衡，慌張起來。

「喂！你想幹嘛！」

「當然是靠近當誘餌啊。作戰計畫不就是這樣嗎？」

只因為作戰計畫這個理由就毫不猶豫衝向坦克狼蛛。阿基拉這樣的言行讓富上吃驚得暫時愣住。

「要下車的話，我會先靠近西卡拉貝的車，早點告訴我。不好意思，我沒有多餘心力照顧你。」

然而聽到接下來這番話，他激動地大喊：

「開什麼玩笑！不准把我當作累贅！」

「是喔。」

阿基拉認為這樣就算是得到他的同意了。

『阿爾法，他說沒問題，所以妳也別介意，儘管動手吧。』

『了解。要是他被甩出車外，就當作是省下把他扔出去的工夫吧。』

『……只要情況允許，我還是會把他撈回來，扔到西卡拉貝他們那輛車啦。』

阿基拉對笑得意味深長的阿爾法回以苦笑。

阿基拉的車子駕駛方式突然變得粗暴，車身強行扭轉前進方向並且加速。雖然那是為了讓坦克狼蛛的彈道從裝甲運兵車挪開，但不知情的富上猛然失去平衡，差點摔落副駕駛座。

「喂！這回又怎麼了……！」

富上感到吃驚時，因為更進一步的驚訝而愕然無語。在劇烈搖晃的車上，阿基拉若無其事地自駕駛座站起身，動作流暢地前往車輛後方。

見阿基拉像上次射擊那樣舉起了ＣＷＨ反器材突擊槍，富上不禁愣住了。

（……該不會，真的能打中？）

車輛的搖晃程度遠遠超越上次。雖然目標比上次大，也不可能辦到。富上這麼想，不過看到阿基拉穩穩舉槍的模樣，他無法一口咬定絕不可能。

（……喂！開玩笑的吧！我連要站起來都有困難了啊！）

扣下扳機。伴隨轟然巨響，子彈奔向位在荒野遠方的目標。富上抓著車身邊緣，凝視結果。

阿爾法的駕駛方式之所以非常粗暴，是因為考慮到有可能已經被坦克狼蛛發現，想讓阿基拉躲開敵人的彈道。

在沒有鋪設道路的荒野中如此駕駛，車身當然會劇烈搖晃，要在車上站起身，正常來說馬上就會被拋出車外。

但是阿基拉若無其事地舉槍瞄準。這是靠阿爾法透過強化服進行精密的重心控制。以情報收集機器認知車輛與周遭環境的狀況，計算車輛行進時的搖晃，對阿基拉的動作施加細微的修正。

再加上阿基拉集中精神，控制體感時間，將自身的意識放進流動緩慢的濃密時間，藉此相對減慢車輛的搖晃。

在這些條件下，他將自槍口延伸而出的預測彈道的藍線與坦克狼蛛重合。接著更加集中，盡可能濃縮一瞬間的密度，當他產生車身搖晃完全消失的錯覺，這瞬間他扣下扳機。

自CWH反器材突擊槍射出的專用彈劃破空氣。以後座力幾乎能搖晃車身的強大威力，強行刺穿了阻擋在槍口到目標之間的空氣，在威力衰減的同時命中目標。

子彈命中，卻被坦克狼蛛身上牢固的外骨骼輕易彈飛。

『打中了嗎……？』

因為有阿爾法的輔助，阿基拉不認為沒射中。但是對方看起來完全沒有受到影響，讓阿基拉一臉納悶。

『雖然命中，但子彈被彈開了。』

『挨了專用彈也毫髮無傷嗎……？』

『不過成功吸引了對方的注意力。砲擊馬上要來了。為了閃避，接下來駕駛會更加粗暴，自己當心點。』

『了解了。』

阿基拉放下槍，一隻手抓住車身。

坦克狼蛛在中彈之前就已經注意到阿基拉的車子。不過因為與對方的距離，以及有其他更能填飽肚子的大型車輛，讓它暫且忽視阿基拉。

然而由於受到攻擊，儘管並未受傷，它將應付阿基拉的優先順序往前挪，展開反擊。轉動砲塔，瞄準敵人，伴隨著巨響開始砲擊。

為了轟飛阿基拉的車輛，砲彈接二連三高速從天而降。阿爾法憑著靈敏的駕駛技術閃避。

從坦克狼蛛的砲管角度事先預測彈道，也捕捉發射後的砲彈，重新計算彈道，正確估算彈著點，穿梭於砲擊的隙縫間。

駕駛雖然充分顧慮到乘客的性命，但為了閃躲激烈的砲擊，代價是將乘坐感受置之度外。每當急遽地加減速、方向變換時，劇烈的慣性便撲向阿基拉與富上。

阿基拉憑著強化服的身體能力承受，一隻手抓住車身以防被甩下車，以另一隻手射擊ＣＷＨ反器材突擊槍。為了吸引坦克狼蛛攻擊，他不能停止開槍。

砲彈擊中地面，在地上爆炸的砲彈猛然掀起煙塵、砂石與瓦礫。車身因衝擊力與爆炸波瞬間浮空，讓阿基拉和富上彷彿脫離重力，隨後又落地。

這下阿基拉也不免皺起臉。雖然只是一瞬間，他的雙腳剛才從車身浮起，若非他用一隻手抓著車子，想必已經遇險。

儘管如此，阿爾法臉上仍掛著輕鬆的笑容。

『對方的瞄準精密度好像滿差的呢。這樣的話還能更靠近。』

『如果是這樣，拜託離彈著點遠一點！剛才那個，其實有點危險吧！』

『別擔心。那種程度的威力，就算直接挨中，一發還撐得住。』

『妳說的是車子吧！萬一被直接轟到，我會死吧！』

『靠你的強化服實在不可能防禦那個威力，要買性能更高的才行。』

話題偏離正題，但阿基拉沒有心力注意到這一點，阿爾法也不介意。

『不要強人所難！那種東西要多少錢啊！』

『你要是只靠一個人打倒坦克狼蛛，用那筆獎金大概就能買到喔。』

『我才沒那種錢！』

『那就得再賺更多錢啊。努力賺錢吧。』

『喔，是沒錯啦！』

阿爾法露出理所當然的微笑，阿基拉有些自暴自棄地回答。

◆

西卡拉貝等人透過車輛的機器觀察阿基拉的戰鬥狀況。那看似魯莽的戰鬥讓帕爾葛得意地笑了。

「還真行啊。不愧是破億獵人，好膽識。」

山邊也露出敬佩的表情。

「就誘餌來說很充分了。雖然早了點，我們也出發吧。西卡拉貝，打開車門。」

在西卡拉貝的操縱下，車輛後方的門緩緩開啟。裝甲運兵車同樣以相當快的速度移動中，從車上可看見的地面也快速移動。

「別太逞強。搞定了就馬上拉開距離。」

「我知道啦。看到那傢伙確實讓我有點受到刺激，不過我沒有那種一起大顯身手的念頭。」

「我不打算死在掌聲與喝采之中，那種事留給其他人就好，我們一切照常。」

西卡拉貝看到夥伴們的反應，感到安心般放鬆了表情。

「很好！那就上吧！」

「2號，開始作戰。」

「3號，開始作戰！」

山邊與帕爾葛騎著摩托車猛然衝到車外。因為離開行進中的車輛，落地之後順著慣性在地上打滑，但他們以精湛的駕駛技術維持摩托車的平衡，隨即加速追到裝甲運兵車前方，然後兵分二路朝坦克狼蛛而去。

◆

阿基拉閃過砲擊，更加逼近坦克狼蛛。為了擔任誘餌吸引敵人的注意力，再加上想盡可能讓對方負傷，便更靠近以提升槍擊的效果。

ＣＷＨ反器材突擊槍的專用彈再度擊中坦克狼蛛。由於接近以提升威力，結果並非子彈被彈開而毫髮無傷。因子彈命中的衝擊力而扭曲的裝甲剝落了。

然而那只是表層剝落，下方還有完好無缺的新裝甲向上隆起恢復原狀。目前還沒對坦克狼蛛造成稱得上損傷的傷害。

阿基拉面對敵人的牢固，皺起眉頭。

『都靠得這麼近才開槍了，感覺還是完全不管用……阿爾法，該不會要把槍口抵在它身上開槍才有效吧？』

『那樣應該能收到不錯的效果，不過要靠那麼近未免太危險。反正已經做好誘餌的職責了，剩下的就期待西卡拉貝他們的作戰計畫吧。』

『說的也是。了解了。』

就在這時，車子突然強硬扭轉前進方向，劇烈搖晃。晚了一瞬，水平飛來的砲彈從車子旁邊飛過。當砲彈通過，大氣被擾亂時的風壓搔亂阿基拉的頭髮，震動他的臉頰，吹走了冷汗。

阿基拉見到砲彈命中的地面盛大地開花，額頭上補了新一批的冷汗。

『好險！阿爾法！拜託接下來安全駕駛！……我自己講了都覺得奇怪，安全駕駛是什麼意思？』

阿基拉說完面露苦笑，阿爾法對他擺出淘氣的笑容。

『哎呀，我的駕駛非常安全啊。證據就是明明遭到這麼多次砲擊，乘客都平安無事吧？』

『……是沒錯。』

阿基拉也想追問何謂平安無事，但他自己也無暇分神，更沒有心力去注意車上另一名乘客。

◆

富上的精神支柱奠基於對自身實力的自信，但看到阿基拉的狙擊技術使得支柱動搖，所以他無意間過度提高鬥志。

發揮自己引以為傲的實力，在討伐懸賞目標戰大展身手，穩固鬆動的自信。為此他已有覺悟不惜涉險。

那份覺悟現在仍不變。但現在的狀況下，憑著

那份覺悟也無法讓他有所表現。

車子為了閃躲坦克狼蛛的砲擊，不斷蛇行，再加上急遽剎車、加速、迴轉等。除了這些慣性，還有砲彈的爆炸波與衝擊帶來的搖晃，反覆劇烈襲擊富上。只要放鬆一瞬，似乎就會被甩出車外。

富上將自身實力都耗費在防止自己被車子甩出去，同時看向置身於同樣狀況的那個人。阿基拉必須動用一隻手抓住車子固定身體，卻還是用另一隻手握槍，不停對坦克狼蛛射擊。

（這傢伙到底是怎麼回事？獵人等級21？別鬧了！哪來這種21級的獵人！）

在富上眼中，就算撇開狙擊技術不談，阿基拉的實力同樣只能以異常形容。

靠自動駕駛系統不可能閃躲敵人的砲擊。而因為這輛車是阿基拉的，唯一的可能性就是阿基拉用遙控系統駕車。

透過資訊終端機等通訊機器連上車輛的控制裝置，即可遙控駕車，在技術上並非不可能。

然而要在劇烈搖晃的車上一面對敵人開槍一面遙控駕駛，看在富上眼中超越了常識。而且狙擊還能命中敵人，簡直就是不允許任何一絲偶然存在的神乎其技。

對這事實驚愕的同時，富上因為其他理由皺起臉。

他也必須對坦克狼蛛開槍，吸引對方的注意力。他不是為了死命攀附著車身才與阿基拉共乘。他如此斥喝自己，卻知道只要一起身就會被拋出車外，因而無法起身。

（我、我是累贅嗎？混帳！）

只要開口似乎就會咬到舌頭，富上心中激動的情緒無處發洩，更加折磨著他的精神。

◆

山邊騎摩托車拉近與坦克狼蛛間的距離，抵達了計畫中的位置。

「看來是西卡拉貝白操心啊。誘餌確實有好好工作。」

因為誘餌人員的奮鬥，山邊移動比預料中輕鬆，對此他樂觀看待，但也稍微感到疑問。

「……不過，真沒料到那麼能幹的傢伙居然有兩組。阿基拉是西卡拉貝找來的破億獵人，那表現還能理解。但是那邊的4號……名字好像叫聶魯戈吧？那傢伙有那種實力，為什麼願意接受補充人員的契約？」

聶魯戈是透過帕爾葛的人脈加入這次懸賞目標討伐的獵人。他是有四條手臂的改造人，身體外觀不同於義體，顯然經過機械化。他和阿基拉一樣乘著自己的車子，相當靠近坦克狼蛛，靈巧駕馭大型槍枝反覆射擊。

不同於為金錢參加討伐懸賞目標的其他補充人員，聶魯戈要求的報酬是能加入多蘭卡姆的管道。而西卡拉貝與他約定，只要拿出充分的表現，就為他美言幾句。

「聽說是因為循正式管道會出問題，才想透過我們加入多蘭卡姆。不過那種實力居然不能走正式管道，到底是在哪裡鬧過多大的事情……」

山邊對此感到疑問，但因為現在在工作，他便切換意識。

「……哎，算了。多虧他那樣努力扮演誘餌，我也落得輕鬆。我就做好我的工作吧。」

山邊繃緊表情，跨坐在摩托車上舉起大型槍。將口徑大得與其說是槍，用砲來描述更貼切的槍口指向坦克狼蛛，瞄準不斷砲擊誘餌的怪物的巨軀，扣下扳機。

自槍口射出的是小型的機械。機械被包覆在具有強烈黏性的物質中，命中後直接貼附在目標上。

坦克狼蛛已經注意到來自山邊的狙擊，但因為那目的並非對自己造成損傷，便依舊優先攻擊對自己射出強力子彈的阿基拉與聶魯戈。

也因此山邊能輕鬆持續開槍，將小型機器貼在龐大身軀各處。

山邊結束工作，聯絡負責下一步驟的帕爾葛。

「這裡是2號。標識結束。」

『這裡是3號。了解。你先回去吧。』

「為防萬一，我先留在這裡。要是你搞砸就糟了。」

『隨便你講。』

兩人互相挖苦，山邊的工作至此告一段落。

帕爾葛已經來到坦克狼蛛附近，因為有誘餌吸引，他在只要不出手攻擊就不會成為目標的範圍界線上等候。

他一接到山邊的聯絡，微微輕笑後就跨越那條界線。

坦克狼蛛察覺到帕爾葛逼近，立刻將帕爾葛列為攻擊對象，轉動砲塔以便用砲擊粉碎目標。阿基拉與聶魯戈開槍射擊，想將瞄準目標拉回自己身上，卻因為帕爾葛更加逼近，使得兩人的引誘行動都被忽視。

帕爾葛加速逼近，砲塔的大砲開始瞄準他。帕爾葛在大砲的瞄準完全追上自己之前，舉起了大型自動榴彈槍，得意地一笑，扣下扳機。

無數榴彈飛過空中，在命中的同時朝四周散播大量煙霧。有一部分榴彈命中也不會爆炸，而是黏附在坦克狼蛛身上，有如煙霧彈般噴發煙霧。

帕爾葛繼續以自動榴彈槍連續射擊。從裝在摩托車上的彈匣得到大量的榴彈補給，自槍口快速吐出。這些榴彈轉瞬間就讓坦克狼蛛被濃煙環繞。

巨大的砲彈從煙幕中瞄準帕爾葛射出，然而砲彈朝著其他方向飛去。坦克狼蛛屢次開砲，但是精準度全部明顯降低。帕爾葛見狀，騎著摩托車輕鬆離開現場。

如果那只是單純的煙幕，坦克狼蛛照常能瞄準帕爾葛。然而在不只是可見光，就連紅外線與超音波等各種捕捉對方所需的情報都被阻隔的狀態下，即便是被指定為懸賞目標的強大怪物，也無法正確砲擊目標。

帕爾葛剛才射出的是情報收集妨礙煙幕的產生裝置。

西卡拉貝從山邊與帕爾葛那裡接到準備完成的報告後，立刻指示兩人離開目標。隨後他將通訊對象切換為隊伍全體。

「這裡是1號！允許使用事先發配的火箭發射器！所有人接近到能鎖定坦克狼蛛的距離！先遵照我的號令，同時發射！絕對不准拖延！」

只要順利，這樣就足以獲勝。西卡拉貝的嘴角更加上揚了。

◆

見到坦克狼蛛迅速被煙霧包圍，阿基拉表情凝重。敵人體型巨大而容易瞄準，但是包圍那巨大身軀的煙霧範圍更大。如此一來無法準確命中，讓他提高了戒心。

『煙幕啊……真麻煩。阿爾法，要怎麼辦？有什麼辦法嗎？』

『沒問題。還有，那些煙霧是情報收集妨礙煙幕，是西卡拉貝他們的計畫，並不是坦克狼蛛放出的。』

他們射出了情報收集妨礙煙幕的產生器，使之附著於坦克狼蛛身上。阿爾法如此補充解釋後，擴增顯示於阿基拉的視野中。

於是，坦克狼蛛隱藏於煙幕的身影清楚浮現。阿爾法已經根據情報收集妨礙煙幕的成分表，修正了顯示結果。

『哦哦，真了不起。這樣一來對方看不到我，我卻能清楚看見對方，還真是方便……既然這麼方便，那時候怎麼不先買一些備用？』

『很遺憾，葛城的拖車上販賣的便宜貨，沒辦法發揮這種效果。』

根據成分表修正後，雜訊就會彼此抵消，使情報收集機器照常運作。這種特殊的情報收集妨礙煙幕由於製造困難，價格不菲。

西卡拉貝他們大肆使用了高價製品，盡可能阻礙敵方搜敵，也降低對我方情報收集的影響。

阿基拉聽了說明，面露敬佩的表情，但是阿爾法對他露出意味深長的微笑。

『既然這麼大量使用如此高性能的產品，費用想必也很高吧。為了與懸賞目標戰鬥，他們也下足了成本……從獎金扣除這些必要經費，還會剩下多少呢？』

給參加者的報酬會以剩下的金額支付。阿基拉的表情轉為凝重。

『只希望還有剩下的獎金能拿嘍？』

『……應、應該沒問題吧？』

這時西卡拉貝傳來使用火箭發射器的指示。阿基拉像是要忽視心中湧現的不安，立刻開始準備。

坦克狼蛛因為情報收集妨礙煙幕，只能胡亂砲擊。就算想移動逃離煙幕，發生源頭仍然貼附在自己身上，馬上就會被煙幕包圍。

中彈的可能性大幅降低，阿爾法的駕駛也不再粗暴，因此富上終於勉強能起身。他顯得十分疲憊，好不容易搖搖晃晃地撐起身子。

「……喂、喂。」

富上無意識地叫了阿基拉，但他也不清楚自己的意圖。

為了抱怨他粗暴的駕駛？質問他為何擁有如此驚人的實力？又或是要為成為累贅的自己找藉口掩飾？這些意圖在說出口之前彼此衝撞，最後不成言語，讓富上只能沉默。

阿基拉逕自將富上的態度解讀為「我也要火箭發射器」，便將火箭發射器與火箭彈扔給他。

隨後他不理會有些不知所措的富上，繼續準

備。火箭發射器的瞄準器上顯示著已鎖定目標、自動追蹤功能已啟動等訊息。

通訊器傳來西卡拉貝的指示。

『15秒後開始攻擊！僱用你們就是為了這一刻！沒參加攻擊的傢伙統統會被扣錢！』

富上連忙開始準備。

『5！4！3！2！1！』

阿基拉已舉起火箭發射器。富上也勉強趕上。

『0！』

在西卡拉貝的號令下，包含阿基拉在內的補充人員同時發射火箭彈。

火箭彈接二連三飛向坦克狼蛛，接近目標到一定距離後，改變彈道向上攀升，在空中調整各自的飛行距離與發射時機造成的時間差，集合後在幾乎同一時間擊中坦克狼蛛。

下一瞬間，無數火箭彈的威力彼此結合產生大爆炸。閃光奔馳於荒野，烈焰一剎那就吞噬了坦克狼蛛，甚至燒灼周遭一帶。肆虐的爆炸波甚至抵達了阿基拉的位置，化作強風搖晃車身。

阿基拉半是目瞪口呆地注視著爆炸地點。

『……還真誇張。為了打倒懸賞目標，一定要做到這地步才行嗎？』

阿基拉對劇烈攻擊感到吃驚，也因此認為這樣贏定了，無意識間放鬆了戒備。

這時阿爾法提醒他：

『阿基拉，要放鬆心情還太早。還不確定已經打倒目標了。』

『咦！』

聽見出乎意料的話語，阿基拉不由得看向阿爾法。那是突然看向無人的方向的詭異行徑，也代表了阿基拉的震驚。

『等等，阿爾法，再怎麼說也打倒了吧。就算還活著，已經挨了那種威力，鐵定半死不活了。接下來大家繼續密集發射火箭彈慢慢收拾就……』

『阿基拉，你看。』

由於坦克狼蛛周遭的情報收集妨礙煙幕被爆炸波吹散，其身影現在憑肉眼也能看到。

坦克狼蛛失去了數條腿，砲塔般的金屬部位也被炸飛了。巨大的腹部嚴重變形破洞，下方的輪胎與履帶也被破壞。

儘管如此，遭受那種爆炸威力攻擊，坦克狼蛛仍然維持原型，而且還嘗試動作。不停掙扎，想用剩下的腳撐起龐大身軀。

但是剩下的腳也損傷嚴重，只靠數條腿，負荷太過沉重。無法支撐巨大身軀，又有數條腿折斷，坦克狼蛛發出巨響癱倒在地。

『被、被那種威力轟到，居然還能動？可、可是妳看，它已經走不動了，應該沒問題吧？』

阿基拉對坦克狼蛛超乎預期的防禦力感到震驚，也因為它那只能坐以待斃的模樣而放心。

這時，西卡拉貝的聲音自通訊器傳出。

『再一次。等到引導裝置裝設完成，再來一次同樣的攻擊。各自事先準備好火箭發射器。』

『這裡是2號。了解，馬上辦。』

『這裡是3號。我要做什麼？再補上情報收集妨礙煙幕嗎？』

『我先確認對方的狀態，等等……敵人已經失去遠距離攻擊能力，應該沒關係。對下一隻懸賞目標也會用到，先留起來。萬一狀況改變，你覺得有需要就大方用。』

『知道了。哎，反正都破壞敵人的主砲了，情報收集妨礙煙幕應該用不上……嗯？那是啥啊！』

帕爾葛慌張的呼喊聲透過通訊器傳向所有人。

在場眾人的認知各不相同。有人認為勝券在握而完全鬆懈了，也有人因為對方畢竟還活著，維持一定程度的戒心。

不過儘管鬆懈程度不一，所有人都這麼認為：我方目前有壓倒性的優勢，接下來只剩收拾殘局。

顛覆所有人預料的情景，出現在阿基拉等人眼前。坦克狼蛛已經有一部分破裂的腹部，這時出現了更大的破口，隨後大量的小型坦克狼蛛從那破口不斷湧現。

無數小型蜘蛛朝四面八方散開。雖說是小型，那只是與母體相比之下的結果。大小有個體差異，其中也有許多體長達兩公尺的個體。

小型坦克狼蛛的群體以高速運轉的輪胎與履帶奔向阿基拉等人。

其中一隻小型蜘蛛將小型砲塔轉向阿基拉的車輛。射出的砲彈擊中車輛附近爆炸，威力雖然遠不及母體的大砲，只要命中數次還是足以讓荒野用車輛化為廢鐵。

阿爾法命令車子高速行進。無數小型蜘蛛同時開砲，無數砲彈接二連三落在車輛後方。因為車輛突然啟動奔馳，外加敵人的砲擊，慌張的富上不禁驚叫。

阿基拉在劇烈搖晃的車上更換手上的武器。右手持CWH反器材突擊槍，左手持DVTS迷你砲，將兩者的火力轟向小型蜘蛛群。

從擴充彈匣得到子彈供應，DVTS迷你砲發揮其連射速度，讓子彈殺向敵群。小型蜘蛛中體型較小的個體沐浴在彈雨中，化為碎片。

至於能承受那陣掃射的大型個體則是遭到CWH反器材突擊槍的專用彈精準命中。被瞄準的個體在中彈的瞬間全毀，四散紛飛。

儘管如此，阿基拉臉上表情仍舊凝重。

『比母體脆弱啊！可是數量太多了！』

『不管再怎麼多，只要打倒就會變少。總之先削減數量。』

『知道了啦！』

就算打倒群體的一部分，剩下的小型蜘蛛會踩扁同類的殘骸繼續逼近。自坦克狼蛛的腹部冒出的小型蜘蛛就像是無視母體的體積，現在仍然不斷湧現。因為這些蜘蛛的砲擊，砲彈有如雨點般在四周灑落。

阿爾法以精密的駕駛技術閃躲，但是砲彈實在太過劇烈，無法全部閃避。

彈雨之中一顆雨點打在車輛的前半部，衝擊力讓車身猛然搖晃。阿基拉以自身感受那股衝擊，咬緊牙根支撐以免被甩出車外。

『阿爾法！算我求妳，拜託盡量躲開啊！』

『別擔心。那種程度的威力，稍微挨個幾發也不會出問題。』

『剛才說過了！妳說的是！車子吧！我呢？』

『廢話少說，你去削減敵人數量。只要減少砲擊的源頭，中彈的機率自然會跟著下降。』

『知道了啦！我動手就是了！對吧！』

阿基拉有些自暴自棄地回答。將CWH反器材突擊槍與DVTS迷你砲的火力持續朝敵群投射。因為有阿爾法的輔助，兩把武器發揮最大效率的火力，無數小型蜘蛛束手無策地遭到粉碎。

即使如此，還是不足以改善狀況。儘管小型，那畢竟是從懸賞目標生出的個體，每一隻都比尋常怪物還要強。當這種怪物成群結隊殺過來，自然難免苦戰。

和火箭彈同時攻擊之前相比，狀況更惡化了。

西卡拉貝等人忙著應付自坦克狼蛛湧現的小型蜘蛛。阿基拉等補充人員也駕駛各自的車子，一面逃竄一面戰鬥，但是戰況不佳。

西卡拉貝的指示從通訊器冒出來。

『不要理會逃走的個體！打倒那些傢伙也沒有獎金能拿！如果它們在保衛母體，只要擊破母體就有可能四散到周圍！將擊破母體視作第一目標！2號！標識現在怎麼樣了！』

『這裡是2號！就算在母體身上裝設誘導裝置，也會被小型蜘蛛破壞！……等一下！有些個體從母體身上拆下誘導裝置，正在遠離母體！帶著誘導裝置朝1號的車輛過去了！如果不變更誘導設定，火箭彈會往你那邊飛過去！』

『混帳東西！母體現在不能動吧！雖然威力會稍微變弱，也只能妥協了！誘導設定變更為母體的座標！2號的作業切換到擊破小型蜘蛛！手上有火箭發射器的人，每隔一分鐘攻擊一次！發射時機配合通訊器的倒數！』

通訊器反覆傳出機械語音的倒數。

『59、58、57……』

全體的通訊器都播放著同樣的聲音。雖然指示確實傳出了，大多數的人現在都無暇應對。

◆

阿基拉表情非常凝重地繼續應戰。他的臉會皺成這樣，除了因為被小型蜘蛛包圍，還有更嚴重的理由。

『阿爾法！為什麼只有我被這麼多蜘蛛追著跑啊！』

小型蜘蛛很明顯優先追逐阿基拉的車輛，第二目標是西卡拉貝的裝甲運兵車，至於其他補充人員的優先度相當低。

換個角度來看，也是多虧這樣的目標認定，戰鬥能力較低的其他補充人員免於突然全軍覆沒的事態。不過看在阿基拉眼中，就是唯獨自己一人被敵人追殺的不合理情境。

『也許是因為打倒太多敵人，在對方的交戰演算法被設定為需要優先擊破的強敵了。就當作是運氣不好吧。』

被歸咎於自己運氣不好，阿基拉苦笑道：

『這也是因為我的運氣不好嗎？是喔！既然這樣——』

接著他刻意擺出凶悍的笑容。

『——反正照常來多少就打多少吧！』

阿爾法也笑著提振阿基拉的鬥志。

『就是這樣。像平常那樣，徹底擊潰吧！』

阿爾法透過車輛控制裝置，分別精密控制四個輪胎，個別控制輪胎的旋轉方向，使得整個車體橫向打滑般旋轉。

阿基拉控制強化服承受慣性。一旦重心移動稍微出錯，馬上就會被拋出車外，在這不穩定的狀況下，他毫不介意子彈耗盡的可能性，不斷擊發雙手的槍。

結果就是阿基拉手中的ＤＶＴＳ迷你砲不只是朝敵群掃射，而是隨著旋轉兩圈的車身，朝全方位撒出子彈。

擴展掃射的範圍使得彈幕變得稀疏，但靠擴充彈匣補充維持了充分的密度。濃密的彈幕仔細地粉碎小型蜘蛛，使之化為肉片與金屬片的混合物。

阿基拉的視野中映著以俯瞰視角標示敵人位置的圖。用紅色標示的敵人以阿基拉為中心接二連三消失，在剛才遍布紅色的領域產生了一塊無色的圓形區域。

儘管如此，圓形範圍再度緩緩收縮，顯示四周殘留的敵人數量之多。

被破壞的小型坦克狼蛛的殘骸已經遍布周圍，但是敵人的砲擊完全沒有減緩的徵兆。阿基拉這下也不禁感到煩躁。

『阿爾法，這數量未免太多了吧？都打倒那麼多了。從坦克狼蛛的大肚子裡頭冒出來的傢伙應該都殺光了吧？』

正在消滅蜘蛛群的戰力不只有自己。西卡拉貝等人以及其他補充人員雖然擊破數量不同，總計應該已經擊破相當多個體。然而狀況似乎沒有改變，未免太奇怪了。阿基拉開始感到疑問。

『阿基拉，關於這一點，有一個令人遺憾的消息。』

『……什麼啊？妳該不會是要說怪物分裂增加了吧？』

『不是。是增援目前仍不斷從其他地方朝這裡匯聚，所以光是殲滅這附近的個體，數量不會有明顯減少。』

恐怕坦克狼蛛早在交戰前就生下了大量的小型蜘蛛，將它們放到荒野上，現在命令已經成長的個體回來以保護自身。阿爾法如此補充說明。

阿基拉擺出厭惡的表情。

『難怪數量遲遲沒變少……哎，總比分裂好就是了。』

通訊器仍不斷傳出為了協調火箭發射器攻擊時

機的機械語音。

『……5、4、3、2、1、0。』

阿基拉光是應付小型蜘蛛就分身乏術，沒有空檔能發射火箭彈。不過富上代替他發射。

加上其他補充人員發射的量，總計十發的火箭彈飛過上空，隨後在空中大幅度轉變軌道，飛向坦克狼蛛。

然而火箭彈遭到母體四周的小型蜘蛛開砲攔截，最後擊中母體的只有六發。威力不夠，不足以給予坦克狼蛛致命一擊。

見到阿爾法微微搖頭，阿基拉不由得嘆息。

『還真耐打啊。要是能再來一次一開始的那波攻擊，應該就能打倒吧……』

『為此必須先排除小型蜘蛛。至少要讓大約一半的補充人員參與攻擊才行。』

補充人員大多忙著應付小型蜘蛛。西卡拉貝雖然也靠車輛的機槍暫且擊退敵群，試圖創造能攻擊的空檔，但頂多只能暫時抵擋敵人的數量攻勢。

『……總之只能盡力去做了。』

『就是這樣。我也會輔助，好好加油吧。』

阿基拉受到阿爾法鼓勵的同時，朝著小型蜘蛛群開槍。中途屢次更換昂貴的擴充彈匣，這筆經費絕對要西卡拉貝付帳——他下了有些偏離重點的決心。

◆

聽著自通訊器傳出的自動語音，富上表情凝重，繼續準備發射火箭彈。

「……20、19、18……」

他留意著不要摔下車，用雙手握住火箭發射器，朝上舉起。沒必要瞄準。只要發射出去，接下來就會循著自動誘導飛向目標。他配合倒數計時扣下扳機。

「……2、1、0。59、58、57……」

緊接著他開始準備下一波攻擊。他代替應付小型蜘蛛就分身乏術的阿基拉，雙手各握著一把裝彈完成的火箭發射器，做好了確實發揮兩人份火力的準備。

重複這樣的動作已是富上的能力極限。

車輛駕駛狀況已經比先前平順許多，他也可以參與擊退小型蜘蛛。不過考慮到自己對小型蜘蛛群開槍究竟有多大意義，他無法做出這種選擇。

既然這樣，就專心以火箭發射器攻擊，藉此補強一同乘坐這輛車的意義。他也有自覺這個舉動近似於為自己找藉口辯解，不過他卯足了全力，不讓自己變成完全的累贅。

即使如此，富上還是對無能為力的自己憤怒得顫抖。

◆

阿基拉專心殲滅小型蜘蛛時，較大型的個體自蜘蛛群中現身。渾身披著牢固的裝甲，以輪胎和履帶發揮蜘蛛腳無法比擬的速度，朝著阿基拉突擊而來。

阿基拉以DVTS迷你砲連同周遭的小型蜘蛛一併掃射，但那個體任憑子彈陷進裝甲表面，仍舊不斷逼近。

阿基拉對那頑強程度稍微感到吃驚，不過他不慌不忙地以CWH反器材突擊槍指向它。從槍口射出的專用彈輕易貫穿敵方的牢固裝甲，破壞頭胸部使該個體當場斃命，與頭胸部分離的腹部循著慣性飛過空中。

下一瞬間，腹部迸裂四散，將內容物朝四周潑灑。阿基拉不由得皺起整張臉。

朝四周猛然灑出的是大量尺寸如阿基拉手掌大小的蜘蛛。

阿基拉反射動作般迎擊，卻無法擊落所有蜘蛛。小型蜘蛛生出的迷你蜘蛛朝著阿基拉的車子從天而降。

『這是什麼啊！』

『阿基拉！立刻處理掉貼附在車上的個體！它們想啃食車身！』

『嗚喔！』

阿基拉連忙踢飛腳邊的迷你蜘蛛。緊接著他開始驅除於擴增視野中特別標示的其他個體。

裝甲貼片和座椅還在容忍範圍內，但是車輛的控制裝置和輪胎一旦被咬壞，就足以致命。他連忙動手排除。沒必要打倒，第一要務是從車身剝下蜘蛛。

因為在他處理迷你蜘蛛的時候，小型蜘蛛仍然前仆後繼，他也不能放下雙手的槍。阿基拉小心避免誤擊自己的車子，對貼附在車體表面的蜘蛛開槍，座位上的則用槍身打飛，用腳踢飛攀附於踏板上的蜘蛛。

這時其他槍聲響起。阿基拉反射動作般看向聲音來源，發現富上慌忙之中用手槍射擊蜘蛛。阿基拉不由得扯開嗓門：

「喂！開槍要小心啊！不對，收拾車裡的傢伙不要開槍啊！」

「用手槍子彈沒差吧！這是荒野用車輛！用手槍打不壞啦！」

「這是我的車耶！」

兩人進行無謂口角的同時，車子仍不斷被迷你蜘蛛啃食，又有較大型的小蜘蛛衝向這裡。

阿基拉有一股不好的預感，但他也不能坐視不管。若置之不理而遭到衝撞，車子在這種狀況下翻覆，可是致命級的危機。他將CWH反器材突擊槍指向目標，扣下扳機。專用彈打穿了頭胸部，再度將對方的腹部轟飛到半空中。

他立刻舉起DVTS迷你砲，朝著剩餘的腹部集中火力。這次只要連同內容物一併粉碎即可——他如此盤算。

然而腹部表面的裝甲對迷你砲的密集彈幕展現了最起碼的抵抗。雖然從彈雨中保護了內容物，最後還是無法抵抗而迸裂。結果內部的迷你蜘蛛再度灑向四周，其中一部分同樣灑落在阿基拉的車上。

『又來了！』

『阿基拉，我要試著加速甩開蜘蛛。提醒他不要被拋出去。』

「抓緊車子！不要被甩下車了！」

富上聽了便試圖伸手抓緊車身，但就在這時，一隻迷你蜘蛛攀附在富上的手臂。他反射性想剝除蜘蛛，因而鬆手放開了車身。就在這瞬間，極度強烈的慣性撲向富上。

阿爾法讓車子劇烈旋轉的同時急遽U字迴轉，攀附在車身上的迷你蜘蛛紛紛因為慣性與離心力被甩飛。富上也跟著被拋飛至車外。

阿基拉朝飛出去的富上伸出手，但沒有搆著。

◆

富上被拋出車外，重摔在地。仰賴強化服的保護而沒有受傷，但狀況十分致命。因為他被拋出車子的時候鬆手放開了槍，再加上四周就有小型蜘蛛群，而且車子正在遠離他。

「混帳！不妙！」

富上咒罵當下狀況後，反射性橫向跳躍。晚了一瞬，較大的小型蜘蛛從富上身旁衝了過去。

攻擊被富上躲過，小型蜘蛛以輪胎和履帶讓身體側向飄移以急遽迴轉，企圖再度衝向目標。

富上反射動作般想舉槍，但動作戛然而止。他手上沒有槍。

「混帳！」

不能死在這種地方。富上灌注這股鬥志，對著朝他急速衝來的小型蜘蛛使出全力一擊。

確實注入了強化服力量的拳頭擊向敵人的臉部。承受反作用力的雙腳下的地面不只龜裂，甚至向下凹陷。如此強烈的一擊打凹了對方的頭胸部後，與那龐大身軀的慣性彼此抵消。

衝突時的慣性讓蜘蛛的腹部向上抬起，墜回地面發出偌大的聲響，輪胎與履帶也停止動作。

然而那還是不足以擊倒小蜘蛛。輪胎與履帶再度開始運轉，提升力量以壓倒富上。

富上立刻用雙手擋住對方。狀況並未好轉。一旦輕舉妄動，馬上就會被怪物壓倒，但就算維持現況也遲早會支撐不住。

死定了。這樣的自覺在富上的臉上映出無法隱藏的恐懼。

認知到死亡逼近使得意識加速，讓世界的步調變慢。然而那對富上而言，只發揮了在濃密的時間中讓恐懼持續發酵的功效。

「我……居然會在這種地方……可惡……」

當絕望的話語自口中流露，鬥志也隨之流失。

下一瞬間，富上眼前的蜘蛛被阿基拉踩扁了。

◆

富上被甩出車子之後，阿基拉一臉嫌麻煩的表情，但同樣跳到了車外。他以強化服的身體能力飛躍，使勁踩向襲擊富上的小型蜘蛛。

因為還要加上雙手的槍枝重量，威力相當強，卻還不足以殺死小型蜘蛛，不過要停止敵人的動作已經夠了。他順著反作用力再度向上跳躍，射擊腳下的蜘蛛。

受到ＣＷＨ反器材突擊槍的專用彈直擊，頭胸部迸裂四散，腹部則受到ＤＶＴＳ迷你砲的近距離連射，這次連同內容物一併化為碎片，該個體一瞬間就斃命，失去所有戰鬥能力。

接著阿基拉在啞口無言的富上面前落地，隨即朝四周掃射以牽制敵人，之後他移動到富上身旁，把他踢飛。

正確來說，他先用腳背抵著富上，再用腳使勁把他拋出去，但因為一切都發生在一瞬間，在富上看來就像是被阿基拉踢飛。

富上在半空中慘叫，這時車子再度Ｕ字迴轉，以後座接住他。阿基拉也立刻跳上車。

剛才兩次高速Ｕ字迴轉已經完全甩落攀附於車身上的迷你蜘蛛。

富上半是發愣，直到看到阿基拉跳上車，混亂的思緒才讓他開口：

「你……你竟敢……」

「不好意思，兩手都拿著東西。」

阿基拉只回了這句話。阿爾法見狀，稍微對他露出苦笑。

『讓我們多費了一番工夫啊。話說該怎麼處理他？這麼說有點不留情面，不過就這樣繼續讓他坐在車上，人概也派不上用場了。』

『……也對。』

阿基拉短暫考慮後點頭。

『好。既然他真的會礙事，就按照西卡拉貝的要求，扔到他車上吧。』

『了解了。』

阿爾法笑了笑，切換車輛行進方向。

◆

西卡拉貝乘坐的裝甲運兵車同樣受到無數迷你蜘蛛的攻擊。用車載機槍粉碎小型蜘蛛時，裡面的迷你蜘蛛便天女散花般灑落。

車輛雖然十分牢固，如果機槍遭到集中啃食，遲早會出問題。然而迷你蜘蛛攀附在車身上，也無法用車載機槍破壞。

西卡拉貝考慮過指示在外頭的補充人員來清除，但馬上就判斷憑他們的能力只會對車身胡亂開槍，無故增加損傷而已。

「沒辦法，只能自己解決。」

他咂嘴後，將車輛切換為自動駕駛。隨後他為了移動至車外，開啟後方車門。西卡拉貝朝外頭看了一眼，不由得露出疑惑的表情。

阿基拉正開車朝著西卡拉貝的方向而來，而且他站在車上，硬是將富上攔腰抱起並舉高。

「喂喂喂，他真的想扔進來喔？」

西卡拉貝不由得面露苦笑時，富上真的被扔了出去。他伴隨著慘叫聲飛過半空中，直朝著裝甲運兵車內部而來。

西卡拉貝靈巧地攔下富上，唯獨防止他猛然撞擊車內，但隨即拋棄般鬆手，讓他跌落在地。

「你來得正好。富上，你會開車吧？」

被阿基拉不由分說地扔到半空中，讓富上混亂得手足無措，一時之間無法回答。

西卡拉貝咂嘴，輕輕踢了一下富上。

「喂！富上！你有在聽嗎！我叫你開車！你可

以吧？」

「咦？喔、喔喔，我、我可以。」

「代替我開車，靠自動駕駛有極限。有事再聯絡我。」

西卡拉貝如此指示後，抓住後方車門的頂端部分，矯健地爬上車頂。接著他開始以槍擊掃除攀附於車身上的迷你蜘蛛。

迷你蜘蛛因為中彈的衝擊力，自車身剝落，在墜地的同時被輪胎輾過化為碎片。

剩下自己一人的富上回過神來，連忙趕向駕駛座。

◆

阿基拉拋出富上後，看見西卡拉貝在車頂上持續清除迷你蜘蛛，微微感嘆道：

『真厲害啊。他又不像我有阿爾法的輔助，居然敢做這種事。萬一摔下車該怎麼辦啊？』

『既然敢來討伐懸賞目標，就表示他有相當程度的實力吧。別光顧著讚嘆，也回頭做好自己的工作吧。』

『知道了。動手吧。』

阿基拉再度拿起剛才為了拋出富上而放下的CWH反器材突擊槍以及DVTS迷你砲。隨後阿爾法有些得意地笑了。

『這樣就不用擔心把他甩下車，接下來能發揮平常的能力了。』

『說的也是……先等一下，剛才的駕駛，那樣也算是手下留情了？』

『是啊。要上嘍。』

車子急遽加速。阿基拉連忙穩住差點失去平衡的身子。

◆

在阿基拉等人的奮戰之下，戰況漸漸好轉。不只是敵人的增援數量越來越少，阿基拉、西卡拉貝等人、聶魯戈等實力派獵人也大幅削減了蜘蛛群的數量。

阿爾法粗暴的駕駛方式讓人不禁懷疑車子的控制裝置是否故障了，阿基拉在戰鬥的同時屢次吞下回復藥並對她吐出近似於自暴自棄的怨言，不過這一切都算有了回報——現在阿基拉已經能輕笑著看待剛才的辛勞。

不過這時他對阿爾法詢問戰況，她卻愁眉不展，還告訴阿基拉這樣下去無法打贏。

『咦？可是蜘蛛群已經幾乎快掃光了耶。我想應該沒有打輸的要素吧？有什麼事情不妙？』

『與其說會輸，說無法打贏比較貼切。』

原本的計畫是在第一波攻擊就決定勝負。但因為情況演變為混戰，使得再度集中攻擊的手段被封住，原本準備的火箭彈在無法有效使用的狀況下已經大量消耗。

此外坦克狼蛛不只是命令小型蜘蛛保護自身，還命令它們搬運被打倒的小型蜘蛛供自己食用。只要有充分的食物和時間，要完全修復遭到破壞的部位也絕非不可能。

就算無法完全復原，一旦完成了輪胎和履帶的自我修復，至少就能移動。與蜘蛛群的戰鬥已經拖延了許多時間，搞不好會讓坦克狼蛛有機會逃走。

阿基拉不由得望向坦克狼蛛。在擴增視野中放大顯示的巨大蜘蛛型怪物看起來各部位的修復已有明顯進展。

『呃～～這下要怎麼辦？拜託千萬別演變成都

打到這裡了卻讓目標逃走啊。』

『我想包含該怎麼做，西卡拉貝應該很快就會發出指示了。』

阿爾法的預料正確，通訊器傳來西卡拉貝的指示。

『通知全體！在下一波同時攻擊決勝負！變更火箭彈的誘導設定，滯空待命時間拉長到極限再攻擊！下一次號令時，射出所有領到的火箭彈！』

西卡拉貝判斷不能再給坦克狼蛛更多回復的時間，於是決定孤注一擲。

『射完火箭彈的傢伙就朝著坦克狼蛛四周盡量開火！藉此盡可能降低敵人的攔截火力！下次就是最後一波！給我銘記在心，拿出幹勁來！萬一最後沒殺掉就沒獎金了！也沒有報酬能給你們！』

阿基拉輕笑後深深吐氣，表情轉為認真，集中精神。

『很好。盡可能以獲勝收場，加油吧。』

『接下來就是關鍵了，好好加油。在那之前，阿基拉，有人正在靠近喔。』

『嗯？是誰？』

靠近阿基拉的是聶魯戈的車子。他就這麼與阿基拉的車子並行，親切地搭話：

「幸會，我叫聶魯戈。可以與你共乘一部車嗎？其實發下來的火箭彈已經幾乎用盡了。」

「……哎，可以是可以。」

「感謝。」

聶魯戈回答後便跳上阿基拉的車子。無人駕駛的車子切換為自動駕駛，跟在阿基拉的車子後頭。

阿基拉有些吃驚。聶魯戈抱著剩下的火箭彈在移動中的車輛間跳躍移動，但他的動作十分流暢。跳到車上的瞬間，對阿基拉的車輛幾乎沒有造成搖晃，甚至幾乎聽不見落地聲。

「怎麼了嗎？」
「啊，沒事。只是明明在行進中，你跳得那麼輕鬆，我有點吃驚而已。」
「因為這機體花了我不少錢，性能滿高的。」
「啊，這樣啊……」
「話說，我可以問一下你的名字嗎？」
「我叫阿基拉……」
「阿基拉是吧？很棒的名字，要好好珍惜。」
「謝、謝謝。」
阿基拉從聶魯戈身上感受到奇異的氛圍，讓他不知為何有些畏縮。
聶魯戈的四條手臂各持一把槍，朝著周遭的小型蜘蛛射擊。
他的槍就對怪物用槍枝來說尺寸相當小，但是從中射出的子彈威力充足，而且精準度驚人，四把槍各自精確瞄準不同的目標。

遭受威力與精確度兼具的槍擊，小型蜘蛛接連被粉碎。
阿基拉也連忙參與攻擊，舉起ＣＷＨ反器材突擊槍與ＤＶＴＳ迷你砲，開始掃蕩所剩無幾的蜘蛛群。
聶魯戈一面持續開槍一面對阿基拉搭話：
「真是了不起的身手。其實在戰鬥開始後，我好幾次注意到你的活躍，各方面表現都無從挑剔。如你所見，我是改造人，該不會你也是使用義體之類的？」
「不，只靠身體。雖然穿著強化服。」
「喔喔，你是強化服使用者啊。」
聶魯戈行雲流水般處理周遭敵人，同時凝視著阿基拉。阿基拉感到莫名的壓力。
「怎、怎麼了？」
「沒有，不好意思。由於職業性質，我對你這樣的強者有興趣。儘管穿著強化服，肉體也能做出這種動作，真是了不起。你接受過某些身體擴張處理？或是受嚴格訓練所賜？」

「訓練和實戰，沒有身體強化之類。」

「這樣啊。真是了不起。」

阿基拉滿心困惑，雖然被他稱讚，臉上卻明顯浮現了狐疑的表情。

接受阿爾法輔助才有的實力受人稱讚也沒什麼好開心的——原因並非如此，而是來歷不明的人物對自己抱持強烈好奇，這件事讓他有種近似於忐忑不安的感受。

『這、這傢伙是怎樣……阿爾法，妳有任何頭緒嗎？』

『他是如外表所見的改造人，就剛才的表現來看，是能徹底發揮機體性能的厲害人物。能知道的頂多這些。他之所以會表示好奇，大概是你的活躍非常醒目，不過實情我也不曉得。』

『是、是喔。』

這時，自通訊器持續傳來的機械語音的倒數中參雜了西卡拉貝的聲音。

「時間快到了！從倒數結束開始，直到我指示撤退為止，只管發射火箭彈！沒辦法參加最後這波攻擊的傢伙就當成派不上用場！就算活下來也別以為有報酬能領！」

『……10、9、8……』

阿基拉等人舉起火箭發射器。不同於以雙手持火箭發射器的阿基拉，聶魯戈四條手臂各拿一把。

『……7、6、5……』

在坦克狼蛛附近，山邊兩人仍不斷射出誘導裝置和情報收集妨礙煙幕。因為小型蜘蛛數量減少，他們又能夠靠近，盡可能做好準備以再度發動同時攻擊。

『……4、3……』

西卡拉貝變更了火箭彈的誘導設定，透過調整讓火箭彈忽視明顯遠離目標位置的誘導裝置，並且命令富上用車載機槍攻擊小型蜘蛛。

『2、1……』

其他補充人員也舉起火箭發射器。一想到錯失這次機會就真的會領不到報酬，人人都用盡全力。

『0。』

配合機械語音的倒數計時，阿基拉等人同時發射火箭彈，無數火箭彈接連飛向天空。

阿基拉按照西卡拉貝的指示，打算發射下一發火箭彈，但是聶魯戈阻止了他。

「發射火箭彈就交給我吧，畢竟我的手臂比較多。你來阻止對方攔截。」

「知、知道了。」

坦克狼蛛附近的小型蜘蛛因為非常濃密的情報收集妨礙煙幕而無法攔截火箭彈，不過位在其他地方的小型蜘蛛就能嘗試瞄準將滯空時間延長到極限，於空中等候時機的火箭彈。

阿基拉優先擊破這些小型蜘蛛。加上阿爾法的輔助，以最高效率阻止敵方攔截。

聶魯戈以四條手臂流暢地不停擊出火箭彈，同時他在阿基拉背後注意觀察他的實力。

飛在空中的無數火箭彈短暫盤旋以延長滯空時間，與後續的火箭彈會合，形成群體。到達充分數量的瞬間，同時衝向坦克狼蛛。

每顆火箭彈各自自動修正軌道與命中時機，從全方位幾乎同時命中目標，整群火箭彈的威力產生了比第一波更猛烈的爆炸。

因為爆炸波而劇烈搖晃的車上，阿基拉目睹那威力而吃驚。

『要是這樣還沒打倒，就真的束手無策了！』

『別擔心。阿基拉，你看那邊。』

阿爾法笑著指向該處，被猛烈火力炸成碎片，殘骸四散的坦克狼蛛映入阿基拉眼中。

此外周遭的小型蜘蛛也停止動作，其中有數隻正在高速移動，因為慣性而撞擊其他個體，隨即翻覆倒地。

『大概是因為在受母體控制的狀態下，母體遭到破壞，子代的控制裝置也同時停擺了吧。已經沒事了。』

『贏了吧？』

『是啊，贏了。』

阿基拉猛然吐氣。實際感受到勝利，帶給他最深刻的情緒並非歡喜，而是安心。

聶魯戈以平靜的態度對阿基拉搭話：

「看來順利打倒目標了，真是太好了。那麼，我也該告辭了。有緣他日再相會吧。」

聶魯戈留下這句話，跳回自己的車上，就這麼駕車遠去。

阿基拉露出難以形容的納悶表情。

『到頭來……那傢伙到底想幹嘛？』

『誰知道呢。哎，我們也沒必要在意吧。』

『這倒也是……啊啊，真是累壞了。』

阿基拉一臉疲憊，坐在駕駛座上，放鬆全身的力氣，任憑打倒了獎金8億歐拉姆的懸賞目標的宜人疲勞包覆他。

阿爾法面露一如往常的美麗笑容慰勞阿基拉。

『阿基拉，辛苦了。』

那毫無疑問是一如往常的笑容。那代表了無論是8億歐拉姆的懸賞目標，抑或是路邊的怪物，對阿爾法而言並沒有太大的差異。

雖然發生了預料之外的事態，阿基拉仍成功與西卡拉貝等人一同擊破了坦克狼蛛。

討伐懸賞目標並非打倒目標就結束。為了作為討伐者揚名立萬並領取獎金，還需要辦諸多手續。

對獵人而言是為了領取高額獎金，以及確實取得討伐成功的名聲。若其他獵人宣稱是他們打倒懸賞目標，奪走成果，那可教人無法忍受。雖然對象從荒野消失了，但無法確認是當事人打倒——若獵人辦公室以這種理由拒付獎金，那也讓人傷腦筋。

對支付方來說，既然要支付高額獎金，就需要確定目標已經被擊破，刻意編造的謊言當然不行。那樣應該算打倒了吧？就算能如此判斷，只要還有一絲存活的可能性，就無法輕言支付龐大獎金。

因此，獵人辦公室會詳實查證懸賞目標是否被擊破。在查證之後就算出了某些差錯，也能證明那是獵人辦公室都無法料想到的事態，要處理接下來的爭執也會比較簡單。

就算在戰鬥中使懸賞目標灰飛煙滅，無法憑著屍骸確認對象是否被打倒，還是能依靠情報收集機器等等的討伐數據，讓獵人辦公室認定目標確實已被打倒，就可以成為官方認定的討伐成功者。

假使沒有協助關係的複數獵人隊伍在混戰中打倒了懸賞目標，是哪一支隊伍打倒了懸賞目標，其判定也是交給獵人辦公室以避免多餘的爭執。

為了這些目的，由獵人辦公室確認討伐與否非常重要。

此外，會被認定為懸賞目標的強力怪物，大多是發生了使之如此強悍的突變或自我改造的特別個體，不分生物類或機械類，都是企業的研究對象，在擊破之後仍有高價值。

而屍體與殘骸等等的所有權，都會被獵人辦公室以調查擊破與否的名目取得。

但如果懸賞目標明確留有屍體，獵人卻拒絕交出去，就需要經過額外交涉。不缺錢的獵人純粹出自興趣或名譽等理由打倒懸賞目標，製成標本擺在自家當裝飾，這種案例也偶爾會發生。

西卡拉貝辦理與獵人辦公室的手續時，對補充人員下達指示，要他們撿取集中坦克狼蛛的殘骸。

不過西卡拉貝一點也不打算製作坦克狼蛛的標本。用意是事先集中殘骸，就能馬上轉交給獵人辦公室，可迅速辦理懸賞目標的擊破認定手續。

因為只是這種程度的理由，阿基拉和聶魯戈等身為補充人員卻充分活躍的人，收到的則是休息的指令。

在大規模戰鬥的痕跡仍清楚遺留的荒野上，倖存者們各自度過戰鬥結束後的時光。

◆

阿基拉打算享用較晚的午餐而將帶來的攜帶食品陳列在地上，思索著要吃哪一種。之後從數種食品中選擇了三明治，送到口中咀嚼。

因為剛歷經一番戰鬥，恰巧覺得有點餓。他嚼著口感紮實的餡料，主要靠填滿胃袋來體驗餐點的寶貴，表情浮現幾分笑意。

在阿基拉面前，阿爾法也面露微笑，將三明治放進口中。

當然阿爾法根本不需要用餐，三明治也只存在於視覺，她只是裝出一起用餐的模樣而已。

儘管如此，眼前景象還是讓阿基拉不由得停下用餐的手。

『……我怎麼覺得妳的看起來好吃很多啊？』

『你也嚐嚐看？來，嘴巴張開～』

阿爾法笑著將三明治送到阿基拉嘴邊。柔軟蓬鬆的麵包、新鮮的蔬菜、滴著醬汁的肉。以這些材料構成的三明治看起來非常美味，上頭還有阿爾法留下的咬痕。

阿基拉皺起臉。

『不要這樣故意整人好不好……』

雖然那三明治精緻到只憑視覺資訊就令人覺得鐵定美味，不過實際上並不存在。經由阿基拉的雙眼，口中的唾液增加，並且強烈刺激胃部，卻又無法食用。某種角度來說，也稱得上是種極刑。

『哎呀，真不好意思。』

阿爾法開心地笑著，將三明治拿回自己嘴邊，十分享受地張嘴咬下。

阿基拉因為不服氣而皺起臉，同時吃完了現實中的三明治。雖然早餐吃的是一樣的食品，無法飽足的感覺天差地別。

『很好，我決定了。回去後我要吃更美味的東西，不管價格，只買看起來好吃的。』

聽見阿基拉充滿決意的宣言，阿爾法有點誇張地點頭。

『這就對了，你也得學會過更好的生活。我特地這麼做也有了意義。』

『騙人。妳絕對只是在耍我。』

『哎呀，我對你絕對不會說謊。你不願意相信嗎？』

如果回答相信，就等於接受她沒有捉弄自己，但是阿基拉又不願回答自己不相信阿爾法。阿基拉回以鬧彆扭般的沉默，之後為了安撫受阿爾法的三明治刺激而無謂地活性化的胃，有些暴飲暴食地繼續用餐。

阿爾法看著他的反應，愉快地笑著。

◆

西卡拉貝等人在裝甲運兵車上等候獵人辦公室的職員抵達。他們在休息的同時閒聊，回顧與坦克狼蛛的戰鬥。

山邊與帕爾葛正面看待擊破懸賞目標的成功，心情愉快地笑著，但是西卡拉貝臉上欠缺喜色，嘆息道：

「搞砸了啊～～打倒那傢伙才8億歐拉姆，不划算。是我錯估了。」

他嚴苛的評語讓山邊輕笑道：

「哎，是滿強的沒錯。那對手至少值12億。」

帕爾葛笑得輕鬆愉快，搖頭說道：

「不，好歹要14億。如果是為了獎金狩獵那傢伙，不拿這麼多根本不划算。對吧，西卡拉貝？」

「所以我才說搞砸了啊……不好意思牽連你們參加不划算的工作。」

西卡拉貝嘆息道。山邊則苦笑著安撫帕爾葛。

「別這樣說嘛。畢竟這次目的是擊破懸賞目標，打從一開始就不計成本，而且並沒有倒賠。考慮到這些條件，算是能接受的結果了吧。」

西卡拉貝等三人會與坦克狼蛛戰鬥，是為了利用成功討伐懸賞目標的功績，在多蘭卡姆內部的派系鬥爭取得優勢。因此，為了避免其他派系或多蘭卡姆以外的獵人捷足先登，必須盡快前來討伐。

如果繼續等待，獎金更加提高的可能性很高，不過被人搶先的可能性也會增加。再者獎金是否真的划算，在實際交戰前無法得知。

西卡拉貝將這些都列入考量並判斷出手時機，但他認為這次有些操之過急，為此顯得懊悔，因此嘆息格外深重。

「就算不能等到14億，至少也該等到10億。啊～～不太妙啊。」

見西卡拉貝有些苦惱地這麼說，山邊稍微感到不可思議。

「嗯？有什麼差別嗎？就算不划算，只要不至於虧本，對我們來說沒有太大差異吧？我們的契約是不從獎金拿任何錢啊。」

就算成功討伐懸賞目標，他們三人也不會從獎金拿取任何報酬。西卡拉貝等人在僱用補充人員時開出了這樣的條件。

但西卡拉貝正是因為契約條件才抱頭苦惱。

「問題就在這裡。那個契約基本上就是從獎金扣除經費後，扣掉我們再按照人數分配吧？外加依

照活躍程度調整分配比例，刺激他們好好工作。」

「是沒錯。所以呢？」

「……阿基拉和聶魯戈居然那麼能幹，也有點出乎我的意料。如果從獎金扣除經費後單純照人數分配，怎麼想都發不出符合表現的報酬。然而如果給他們符合表現的報酬，可以發給其他人的報酬就沒了。」

「啊啊，原來如此。還真麻煩。」

「聶魯戈的目的是加入多蘭卡姆的管道，這部分還能解決。至於阿基拉……」

既然是不經由獵人辦公室的非正規高風險委託，對方自然也會期待符合風險的高報酬。

若是透過獵人辦公室的正規委託，就算報酬低一些，也能秉持其權威主張契約已如此明定，就可以解決一定程度的爭執。

但是在非正規的委託使用這種說法，得到的回

答就會是「開什麼玩笑」。在高風險高報酬的前提下來到荒野賣命工作，一旦賣命所得的報酬——也就是自身的性命價值遭人踐踏，一般都會演變成互相殘殺。

西卡拉貝也是獵人，不會惋惜為此付錢。他也不想和阿基拉賭命戰鬥。要是因此減少給其他補充人員的報酬，結果演變成與他們賭命戰鬥，西卡拉貝有自信能輕鬆獲勝，但是對日後交涉會有嚴重的負面影響。

無論對任何一方，西卡拉貝都必須給出他們願意接受的答案。

帕爾葛笑得豪爽，捉弄西卡拉貝。

「把阿基拉找來的是你嘛，所以這是你該負責的。努力和他談吧？」

「我知道啦。」

要不是因為派系間的鬥爭，也不會落得這種下場。西卡拉貝像要吐出心中鬱悶，使勁嘆了口氣。

◆

富上與西卡拉貝等人一起坐在裝甲運兵車上，但他與那三人不是會一起談笑的關係，因此隔了一小段距離。

他坐在長椅上，面露複雜窘迫的表情，操作著資訊終端機。他連上獵人辦公室的網站，閱覽阿基拉的個人頁面。

隨後他懷著祈禱般的心情確認獵人等級。

「真的是21……」

事與願違。

現在他不得不承認阿基拉的實力。既然如此，阿基拉也許是為了戲弄他才故意說謊吧？也許他自稱的獵人等級比實際上低很多？如此一來就能解釋他那種強度——富上對此懷抱最後的期待，但期待落空了。

獵人等級可以選擇不公開，但無法變更為虛假的數值。就算真的能辦到，也沒必要竄改成較低的數字，故意停留在低等級沒有意義。富上從這些根據，只能承認阿基拉並沒有說謊。

「那傢伙是21……而我是27……到底是怎麼回事……？」

富上神情略為憔悴，站起身。隨後他直接走向西卡拉貝面前。

西卡拉貝一臉狐疑。

「怎麼了？」

「那個叫阿基拉的人……到底是什麼來歷？」

「我僱的外部獵人。」

「我問的不是這種問題！」

富上突然拉高音量，西卡拉貝等人嚇了一跳。

若是平常的西卡拉貝他們，至少會覺得被打擾了而瞪回去施壓，不過富上那看似走投無路的氛圍，讓他們的反應僅止於露出意外的表情。

「那種實力怎麼可能獵人等級才21！那傢伙到底是什麼來歷！」

獵人等級是獵人綜合實力的大略指標，而非戰鬥能力的指標。不擅交戰，但是擅長搜敵與潛行，能不被怪物發現地從遺跡帶回大量遺物的高等級獵人同樣存在。

反過來說，擁有過人的戰鬥能力，但收集遺物的能力太過低落，還拘泥於獵人就該從遺跡帶回遺物的信條，因此遲遲未能得到成果，這種獵人等級不高但戰鬥能力非常強的獵人也並非不存在

然而兩者都是極端的案例。就算擅長搜敵與潛行，還是難免遭遇戰鬥。就算不擅長收集遺物，若擁有足以擊破強力怪物的實力，就有機會在未探索

的區域大撈一票。因為這些理由，獵人的戰鬥能力大致上與其獵人等級成比例。

富上明白這些例子，也知道存在著例外。也許阿基拉就是這種例外，而西卡拉貝知道這一點才僱用了阿基拉。他無意識地期待這種回答，拉高了音量：

「是你僱來的？那你應該知道些什麼吧！告訴我！那傢伙，到底是什麼來歷！」

富上吐出心中所有疑問，不斷喘息。於是，剛才愣住的西卡拉貝等人笑了起來。

「你想問他是什麼來歷……可是……」

帕爾葛說完，露出別有用意的笑容，視線轉向西卡拉貝。山邊也附和般回答：

「是啊，你問我們也沒用。西卡拉貝，你知道嗎？」

「不曉得。哎，真要說的話，我和阿基拉以前在崩原街遺跡的地下街曾經一起行動，知道他和一般嘍囉不一樣，才邀他來討伐懸賞目標。」

富上稍微放鬆了表情。

「就、就是這樣吧？那、那傢伙一定就是那類的……」

「不過，阿基拉中途就退出了地下街的委託，實力其實也就那種程度罷了。山邊和帕爾葛之前也跟我抱怨為什麼要把那種嘍囉加進來。」

帕爾葛明白了西卡拉貝的用意，便配合說道：

「但那是獵人辦公室的情報耶。如果相信那個數字，就是一般的嘍囉嘛。正常來說，沒有人會懷疑啦。」

山邊也順勢捉弄道：

「帕爾葛，那是因為你對自己的實力太有自信吧？眼裡只看得到獵人等級的數字，覺得比我們低就瞧不起人家。」

「咦～～？我有嗎～～？」

「換作是真正有實力的傢伙，自然不會用這種理由瞧不起人。厲害的傢伙不會被獵人等級迷惑，能正確評估對方的實力。這才是真正的強者。你就是太得意忘形了～～」

「你在說什麼啦。我沒問題吧。這次討伐懸賞目標也有好好表現啊。」

山邊與帕爾葛話中有話，互相調侃，一旁的富上臉色越來越差。最後西卡拉貝給他致命一擊。

「哎，活躍的機會被獵人等級比自己低的人搶走讓你心情不好，這不是不能理解，與其找我們抱怨這件事，只要你自己向我們拿出符合你獵人等級的表現，不就好了嗎？」

知道富上並未有所表現的人這麼說，言下之意就是：你的實力不符你的獵人等級。富上聽到他這麼說，也失去了大吼大叫的氣力。

「……我去外面吹風。」

富上垂著頭，踩著有些不穩的步伐來到車外。就在車門關上的同時，西卡拉貝三人哄堂大笑。

起頭捉弄富上的帕爾葛撇開自己不談，笑道：

「西卡拉貝，你很惡劣耶。你之前明明說什麼B班的人好一點，真是過分耶。」

「明明是你起頭的，沒資格說我吧。況且那只是相較之下罷了。他們同樣都是用我們賺來的錢湊齊精良裝備的傢伙。」

「哎，是沒錯啦。」

「況且那傢伙自信過剩。那種人大多會高估自己的實力，充滿自信地掛掉。趁這機會搞懂自己的分寸也不是壞事吧。我可是苦口婆心。」

「說得還真好聽。」

西卡拉貝隱藏真正用意，繼續調侃：

「……況且，你也沒資格取笑富上吧？在酒館第一次見到阿基拉那時候，你大概覺得他看起來根本就不強吧？」

帕爾葛露骨地挪開視線。山邊帶著苦笑承認：

「哎，西卡拉貝，我承認那傢伙給人的第一印象很弱。不過要當場看出他是破億獵人，真的不可能啦。」

帕爾葛也附和：

「就是說嘛！正常來說沒有那種21級獵人啦！你的第六感真靈！甘拜下風！西卡拉貝，這樣你滿意了吧？」

「真是的，說的比唱的好聽。」

西卡拉貝笑著回答夥伴們那參雜調侃的稱讚，並且在心中思索。

（不只是山邊和帕爾葛，恐怕富上也不例外，所有人對阿基拉的第一印象都與他的真正實力不符。那傢伙身上果真有特別的因素嗎？）

在實戰中親眼見證的阿基拉的實力，以及自身第六感評估的阿基拉的實力，至今依舊嚴重背離。西卡拉貝因兩者間的差異而煩惱。

◆

獵人辦公室的職員抵達現場。西卡拉貝將事先收集好的坦克狼蛛的殘骸，以及被破壞的砲塔、折斷的腿部、飛散的裝甲等部位，加上戰鬥紀錄檔一併交給獵人辦公室，結束了現場要辦的手續後，將處理工作交接給多蘭卡姆的事務部門。

官方認定的討伐者是西卡拉貝、山邊、帕爾葛、富上四人。雖然其他補充人員就在附近，但這些屬於多蘭卡姆的家務事，獵人辦公室不干涉。

曾是坦克狼蛛的物體接連被裝進大型卡車，其中也包含了小型蜘蛛。

「話說，西卡拉貝，接下來怎麼辦？我們要撤了，還是繼續？」

聽山邊這麼問，西卡拉貝面露複雜的表情。

當初的計畫是打倒坦克狼蛛後，對其他懸賞目標進行威力偵察，如果狀況看似可行，就連其他懸賞目標也打倒，為此也準備了大量彈藥。

但在坦克狼蛛戰消耗的彈藥量多得出乎預期，西卡拉貝認為當下要連續作戰有困難。

用剩下的彈藥只做威力偵察，也沒有太大的意義。因為就算藉此得到了情報，也沒有能立刻參戰的部隊。

除了西卡拉貝等人，還有其他多蘭卡姆資深獵人出發討伐懸賞目標，但因錯估了戰力而撤退。重新編組部隊需要花上數天，無法立刻行動。

若用盡剩餘的彈藥進行威力偵察，順便造成了傷害，也只會讓接下來與那個懸賞目標戰鬥的其他獵人隊伍撿到便宜。

西卡拉貝煩惱了一小段時間後，心生一案。

「山邊、帕爾葛，你們被當成補充人員也能接受嗎？最糟糕的條件是非正式參加。就算正式參加，也不會登上討伐者的公開名單。」

「非正式參加的話要看報酬。若是正式參加，希望至少能在個人頁面留下紀錄，不過這也可以視報酬妥協。」

「再加一項，萬一出事全是西卡拉貝的責任。這樣的話就可以喔。」

「知道了啦。」

西卡拉貝面露苦笑，將此視作得到了同意，便取出資訊終端機開始聯絡。

◆

在獵人辦公室的車輛離去後，其他補充人員也朝都市踏上歸途。阿基拉目睹那光景，想著「這下終於能撤退」。這時西卡拉貝對他說：

「阿基拉，還能再打一場嗎？」

阿基拉不由得對他擺出納悶的表情。西卡拉貝馬上補充道：

「啊，不是你想的那樣。恰巧有群傢伙正在和其他懸賞目標戰鬥，我想用補充人員的身分去參加那一場。」

他並非在期待阿基拉再度發揮在坦克狼蛛戰中的表現，這次是包含他們在內一起擔任輔助人員。如果想拚命拿出好表現也不會被阻止，但是基本上只要擔任單純增加火力的人員就好。聽他如此說明，阿基拉短暫低吟並思考。

「這個提議，拒絕會怎樣？」

「不會強逼你參加，你就回去好好休息。之後就回到待命等候聯絡的狀態。」

這時西卡拉貝突然想到般笑道：

「啊，如果你想問的不是這個，而是拒絕時的壞處……這個嘛，萬一接下來我們有個三長兩短，最糟的狀況下就沒人能支付報酬給你了。就算不到這個地步，要是陷入苦戰，經費也會變多吧？」

阿基拉露出有些厭惡的表情，嘆息道：

「……知道了。我奉陪就是了。」

「這樣啊。那就跟著我們的車子一起來。」

西卡拉貝說完便回到車上。

阿爾法面露有些疑惑的表情。

『阿基拉，真的好嗎？』

『這次西卡拉貝他們也是補充人員了，應該沒問題吧，人概。況且……』

『況且？』

『在我不知情的時候受了重傷，治療花了好幾億，光是這筆經費就把獎金用完了……這種藉口我可不想聽見。』

裝甲運兵車嚴重受損了——這種藉口也一樣。就算實際上只是輕微破損，若沒有同行，阿基拉也無法親眼確認。

『我明白了。監視就交給我吧。』

『靠妳了。』

出自稍嫌負面的理由，阿基拉接受了追加的戰鬥提議。

◆

西卡拉貝朝著下一個現場移動的同時，與他的交易對象黑澤聯絡。

「對，我在路上了。大概再三十分鐘到。」

『這樣啊。我先確認，要聽從我的指揮這點沒問題吧？雖然只是暫時，多蘭卡姆的獵人聽命於我，這樣不太好吧？』

「用不著擔心。就算真有什麼問題，到時候會被嘮叨的也是我。沒問題，你別介意。」

隔了短暫的空檔，黑澤繼續說：

『……這樣啊。哎，也罷。我再確認一點，你送來的契約內容這樣寫：參加者是多蘭卡姆旗下的獵人小隊，包含隊長西卡拉貝，共四名。這是為什麼？』

「嗯？沒什麼奇怪的吧？」

『按照你們那邊的契約範本，多蘭卡姆旗下的獵人四名，後面還會明記每個人的名字。為什麼要特別更改？』

「有什麼關係？以整個部隊為單位參加，負責人是我，就這樣而已。」

黑澤的嘆息透過通訊器傳來。

『連你都開始搬弄這些小手段了啊。獵人自己去蹚政治事務的渾水，自縛手足到底有什麼意思？真是愚蠢。』

黑澤原本也是多蘭卡姆的獵人，但是隨著幫派規模擴大產生派系，再加上事務派系的崛起，使得組織內的紛紛擾擾更加嚴重時，他認定無法奉陪到底，便決心割捨，脫離了幫派。

另一方面，西卡拉貝留下來了。而就如同黑澤的預料，西卡拉貝身不由己，被牽連進組織的麻煩事。

西卡拉貝自然也心知肚明，他面露苦笑。

「不好意思啦。不這麼做，之後加入的人就會搶走我們築起的一切。就算讓組織擴大是他們的功勞，我和你不一樣，沒辦法看得那麼開。至少，目前還不行。」

黑澤的口吻也稍微變柔和了。

『哎，也罷。雖然我有話想說，但也不該在現在說。之後喝酒的時候再聊吧。四人是吧？不管你們那邊有幾個人，待遇包含報酬就是四人份。這樣行嗎？』

「行，多謝了。還有一件事。我們這邊有個小鬼頭，看到他也別介意。」

『小鬼頭？你不是討厭多蘭卡姆的那些小鬼嗎？你還把那種累贅一起帶來啊？』

「戰力也沒問題，不會扯後腿的。」

『真是那樣就無所謂。那現場見。』

西卡拉貝切斷與黑澤的通訊後，輕輕嘆息。自己正在做的事無謂又麻煩，他對此有自覺。也覺得作為獵人，不必蹚這渾水。然而這理由還不足以讓他割捨多蘭卡姆。

西卡拉貝終究放不下。

◆

三奈門遺跡是座半毀高樓大廈林立的寂寥遺跡。遺物已經被徹底取走，失去了遺物收集地點的價值，而且在此棲息的怪物強度不低，所以平常不會有任何人靠近。

不過近來顯得相當熱鬧。由於懸賞目標多聯裝砲蝸牛在這裡棲息，成為了討伐戰的場所。

當初只有1億歐拉姆的獎金，現在已經提高到15億歐拉姆。那代表懸賞目標的強度，也代表出資者有多麼欲除之而後快。

多聯裝砲蝸牛是尺寸約兩層樓民房的蝸牛。金屬製的巨大蝸牛殼上長出了無數大砲，以熾烈的砲擊粉碎敵人，這也是其名稱的由來。

不過現在因為與爭奪獎金的獵人歷經激戰，殼已經碎裂，無數大砲也遭到破壞，再生速度追不上，多聯裝砲這部分已經名不符實。

儘管如此，從一開始就分外醒目的特大主砲依舊完好無缺。它揹著那門主砲，攀附在半毀的高樓大廈上頭。

它以從遠方看上去緩慢，但是在旁邊觀察就快如車輛的速度爬上大樓，停滯於大樓頂端邊緣，將那門特大的主砲指向遺跡外頭。

◆

西卡拉貝等人朝著三奈門遺跡前進時，收到黑澤的指示。

『你們太靠近多聯裝砲蝸牛的砲擊範圍了。離遠一點。』

阿基拉也透過西卡拉貝他們的車輛的機器，接收到指示與周遭的地圖資訊。地圖上以紅色標示敵人砲擊範圍，他們改變車輛行進方向，拉開距離。

『阿爾法，妳覺得砲擊會從哪邊來？』

『從那邊。』

阿爾法說道，指向前方。

阿基拉看向該處。在擴增視野中，阿爾法指示他注視的方向，再經過好幾次放大顯示後，位在遠方遺跡的多聯裝砲蝸牛的身影映入他眼中。

『就是那個啊……嗯？』

巨大蝸牛貼附在高樓大廈上，殼上長出的大砲指著阿基拉等人的方向。

下一刻，光之洪流自砲口奔騰而出。阿基拉的擴張視野其中一部分，放大顯示的區域被那劇烈的閃光所掩蓋。

晚了一瞬，那道光抵達荒野的地面。高能量的光線於地表奔馳，接觸到的位置不只是燒焦，甚至融解，緊接著引發爆炸。

爆炸波使得車身猛然搖晃，在有些目瞪口呆的阿基拉身旁，阿爾法若無其事地發出指示：

『再離遠一點應該比較好。阿基拉，和紅色區域離更遠一點。』

『喔、喔喔。』

阿基拉更大幅度偏轉車輛行進方向，這時他見到被光線燒灼而冒煙的大地的慘狀，表情僵硬。

『阿爾法，剛才那是什麼？』

『敵人的砲擊啊。』

『不是啦，這我當然知道……』

『就是俗稱的雷射砲。在予野塚車站遺跡時也簡單說明過了。那只是俗稱，並非能以光速攻擊，而是帶有指向性的強烈能量與大氣中的無色霧起反應……』

『不是啦，我要問的也不是這個……』

『是懸賞目標多聯裝砲蝸牛打過來的。大概是從它攀附的大樓吸取能量，提升了威力吧。你被直接命中會連灰燼都不剩，不過瞄準精準度好像滿差的，只要別進入人家通知的砲擊範圍就沒問題。』

阿爾法的微笑像是在說：「這樣滿意了吧？」阿基拉對她生硬地道謝。

『是、是喔。我知道了。謝了。』

『不客氣。』

阿爾法一如往常笑著回答。

阿基拉留意著絕對不要進入紅色範圍，慎重地駛向三奈門遺跡。剛才阿基拉還因為多聯裝砲蝸牛的砲擊威力而嚇得冷汗直流，但因為阿爾法說沒問題，他也恢復了冷靜。

『坦克狼蛛的獎金是8億吧？多聯裝砲蝸牛的獎金是多少？』

『15億歐拉姆。』

『15億啊……意思是強度搞不好有坦克狼蛛的兩倍？畢竟能轟出那種砲擊嘛……』

『獎金高低和強度沒有比例關係。真正成正比的是出資者多麼希望獵人盡快討伐。』

多聯裝砲蝸牛的主砲正確射程不明，但就算威力會隨距離衰減，還是能推測有效射程相當遠。就算從運輸車輛的搜敵範圍外開砲，威力還是很可能足以擊毀一般運輸車輛。

若這種怪物在荒野上徘徊，會對運輸造成嚴重影響。對物流業者而言，想必會不惜增加獎金當作提早討伐的費用，以求盡早恢復運輸暢通，所以有可能強度沒那麼高。

阿爾法如此補充說道：

『哎，就算要與多聯裝砲蝸牛戰鬥，我們也只是以補充人員的身分參加，根本沒必要像對抗坦克狼蛛時那麼拚命，所以危險性應該也比較低。沒問題的。』

『說的也是。』

阿基拉接受這個說法，放心地繼續趕路。

◆

阿基拉等人抵達三奈門遺跡，在黑澤的指揮下參加與多聯裝砲蝸牛的戰鬥。這時戰鬥已經開始，他們從中途參加。

雖然是補充人員，畢竟是第二次懸賞目標戰，阿基拉重新提起鬥志，準備與多聯裝砲蝸牛戰鬥。

然而他的鬥志從某種角度來說只是浪費。因為到頭來，阿基拉一次也不曾與多聯裝砲蝸牛直接戰鬥。

阿基拉等人接到的指示是維持戰鬥區域的道路暢通。一旦與懸賞目標盛大開戰，遺跡的怪物也會被吸引過來。為了避免那些怪物影響其他獵人的移動，由他們負責驅除。

至於可能堵住道路的大型怪物，就要用車子或強化服從路上移開。即便是小型怪物，只要數量累積起來，就要扔到附近的建築內以免阻礙移動。

在這段作業過程中，他們會即時收到隨著多聯裝砲蝸牛的位置變化的砲擊範圍資料，讓他們提高戒心不要靠近。

只要注意這些問題，剩下的工作就只有打倒那些強度無法與懸賞目標比擬的弱小怪物，因此對阿基拉來說是一份輕鬆得讓他覺得白緊張的工作。

◆

黑澤在多聯裝砲蝸牛討伐戰上貫徹始終的準則就是安全至上。

找敗給多聯裝砲蝸牛而歸來的獵人購買情報；從遠距離仔細觀察目標以擬定對策；確信能安全獲勝之後才實際行動。

多聯裝砲蝸牛由於接連戰鬥，發射實體砲彈的大砲已經幾乎毀壞。黑澤首先下令集中攻擊這些大砲，確實使之無法使用。

接下來才派出徹底強化對能量防禦的部隊發動攻勢。在進攻時，他也嚴格下令要求部隊確實移動至不會遭受反擊的位置。

而黑澤身為作戰指揮官，隨時確認情報收集人員送來的情報，判別對方的砲擊範圍，並且對每個隊員個別下達指示。至於中途參加的西卡拉貝等人沒有準備對能量防禦，為防萬一便將他們安排在遠離砲擊範圍的地方。

如此滴水不漏的作戰計畫確實將多聯裝砲蝸牛漸漸逼入絕境。現在主砲之外的其他砲口全被破壞，陷入無法靈活攻擊的狀態。儘管在遺跡內發射主砲，以其威力讓周遭大樓倒塌，黑澤等人也已經事先預料到，提早從該處撤離。

由於阿基拉他們維持道路的狀態，黑澤等人在移動途中也不會遭遇被其他怪物干擾的不幸。他們安全地撤離，並且反擊。

攻擊部隊的人數、每個人攜帶的彈藥，一切都準備充分到甚至多餘，火力十分充足。多聯裝砲蝸牛也將自大樓吸取的能量用在防禦上，但大量的砲彈以及濃密的子彈、接連奔來的火箭彈，總加起來的火力打穿了防禦。

受到集中火力的狂轟濫炸，多聯裝砲蝸牛從它攀附的大樓三度墜落，甚至連同大樓一起被炸飛，躲進遺跡內部又三度爬上其他大樓，但無法承受第四次的墜落。

硬殼因為墜落的衝擊裂開，裸露的肉體沐浴在務求奪命的砲火下，於是多聯裝砲蝸牛內部的肉片朝四周大肆飛濺，被仔細地擊破。

◆

多聯裝砲蝸牛被打倒後，阿基拉等人再度回到等待獵人辦公室職員抵達的狀態。

阿基拉坐在車子的駕駛座上，輕吐一口氣。

『感覺好像很簡單啊。』

阿爾法臉上掛著一如往常的輕鬆笑容。

『最後甚至覺得有點清閒吧。』

實際上阿基拉將周遭的怪物大致掃蕩並推到路旁之後，除了留意不要進入敵方砲擊範圍，也沒其他事情要做。

西卡拉貝等人中途變更火箭彈誘導設定，加入攻擊，但阿基拉只被指派負責周遭戒備，而且基本上那也都交給阿爾法，因此他確實是閒暇無事。

體驗到與坦克狼蛛那時截然不同的懸賞目標戰，阿基拉雖然不至於覺得不滿，卻有種莫名難以接受的感覺。

與阿基拉有段距離的地方，黑澤正在繼續與西卡拉貝閒聊。他先是將視線轉向阿基拉，隨後將意味深長的視線轉向西卡拉貝。

「哦～～坦克狼蛛戰演變成那樣啊。原來如此～～話說，那傢伙就是富上？應該是……反克也派矚目的新星吧？」

黑澤明知不是還故意問，西卡拉貝聽了回以苦笑。

「哎，你就當成是這樣吧。」

「那就當成這樣。不過，就算要我這樣想，那傢伙在我看來實力不怎麼樣，真的好嗎？」

「沒關係啦。我也不是認真想隱瞞。讓某些人聽了傳聞，因而心生誤會就很夠了。頂多就這樣而已。」

語畢，這回西卡拉貝笑得若有深意。

「黑澤，在我看來，就這個問題而言，那傢伙反而適任喔。乍看雖然不強，實力可是貨真價實。你剛才實際指揮他戰鬥，應該也很明白吧？」

「是沒錯。」

「但不在現場的人看不出來。所以，那傢伙的成果不會和他本人連結。」

黑澤理解了西卡拉貝的用意，苦笑道：

「於是無主的這份成果就會被歸於紀錄上應該在這裡，而且拿出這種成果也不奇怪的某人身上，是吧？」

「就是這樣。」

無謂的小手段。黑澤與西卡拉貝兩人共享了同樣感想後，對彼此苦笑。

動用了這樣無謂的小手段；現在的狀況有這個必要。多蘭卡姆是西卡拉貝所屬的組織，對黑澤來說則是過去的舊東家，而現在多蘭卡姆的狀況已經惡化到這般狀況。對這項事實產生的複雜情感顯露在兩人臉上。

這時黑澤突然想到——

「西卡拉貝，我可以和那傢伙聊幾句嗎？我會配合你們演出。」

「可以是可以，但你可別亂講話，鬧出多餘的爭執喔。」

「我知道啦。」

黑澤如此說道，懷著些許興趣走向阿基拉。

黑澤來到阿基拉身旁，在西卡拉貝為阿基拉介紹他的時候，再度近距離打量阿基拉。於是他在心中沉吟。

聽西卡拉貝描述的坦克狼蛛戰的表現，再加上阿基拉剛才接到指示便精確動作的模樣，黑澤承認阿基拉實力不凡。

那評價純屬客觀。坦克狼蛛戰的情報畢竟只是傳聞，其中不包含黑澤本身的評價。此外，黑澤評估阿基拉在多聯裝砲蝸牛戰的表現，也是針對黑澤輸入指令後，阿基拉輸出的結果做出評價，因此主要來自俯瞰性質的觀點。

黑澤是位有實力的指揮官，能透過傳聞與第二手資訊客觀評估他人的能力。這也代表了他的主觀與直覺得到的評價與客觀評估的評價，兩者之間沒有顯著的出入。

所以，在近距離打量阿基拉後得到的主觀評價與客觀評價出現顯著的差異，讓黑澤有些疑惑。

（嗯～～雖然知道他是符合傳聞的厲害角色，看上去的印象完全是隨處可見的嘍囉……和那傢伙正好相反啊。）

黑澤看著阿基拉，想起另一位人物。那個人與阿基拉方向性不同，但是直覺評價與客觀評價明顯背離這一點相同。

這時，阿基拉得知了對方是多聯裝砲蝸牛戰的指揮官，便問道：

「我想問一下，打倒多聯裝砲蝸牛的經費大概是多少？」

「嗯？只是粗略數字，大概10億吧。」

「10、10億……」

阿基拉不由得眉頭深鎖。多聯裝砲蝸牛的獎金是15億歐拉姆，雖然花了那麼多錢，實際上沒有虧本。儘管如此，看在阿基拉眼中，利益實在不符合風險。

黑澤看到阿基拉的態度，露出明白對方意思的笑容點頭。

「確實花了那麼多經費，從獎金扣除經費後再分配，每個人的報酬不會多到哪去。所以說，為了這一點點報酬挑戰懸賞目標一點也不划算，你會這樣想也很正常。」

黑澤先如此猜測後，輕輕搖頭。

「但是，明明要和懸賞目標戰鬥卻捨不得下足成本，只想一夜致富，這種人十之八九都會死。我不想死，所以不惜稍微削減利益也想安全獲勝。」

黑澤是優秀的獵人，指揮能力也相當高明，但因為這種判斷標準，時常被揶揄為懦夫。實際上他在收集遺物時，有時也會因為評估狀況太過悲觀，輕易捨棄只要再多堅持一下就能到手的利益，提早撤退。

不過另一方面，黑澤指揮的隊伍生還率非常高。雖然無緣品嚐在未知遺跡海撈遺物這種獵人的醍醐味，長期來看卻是確保了充分的利益。

這次多聯裝砲蝸牛戰也一樣，不只是死者，就連重傷者都掛零。

「獵人這行就是要賭上性命，預料外的事態也不稀奇。一旦考慮到這方面的風險，就連一道擦傷都應該能免則免，這樣設想最剛好，就算手段只是單純的火力壓制。」

黑澤打倒多聯裝砲蝸牛所選擇的戰術，某種角度而言只是憑著強大火力摧毀敵人的平庸內容。不惜涉險挑戰遺跡、怪物等難關，用盡運氣與實力得到燦爛奪目的榮耀——和這類屈指可數的成功者的偉業相比，可說是正好相反，沒有太多能對他人炫耀的要素。

黑澤對此沒有怨言。他不否定追求燦爛榮耀而賭上性命的獵人，但他自己沒那種意願，也不打算奉陪。就這麼單純。

「哎，就算這樣，贏了就是贏了，戰鬥經歷會鍍上一條金光閃閃的成功討伐懸賞目標。只要適當使用，在日後的獵人工作會有許多益處。考慮到這些好處，能安全得到這層鍍金就不會太不划算。」

這時，黑澤對西卡拉貝投出別有用意的視線。

「你們只靠著四人就打倒了坦克狼蛛吧？想必很辛苦？」

「是啊。不過四個人都還活著，沒問題。」

正確來說，補充人員中有五人戰死，但在官方紀錄上只憑著西卡拉貝等四人打倒，死者是零。

「還真行。雖然很厲害，準備工作一定非常花錢吧？這樣有賺頭嗎？」

語畢，黑澤露出別有用意的笑容。他知道實際上並非四個人，也知道西卡拉貝為了那些小手段煞費苦心。在這樣的前提下，他詢問是否有合乎勞力的利益。

西卡拉貝面露苦笑。

「哎，還過得去啦。」

「是嗎？喜歡給自己找麻煩是你的自由，但要懂得節制喔。」

別搞那些無謂的小手段，就省得費這番工夫了吧——黑澤對友人如此忠告。

黑澤結束閒聊離去後，阿基拉因為得知了多聯裝砲蝸牛戰的經費，露出有些不安的表情，對西卡拉貝問道：

「欸……坦克狼蛛那場戰鬥，應該不至於倒賠吧？我的報酬大概會是多少啊？」

「……獎金要先經過多蘭卡姆的會計處理才能領到，要花點時間才能付給你。你在那之前先把經費算好，送到我這邊。具體的報酬金額要在那之後才能決定。」

「知道了。」

心中的不安與焦慮越來越深的這些人暫且結束這個話題。

◆

黑澤回到當作指揮車的運兵車上。上車後，與他同行但並非部隊成員的少年對他開口：

「不好意思，有關多聯裝砲蝸牛戰的指揮，我有些事情想請教……」

黑澤看著那個少年，先將許多想法硬是吞下肚。隨後他以公事公辦的口吻簡短回答：

「……我拒絕。」

「咦？」

「因為多蘭卡姆的委託，我允許你與部隊同行，也讓你搭上指揮車、閱覽並帶走戰鬥紀錄。但是我並未接下教官的工作，因此我不會回答你這個問題。」

「喔、喔……」

「由於並非教官，我反倒可以給你單純只是閒聊的不負任何責任的回答，不過如果因為我多嘴而對你的指揮造成不良影響，你的上司可能會對我追究責任。所以，我不能對你多說什麼。不好意思啊，克也。」

「是、是這樣啊……我明白了。」

那名少年正是克也。為了讓他習慣率領大規模部隊與懸賞目標戰鬥的氛圍，水原對黑澤發出了委託。

雖然是過去自己主動退出的幫派提出的委託，既然報酬沒有問題，委託就是委託。黑澤這麼認為，接下了這次委託。

「哎，回到都市前先在車上悠哉度過吧。你也是獵人，貴賓待遇大概讓你覺得被看扁了，不過讓你平安回去也包含在委託內容中。」

黑澤如此安撫克也後，以指揮官的工作為藉口結束了交談。之後他一面作業一面側眼打量克也。

（……我想得沒錯，和那傢伙正好相反。）

他不認為克也沒有作為獵人的才華，反倒覺得克也才華洋溢，大可期望將來發展。這部分於主觀或客觀的判斷都一致。

但是，若問克也是否同時擁有作為部隊指揮者的才能，直覺判斷與客觀判斷之間產生了明顯的歧異。

直覺告訴黑澤，論指揮部隊的才能，克也同樣出眾過人。但是黑澤不相信這股直覺。

身為一位幹練的指揮者，黑澤磨練客觀評估事物的能力。根據充分的情報腳踏實地分析，藉此推導出無可懷疑的事實，得到確切的勝利，這就是黑澤的基本觀念。他時時告誡自己，切勿以不完全的資訊做出直覺判斷就冒險投身於賭局。

這樣高水準的客觀思考能力告訴黑澤，至少當下的克也就作為指揮者的才能來說十分平庸。根據事先取得的情報，以及在車上向黑澤求教的言行，黑澤找不到分毫作為指揮者的優異才能，就連一絲徵兆都沒有。

自己的直覺與客觀從來不曾出現這種歧異，這帶給黑澤的感受並非吃驚，而是詭異。他對克也投出稍帶提防的視線。

然而他判斷其他擔憂只是自己多心了，便微微露出苦笑，放鬆表情。

（哎，西卡拉貝他們突然加入，和這傢伙沒有關聯。這部分就不管了。）

西卡拉貝之所以參加作戰，並不是為了將紀錄上不存在的某人的活躍加諸克也身上，純粹只是偶然。黑澤確認了這一點，無意識間放心了。

雖說他主動選擇了離開幫派，但見到留在幫派的友人似乎沒有為了組織內的勾心鬥角做到這種地步；沒有不再投入獵人工作，只專注於組織內部權力鬥爭，讓他不禁感到安心。

◆

歷經兩次懸賞目標戰，阿基拉回到家，泡在浴缸裡消除疲勞。

「……阿爾法，計算經費可以交給妳嗎？因為算是學習就要我去做之類……今天就饒了我吧。」

『知道了。你好好休息吧。』

「拜託了……多謝……」

任憑意識溶解於浴缸中，阿基拉回顧今天的戰鬥狀況。

唯獨激戰二字能描述的坦克狼蛛戰；身為獵人的作戰態度受到挑戰般的多聯裝砲蝸牛戰。兩者是完全相反的戰鬥，回憶起來卻同樣印象深刻。

於是他突然想到。

「……懸賞目標還有兩隻活著啊。而且是獎金更高的那兩隻。」

『是啊。今天打倒的兩隻都是獎金較低的。』

「問題就在這裡啊～～」

明明都那麼強了，卻是四隻懸賞目標中比較弱的怪物。阿基拉嘆息吐出這項事實帶來的情緒。於是阿爾法補充說道：

『稍微補充一點，在更東邊的地區，那種程度的怪物隨處可見喔。』

「是、是這樣喔？」

『是啊。更進一步地說，能夠輕易打倒那種怪物的獵人也隨處可見，所以不會被指定為懸賞目標就是了。』

阿基拉用發熱的腦袋想像那恐怖地區的情景，感觸良多地呢喃：

「世界……還真大……」

阿基拉脫離了貧民窟的小巷子，擴展自己的世界，然而還有許多契機能讓他的世界更加寬廣。

在都市近郊的荒野，獵人們擺出陣勢，進行討伐懸賞目標的準備。目標是過合成巨蛇，懸賞獎金為20億歐拉姆。

以擔任指揮車的裝甲運兵車為中心，複數的裝甲車與荒野用車輛並排。每輛車都不是尋常獵人使用的便宜貨，盡是高性能的車，那也顯示了為本次討伐懸賞目標所投入的資金之多。

在車輛周遭能見到即將搭乘這些車輛戰鬥的人們，也就是部隊的主力。意氣飛揚地進行準備的人全部都是多蘭卡姆旗下的年輕獵人。

這支部隊就是克也率領的克也派懸賞目標討伐部隊。

艾蕾娜一行人的車子停在離主力部隊有段距離的位置。莎拉倚著車子，遠眺主力部隊的狀況。

「人數雖然多，真的都是新人啊。我是不會因為年紀就看輕別人，但是像這樣全是年輕人，還是有點不安啊。真的沒問題嗎？」

獵人這行業基本上經歷越長，年齡也會越來越模糊。

由於頻繁使用高性能回復藥，身體反覆進行細胞層級的治療，造成體能低下的老化也會受到抑制。另外還有換裝為義體或改造人處理等等，獲得與外表老化無關的身體。越是長期持續嚴苛的獵人工作，這種情況就越多。

即使如此，獵人的外表基本上大多是成年後的模樣。為獵人設計的裝備絕大多數都依照成年人的體格設計，許多產品不方便小孩子使用。若非有強烈的堅持，沒有人會刻意維持年少的體型。

出於這些理由，外表看上去尚未成年的獵人，一般而言年齡都如其外表所示。既然是小孩子，獵人經歷自然也短，實力大多符合其經歷。這也是年輕新手受到輕視的理由。

莎拉同樣不覺得多蘭卡姆底下的年輕獵人實力有多堅強，至少看起來不是會主動參加討伐懸賞目標的強者。

身為判斷接受本次工作的人，艾蕾娜稍微幫忙說話。

「人數和裝備已經很充足了。至少投入了就算討伐成功也不一定有收益的資金喔。」

「嗯～～不過艾蕾娜，就算這樣說，對方可是獎金20億的懸賞目標耶。光靠人數和裝備硬上，我覺得還是有極限吧……」

莎拉有些懷疑，艾蕾娜回以意味深長的笑容。

「妳在說什麼啊。就是為了解決這方面的問題才會僱用我們這些外部獵人當作輔助人員啊。」

艾蕾娜兩人是以輔助人員的身分，受僱參加本次討伐懸賞目標。

不同於以非正式參加身分受僱的阿基拉，這是透過獵人辦公室的正式委託，不過委託內容則是輔助作戰行動，非常模糊。

這代表了要將戰鬥經歷登上獵人辦公室的頁面時，多蘭卡姆方能夠調整輔助人員有多少表現。

如果只靠主力部隊的克也等人就能打倒過合成巨蛇，那當然是最好。如果辦不到，就請輔助人員作為追加火力參戰。最終的紀錄則是光憑主力部隊就能擊破，只是為防萬一才請補充人員參戰。

無論如何，懸賞目標討伐者的名單上不會出現輔助人員的名字。

莎拉淺淺地苦笑。

「喔喔，是這個意思。說穿了就是護衛主力部隊，說難聽點就是當保姆也是工作的一環吧。」

「對方沒有明說。不過契約上我們的報酬是基於主力部隊的生還率來決定，所以對我們就是有這種期待吧。」

就算對懸賞目標造成重大損傷，報酬也不會有分毫增加；主力部隊的死傷越是慘重，報酬就會隨之下跌。雖然契約內容沒有明確要求輔助人員護衛主力部隊，但很明顯這就是雇主的用意。

這時另一輛車出現，停在艾蕾娜兩人的車輛旁。武裝的少年下車，對艾蕾娜與莎拉微微低頭。

「不好意思，有點遲到了。」

「別在意。畢竟是我突然找你來。」

艾蕾娜說著笑了，隨後稍微打量對方並問道：

「雖然是我找你來的，你的身體狀況真的行嗎？不用勉強自己喔。要是你疲勞沒恢復就被我硬是拉來，我會被靜香罵的。」

「不用擔心，我沒問題。萬無一失。」

即使搬出靜香的名字，阿基拉還是笑得充滿朝氣。稍微出言試探的艾蕾娜見狀，笑著點頭，莎拉也愉快地笑著。

「既然這樣，阿基拉，今天就多多指教了。」

「好的，請多多指教。」

阿基拉以加入艾蕾娜隊伍的形式，第三次懸賞目標討伐戰正要開始。

◆

水原在當作指揮車的裝甲運兵車內，感到有些棘手。在水原面前，名叫莉莉的年輕獵人少女正在大聲嚷嚷。

「我無法接受！為什麼要帶我們之外的獵人一起去！妳的意思是無法信任克也的實力嗎！」

「我沒有這樣說吧？我自然相信克也的實力，也相信你們的實力，所以我才編組了以克也與各位為主力的部隊，明白吧？」

「我不懂！既然這樣，有我們就夠了！現在就該拋下多餘的人才對！」

「迫於無奈也不能這樣……」

「為什麼啊！如果是B班的人，也許他們終於認同了克也的實力，那勉強還能接受，但是外部的獵人擺明了只會搶走我們的成果吧！」

在克也派的年輕獵人之間雖然稱不上派系，但是對克也的認知也有差異。其中也有過度高估克也的實力並投射在自己身上的集團。

而莉莉就明確屬於這個集團。克也非常厲害——以這樣的認知為基礎，能當他夥伴的我們也一樣厲害。雖然程度不同，但同樣都無自覺地將克也與自己劃上等號。

水原安撫莉莉的同時，在心中嘆息。

「由於在予野塚車站遺跡發生了預料外的事態，似乎讓克也一度相當低潮。為了防範這種狀況，事先有所準備不也很好嗎？」

「請不要將那種正常不會發生的事態當作根據！如果要用這種理由，以後永遠都要像這樣大部隊行動了吧！」

「這樣說是沒錯……」

「況且克也那時遭遇意外也是靠自己撐過來了吧！妳還不懂克也的實力嗎？」

「那不是全靠他自己。如果沒有遇到剛好在場的獵人出手相助，即便是克也同樣很危險喔。我有接到這種報告。」

「那種傳聞，想必只是克也自謙罷了！他一定是反過來幫助了其他獵人！難道水原小姐就是想說克也很弱嗎？」

「我沒有這樣說啊……」

水原看中了克也的實力，也因為她已對出資者發下豪語，現在她無法說出任何質疑克也實力的發言。她判斷無法靠予野塚車站遺跡的事來哄對方。

「其實，雖然克也厲害，要率領這次的大部隊，他也覺得有些不安。而我是為了減輕那份不安，才預備了追加戰力……」

「請不要說莫名其妙的謊話來敷衍我！只要看現在的克也就知道妳說的都是謊話！況且妳之前不是跟我們說過，克也對這次作戰很積極嗎！」

水原為之語塞。過去克也陷入低潮的時期，水原以相當強硬的方式，讓克也答應率領部隊討伐懸賞目標。

而為了不讓其他人察覺，她向大家告知克也對此充滿鬥志。再加上為了避免謊言穿幫，她調整行程盡可能不讓克也與其他人碰面。

多虧現在克也渾身散發著鬥志，她這些瞞騙從某種角度來說成為了事實。現在就算本人否認也無人聽信。換言之，在不知道內幕的人眼中，水原就像是無視克也的想法，額外增強了戰力。

水原因為理解到這一點，萬分苦惱。

這時，剛才前去提振夥伴士氣的克也與由米娜兩人一同回到指揮車。

「水原小姐，最終確認結束了，隨時都可以出發……？莉莉？妳怎麼在這裡？妳的位置不在這裡吧？」

才剛報告隨時都能開始作戰，馬上就發現有夥伴未就定位，讓克也的臉色顯得有些尷尬。

但是莉莉毫不介意，反過來逼問克也。

「克也！為什麼要允許那些輔助人員同行！難

道你的意思是我們真的那麼不可靠嗎？」

「妳突然是怎麼了？在講什麼啊？」

克也一頭霧水，滿臉納悶。水原對他解釋來龍去脈。克也聽了便輕輕點頭，笑著安撫莉莉。

「是在說什麼啊。就像莉莉說的，只靠我們打倒不就好了？」

「就是說嘛！所以……」

莉莉聽見心目中的答案，隨即附和，開心地綻放笑容。但她的表情馬上蒙上了陰影。

「然後要是有點危險、有點應付不來，就請艾蕾娜小姐她們或其他輔助人員幫忙就好。就這樣而已。難得水原小姐都安排好了，也沒必要拋下他們吧？好了，莉莉，馬上回到位置……」

對克也來說這件事就此解決，但是莉莉明顯面露怒色，拉高音量：

「連克也都講這種話嗎！」

克也先是吃驚，隨即露出納悶表情。

「這種話……？由米娜、愛莉，難道我說了什麼奇怪的話嗎？」

「沒有啊。」

「沒有。」

「就是說嘛。」

聽了由米娜兩人的回答，克也稍微放心似的點頭，然後認為反常的果然是莉莉，對她露出疑惑的表情。

莉莉因為克也的態度，表情緊繃。接著她像是要洩憤般，對由米娜兩人投以非常尖銳的瞪視。

「就是因為妳們兩個這樣……」

莉莉的態度讓克也感到疑惑的同時，水原做出結論。

「克也，在作戰開始前，至少先去和艾蕾娜小姐她們打聲招呼。」

「咦？這樣沒關係嗎？」

即便彼此認識，在作戰過程中只是輔助人員。部隊的隊長對這種人特別打招呼，就等於特別待遇，有可能擾亂整體指揮，所以要避免向艾蕾娜她們搭話。先前水原這麼告訴克也。

水原笑了笑，收回前言。

「我重新考慮過，如果這樣能提升你的鬥志，其他輔助人員的抱怨就由我來承受就好。你的幹勁比什麼都重要。」

克也開心地笑著道謝。

「真的很謝謝水原小姐。」

「沒關係，別介意。那我送莉莉回崗位上，之後就直接回都市。剩下的就交給克也隊長嘍？」

「好的！」

聽見克也充滿自信的回答，水原心滿意足地笑了笑，隨即表情變得稍微嚴肅。

「莉莉，該走了。」

「等等！我話還沒說完……」

莉莉的不滿情緒即將爆發時，水原顯露幫派幹部的一面，語氣嚴厲地說：

「跟我來。如果妳不服從指示，就不能讓妳參加作戰。雖然隊長是克也，但負責人是我喔。」

聽她這麼說，莉莉也無法違逆，她默默跟著水原離開了裝甲運兵車。

◆

水原帶著莉莉一起搭上了停在裝甲運兵車旁邊的小型車。水原的態度驟變。

「對不起喔，剛才對妳態度那麼嚴厲。雖然那輛車是事務派系準備的車子，我也是事務派系，但內部發生了一些事，輕率的發言一旦留下紀錄會很麻煩。這輛車是我自己的，所以沒問題。」

見到水原的態度突然變得和藹可親，莉莉忘記了剛才的不滿，有些困惑。這時水原趁勢追擊。

「我明白。妳覺得克也就是該那個……該怎麼說，要像個可靠的領袖。全部都交給我，閉上嘴跟來就對了！類似這樣。」

見莉莉下意識地點頭，水原接著繼續說：

「所以，當他好像忍不住想依靠外部的獵人，或是不依靠就沒辦法戰鬥，感覺起來就有點……有點那個嘛。就是這個意思吧？」

「是、是啊！還不是妳……！」

她先助長對方的威風後笑著安撫：

「我明白我明白，可是贊助人的看法也很重要。明明人家資助我們，我們卻沒花錢，這樣不行。只要有很多人來，大家就會覺得一定花了很多錢，就算實際上沒花多少錢。」

「是、是這樣嗎？」

「就是這樣。況且輔助人員的報酬是看成果而定，只要你們輕鬆收拾掉懸賞目標，就不用付多少錢。這樣一來，輔助人員就只是擺著好看而已。而各位贊助者也會覺得，下次不用這些東西吧？反倒會覺得明明能辦到，不要亂花錢。所以我很期待你們的表現喔。」

「請交給我們！克也一定能辦到！」

水原確認已經充分提升莉莉的鬥志後，話鋒一轉，出言批評。

「哎，克也想必沒問題，但是在克也眼中你們到底行不行，那還很難說。」

心情正好的莉莉聽到這句話，不禁大聲逼問：

「什麼意思！難道妳想說我們被克也當成累贅嗎！」

「說得難聽點，就是這個意思。」

水原對氣憤的莉莉補充說明：

克也過去還必須有領隊隨行的時候，儘管由米娜與愛莉這些夥伴也在場，他卻說不需要那種形同護衛的領隊，然後展現了自身實力。此後，為了以實力讓資深獵人無話可說，他一直以來只與年輕獵人行動。

但是到了現在，他接受了某種角度來說等同於護衛的輔助人員。如果去思考使他產生這種變化的差異為何，答案就是新加入的夥伴。換言之就是莉莉等人。

當人數增加到這個地步，克也當然無法保護每個人。在予野塚車站遺跡也有夥伴真的喪命了，所以克也才會妥協，接受讓輔助人員隨行。

聽了這些說明，莉莉幾乎愕然。

「妳、妳騙人！克也從來沒這樣說過！」

「他當然沒說過。因為他大概只是無意識地這

麼想。就算他有自覺，也絕對不會說妳是累贅，只會默默保護妳。」

莉莉無法反駁而沉默。這時水原以溫柔的語氣說道：

「當然了，那只是克也這樣認定而已。所以只要讓克也見識到妳的能耐，讓他認同妳的實力，一切就沒問題了。妳不覺得這次討伐懸賞目標就是個好機會嗎？」

耳語般的話語漸漸侵蝕莉莉的心靈。

「克也是隊長，由米娜與愛莉是副隊長。由米娜她們只是因為和克也交情比較長，才會站在那個位子。有人對此不滿，但因為克也沒說話，便無法提出怨言。想必也有這種人吧？」

莉莉也是其中之一。水原激起那股不滿後，以期待與希望直刺她的心底。

「然而交情比較長，就代表比較有機會知曉對

方的實力。所以克也認同由米娜兩人的實力，把她們留在身邊，不把她們當作累贅。但如果他發現其他人也很厲害，也許就會改變心意喔。」

水原笑著說。對方的回答，她已經瞭若指掌。

「妳覺得如何？只要妳願意，為了方便妳更容易讓克也明白妳的實力，我可以現在就調換妳的部署位置。」

「……麻煩妳了！」

「好的。」

水原取出資訊終端機，實現了莉莉的期待。

◆

阿基拉一面與艾蕾娜兩人閒聊，一面望著主力部隊的方向，這時他的表情轉為狐疑。他的視線直指著一輛大型裝甲車，上頭裝著明顯並非原本武裝的巨大砲身。

而阿基拉覺得那門砲似曾相識。

『……阿爾法，我看見眼熟的東西耶。是我看錯了、認錯了，還是搞錯了？』

『不，我之前也看過同樣的東西。』

『這樣啊……』

那具大砲正是多聯裝砲蝸牛的主砲。砲塔被直接加裝在車頂上，看起來必須連同車身一起移動才有辦法調整瞄準。

『那個……真的有辦法開火？』

『如果那是為了虛張聲勢或威嚇而裝設，對怪物也沒有意義，所以想必能夠發射吧。』

『是嗎……能發射喔……』

『不過威力應該不會相同。就算車上裝了複數的大型能量產生器，威力還是會大幅降低才對。』

『喔喔，原來如此。有道理。』

阿基拉接受這說法，沒來由地放心了。不過當他回憶起多聯裝砲蝸牛主砲的威力，還是不禁感觸良多。

就在這時，裝甲運兵車駛向阿基拉等人。在附近停車後，克也與由米娜她們下了車。

艾蕾娜態度親切地應對。

「克也隊長，作戰開始時間快到了嗎？」

「是的。雖然今天就形式上來說是聽我指揮，還請多多指教……咦？」

這時克也終於注意到阿基拉。他因為預料之外的人物而稍微吃驚，對阿基拉擺出疑惑的表情。

「你怎麼會在這裡？」

「艾蕾娜小姐她們僱用我。」

兩人結束了短暫的交流，其中完全沒有加深友好的意圖。話一說完，克也對艾蕾娜兩人顯露幾分疑惑。

「呃，艾蕾娜小姐，我身為隊長，至少也看過輔助人員的名單，但我記得這傢伙不在裡面……」

「喔，那只是契約上登記的名字。」

阿基拉終究只是受艾蕾娜兩人僱用的人員，並未被多蘭卡姆直接僱用，就連輔助人員都不算。因此就官方角度而言，他甚至沒有參加本次的懸賞目標討伐戰。

同樣的例子不只發生在艾蕾娜兩人與阿基拉之間，其他輔助人員的小隊也相同。這也是水原的策略一環，目的是盡量減少官方紀錄上的輔助人員人數。

形式上只是輔助人員對自身戰力感到不安，自行額外僱用。而在契約上，為了讓輔助人員能僱用與本次作戰無關的人，並未明確傳達額外僱用的意圖，而是對他們如此暗示並增加報酬金額。

艾蕾娜在不抵觸守密義務的前提下，隱諱地說明。克也起初似乎有些無法理解，但聽了由米娜的補充說明後搞懂了。

「原來是這樣啊……」

有阿基拉同行讓人不太愉快。克也這麼想，但在艾蕾娜兩人面前，他無法說出口。因為這樣說就是對僱用了阿基拉的艾蕾娜與莎拉失禮。

再加上他在予野塚車站遺跡親眼見識過阿基拉的戰鬥，認為他的實力是真材實料，他告訴自己雖然不情願，現在只能妥協。於是他對阿基拉投出稍微嚴厲的視線。

「喂，可不要把工作都扔給艾蕾娜小姐她們。既然跟來了，就好好工作。」

只有我們就夠了、不要礙事、不要當累贅、要跟來了就好好工作、不要扯艾蕾娜小姐她們的後腿——這些話差點脫口而出，但克也為了避免對艾蕾娜兩人失禮，勉強克制自己斟酌用詞。

「我知道，我會工作。」

僱用我的是艾蕾娜小姐她們，不是你，所以我沒必要聽你的指使。平常阿基拉恐怕會直接這麼說，但他知道自己受僱於艾蕾娜兩人，便選擇克制。因為自己主動引發多餘的爭執，會給艾蕾娜與莎拉帶來麻煩。

見到阿基拉與克也針鋒相對的模樣，不知如何處理的艾蕾娜兩人面露苦笑。

由米娜也在心中抱頭苦惱。不過她能從兩人的態度感受到在艾蕾娜她們面前，兩人似乎都有克制自己、避免衝突的想法，因此她不隨便打圓場，反而是催促克也既然打過招呼了，就盡早回到崗位。

「克也，趁現在把回復藥交給阿基拉。既然和艾蕾娜小姐她們打過招呼了，也只剩下這件事情了吧？」

「咦？喔喔，也對。」

克也一語不發，將水原給他的回復藥拋向阿基拉。阿基拉接下藥盒，短暫思考後丟給由米娜。由米娜為此感到疑惑，克也則面露不解的表情。

「什麼意思？」

「等懸賞目標討伐戰結束後再還。」

這樣的言行，從旁人的角度來看難以判斷他的用意是關心還是挑釁。究竟是萬一受傷了可以儘管使用，抑或是反正你們一定會陷入嚴重的危險，需要一盒200萬歐拉姆的回復藥。

對阿基拉而言是前者的意思，所以他交給由米娜。而由米娜也採偏向前者的解釋，不過克也因為與阿基拉之間的嫌隙，無意識地採取了偏向後者的詮釋。

為避免無謂的爭執發生，由米娜立刻介入。

「我知道了，阿基拉，那結束之後再說。艾蕾娜小姐、莎拉小姐，萬一有什麼狀況，屆時再麻煩了。克也，我們回去吧。」

於是她立刻對兩人低頭行禮，拖著克也離開。

「由、由米娜，不要拉我啦。啊，那我就先告辭了。」

克也連忙向艾蕾娜她們告別後，就這麼被拖離這裡。愛莉也低下頭，隨即跟上去。

莎拉語氣平淡地試著追問。

「阿基拉，你和克也好像關係很差，發生過什麼事嗎？」

「哎，算是吧。」

阿基拉承認，但沒有解釋詳情。

艾蕾娜難以判斷這出自他本人的個性，或是不願意提起。經過短暫迷惘後，她決定追問一下。

「如果不礙事，我可以問發生過什麼事嗎？」

阿基拉有些遲疑。

「……不好意思，我自己解釋不太方便。如果有機會，請去問由米娜。」

這是阿基拉以他的方式體恤克也那方的由米娜所做出的判斷。阿基拉覺得她要老實回答也可以，如果她決定隱瞞也無妨。

「……是嗎？我知道了。」

艾蕾娜笑著露出些許為難的表情，一旁的莎拉刻意以開朗的語氣說道：

「哎，總之我們公事公辦，現在阿基拉是我們僱用的幫手，工作時就拜託你好好辦嘍。」

「好的，那當然。」

阿基拉笑著點頭，同時也表達工作不受個人好惡影響。

「嗯，一起好好努力吧。」

見到阿基拉清楚回答的態度，艾蕾娜與莎拉都笑著認為現在沒必要追究。

◆

由米娜與克也他們回到車上後，露骨地使勁嘆息。隨後她對克也投出嚴厲的視線。

「克也，我不會叫你和阿基拉好好相處，但你就不能稍微克制一下嗎？雖然和阿基拉之間發生過很多事，不過在予野塚車站遺跡已經被他救了兩次吧？」

由米娜看起來真的動怒了，克也有些慌了手腳，複雜的心情浮現在臉上。

「抱歉。但是不知為何，我和那傢伙就是處不來。」

「既然知道這一點就不要刻意去找碴。只要我們不主動刺激他，他也不會來和我們扯上關係。大概吧。」

由米娜說完，將剛才的回復藥遞給克也。隨後她再度提醒一臉納悶的克也。

「為了不用上這東西，你要冷靜指揮喔。」

不要因為夥伴陷入危險，就像平常那樣拋下一切衝動行事。克也如此解釋由米娜的這句話，苦笑著回答：

「知道了。我會當個好隊長，負責指揮所有人。這樣可以了吧？」

由米娜笑著用力點頭。

「很好。那麼克也隊長，差不多該開始了。」

「知道啦。」

克也將通訊接上部隊整體，意氣風發地宣告作戰開始。

主力部隊的車輛接連發動。擔任指揮車的裝甲運兵車帶頭，背負著巨大砲身的裝甲車追隨在後，每個輔助人員的車輛也憑著各自的判斷形成車隊，開始前進。

乘載著多方人物的算計，過合成巨蛇討伐作戰開始了。

獵人們的大部隊在荒野中前進。那是多蘭卡姆的克也派為討伐過合成巨蛇而組成的部隊。數十輛荒野用車輛馳騁於荒野的模樣，魄力不下大規模怪物群的襲擊。

當然那騷動也會吸引周遭的怪物，但是怪物全被輕易掃蕩。這可是為了討伐20億獎金懸賞目標的部隊，若連這點小事都辦不到，根本不值得指望。

不過克也率領的主力部隊，武裝主要是為了擊殺巨大怪物所準備，不適合掃蕩路邊嘍囉，因此由輔助人員應付。

阿基拉舉起ＣＷＨ反器材突擊槍，扣下扳機。槍口射出的穿甲彈劃破空氣，直刺目標的眉心。大型的肉食野獸驟然倒地並斷氣。

艾蕾娜兩人的車輛在稍遠處奔馳，莎拉的讚賞透過通訊器傳來：

『漂亮。果然有一手。』

「謝謝誇獎。」

因為這次是憑自己擊中目標，阿基拉也笑著接受讚美。

「話說，我們的工作就是負責應付這些嘍囉而已嗎？」

『基本上是這樣。主力部隊盛大攻擊懸賞目標的時候，不讓其他怪物去打擾就是我們的工作。也許你會覺得只有那些傢伙搶走了鋒頭，不過這方面就多忍耐一下吧。』

莎拉說得無所謂，艾蕾娜接著說：

『不過報酬也相當豐厚，多到我們可以用個人身分額外僱用阿基拉。哎，總之就是這樣，如果有什麼不滿就和我們說，我們會盡可能應對。』

「沒有，我沒有任何不滿。如果這次也能輕鬆賺錢，反倒是再歡迎不過。」

這時莎拉語氣疑惑地問道：

『阿基拉，聽說你被西卡拉貝僱用，跑去討伐懸賞目標了，真有那麼輕鬆嗎？』

「呃……」

阿基拉語帶躊躇。因為那是非官方的委託，西卡拉貝也叫他不要隨便告訴別人。

不過只是要回答艾蕾娜她們「輕鬆」或「辛苦」之類的感想，阿基拉覺得應該沒問題。他也認為連這些都隱瞞反倒不自然。

從阿基拉遲疑不決的反應，艾蕾娜察覺了原因並附加表示：

『如果你擔心的是西卡拉貝的委託內容，我們在僱用你的時候也問過西卡拉貝了，不用擔心。』

阿基拉現在雖然被艾蕾娜兩人僱用，嚴格來說是被西卡拉貝派遣參加的形式。阿基拉受到艾蕾娜兩人邀約時，回答：雖然想參加，但礙於當下受僱於西卡拉貝，因此無法答應。於是艾蕾娜聯絡了西卡拉貝，向他詢問狀況。

西卡拉貝短暫猶豫，不過因為當下能給阿基拉的報酬可能算不上優渥，他判斷若他這邊堅持，使得阿基拉必須拒絕艾蕾娜的邀約，可能會無謂地讓阿基拉不滿。

另外，如果在事務派系企圖讓年輕獵人活躍的大場面，受他僱用的阿基拉闖出一番名堂，會形成有意思的情況。西卡拉貝這麼認為，答應了提議。

換言之，阿基拉之所以現在會出現於此，某種角度來看也是多蘭卡姆派系鬥爭的結果。

『你用非正式的補充人員身分參加了坦克狼蛛戰和多聯裝砲蝸牛戰吧？這我都知情。如果你還是不想說，我也不會逼你就是了。』

「不會，這樣的話就沒問題了。」

莎拉聽了阿基拉述說有關懸賞目標戰的感想後，顯得興趣十足。

『哦～～原來差這麼多啊？』

「是啊，完全不一樣。和獎金8億歐拉姆的目標比起來，15億歐拉姆的懸賞目標反而輕易就被打倒，甚至讓我覺得有點怪怪的。」

這時，傳來發現過合成巨蛇的報告。於阿基拉等人前方可見大規模的沙塵飛揚。

莎拉要求艾蕾娜將她們的車輛靠到阿基拉的車子旁，笑著直接對他喊道：

「過合成巨蛇的獎金是20億歐拉姆！是強敵喔！雖然上頭說主力部隊會解決，我們也好好努力吧！」

「好的！」

阿基拉精神充沛地笑著回答。

◆

等同超高層摩天建築，或是更在那之上。擁有這般全長與龐大身軀的巨蛇，撞飛倒在地面上的阻礙的同時，大搖大擺地於荒野上行進。從遠方看上去，前進速度似乎非常緩慢，但那只是身影太過巨大造成的錯覺，實際上移動速度等同車輛。

被命名為過合成巨蛇，獎金20億歐拉姆的懸賞目標，體型比起剛衝出予野塚車站遺跡時，更加巨大了。

克也命令主力部隊擺出攻擊目標側面的陣勢，下令開始攻擊。多蘭卡姆的年輕獵人們同時發射火箭彈。

下車發射；搭乘在沒有車頂和車門的車輛上發射；打開車門探出上半身發射。乘坐在荒野用大型卡車的載貨台，將載貨台側面的門上下全開，發射火箭彈。大量的火箭彈在空中劃出軌跡，不偏不倚地擊中目標。

爆炸威力燒灼並粉碎巨蛇的鱗片，使之剝落。緊接而來的火箭彈灼燒、削剮鱗片底下的肉體，使之四濺飛散。火箭彈灑向龐大身軀的各個部位，造成同樣的損傷。

但這對過合成巨蛇而言並非多麼嚴重的傷害。軀幹粗得有如高樓大廈，全長則長到讓人不會覺得軀幹太粗的程度。在那足以驅動龐大身軀的生命力面前，只是稍微被削落幾塊肉，根本不構成威脅。

不過克也等人自然也明白這一點。為了削減那龐大的生命力以確實奪命，砲火從不間斷。

他們使用的火箭彈誘導性能不高，無法採取西卡拉貝等人與坦克狼蛛戰鬥時的戰術。但是射程與威力較佳，而且價格也便宜，能夠事先大量預備。

面對過合成巨蛇這種龐然大物，根本不需要仔細瞄準。粗略瞄準也能輕易擊中身上某處。

既然能打中，接下來就是數量問題。憑著火箭彈構成的豪雨這種稍微超乎常識的強大火力，雖然緩慢但確實地削減對方的生命力。

各位成員手中的火箭發射器，以及裝設在車輛上的大型自動榴彈槍，接二連三射出火箭彈，命中巨大身軀的某處。

雖然受傷部位藉著強韌的生命力而漸漸再生，但在治癒之前，下一發火箭彈便命中。大蛇身上的肉片不斷被削落，撒在荒野上。

克也等人在攻擊的同時，與過合成巨蛇維持一定的距離。若對方逃離就追趕、若靠近就遠離，讓目標維持在有效射程圈內，並且不斷開火攻擊。

剩下的問題就是在彈藥耗盡之前能否擊倒對方。彈藥儲備相當充分。一旦有必要，還能請輔助人員參加攻擊。如果還不夠，就拋棄只靠克也派人員就獲勝的成果，請多蘭卡姆送補充人員過來。

萬無一失。任何人都認為勝敗已成定局。

◆

遭到大量的火箭彈命中，任憑爆炸火光與煙幕妝點全身上下，過合成巨蛇的移動沒有絲毫減慢。阿基拉見狀，吃驚與傻眼兩種感想同時湧現。

『真是魄力十足的攻擊……那樣也打不倒，究竟是怎麼回事？阿爾法，再怎麼說，那也不算毫髮無傷吧？』

『遠遠看上去沒有醒目的傷勢，所以看起來像是無效，但目標確實不斷受到傷害。因為損傷部位的再生也要消耗體力，整體而言應該受了相當程度的傷害。』

『這樣啊。那應該能贏吧。』

阿基拉目前做的只有打倒受到戰鬥的騷動吸引的怪物。他覺得自己沒做什麼事，但又覺得只要能贏就好，讓他鬆了口氣。

不過這時阿爾法表情流露幾分嚴肅，提醒他：

『阿基拉，要認定勝券在握還太早喔。』

『我知道，不到最後我不會放鬆的。』

『不只是這個問題。你看。』

阿基拉的視野得到擴增，追加顯示了對周遭搜敵結果的俯瞰圖像。

在圖像上，阿基拉與克也部隊的位置是以點表示，不過過合成巨蛇太大了，是以粗線代表。

其他怪物的點則零星散落在周遭，但受到輔

助人員的掃蕩而減少。這個當下阿基拉也打倒了一隻，消除了其中一個點。

『我看不出有問題就是了……』

阿基拉為此疑惑時，顯示在視野中的搜敵範圍大幅度擴展。擴展到剛才以粗線顯示的過合成巨蛇的反應也變成一條細線。

而搜敵範圍的邊緣處顯示了大量的點正從遠處緩緩逼近。那意味著怪物群正從擴大前的搜敵範圍外圍大舉逼近。

阿基拉不由得皺起臉。

『等一下。這是怎麼回事？就算是被戰鬥的騷動吸引，也未免太奇怪了吧？』

『恐怕是過合成巨蛇故意喚來的吧。』

阿基拉的表情變得更加疑惑，阿爾法對他補充解釋。

過合成巨蛇要成長至這種體型，需要相對應的食物數量。但是單純在荒野上徘徊，絕對無法取得這麼大量的食物。就算發現了怪物群，對方也會逃走，只能獵食其中一部分。

既然過合成巨蛇只能獵食群體的一部分，卻能維持如此龐大的身軀，那麼它很可能有某些手段能呼喚大量怪物靠近，或是持有類似誘敵機的器官。

此外，過合成巨蛇乍看之下只是在荒野上隨意移動，但實際上以移動路徑劃出巨大的圓弧。

而巨蛇很可能是朝著圓的外側使用誘敵器官。為了治癒克也等人的攻擊造成的傷勢，呼喚大量食物靠近。

聽了這樣的說明，阿基拉在理解情況有些惡化的同時，也稍微放心了。因為至少這些怪物不是過合成巨蛇的同伴，能免於坦克狼蛛戰時的事態，再怎麼樣也是三方混戰。他這麼認為。

『阿爾法，我姑且問一下，妳覺得只靠我們能應付那些怪物群嗎？雖說是輔助人員，但我們好歹也是為了與過合成巨蛇交戰而召集的獵人，應該沒問題就是了。』

『我也覺得沒問題。』

阿基拉面露疑惑的表情。

『……那不就沒事了嗎？』

然而阿爾法並未放鬆表情。

『這個判斷的權力不在我或你手上，而是克也他們。只要他們採取安全至上的策略就沒問題。如果他們能做出正確的判斷，那當然是最好。』

如果人隨時都能做出正確判斷，世上絕大多數的問題都會頓時消解。

阿基拉不禁感到有些不安。

◆

至少克也就隊長這個立場而言，並沒有做出錯誤判斷。

克也的指揮能力平庸，不足以擔任如此大規模部隊的指揮。

儘管如此，他還是盡他所能做了一切，努力盡一位隊長應盡的職責。

再加上這支大規模部隊經過精心編組，讓他那平庸的指揮能力也能戰勝，戰力充足到不需要神機妙算的指揮。就算指示稍微遲了一些，或是指示內容稍有錯誤，憑隊伍的充沛戰力也足以彌補。

而面對過合成巨蛇呼喚而來的怪物群，克也同樣選擇最保險的對策。首先將指揮車的高性能搜敵機器取得的情報傳給輔助人員，詢問他們是否能應付。

所有人的回答都相同。不過對於克也特地確認，有人給予好評，也有人在心中鄙視他未免太懦弱，此外也有人認為他低估輔助人員的實力而不滿，不過所有人都回答：「沒問題，能夠應付。」

克也在收到報告後，採取更進一步的保險。他聯絡水原，雖然並沒有要求她立刻派員支援，還是拜託她預防萬一先做準備。

於是水原以盡可能由現場人員應付事態為前提，接受了他的要求。

這樣就連萬一都不會發生。克也如此判斷而放心後，告知夥伴們。他的用意是對夥伴們的關心，希望大家能安心戰鬥。

於是克也的希望實現了，夥伴們的不安就此排解。

然而不滿並未排除，反倒增加了。這點克也實在始料未及。

克也等人乘坐的指揮車上裝有大型螢幕，上頭

顯示著所有車輛的位置。克也依據上面的情報，做出較瑣碎的指示。

這時某輛車子有了動靜。之前與過合成巨蛇保持著適度的距離，但突然間開始逼近目標。

克也注意到動靜，立刻下達指示。

「2號車，太靠近目標了。距離拉遠一點。」

但是2號車並未遵從指令，更加拉近與過合成巨蛇的距離。克也一臉納悶，再度下達指示：

「2號車！太靠近目標了！離遠一點！」

儘管如此，2號車還是不回頭。慌張的克也加重語氣：

「2號車！我不是要你們拉開距離嗎！有聽見嗎！回答我！」

『聽得見啦！』

聽見出乎預料的說話聲，克也大吃一驚。那怒吼般的聲音來自莉莉，而她理應不是乘坐那輛車。

◆

2號車就是裝設了多聯裝砲蝸牛的主砲的那輛裝甲車。現在的駕駛是莉莉，違背克也的指示也是莉莉的決定。

「聽得見啦！」

她以煩躁的語氣回答後，克也費解的聲音透過通訊器傳來。

『莉莉？為什麼妳在2號車上？不，總之妳快點回來！』

「我不要！」

莉莉如此斷言。經過一段可洞悉指揮車內驚訝的沉默後，這回是由米娜的說話聲傳來。

『莉莉，我想妳也是有妳的想法才如此行動，但在討伐懸賞目標的作戰過程中無視命令，事後懲處絕對不輕。妳有什麼理由，大家都願意聽，為了安全先回到這邊。克也也說他在擔心妳喔。對吧，克也？』

由米娜加上輕微的警告，想以克也的擔憂為由來阻止莉莉。由米娜認為就算她一時氣憤過頭而忽視警告，用克也擔心這個理由，她應該就無法視而不見。

『那當然。所以說莉莉，先回來……』

克也同樣發自真心附和。

但那造成了反效果。莉莉頓時暴怒，吶喊：

「別開玩笑了！克也！你真的覺得我們那麼礙手礙腳嗎！」

聽見這句話，通訊器另一頭的克也愣住了。

「從剛才我就一直在聽，你先是確認輔助人員能不能保護我們，然後又找水原小姐搬救兵，到底是想怎樣！被人家瞧不起，說我們是沒有護衛或保姆就什麼也辦不到的一群廢物，你之前明明比誰都討厭這種對待吧！為什麼現在反而要這樣！」

這番話的打擊使克也僵住了，莉莉趁這空檔緊接著摺話：

「如果你真的那麼不相信我們的實力，就在那邊看好了！」

『命令2號車的其他人！不惜動粗也要阻止莉莉！』

由米娜的聲音響起的同時，莉莉切斷通訊。隨後她將滿是血絲的雙眼轉向其他乘員。

「……要試試看？」

2號車上除了莉莉，還有三名年輕獵人，但所有人都被莉莉震懾了。

「呃，可是，那個，再怎麼說不理會命令還是很不妙吧？」

「只要是克也的命令，叫你躲在老手背後偷偷

摸摸戰鬥，你也願意服從？就是有人覺得我們弱到會乖乖服從這種命令，克也才會找人當我們的護衛吧！」

年輕獵人們面面相覷，表情透露出想同意莉莉的心情。隨後他們輕輕吐氣，下定決心。

「好吧。那要怎麼辦？既然妳都這樣講了，想必已經準備了能讓克也對我們刮目相看的作戰計畫吧？」

「那當然。就是為了這樣，我才拜託水原小姐調整我的部署位置。」

語畢，莉莉指向上方。

「靠近到極限再把這輛車的主砲轟出去。只要順利，光是這樣應該就能打倒過合成巨蛇了。」

主砲屬於雷射砲，威力會隨著距離衰減。反過來說，越靠近目標，威力就會上升。這武裝正是讓原本多聯裝砲蝸牛1億歐拉姆的獎金提升到15億的

原因。只要充分逼近，即便是過合成巨蛇，也能一發擊倒。

莉莉如此認為，為了證明年輕獵人的實力，下定決心挑戰極限。

◆

雖然已經打倒了周邊的怪物，遠方的怪物群位在要主動去掃蕩還太遠的位置，因此阿基拉目前幾乎是觀戰狀態。

這時阿爾法解釋戰況：

『阿基拉，看來克也他們決定加快速度分出勝負了。裝備那具主砲的車輛正在靠近過合成巨蛇，似乎是打算盡可能提升威力，接近後再開火。』

『那算是下策嗎？』

『還不一定。一旦成功就能造成嚴重傷害，就算失敗也只是失去一輛車，損傷算得上輕微。』

『這樣啊。那就希望他們能順利。』

主砲的威力之強仍歷歷在目。讓敵人使用是莫大的威脅，但是讓自己人使用就十分可靠。阿基拉這麼認為，請阿爾法放大顯示裝甲車周邊的狀況，靜觀戰況演變。

◆

指揮車內，由米娜對克也擺出凝重的表情。

「克也，要怎麼辦？」

「妳、妳問怎麼辦……」

從克也的態度察覺無法指望他拿出具體的回答，由米娜將問題改為二選一。

「要阻止莉莉？還是不阻止？」

「要阻止啊。該怎麼做呢……」

「我知道了。愛莉，可以拜託妳嗎？」

「好的。」

愛莉點頭後，跨上停在車內的摩托車。由米娜打算開啟指揮車後方的門。克也見狀大為困惑。

「先等一下。妳們想幹嘛？」

愛莉表情顯得有些納悶，但因為克也提問，她便回答：

「跳上2號車，把她打昏。」

「打、打昏……她是自己人耶！」

愛莉對由米娜露出有些凝重的表情。由米娜見狀，將嚴肅的視線投向克也。

「就算通訊再次接通，莉莉也不會聽。況且我明明發出了允許動武的指示，2號車卻沒有停下來，代表其他人要不是輸給莉莉了，不然就是決定聽她的。在這種狀況下，要阻止莉莉，就只能直接衝進車裡吧？」

愛莉也點頭。克也無法反駁，眉頭深鎖。

「可是那樣……不行，如果真要那樣，至少由我來……！」

由米娜以強硬的口吻打斷克也的話。

「你是隊長，必須負責指揮所有人，所以你不能離開。」

由米娜知道，就算克也衝進2號車，也只會在車內與她爭論不休。所以她拜託了要動武也不會躊躇的愛莉。

「克也，我再問一次。你要阻止莉莉？還是不阻止？」

克也無法回答。由米娜短暫等候回應，隨後對主力部隊下達指示。

「繼續攻擊！盡量注意不要波及2號車！」

「等一下！就這樣繼續攻擊的話，真的會打到莉莉他們耶！」

克也慌忙地說道。由米娜直視著他的雙眼，正色說：

「如果不願意，那就用隊長的權限取消我的命令。命令整支部隊去保護違背隊長命令的人。如果這就是你的選擇，那也無所謂，我會服從。要等多久都可以，做出決定。」

由米娜只這麼說完，視線自克也身上挪開。她看著大型螢幕，逕自接管細部指令。愛莉也下了摩托車，幫忙由米娜。

克也的工作是做出選擇。不惜命令夥伴去攻擊夥伴以阻止莉莉，又或是不理會隊長的立場，贊同違背命令者，自己主動讓指揮系統瓦解。他必須做出選擇。

然而他無法選擇，任憑時間流逝。

而由米娜覺得那也沒關係。

無論是要舉槍對準夥伴，或是要拋棄夥伴，克也都沒必要去做。能做出那種無情判斷的堅強與克也並不相襯。她認為假使受情況所逼，真要做出這種選擇，那就由自己代為動手就好。

所以由米娜並不是告訴克也「馬上決定」，而是「要等多久都可以」，用意是不讓克也做出那個選擇。

◆

莉莉不斷拉近與過合成巨蛇間的距離。主力部隊的攻擊依舊持續，大量的火箭彈仍朝著過合成巨蛇射出。

然而莉莉等人乘坐的裝甲車並未遭受波及。原因是由米娜的指示，以及敵人身軀非常巨大，就算是誘導性能較低的火箭彈，也能輕易避開莉莉等人瞄準。

而莉莉將這樣的現況解釋為克也容忍她的行動。既然如此，更是不容失敗，她又逼近目標。

究竟要靠近到什麼地步，端看莉莉的判斷。因為她知道自己正在逼近的目標巨大到讓人遠近感失常，因此反過來認定距離還太遠，仍持續靠近。

過合成巨蛇的體型實在太過龐大，光是稍微扭動身軀，周遭的巨岩與瓦礫就有如小石子般被彈飛。這些重物砸在裝甲車附近，發出震耳巨響。尺寸較小但還是比人頭大的石塊砸中車輛，乘員們發出驚叫。

「莉、莉莉！是不是差不多到極限了？」

「還不行！要更靠近！我不覺得有機會開第二砲！一定要一發決勝負！」

從天而降的石塊越來越大，量也增加了。自巨蛇傳來的振動搖晃地面。行駛於地上的裝甲車也激烈搖晃而難以前進。

再繼續向前就無異於自殺。就在年輕獵人們這麼想，打算硬是阻止莉莉時，莉莉下了決定。

「就是現在！」

下個瞬間，裝甲車的大砲——原本屬於多聯裝砲蝸牛的主砲砲口衝出了光芒。

已從複數大型能量產生器供應至極限的能量急遽釋放，燒燬路徑上一切事物的光之洪流命中過合成巨蛇的軀幹。

命中部位的鱗片與血肉頓時迸裂並氣化，與大氣混合形成高熱氣浪肆虐四周。那股洪流進一步燒灼周邊，並且與主砲持續釋放的能量混合而猛然炸裂。極高的能量與大氣中的無色霧起反應，化為閃耀的爆炸光芒並飛散。外溢的光芒吞噬了周遭，抹去陰影。

◆

見到過合成巨蛇挨了雷射砲的熾烈砲擊，阿基拉不由得驚呼：

「贏了嗎？」

光芒轉暗。軀幹的一部分被轟飛，自命中部位被撕裂成兩半的過合成巨蛇癱軟倒地。中彈部位大概是全長的三分之二的位置，切斷面完全碳化。並非被燒斷，而是那部分直接消失了。

「贏了……嗎？」

阿基拉難以判斷。因為那是身體異常巨大的巨蛇，而且是生命力強到異常的生物類怪物。頭部平安無事，軀幹部分還剩下三分之二，就算還活著也不值得訝異。

阿爾法判斷過合成巨蛇的狀態。

『還沒打倒。不過應該受了相當重的傷害。』

阿基拉再度同時顯露吃驚與傻眼。

『那威力也打不倒嗎……真是亂七八糟。如果瞄準更靠近頭的部位，是不是就贏了？』

『也許是這樣，不過如此一來在開火之前就會被過合成巨蛇直接攻擊。位置靠近尾巴，也比較容易判斷對方的動向，他們將盡可能在近距離開火當作第一要務吧。』

『所以是盡可能做了能做的一切啊……嗯？連著頭部的那段開始動了耶。』

過合成巨蛇重新開始活動，遲緩的動作讓人感覺到其傷勢之重。

但是巨蛇並未逃走，也沒有攻擊，而是爬向被切斷的尾巴，開始食用那條尾巴。它並非張嘴直接吞食，儘管擁有蛇型外觀，卻用長滿尖牙的大嘴撕咬，吃得一乾二淨。隨後巨蛇當場將身體捲為漩渦狀，不再動彈。

『阿爾法，那究竟是想幹嘛？』

『我也不太清楚。應該不是防禦才對。』

見到過合成巨蛇自己主動變成了巨大的標靶，這種行動讓阿基拉有些費解，但也認為肯定已經造成了嚴重的傷害，對現況樂觀看待。

◆

莉莉對過合成巨蛇造成嚴重損傷後，指揮車中年輕獵人對她的讚揚透過通訊器此起彼落。

由米娜雖然認同莉莉的成果，但心中感想五味雜陳。

（這樣絕對會成為前例啊～～）

就算無視命令，只要拿出成果就沒問題。一旦這種觀念橫行，指揮系統就會輕易瓦解。擅自行動因而下場悽慘的人想必也不少，但是實行者心裡都認定自己能辦到，就算攔阻也無法阻止。

而那某種角度來說就是模仿克也。雖然克也的目的是為了幫助某人，不過就魯莽這點來看並無不同。而克也派的年輕獵人中，許多人都對克也抱持憧憬。希望自己也能像克也一樣，將自己等同視之而行動。

事到如今就算責備莉莉無視命令，只會反過來招惹眾人的反感，這點由米娜也很明白。憑著克也的活躍凝聚向心力的副作用，在這緊要關頭浮現檯面了。

這時，通訊器傳出的歡呼聲突然轉為疑惑。過合成巨蛇重新開始動作了。大多數人都覺得已經獲勝，放鬆了緊張感。難道還沒打倒嗎？這般困惑的聲音響起。

然而過合成巨蛇並沒有趁著克也部隊鬆懈的破綻發動突襲，而是張嘴咬向自己的尾巴，吃完之後便蜷曲起身子，不再動作。

這時由米娜也回過神來。

「繼續攻擊！還沒打倒！」

因為驚訝而停止動作的主力部隊接到指示，也立刻打算開始重新攻擊。但是要立刻開始攻擊也有問題，因為過合成巨蛇捲起身軀，使目標變小。就這樣直接開始攻擊，很可能會波及莉莉等人。

迫於無奈，只能每輛車各自逼近目標到不會誤擊友方的距離。戰意昂揚的隊員也跟著出現。

見到過合成巨蛇捲曲身子不再動彈的模樣，判斷對方已經只能坐以待斃。再加上想展現莉莉那般的活躍，更加提振了戰意。

這些理由讓他們忘記了危險。只要靠近並集中攻擊同一個部位，使用火箭彈同樣能提升威力，想到這一點，讓他們更加逼近與對手的距離。其他人見狀，也紛紛爭先恐後衝上前去。

過合成巨蛇非常巨大而且強悍，但沒有遠距離攻擊能力，所以只要保持距離直到奪命——這個作戰的基本方針，在莉莉的活躍下已經完全瓦解。

◆

莉莉等人搭乘的裝甲車因為開砲時太過靠近過合成巨蛇，直接受到砲擊威力波及，車身不只是翻覆，甚至屢次翻滾。

幸好最後停止滾動時，正好是輪胎朝下。莉莉身體撞上車內各處，多虧強化服保護，只是身體稍微發疼而已。

當她開始好奇自己剛才攻擊的結果時，自通訊器傳出的歡呼聲回答了她，讓她不禁流露笑容。

「……成功了！」

成就大事的興奮與歡欣洋溢全身，同時她仔細觀察過合成巨蛇的狀況。她因為並未真正擊殺敵人而感到驚訝，但是見到那遲緩的動作，她確信勝券在握。

與莉莉同車的夥伴們也不斷讚揚她，讓她發自內心為自己的選擇正確感到欣喜。

這時，由米娜下達繼續攻擊的指示。莉莉見到蜷曲身子不再動彈的巨蛇，認為這樣肯定能再轟一發，這次能靠得更近再攻擊，於是開始準備下一發砲擊。

她在駕駛座上做好設定後，在主砲的能源填充結束前還需要一段時間，這回她與夥伴們一起扛著火箭發射器來到車外。隨後與聚集至此的主力部隊一起開始發射火箭彈。

無數的火箭彈命中目標後接連引發爆炸，過合成巨蛇仍舊一動也不動。單方面的攻擊持續著。

在這之中有著強烈的團結感，再加上一股彷彿是自己在率領部隊的錯覺。莉莉經歷了一段能充分享受這種感受的至高時光。

最後這段時光告終。

蜷曲為漩渦狀的過合成巨蛇的表面彼此連結，形成了覆蓋軀體的殼狀物。衝破了那層外殼，毫髮無傷的過合成巨蛇現身了。而且巨蛇將自己的身體盡可能往垂直方向伸長，直立於大地。

不只是莉莉，包含附近的年輕獵人，都因為有如高塔般的巨蛇突然出現，面露驚訝的表情，愣愣地抬頭仰望。很快地，他們的臉上浮現焦急與恐懼。因為那高到讓人抬頭仰望的高塔，正朝著自己這群人猛然倒下。

彷彿高樓大廈自底層折斷，過合成巨蛇的龐大重量砸落在地面。劇烈衝擊力讓大地波浪般起伏，無論是岩塊或瓦礫、人或車輛，在場的一切全部都被震飛了。

過合成巨蛇自漩渦狀的外殼中衝出，攻擊在荒野掀起了大規模的沙塵。

阿基拉目睹那情景，皺起整張臉。

『阿爾法，那個是不是不太妙？』

阿爾法也露出有些狐疑的表情。

『不對勁。那樣攻擊的話，過合成巨蛇自己也會受到相當程度的傷害。難道打算和克也他們同歸於盡嗎？』

這時艾蕾娜傳來聯絡。

『阿基拉，要出發救援了。把傷者移動到部隊的後方。』

「知道了。」

阿基拉立刻朝著救援地點，也就是過合成巨蛇的附近出發。

其他輔助人員也做出同樣的判斷，開始動作。他們共享了多蘭卡姆的車輛位置後，以小隊為單位分配各自的負責範圍，趕往救援。怪物群正從遠方靠近，為了趕在那些怪物抵達並陷入混戰之前，他們加快動作。

為提高救助效率，阿基拉與艾蕾娜兩人分頭行動，抵達了現場。他在一段距離外打量過合成巨蛇的身軀。

『阿爾法，過合成巨蛇現在狀況如何？』

『還是癱倒在地。果然受到不小的傷害啊。』

『那它為什麼要那樣呢？』

『猜測就放到後頭。現在最好動作快一點。』

『對喔。』

藉著念話結束比口頭快上許多的對話後，阿基拉立刻以情報收集機器探測周遭。

他在翻覆的荒野用車輛附近，找到了被甩出車外的少年，確認他的傷勢。外傷雖然不嚴重，但是意識不清。強化服內側的肉體狀態也不明。阿基拉總之先將手上的回復藥硬塞進對方口中，做了急救處置。

隨後他用強化服的身體能力將側翻的車輛推正。期待荒野用車輛的牢固程度，若可以就讓傷者自己開車回去。

恰巧就在這時，少年吐著血清醒過來。他猛烈咳嗽，噴出鮮血。

「這、這裡是……？」

「你醒啦？能動嗎？」

少年神情混亂，環顧周遭。

阿基拉沒等他回答，抓住他的手臂硬是讓他站起來後，要將他塞進駕駛座般把他放到座椅上。

「確認車子能不能發動，可以的話就自己撤退。知道嗎？」

「等一下。告訴我狀況……」

阿基拉稍微加重語氣，打斷少年的話。

「抱歉，我也很忙。這些就等你移動到後方，自己聯絡主力部隊。」

少年在遲疑中開始確認車輛狀態。畢竟是為了與過合成巨蛇戰鬥而準備的車輛，車體相當牢固，雖然稍有破損，但仍然順利發動。

「很好，看來沒問題。你去吧。」

「先、先等一下！車上原本還有另一個夥伴！要找到才行……」

少年想下車時，阿基拉按住他。

「我來找。你先回去。」

「不行！只要晚一點點，也許就來不及了！」

見到少年板起臉堅持不願意自己先回去，阿爾法插嘴：

『阿基拉，帶過來比較快。』

「……好吧。我去找，你等一下。知道嗎？」

阿基拉對少年拋下這句話就離開車子。接著他抱著應該是少年夥伴的那個人回到車子旁，讓那個人坐到車輛後座。

「是這傢伙嗎？」

「…………嗯。應該吧。」

少年的夥伴已經死了。頭部血肉模糊，呈現要識別本人身分都有困難的狀態，為沒戴護盔等裝備參戰付出了代價。

「那就早點離開吧。在過合成巨蛇開始活動前，我還得去救援下一個人。」

「……那樣的話，我也幫忙。」

這句話出自為了夥伴的死而悔恨、為了無法挽救而懊惱的心情。但是阿基拉搖頭。

「不好意思，要帶著動都動不了的傷患一起進行救援活動，我不覺得我的身手有那麼好。」

「……好吧。拜託你盡可能救回其他人。拜託了。」

自己留在這地方也幫不上任何忙。少年理解這般事實，面露強忍哀傷的表情離去。

阿爾法對阿基拉露出一如往常的笑容。

『讓我們多費了一番工夫啊。好了，我們去找下一個吧。』

『……是啊。』

阿基拉以理性同意阿爾法這句話。情感上雖然不至於否認，但要輕鬆帶過還是稍嫌太過沉重。

◆

克也等人乘坐的指揮車上，混亂持續著。夥伴們尋求指示的通訊聲在車內此起彼落，但克也與由米娜都無法應對。

由米娜臉上浮現苦楚。

過合成巨蛇恐怕還活著。應該指示繼續攻擊嗎？鐵定會波及位在過合成巨蛇附近的夥伴，無法下令攻擊。

夥伴們應該還活著。應該指示剛才沒跟著莉莉一起靠近的其他部隊去救援夥伴嗎？一旦救援途中過合成巨蛇再度開始活動，會擴大死傷人數。

要期待輔助人員的成果嗎？也不曉得他們會幫到什麼地步。要捨棄只靠年輕獵人打倒的成就而向多蘭卡姆求救嗎？就現在的被害狀況，不曉得水原會不會同意。

還有其他許許多多的想法浮現，但她無法判斷究竟是否應該實行，迷惘不已。儘管理解了現況，卻無法決定應對方法，由米娜被自己的思考淹沒。

克也的狀態也類似。雖然他的想法偏向救援夥伴，但他同樣被自己的思考所淹沒。

要從誰開始救援、究竟該如何救援。如果只管救人而要求部隊上前，萬一造成更多傷害怎麼辦？這些想法塞滿了腦海，使得思考無法正常運作。避免更多犧牲、所有人、不能冒險——這些字眼更加速了思考空轉。

該怎麼辦才好？如此苦惱而尋求救贖的大腦回憶起過去曾經輕易為他解決苦惱的那個人。於是他想起當時謝麗爾對他說的話，不禁苦笑。

（啊啊……被謝麗爾說中了。我真的不是當指揮官的料。）

明明待在這裡擔任指揮官，卻無法發出指令的廢物正傻在這裡。理解到這一點，克也判斷自己在這裡也沒意義，於是乾脆割捨了身為大部隊隊長的自己。

「由米娜！不好意思，代替我指揮！」

被思考淹沒的由米娜聽見這句話而回過神。她因為克也突如其來的這句話，嚇了一跳，顯得不知所措。

「愛莉幫忙由米娜！拜託了！」

見到克也笑得像是拋開了一切煩惱，愛莉與由米娜同樣一頭霧水。

於是克也跨上停在車內的摩托車，開啟車輛後方的門。

「我去救大家！這裡就交給妳們了！」

「等、等一下，克也！」

克也不理會由米娜的制止，乘著摩托車猛然衝到車外。在落地的同時讓輪胎側滑以轉換方向，隨即朝著過合成巨蛇急遽加速。不讓更多人犧牲。他如此下定決心，前去救援夥伴。

不讓更多人犧牲。唯一的例外就是自己。

◆

回過神來，莉莉發現自己正看著天空。意識矇矓不清，雖然就連自己何時失去意識都分不清楚，但是司空見慣的天空看起來莫名地美，讓她覺得有點不可思議。

這時她終於理解到自己倒在地上，她嘗試撐起身體，但一動也不動，身體就是不聽使喚。

這讓莉莉沒來由地理解到自己已經沒救了。

實際上莉莉已經瀕死。強化服無法承受衝擊力，功能停止。強化服底下肉體已經呈現莉莉還保有一口氣都令人難以置信的慘狀，自強化服滲出的大量血液染紅了周遭。

視野開始模糊。面對自己正漸漸死去的事實，寂寥的感情更勝於恐懼，莉莉在這之中度過最後的時光。

這時克也現身了。雖然眼前景物一片模糊，就連身旁那人的臉孔都無法分辨，但她不知為何明白那人是克也。

（啊，克也，你又來救我了嗎……）

這讓莉莉欣喜至極，也讓她察覺了自己心中深信著他會來救自己。這時她總算對於對克也的依賴產生自覺。

（對不起……我……果然……好像真的是個累贅……）

雖然想開口道歉，她的身體已經無法出聲。儘管如此，她絞盡最後的力氣對克也伸出手。

（可是……我努力過了吧？）

觸及克也臉龐的手耗盡了最後的力氣，墜落地面。

死前能見上最後一次，最後還能伸手觸碰，以及在臨別時陪伴在自己身旁，莉莉心滿意足，笑著斷氣。

◆

又一次沒能救回夥伴。受到眼前現實的打擊，克也因哀傷而皺起臉。

「莉莉……」

臨死前的莉莉已經沒有任何餘力能吐露她的心境，孱弱蠕動的唇間沒有吐出任何聲音。

然而那一切都清楚傳達給克也了。得知克也前來救她的喜悅、扯後腿的歉意與後悔、儘管如此還是希望能得到克也認同的心聲，就像是不透過言語而直接傳給對方般，正確且更勝於雄辯。

克也手中拿著回復藥。那是之前一度還給阿基拉的東西，他親身體驗過那卓越的藥效。他原本想著只要使用這個，也許就來得及挽救，因此拿到手中，但是手在中途停了下來。

那是因為他莫名突然察覺了，莉莉已經絕不可能得救，那只會浪費藥物。

像要補足這份察覺，第三者的說話聲響起。

「喂，那傢伙已經死了嗎？」

克也不由得將視線轉向聲音的來源。那裡有幾名男人一臉不滿地站著。

這群男人是輔助人員，被分配來救援莉莉等人搭乘的裝甲車。他們找到了裝甲車，但是車裡沒有半個人，便在附近尋找蹤跡。

「因為這些笨傢伙，我們的報酬要被扣了。真受不了。」

如此嘀咕的男人拖著原本搭乘裝甲車的其他年輕獵人的屍體。為了證明自己前來救援，證明他們確實有工作，才會特地搬運證據。

另一個男人抓住了莉莉的腳踝，粗魯地要拖走她的同時，對克也搭話。

「你是倖存的人？如果還能動就不要發呆，快點逃遠一點。不要給人帶來更多麻煩……嗯？」

「不，加上那個女的就是所有乘員了。而且還有摩托車在，大概是其他傢伙來救人吧？……嗯？」

如此插嘴解釋的男人見到克也的長相，面露狐疑的表情。隨後他注意到了。

「你不就是主力部隊的隊長嗎？你怎麼會在這種地方？指揮呢？」

「喂喂！這可不是鬧著玩的！你知不知道萬一

你死了，我們報酬會被扣多少啊？馬上滾回去！」

見到男人們傻眼與焦急的反應，克也不由得瞪視他們。死傷如此慘重，卻只在乎報酬多少的言行，以及對已逝夥伴的粗魯對待，都讓他感到氣憤。

「想說的就這些？」

不若年輕獵人的魄力讓男人們不禁震懾。但還無法消除他們心中的不滿，他們回以嘲弄克也的態度。

「對了，想說的還有一件事。你剛才問我們能不能應付追加的怪物，我們雖然回答沒問題，但我還是收回那次回答好了。因為那時候實在沒想到你們竟然笨到這地步。」

「是啊，太扯了。那時候正常打到底就能輕鬆獲勝了，居然故意衝上去增加死傷，到底在想什麼。」

克也無法反駁。同時他再度回憶起謝麗爾說過的話。

即便有精心策畫的戰術，如果隊員自作主張行動，一切都會毀於一旦。就算指揮能力平庸，只要部隊確守命令，便能拿出成果。

自己的指揮平庸，儘管如此只要夥伴們盡力聽從指揮，就能避免這種結果。他這麼想著。

這時，湧現於克也與男人們之間的凶險氣氛，被細微但千真萬確的搖晃震飛。過合成巨蛇已經再度開始活動了。

男人們咂嘴並開始動作。他們搬運莉莉等人的屍體，打算回到自己的車上。其中一人打算將克也一併帶走，但克也甩開了他的手。

「……是喔。那就自己去死吧！」

男人如此咒罵後，拋下克也離開。

留在這裡的克也表情凝重，仰望過合成巨蛇。

（它會優先針對攻擊自身的對手，以及附近的目標啊……）

究竟自己為什麼會這樣想，克也也不明白。就彷彿剛才他放棄對莉莉使用回復藥，大腦某處提醒著他「所以不要攻擊，快點離開」。

但是克也採取了與那提醒相反的行動。他跨上摩托車，猛然加速，朝著過合成巨蛇奔去。同時他舉起了大型的槍，瞄準對方的頭部扣下扳機。

克也原本預定只會在指揮車中指揮部隊，但是為了充場面，以及預防萬一這些理由，配給他高性能的強化服與強力槍枝。以穿著強化服使用為前提的大型槍枝射出的子彈，命中了過合成巨蛇的頭部。

對方受到的傷害無異於小擦傷，但是成功吸引了其意識。巨大的蛇頭轉向克也。

但這也無妨，克也這麼想著，滿意地笑了。隨後他更加逼近並且開槍射擊。他絲毫不認為自己能打倒對方，而是為了將過合成巨蛇的注意力吸引到自己身上。

夥伴們的救援尚未結束。夥伴們倒在敵人附近，因此主力部隊也無法重新開始以火箭彈攻擊。為了解決這個窘境，克也決定引誘過合成巨蛇移動。

他大致知道夥伴們倒地的位置。為了吸引過合成巨蛇盡可能遠離該處，他更逼近敵人並且反覆開槍。

見到過合成巨蛇朝自己開始移動，他便利用開槍時的後座力，急遽扭轉前進方向。

「很好！看這邊！跟過來！」

見到過合成巨蛇的動作毫無疑問打算追逐自己，克也彷彿在說正合我意地笑了。雖然就一名大部隊的隊長而言，自己的行徑非常不負責任，然而他並不後悔。

自己無法達成身為隊長的職責，那麼就尋找其他工作。他如此思考的同時，回憶起謝麗爾的話。此時此刻他該做的事情，謝麗爾已經告訴過他了。

既然無論如何都無法捨棄夥伴，就不能滿足於區區的一流獵人，還要更上一層樓。為了救出夥伴而自願成為誘餌，並且自己也要憑著實力生還，像這樣超乎常識的獵人。

克也就按照這樣的建議，想成為超乎常識的獵人。

他取回了漸失的鬥志，毫不迷惘，深信自己，絞盡一切能力。這份覺悟以絕境作為燃料，喚醒了並非外接附加的才華。這時再加上了外接附加的能力，讓克也的實力飛躍性地成長。

儘管高樓大廈般的巨蛇追趕在身後，儘管為了吸引那巨蛇而將摩托車在荒野上加速至極限，克也就連一絲恐懼都未曾感受到。

◆

阿基拉持續進行救援作業時，注意到克也引誘過合成巨蛇的動靜，感受到的並非吃驚，而是輕微的傻眼。

『阿爾法，有個傢伙好像正打算做很誇張的事，那個，真的沒關係？』

『沒問題啊。』

『喔。是這樣喔？』

雖然看起來非常亂來，也許實際上並沒有那麼危險嗎？或者克也真的那麼厲害嗎？無論阿爾法是哪種意思，同樣都讓人出乎意料。阿基拉為此有些吃驚。

但是阿爾法笑著繼續說：

『就算他死了，我們也不傷腦筋吧？阿基拉是受到艾蕾娜她們僱用，報酬也不是向多蘭卡姆領取。』

『是、是沒錯。』

這句話並沒說錯，阿基拉也認為實際上確是如此，但他卻有些不知如何反應。

◆

見到克也開始擔任誘餌，吸引過合成巨蛇的動向，指揮車中的由米娜手足無措。她甚至忘了下達趁現在加快救援的指示，聯絡克也。

「克也！你在幹嘛啊！」

『由米娜，趁現在快點把人救回來。我會盡可能吸引那傢伙，但是沒有多餘的心力能正確誘導，萬一把過合成巨蛇引到奇怪的方向上，不好意思，到時候你們再想辦法調整。』

因為回答時太過平常的態度，讓由米娜一瞬間忘了言語。如果那聲音中透出不惜捨命的悲痛覺悟，她還能為了救援克也而嘗試保持冷靜，但是他的口吻聽起來稀鬆平常。

「克、克也，你在說什麼……」

話說到這裡，由米娜也注意到自己的混亂，為了維持理智而使勁甩頭後，拉高音量。

「立刻住手！你想死嗎！」

『你在說什麼！我怎麼可能這樣就死掉嘛。』

那充滿自信的大言不慚，雖然是為了讓由米娜放心，同時也是為了激勵自己。換言之，他並非真的認為自己絕不會死。

換作是平常的由米娜，就會注意到他的心境。但現在的她辦不到，儘管如此，她還是想盡辦法要克也放棄擔任誘餌，努力擠出話語：

「把部隊指揮硬推給我，還隨便亂講這種話！大家都在問，為什麼不是克也而是由米娜在指揮，不願意聽從指示啊！」

這句話近乎是謊言。夥伴們確實有怨言，但還不到使部隊的指揮系統崩壞的事態。指揮體系並未因此瓦解。

「這樣下去我們也會有危險！我們這邊會想辦法製造空檔讓你逃走，你從那邊回來指揮！」

如果克也不回到指揮車，如果無法回到能鎮定指揮的安全狀況，整支部隊都會有危險——只要讓他這樣判斷，他應該也會放棄擔任誘餌吧。由米娜如此考量，表情悲痛地怒吼。

克也聽了由米娜的回答，相信了她口中的內容而表情嚴肅。但是那理由不符由米娜的期待。

如果又有誰擅自行動，而且是因為克也自己無法阻止，結果又造成更大的死傷，這種事絕對不能容忍。他懷著這種想法，將通訊連接上部隊整體，注入強烈的意志怒吼：

「廢話少說！聽從指示！有事我會負責！」

克也的聲音透過通訊器響起。同時，比聲音更強烈的力量也隨之響徹荒野。

克也的意志在荒野上擴散。克也的夥伴、輔助人員以及附近的人們無一例外，並非透過聲音聽見那句話。一部分的人不是看著傳出克也說話聲的通訊器，而是轉頭望向克也實際上所在的位置。

自通訊器響起的大吼聲讓由米娜不由得愣住了。但是她立刻回過神來，想反駁克也「這樣講也沒用」。

然而這時她一臉納悶。剛才自通訊器持續傳來的夥伴的抱怨，現在完全消失了。

而且從代表夥伴車輛位置的反應來看，之前不願意聽從由米娜指示的隊員，現在也開始按照指示動作。

由米娜也明白這是因為克也的怒斥。她因為夥伴們不聽指揮擅自行動的可能性降低而欣喜，但表情依舊凝重。因為這樣一來，要求克也放棄當誘餌的理由就消失了。

由米娜開始思考下一個藉口，但因為輕微的混亂，她什麼也想不到。煩惱的她更加繃緊了表情。

這時愛莉對她說道：

「由米娜，要指揮救援才行。」

聽了這句話，由米娜表情顯得有些狐疑。她覺得她所知的愛莉應該會說「要快點幫克也」，因此感到不太對勁。

但是，她判斷愛莉應該認為「夥伴的救援結束前，克也絕不會放棄當誘餌」，便不再多想。

「也對。總之先幫助大家吧。」

為了幫助克也，現在先集中於這方面吧。由米娜這麼考慮，切換意識回過頭來指揮部隊。

這樣一來就不用擔心部隊指揮的問題了。克也沒有根據——至少他對理由毫無自覺而這麼認定後，切斷了通訊。隨後乘著摩托車的他朝著背後的過合成巨蛇開槍射擊。

微小的子彈成功擊中了令人遠近感失常的龐大身軀，若在命中部位旁邊觀看，那是深重的創傷，但是從克也的位置看過去，那傷口頂多只是惡作劇的程度。他不禁嘆息。

「感覺完全沒效果……目前雖然吸引住那傢伙，但沒問題嗎？」

克也打算扮演誘餌，直到主力部隊打倒過合成巨蛇。但是當夥伴們的救援結束，主力部隊再度開始以火箭彈攻擊時，過合成巨蛇會不會繼續緊追他不放，這讓他不安。

過合成巨蛇會優先攻擊距離比較近，而且攻擊較強力的敵人。現在克也從較近的位置攻擊，藉此吸引它的注意力，但是當主力部隊再度開始攻擊，過合成巨蛇的目標有可能會轉向部隊。

為了不讓巨蛇調頭，就必須在更靠近的位置施以更強烈的攻擊。不過克也自己也覺得，現在這樣已是極限了。

但是他無法請夥伴中的某人一起擔任誘餌。況且只要和夥伴一起行動，自己的狀況就有可能變差，所以他才故意獨自一人當誘餌。

克也煩惱著該怎麼辦的時候，想起了並肩作戰也不會讓自己狀況變差的人物。

於是，他臉上清楚浮現了百般不願的表情。這是為了夥伴、畢竟狀況危急、只是姑且一問——他懷著這些想法，聯絡那個人。

◆

阿基拉等人持續進行的救援作業，因為主力部隊隊員在途中參加，在較短的時間內結束。儘管如此，怪物群在這段時間已經逼近許多。

接下來就要開始應付怪物了。阿基拉為此驅車奔馳時，艾蕾娜傳來通訊。

「艾蕾娜小姐，有事嗎？要先集合嗎？」

『不，雖然我也這樣想，但有其他事。克也傳來通訊，要我們幫忙連繫你。要轉接了喔。』

阿基拉面露狐疑的表情時，克也捎來簡短的指示。

『有工作。來幫忙。』

拋下這簡短的一句話，與克也的通訊連同聯絡管道的艾蕾娜的通訊一起切斷了。

阿基拉不由得沉默。阿爾法臉上掛的也並非平常的笑容，而是疑惑的表情，她稍微建議：

『僱用阿基拉的是艾蕾娜她們。既然不是艾蕾娜她們的指示，我想你也沒必要聽從喔。』

『……是沒錯。』

『就是啊。』

阿爾法笑著點頭。但阿基拉反倒是非常不愉快地皺起整張臉。隨後大幅扭轉車輛的前進方向。

那預料之外的行動，讓阿爾法罕見地顯露慌張的模樣。

『等等，阿基拉？你打算去克也那邊？』

『……是工作啊！』

是件令人非常厭煩的事情，自己也非常不情願，但迫於無奈只能去做。阿基拉就像是要這樣說服自己，以半是撂話的態度回答。

◆

克也吸引過合成巨蛇在荒野上奔馳，但是稱不上從容的狀況持續著。

雖然配備在指揮車上的摩托車是荒野用規格，但並非為了與懸賞目標戰鬥而準備。克也的駕駛完全忽視了對車體的負荷，極限已近。

一旦失去摩托車，就沒有生還的手段。只會被大得有如摩天大樓的巨蛇壓扁而死。所以現在立刻放棄當誘餌——克也不理會這樣的無聲之聲，賭上性命奔馳於荒野。

但是他也明白這樣下去大事不妙，思索著有沒有好辦法，表情轉為凝重。然而浮現腦海的盡是放棄當誘餌的方案，完全想不出任何好點子。

於是時限到了。自遠方逐漸聚集的怪物群終於抵達了。

怪物群中的一隻怪物，揹著巨大砲管的八腳虎般的半機械怪物，將過合成巨蛇視作敵人而開砲。但是原本瞄準目標頭部的砲彈，墜落在稍微前方的位置。

爆炸威力將克也連同摩托車炸飛。他沒有直接承受威力，多虧摩托車下方的瓦礫成為盾牌，克也本身毫髮無傷。但是他與下方的瓦礫一起被炸飛到半空中。

（……不妙！從這個高度摔下去，穿著強化服的我還好，但是摩托車絕對會壞掉！）

新的時限是自己墜落至地面為止。在那之前一定要顛覆當下的狀況。在這絕望般的狀況下，克也不假思索選擇浮現腦海的點子。

在半空中，趁著摩托車的雙輪尚未與一起飛起的瓦礫分離前，以最大效能加速。讓輪胎高速轉動，快到使得當作跑道的瓦礫被往後彈飛，藉此全速向前奔馳，自半空中的瓦礫上衝出。

雖然跑道長度很短，但摩托車在遭受砲擊衝擊而飛到半空前原本就在高速行駛中。這時加上加速至極限，讓摩托車有如砲彈般飛出去。然而在半空不能行駛，在無法加速之後便沿著拋物線墜落。

一旦墜落於地面，摩托車就會全毀，克也則會失去移動手段。之後就只剩下被過合成巨蛇壓爛的命運。為了顛覆這般狀況，克也在落地的同時，像是要自己踩扁機車般，使出全力跳離摩托車。

將墜落地面的衝擊力交給摩托車代為承受，克也朝前方猛然飛躍。

（……來得及嗎？）

克也緊繃的臉龐上浮現焦急，但是他已經竭盡所能。一旦失敗就會猛然摔在地面上，然後被過合成巨蛇殺死。

趕上啊，給我趕上！他如此祈願，而且真的趕上了。千鈞一髮之際，自克也前方急駛而來的車輛及時趕到。

乘坐在車上的少年朝克也伸出手，盡可能減輕慣性並抓住他，將他扔進車內。同時他立刻轉換車輛的前進方向，與過合成巨蛇的頭部錯身而過，劃出銳角的弧線般調頭。

好不容易度過險境，克也在車輛座椅上吐出一口氣，暫且放鬆了表情。但在道謝之前，感到意外的心情先湧現。那比獲救的喜悅更加強烈，將他的表情轉為懷疑。

「……我沒想過你會來。」

在他緊接著要道謝之前，對方回以咂嘴。因此道謝的話語自克也口中說出前就失去機會。緊接著，更加煩躁的話語傳來。

「那就不要叫我來。」

阿基拉對克也擺出了非常不開心的表情。

阿基拉之所以前去救援克也，出自非常苦澀的判斷。

如果阿基拉直接受僱於多蘭卡姆，就會像之前參加驅除亞拉達蠍巢穴時，在契約中加上可視必要而獨自行動的條件，接到克也的指示也會覺得沒有義務幫那麼多，最後選擇無視。

但現在他的狀態是受僱於艾蕾娜兩人。而且基於對彼此的信賴，雙方之間的工作契約近乎口頭約定。若有必要他可以捨棄艾蕾娜她們並獨自行動——這樣的約定他甚至連提都沒有提過。

然而阿基拉既然當作工作承接了，他就秉持著認真辦事的心態。不過，如果指示直接來自克也，他也能判斷僱用自己的是艾蕾娜兩人，沒有必要聽克也的指示而涉險。

但是，克也的指示一度經由艾蕾娜兩人轉介。因此在阿基拉心中，下意識認為艾蕾娜兩人也容許了那道指示。

再加上現在他是艾蕾娜小隊的一員，無視指示的責任不只落在自己身上，也會影響艾蕾娜兩人。此外，如果將指示對象視為整支小隊，搞不好艾蕾娜兩人會代替自己前去救援克也。

上述種種理由層層堆疊，最後讓阿基拉心中的天秤微微傾斜，判斷應該前往克也身旁。

在這樣的狀況下，克也的第一句話是「我沒想過你會來」，讓阿基拉的心情明顯急遽變差。對他而言，直接挨罵「太慢了」還比較能接受。

「那就不要叫我來。」

「你說什麼？」

因為如此露骨的敵對意識與不滿直衝著克也而來，克也雖然才剛獲救，心情還是不由得變差。他反瞪向阿基拉。

然而阿基拉不以為意。

「所以？要我來幹嘛？當你的護衛？」

阿基拉沒有任何一絲輕蔑的意圖。但是那伴隨著明確不快而發出的話語，讓克也不禁過度解讀。有護衛的獵人工作這部分讓他不由得聯想到保姆這字眼，同樣回敬明確的不快感。

「幫忙我的工作！一起引誘過合成巨蛇！」

「啊，是喔。」

阿基拉以近乎侮蔑的態度，咒罵般簡短回答。

『阿爾法，不好意思。照他說的那樣駕駛。』

阿爾法這下也無法擺出平常的笑容，面露疑惑的表情。

『可以是可以，不過既然你那麼不願意，別理他不就好了？』

『……這是工作。我也不會逼妳要配合。』

某種角度上，這是阿基拉的逃避。阿基拉也不打算陪克也赴死。只要阿爾法說「拒絕配合」或「不提供輔助」，他就能以這個藉口，認定超過自己能力所及而拋開這個工作。

但是阿爾法也無法這麼說，因為那相當於妨礙其他的試驗。取而代之的是比平常更愉快一些的笑容。

『哎呀，真過分。之前明明一次又一次要我配合你的任性，事到如今卻講這種話？現在應該要說：「阿爾法！拜託了！算我求妳！」像這樣討我歡心才像話吧？』

聽見這個玩笑話，阿基拉不由得苦笑。隨後他覺得這話確實有道理，心情也輕鬆了些。

『說的也是。阿爾法！拜託了！算我求妳！』

『儘管交給我！』

這瞬間，原本奔馳於過合成巨蛇頭部側面的阿基拉的車輛，突然間猛然拉近與對方的距離。

不同於用自己的四肢駕駛摩托車的克也，阿基拉的車子是阿爾法透過控制裝置直接駕駛。究竟能多麼靠近對方，其危險範圍比起剛才騎乘摩托車的克也還要靠近許多。

車輛盡可能靠近巨大蛇頭，車上的阿基拉雙手各持CWH反器材突擊槍與DVTS迷你砲。隨後在從對方的龐大身軀來看已經非常靠近的距離扣下扳機。

強力的專用彈，以及擴充彈匣提供的全速連射，兩者的子彈將巨蛇的鱗片連同底下的肉一併削落。兩者都和火箭彈不同，與目標距離越近就越能提升威力，而且瞄準也在阿爾法的輔助下集中於一點，使其威力大為增幅。

即使如此，那傷害對過合成巨蛇還遠遠不足以致命。但是也沒有輕微到能當作擦傷。為抗拒那攻擊，巨蛇以其巨大頭部想打飛阿基拉與克也，攻擊就像是巨人抓著一棟大廈沿著地面橫掃。

讓人距離感失常的巨大頭部與地表保持細微的距離，猛然橫掃而過。阿基拉壓低身子閃躲。距離已經近到有必要如此。

儘管光靠風壓就足以肆虐周遭，車子靠著阿爾法的駕駛免於翻覆，克也同樣壓低身子，同時抓緊車身忍受加速，以免被甩下車。

下一次攻擊來了。這次並非掃過地表上方，而是以巨大頭部刮過地面般橫掃。因為與地面摩擦，速度比上次慢，但這次已經不可能壓低身子就躲過。龐大身軀猛然揮出的不只是風壓，還包含了自地表刮下的土石與瓦礫，紛紛朝四周飛散。

但是阿爾法將車子加速至極限，事先逃出了攻擊範圍。偌大的岩塊飛向阿基拉與克也身旁和車輛附近，其中一部分擊中車身，剝下裝甲貼片，逼迫阿基拉與克也採取迴避與防禦。

在矛盾的體感時間中，阿基拉踢飛了朝自己飛來的岩塊，克也則猛然將身子朝側面壓低以閃避。

雖然是擔任誘餌，有必要做到這地步嗎？克也對阿基拉投出懷疑理智的視線。

但是阿基拉回以不以為意的眼神。

「如果我的工作不含你的護衛，就不要讓我保護你喔。要是撐不下去就早點講。」

克也和受到阿爾法輔助的自己不同，想必很難受吧。這句話雖然可以如此解釋為阿基拉的體恤，但阿基拉同時也覺得只要對方說撐不下去，他也能以此為藉口不去逞強，再加上不愉快的心情，使得他的口吻聽起來也有幾分像是挑釁。

而克也完全當作是挑釁。

「……誰會這樣講！」

「啊啊，是喔。」

於是兩人舉槍朝向車外。自強力的重火力槍枝射出狂風暴雨般的子彈，那不只是殺向過合成巨蛇，也包含聚集於此的怪物群。生物類怪物被密集彈幕打成碎肉，機械類怪物則被一發擊毀。

兩人加起來最大效率的火力蹂躪著怪物群，吸引了過合成巨蛇的意識。兩人沒有絲毫彼此協助的念頭，在同一輛車上針鋒相對，同時展現令人畏懼的聯手戰鬥。

◆

救援夥伴告一段落後，主力部隊重新開始攻擊過合成巨蛇。發射步調就像是要耗盡裝載於車輛上的火箭彈。

輔助人員則是保護主力部隊不受怪物群攻擊。不愧對之前回答的沒問題，包含運送傷者而沒有戰鬥能力的車輛，也都確實護衛。

在克也那聲斥喝後，懸賞目標討伐部隊完全取回了有條不紊的組織性行動。在由米娜的感覺中，甚至像是變成更加訓練有素的一支部隊。

由於目標與我方在戰鬥中不斷移動，處於包圍非常容易瓦解的狀態。由米娜與愛莉一起確認包圍的狀態，發出指示修正夥伴們的位置。

但是接到指示的人能否按照指示行動，完全仰賴每個人的能力。理解隊員的能力不足，下達適切的指令，這也是指揮者的職責。

然而由米娜沒有這種程度的指揮能力。之前與克也一同指揮時，同樣累積了許多細微的錯誤，對部隊的指示實在稱不上充分。

而現在卻是夥伴們來彌補她的不足。而且有些時候在由米娜發出指示前，就各自調整了位置。

（大家剛才應該沒有這種能力……到底是怎麼回事？）

由米娜在指揮車中陷入輕微的疑惑，但她立刻搖頭甩開雜念。

（……不對，現在不是好奇這種事的時候。該怎麼辦……）

由米娜臉上的苦惱變得更深。因為她完全想不出能救出克也的辦法。

目前狀況穩定。但是穩定建立於克也與阿基拉扮演誘餌。

事到如今她也無法要求克也放棄當誘餌回來。一旦讓克也靠近指揮車，主力部隊就會直接被過合成巨蛇攻擊。

也無法請別人代替克也擔任誘餌。若要與他交替，光是要靠近過合成巨蛇就需要超乎常人的能耐了。主力部隊中沒有這種程度的強者，輔助人員恐怕也不會聽從這種指示。

更關鍵的是，克也絕對不會答應。由米娜也心知肚明。

能救出克也的手段，只剩下打倒過合成巨蛇。但對方持有堪稱異常的生命力。克也能否支撐到對方耗盡生命力的那一刻，還是未知數。況且要是剛才阿基拉沒有出手救援，克也可能早已經死了。這樣的不安帶給由米娜更深的苦惱。

（如果現在能用那座主砲……）

當時無法阻止莉莉，這讓由米娜百般懊悔。但緣木求魚也不是辦法，她決定拋開這個可能性時，注意到某件事。於是她透過指揮車的終端機，遠距確認裝設主砲的裝甲車的狀態。

裝甲車的狀態顯示，除了設有自動檢測裝置的控制系統外，其他所有項目都嚴重毀壞。不過主砲跟能源供應器都是另外附加的武裝，並沒有列在項目上。

（2號車的內部狀態至少還能與控制裝置通訊。能源供應器也沒事？主砲可能還能用？）

察覺到這個可能性的同時，由米娜就再也停不下來了。夥伴們都各自確實採取部隊行動，現況根本不需要她的指揮，這更強化了她的決心。

「愛莉，代替我指揮。」

「……？知道了。」

愛莉露出有些不可思議的表情，但還是點頭。由米娜代替克也指揮、自己要幫助由米娜、廢話少說聽從指示。因為克也下達的這些指示與她代替由米娜指揮，彼此並不牴觸。

儘管如此，見到由米娜從架子上取出預備的折疊式摩托車，愛莉還是不禁有些困惑。

「由米娜？」

「愛莉，我有事要做，稍微出去一下。」

這下愛莉也不由得吃驚。雖然輔助人員正在處理，但是怪物群就在車外。騎著小型摩托車獨自外出實在太危險了。

這未免也太魯莽了。不惜動粗也要制止她。愛莉浮現這般念頭，打算採取行動的前一個瞬間，緊接而來的話語讓愛莉停止動作。

「妳就按照克也的指示，留在這裡幫我。不可以亂跑喔。」

雖然覺得自己說的話有點狡猾，由米娜還是看著愛莉，面露溫柔的笑容。遲疑、糾葛、悲痛。雖然這些表情浮現臉上，但愛莉還是選擇遵守克也的指示。看著這樣的她，由米娜覺得也許是最後一次，如此告訴她：

「如果有個萬一，克也就拜託妳了。」

由米娜留下這句話，開啟後方的車門，衝出車外。

愛莉一人被留在這裡。但是她明白已經無法阻止由米娜，告訴自己至少要做好她交接的指揮工作，關上後門，回到通訊機器前方。

◆

由米娜朝著裝甲車，駕駛小型摩托車奔馳於荒野上。這是緊急時的用品，速度比克也使用的摩托車慢，不過還是比用強化服奔跑要快。她盡可能加速移動。

（這樣一來，我同樣無視命令。沒資格笑莉莉啊。）

之前明明那樣責難，現在卻做同樣的事，由米娜對此懷抱複雜的心情。儘管如此，她不後悔。因為就算待在指揮車上，她能辦到的頂多只有祈禱克也平安。

她從小就明白世上沒有任何事能靠祈禱解決。

雖然衝到車外，目前為止她尚未被怪物襲擊。這是多虧了附近的輔助人員們優先打倒了意圖攻擊由米娜的怪物。這也是愛莉的指示。

但是輔助人員保護的對象終究是主力部隊，無法持續支援不斷遠離這裡的由米娜。離開了一段距離後，由米娜也開始遭到攻擊。

由米娜暫且停車，用雙手穩穩舉起大型槍。瞄準了朝自己而來的怪物，扣下扳機。自槍口射出的子彈一發就粉碎了目標。

「很好。不愧是克也用的，威力真強。」

子彈是為克也準備的彈藥的一部分。她在取出摩托車時擅自帶在身上。要以由米娜的槍發射，稍嫌規格不符，可能使槍枝損壞，一般不建議使用。

由米娜也明白這一點，不過她認為只要能撐到抵達裝甲車就好，因此不惜冒著爆炸的風險使用。

她再度騎著摩托車趕路。看著在遠方肆虐的巨大蛇身，她覺得與扮演誘餌吸引那怪物的克也相比，現在這樣根本算不上什麼，心中希望還有充分的時間。

◆

阿基拉兩人在阿爾法的駕駛下，盡可能拉近與過合成巨蛇間的距離，同時朝四周揮灑砲火。擊破周遭的怪物，吸引著以巨大身軀粉碎地面的巨蛇，不斷射擊並於荒野上前進。

當然這會消費大量的彈藥。首先是克也的子彈耗盡了。見到克也猛然皺起眉頭，阿基拉指向車輛後方。

「拿去用。」

該處裝載著阿基拉的彈藥。雖然克也更是眉頭深鎖，但他也明白如果不向阿基拉借彈藥，自己就會淪為單純只是搭車的累贅，便朝彈藥伸出手。

「別以為這樣算是人情債喔。」

克也這話就等於承認了這是一次人情債，但阿基拉也近乎反常辛辣地回嘴。

「你真的這麼想，那就下車用跑的吧？」

坐在我車上的每分每秒，都讓你的人情債不斷累積。不願意就給我下車。阿基拉的態度彷彿正這麼說，克也見狀，咬緊了牙。

阿基拉與克也互瞪。氣氛劍拔弩張到兩人當場互相殘殺也不奇怪，但兩人之間最大效率的合作沒有絲毫紊亂，像是將氣憤朝四周發洩般不斷開槍。

置身於這樣的狀況，阿基拉心中卻有些困惑。

（我為什麼會這麼煩躁？）

自己對克也看不順眼的程度非比尋常。莫名其妙地異常不愉快。而且他找不到理由。

若問他對克也這個人喜歡或討厭，答案當然是討厭。但是討厭到將這種感情放在優先，居然在這種狀況下互相爭執，未免太奇怪了。他甚至對自己的反常有所自覺。

（但是阿爾法也沒阻止我，難道在旁人眼中這樣不算太奇怪？可是……）

過去阿爾法屢次阻止他，要他避免引發無謂的爭執。考慮到這一點，現在阿爾法不阻止自己不是很奇怪嗎？他同時也這麼想。

然而阿爾法也有可能是為了避免因為多餘的發言加重爭執。此外也發生過露西亞那次狀況，也許阿爾法現在認為對阿基拉不管怎麼說也沒用。

無論是何種可能性，阿基拉都找不到覺得合

理的結論。隨後他轉念一想，認為現在不該想這些瑣碎小事，但為此首先必須找個妥協方案以維持冷靜，他開口說道：

「喂，我還無所謂，欠艾蕾娜小姐她們的一定要還喔。我現在是身為艾蕾娜小姐的小隊成員在工作。」

「……我知道。」

克也也用這個藉口抑制了無謂的煩躁。

以兩人都認同的對象為理由，妥協成立了。在氣氛稍微轉為和緩的車上，阿爾法充滿興趣地觀察兩人。

◆

由米娜好不容易抵達了裝甲車旁，見到嚴重變形的車體而皺起眉頭。但是看到主砲毫髮無傷，讓她大感意外。

「還真牢固，不愧是15億歐拉姆的懸賞目標身上的武裝。這樣應該還有希望。」

她憑著強化服的身體能力，硬是扳開了扭曲的車門，進入裝甲車內部。隨後以主砲的控制裝置確認狀態。

主砲本身附有力場裝甲機能，使用自能源供應器補充的能量以保護自身。這使得主砲的破損狀態與裝甲車天差地別。

主砲本身的控制裝置的自我檢測功能顯示狀態萬全。由米娜不由得面露笑容。

「很好！和我想的一樣！接下來只要開始發射程序，請克也他們把過合成巨蛇引誘到射線上就可以了。」

主砲是額外裝設於這輛裝甲車上。因此瞄準目標時必須連同車身一起轉動。

不過裝甲車壞了，基本上無法改變瞄準方向。由米娜要靠強化服強硬推動車身也有限度，因此無法轉動瞄準方向，需要目標自己來到砲口前方。

由米娜操作終端機，再次啟動主砲。主砲自待命狀態切換為發射準備狀態，能量開始注入主砲。外洩的波動在荒野上擴散。

於是，過合成巨蛇也察覺了那股波動。

◆

阿基拉與克也順利引誘過合成巨蛇，但順利的狀況驟然告終。過合成巨蛇突然拋下阿基拉與克也，猛然調頭，反轉移動方向。

吃驚的阿基拉拜託阿爾法將車子移動到過合成巨蛇頭部的側面，以雙手的槍集中攻擊對方臉部。克也跟著開槍。

無視周遭怪物的集中攻擊。這樣一來應該能吸引注意力吧。阿基拉和克也原本都這麼想。

但是過合成巨蛇毫不理會。阿基拉兩人臉上浮現困惑之色。

『阿爾法，是怎麼回事？』

『過合成巨蛇改變了攻擊目標的優先順序。現在你們的攻擊已經沒辦法引誘了。』

『所以說，我們沒辦法扮演誘餌了嗎？聽起來也沒什麼不好，但是過合成巨蛇的目標是什麼？』

『是那個。』

正準備發射主砲的裝甲車就在阿爾法所指之處。阿基拉見狀，有點吃驚。

『是那個喔？不過為什麼突然這樣？』

『過合成巨蛇是依據敵人的距離和威力來決定攻擊對象。距離那麼遠卻能發揮那等威力，因此成了最優先的攻擊對象吧。』

『不是啦，就算這樣，為何會突然……』

這時克也收到了由米娜的通訊，因為音量很大，阿基拉也能聽見。

『克也！你還活著吧！聽得見就回答！』

「我聽得見！怎麼了！」

『我調查了2號車的主砲，發現還能用！現在正準備發射！但車子壞掉了，無法改變瞄準方向！克也你們想辦法引誘過合成巨蛇來到射線上！』

晚了半拍，克也理解了狀況。正確來說是沒來由的靈光乍現。霎那間，他的表情變得非常凝重，吶喊道：

「由米娜！馬上逃離那地方！過合成巨蛇正往那邊過去！」

『咦？等一下，你已經把它引過來了嗎？』

「不是！妳想發射那架主砲，過合成巨蛇因為某些理由發現了！我們已經沒辦法引誘了！」

『知道了。我也馬上……』

說到這裡，由米娜的說話聲一度中斷。克也表情充滿疑惑。

「由米娜？怎麼了？」

『啊～～嗯，沒事。我會想辦法解決。克也你們如果沒辦法當誘餌，就直接回主力部隊。』

「等等，妳在說什麼？妳那邊發生什麼事？」

『別擔心！你回去和愛莉一起指揮大家！就這樣！』

於是通訊至此被單方面切斷。即便是各方面都遲鈍的克也，也不至於真的相信如此一來就真的「沒事」。

◆

由米娜切斷通訊後，在裝甲車上嘆息。於是她將臉上的苦笑硬是轉變為爽朗的笑容，提振鬥志。

「哎，就盡力去做吧。」

她在扭曲的車廂中挑選，找出了還能用的火箭彈等，搬到車外。隨後她扛起火箭發射器，扣下扳機。

命中目標的火箭彈將大型怪物炸得粉身碎骨。畢竟是為了懸賞目標而準備，威力十分充足。

複數怪物繼續從劇烈爆炸的兩側朝這裡奔馳。

「還真多耶。」

由米娜嘀咕埋怨，發射下一枚火箭彈。

不只有過合成巨蛇察覺自主砲外洩的能量。注意到那能量的一部分怪物群，正朝著由米娜殺來。

在克也放棄繼續當誘餌的時候，由米娜來此的目的已經達成了。因此她也可以選擇放棄發射主砲而回到指揮車，但是見到怪物群的數量，她判斷自己無法憑一己之力突破包圍。

既然如此，就該去做在這地方能做到的所有事。發射主砲，擊破過合成巨蛇。為此她決定守住這座主砲。

主砲的砲口指著過合成巨蛇的方向，但目標還很遠，瞄準也有偏差，就算開砲也打不中。不過幸好對方體型龐大，必須等待對方靠近直到巨大體型彌補瞄準偏差。

同時她必須防止怪物群攻擊裝甲車。因為一旦攻擊的衝擊力讓車體挪動，瞄準方向就會大幅偏移。最糟的狀況下，甚至可能轉向儘管過合成巨蛇來到極近距離卻絕對無法命中的角度。

「有夠多！」

為了盡可能做到所有能做的事，由米娜對準了朝這裡聚集的怪物群不斷射出火箭彈。

◆

阿基拉從阿爾法口中得知了由米娜的狀況後，對克也擺出嚴肅的表情。

「誘餌的工作結束了。然後呢？要回去嗎？」

剛才慌張的克也聽見這句話，頓時回過神來。他馬上瞪向阿基拉。

「當然是去救由米娜啊！」

「這樣啊。」

阿基拉並沒有回答「啊，是喔」。

『阿爾法，他都這樣說了。全力趕路吧。』

『要趕路是可以，不過真的有必要做到這個地步嗎？』

『因為是工作嘛。』

阿基拉回答得輕描淡寫，態度已經沒有絲毫剛才那種百般不願的氛圍。

『知道了。那你趁現在先吃充分的回復藥。』

『好。』

阿基拉取出了回復藥，姑且忠告克也。

「接下來要趕往由米娜的位置，要下車就趁現在。」

「誰會下車啊！」

「這樣啊。那你有回復藥就先吞。還有，接下來你就算求我當護衛，我也不接。自己想辦法。」

「誰會求你！」

阿基拉輕輕點頭，認為已經取得承諾。隨後他便開始服用大量回復藥。

克也見到那舉動而滿心疑惑。他無法理解趕往由米娜身邊與服用回復藥之間的關聯性。再加上護衛等字眼，克也原本以為阿基拉在譏諷他，但是見到阿基拉自己也服用藥物，克也判斷並非如此。

感到納悶時，克也用盡了能事先服用回復藥的空檔。在阿基拉宣言不接受護衛工作的當下，阿基拉絕不會等克也服用回復藥。

『阿爾法，開始吧。』

『要衝了喔。小心點。』

下個瞬間，阿爾法的駕駛切換為完全忽視乘員負擔的風格。為了以最短時間抵達由米娜的位置，徹底壓榨車輛的性能不停加速，在不適合行駛的荒野地面上衝出一條瘋狂的獨家路線。

車子以神乎其技的駕駛技術奔馳。遇上一般必須大幅度繞遠路的場所，便利用附近的斜坡與砂石跳躍突破。車身在空中旋轉兩圈，在精心計算下以輪胎著地，隨後繼續加速奔馳。

若採取這種駕駛，當然對乘客的負擔也會極端變重。急遽加速與減速、極度的右轉與左轉、縱向翻轉、水平翻轉、斜軸翻轉。每當歷經這些動作，阿基拉與克也就必須全力忍受以免被拋到車外。

拜阿爾法的輔助所賜，阿基拉勉強還能忍受那負荷。強化服的動作在控制裝置的領域受到配合車輛動作的修正，相較之下負擔減輕。

即便如此，阿基拉自己也能感受到體內的回復藥正不斷被消耗，他將事先含在口中的藥物一點一點吞下，藉此補充體力。

另一方面，沒有受到如此精密輔助的克也則是幾乎要被拋出車外。他以雙手死命抓住車身邊緣，已經被甩到車外的雙腳被慣性與離心力猛烈拉扯，他拚命忍受著似乎要扯斷身體的負荷。

他以身體理解了預先服用回復藥的忠告有何意義，同時為了回到車內絞盡力氣。這時他見到阿基拉的模樣，雖然忍不住想破口大罵，但他咬緊牙根按捺住了。因為阿基拉同樣正咬牙承受著負荷，以免被拋出車外。

這種駕駛風格並非刻意找他麻煩，而是以最短時間趕到由米娜身邊。如果明知如此還對他抱怨，就無異於承認自己是累贅。克也懷著這樣的意志，手臂使勁，將身體拉向車內。

『阿基拉，前面。』

『了解！』

阿基拉在劇烈搖晃的車身上，絞盡全力維持平衡，同時舉起槍。前方有一隻大型怪物，繼續前進會直接相撞。明知如此，趕路中的阿爾法仍選擇筆直前進。

而阿基拉以ＣＷＨ反器材突擊槍與ＤＶＴＳ迷你砲擊破那隻怪物。以一發專用彈擊殺目標，以彈幕打穿其全身，削切身體般使之變形，讓敵人的屍體變為柔軟度適中的跳躍台。

下個瞬間，阿基拉的車子利用那跳躍台，朝上方飛躍。

『阿基拉，前面。』

『知道了！』

阿基拉在跳躍中的車身上移動，來到車輛的最前端，開槍射擊地面上的大型肉食獸。這回專用彈與彈幕將對方變成肉製緩衝墊。車輛像是要壓扁肉墊般落地，並未停止地繼續於荒野奔馳。

『好了，阿基拉。這樣就靠近很多了。接下來地面會比較平緩，可以稍微放鬆了。』

『是、是喔。』

阿基拉好不容易回到座位上，克也也設法回到車內。兩人同樣服用回復藥，喘了口氣。

克也因為使用了原本要還給阿基拉的回復藥，心情複雜，但是他告訴自己現在不是想這些的時候，將之拋諸腦後。

這時車輛後方傳來轟然巨響。過合成巨蛇撞飛路上的障礙物，直逼兩人而來。

第100話　選擇的影響

在拚命抵抗的由米娜的視野中，巨蛇的身影出現在遠方。

「差不多了吧……」

她之所以如此呢喃，理由並不是已經充分吸引過合成巨蛇靠近，而是認為無法繼續阻擋怪物群的進攻。

接下來只能祈禱能打中並發射主砲，然後任憑怪物群蹂躪。雖然她打算騎摩托車盡可能逃走，恐怕無法指望。腦中冷靜的那部分如此告知。

「哎，克也應該也不會有事，算是盡力做到了所有事吧。」

承受著滿足與放棄混合的情感，由米娜瞄準下一個目標。就在她要開槍的瞬間，目標的頭部被打飛了。從背後連同軀幹一併被貫穿，消失無蹤。

目睹太過出乎意料的場面，由米娜忘記了心中的感傷，大吃一驚。這時短距離通訊傳來。

『我是阿基拉。由米娜，接到通訊就回我。』

晚了半拍，透過多蘭卡姆的通訊系統，克也的聲音傳來。

『喂！你幹嘛隨便聯絡由米娜！由米娜！是我！妳沒事嗎！』

兩人的聲音從兩邊的通訊傳來，由米娜在納悶中回答：

「我是由米娜，我沒事。」

『這樣啊。妳附近的怪物我會應付。有餘力發射主砲嗎？不行的話我會掩護，妳趕緊離開。』

『我就叫你不要自作主張！由米娜，我會掩護妳，馬上離開那邊！』

『有空發射的話還是發射比較好吧？不然由米娜特地跑到那邊去不就沒意義了嗎？話說到底行不行？』

阿基拉平靜的說話聲和克也的大吼大叫同時傳來，讓由米娜不由得噗哧一笑。剛才籠罩心頭的絕望瞬間就被吹散，她重燃鬥志，語氣開朗地說：

「要發射沒問題！阿基拉！告訴我時機！不好意思喔，我這邊沒辦法改變瞄準方向！要是我看到目標來到射線上就開砲，大概會把你們也一起炸飛喔！」

『由米娜！』

「克也！你先安靜一下！阿基拉，這樣沒問題嗎？」

『發射的時候人一定要在那邊嗎？沒有遙控發

射，或是設定十秒後發射之類嗎？』

「沒辦法遙控。沒有定時設定，但能調整發射程序，辦到類似的效果。最多只能延遲二十秒。」

『我會指示妳設定的時機。妳就調整成二十秒後開火，設定好就往反方向逃。』

「知道了，我試試看。克也！你也要收斂一點喔！要是在這種狀況下還跟人家吵架，我之後會揍你喔！」

由米娜拋下這句話就結束了通訊。隨後她決定竭盡自己所能。

盡力去做所有能做的事。這和阿基拉兩人傳來通訊前沒有任何變化。但是該做的事已經完全不一樣，讓由米娜臉上浮現了毫無陰霾的笑容。

◆

阿基拉將阿爾法的指示轉告由米娜之後，在車上開槍接連打倒怪物。受到由米娜的叮嚀，克也的表情像是強忍不滿，但也繼續擊破怪物群。

過合成巨蛇掀起煙塵，追趕在後。阿基拉兩人則完全不理會它。

『阿爾法，要告訴由米娜的倒數拜託妳了。』

『知道了，就從30開始。還有一小段時間。』

『好。話說回來，我覺得有點奇怪，過合成巨蛇為什麼要攻擊那座主砲？如果不想再挨那個的威力，不是應該反過來逃走嗎？』

『誰曉得呢。我也不懂怪物的思考，特別是生物類。那怪物應該突變得相當嚴重，也許思考已經不同於平常。』

『嗯～～我想說它也許是氣瘋了失去正常判斷力，是我猜錯嗎？』

『也許真是這樣，也許不是。哎，反正都決定要打倒了，也沒必要介意吧。阿基拉，差不多要開始倒數了喔。』

『知道了。』

阿基拉代替阿爾法向由米娜告知：

「由米娜！要開始倒數了！」

『30、29、28……』

「30！29！28！……」

為了不被劇烈的槍聲蓋過，阿基拉扯開嗓門不斷倒數。

◆

由米娜聽著阿基拉的倒數計時，同時做好了準備。

來到只剩觸碰主砲控制終端機即可的狀態，她用像是要扯下裝甲車後門的力氣開門，將摩托車擺在旁邊。做好了所有準備，一旦輸入發射指示，就能同時急忙跨上摩托車，加速至極限離開這裡。

不過這時遭遇了阻撓。透過敞開的車門，她看見怪物的身影。若是裝甲車附近的怪物，阿基拉等人還能解決，但位在正後方的目標就無法擊中。

「啊啊！真是的！」

由米娜連忙走到車外，扛起火箭發射器。射出的火箭彈將怪物炸得粉身碎骨。

「6！5！4！……」

「糟糕！」

由米娜連忙趕回車內。

「3！2！……」

緊接著急忙回到控制終端機前方。

「1！0！」

這一聲響起的同時，她對主砲下達發射指示。

「阿基拉！克也！發射程序開始了喔！」

由米娜如此吶喊著，來到車外。跳上摩托車，猛然加速開始奔馳。

「主砲不會倒數計時！你們一定要躲開！」

希望接下來一切順利。由米娜大喊著，逃離這裡。

◆

阿基拉看著前方的情景，稍微皺起眉頭。些許光芒自主砲的砲口外洩。

『恐怖耶……！阿爾法！一定要躲開喔！真的靠妳了！』

『那當然。一旦被打中，你會連車子一起徹底消失喔。』

『話說既然周遭的怪物清光了，我們也可以遠離了吧？過合成巨蛇追逐的已經不是我們了吧？』

附近的怪物攻擊裝甲車使得主砲方向偏轉的危險性已經消失。既然如此，只要朝兩側大幅遠離就能躲過射擊範圍了吧？阿基拉這麼想。

但是阿爾法擺出有些嚴肅的表情搖頭。

『阿基拉，很遺憾，現在就算往左右兩邊逃，可能也已經太遲了。』

『什麼意思？』

『因為那門雷射砲的擴散角度不明。光看能量的外溢狀態，最糟的狀況，擴展範圍可能會抵達180度。』

『……妳的意思是，只要我們位在雷射砲前方，就算往側面拉開500公尺，搞不好還是會被轟飛嗎？』

『就是這個意思。』

這下阿基拉也慌張起來。

『等一下！由米娜為何會用這種設定發射？』

『因為那是來自怪物的武器，也許是控制失敗了，又或是受到攻擊而損壞，至少應該不是出自她的意志。況且也許還是會按照正常的擴散角度發射。這是機率問題。』

『我……我覺得我是運氣較差的那種人……』

『所以我現在正朝著運氣再怎麼差都不會被打到的場所，也就是雷射砲的後方加速移動啊。』

阿基拉的表情因為焦急而緊繃。

『阿爾法！再快一點！』

『雖然我認為很輕鬆就能趕上，知道了。又要拿出全力了喔。』

阿爾法笑了笑，再度無視乘員的負擔，使車子加速。阿基拉與克也連忙抓住車身。

車子甩開後方的過合成巨蛇，以最高速度奔馳於地面。使阿基拉與克也的表情變得極度緊繃的同時，駛過裝甲車側面。

在減速的車上，阿基拉稍微放心地望向後方。在他的視線直指之處，主砲砲口彷彿吸取了周遭的光芒，將光凝聚於砲口前方。

發射口前方高到驚人的能量讓人產生了空間似乎扭曲的錯覺，於是雷射砲儲存的所有能量、使車輛的能源供應器全毀換得的力量，全部化為光之洪流急遽釋放。

彷彿要燒盡一切的巨大光柱，在極近距離命中了過合成巨蛇。這瞬間，周遭一帶全被光芒吞噬，光是餘波就引發了燒灼四周的爆炸。爆炸波掀翻四周的土石，激起大規模的煙塵。

「贏了嗎？」

阿基拉不由得凝視爆炸中心。砲擊的影響太大，漫天煙塵持久瀰漫。

一直到阿基拉的車子漸漸減速停下，先逃離的由米娜騎著摩托車靠近時，塵埃這才終於落定。

阿基拉三人一臉嚴肅地望著煙塵散去的爆炸中心，失去整個頭部的過合成巨蛇癱倒在地，被雷射砲貫穿的軀幹部分也消失無蹤。

目睹20億歐拉姆的懸賞目標被擊破，主力部隊也歡聲雷動。克也與由米娜互相擁抱，分享喜悅。

阿基拉放心地吐出一口氣，緊接著吐出疲勞的嘆息，臉上沒有笑容。不理會下車與由米娜一同歡天喜地的克也，宣告工作已經結束般發動車子。

克也注意到他的舉動，面露意外的表情。由米娜也連忙叫住阿基拉。

「等等！阿基拉！」

阿基拉無視她的叫喚，驅車遠離克也兩人。

◆

過合成巨蛇被打倒之後，殘留在周遭的怪物群

也很快就被掃空。主力部隊與克也會合，輔助人員等則在一段距離外的場所，在獵人辦公室的職員們抵達前，負責周邊的警備工作。

阿基拉獨自一人看守周遭。不過搜敵方面已經完全交給阿爾法，嚴格來說他只是癱坐在駕駛座上。疲勞與不快露骨地擺在臉上，他嘆息道：

「累死了……」

『阿基拉，真的那麼累的話，乾脆先回家吧？你也不是受多蘭卡姆僱用，只要知會艾蕾娜她們一聲就沒問題了吧？』

聽阿爾法這麼說，換作是平常的阿基拉，會判斷這樣不太好。但現在因為疲勞和不快使他幹勁低落，他便聽從阿爾法的提議。

「也是啦……」

他聯絡上艾蕾娜，發出了反映心境的說話聲。

「艾蕾娜小姐，不好意思，我可以先回去了嗎？我有點累了。」

但是他沒收到回應。是不是擅自想回家結果惹對方生氣了？現在的阿基拉就連擔心這一點的心力都不剩。他納悶地呼喚：

「艾蕾娜小姐？」

『……呃，喔，嗯。我明白了。那就……』

接在艾蕾娜顯然不平靜的說話聲之後，莎拉那刻意維持普通狀態的開朗語氣接著傳來。

『阿基拉，要回去是沒關係，在那之前可以借點時間嗎？我馬上就過去你那邊，等一下喔。』

「……？好的。我明白了。」

阿基拉有些納悶，但感想僅止於此。他切斷通訊等候艾蕾娜兩人抵達。

艾蕾娜兩人馬上就到了。見到艾蕾娜她們下車靠近，阿基拉雖然很累了，但他覺得至少該在離開前好好打聲招呼，於是下車迎接兩人。

「莎拉小姐，有什麼事嗎？」

「嗯？也沒什麼啦。」

莎拉說完，拉開了防護服前方的拉鍊。身兼奈米機械儲存槽的豐滿胸部與內衣一同外露。就在阿基拉因為莎拉出乎意料的舉動而吃驚時，莎拉抱緊了阿基拉，將他的臉壓向自己胸前的深溝。

「莎、莎拉小姐！」

「哎呀呀，哎呀呀呀呀呀～～」

阿基拉不知所措時，莎拉回以一如往常的開朗語氣，但是表情有些認真，安撫般對他說道。

同時她觀察阿基拉的反應，發現對方雖然一頭霧水又手足無措，卻沒有推開自己。她感到放心後，開始緩緩訴說原委。

「你大概正在想『妳到底想幹嘛』，若要回答這個問題，答案就是想把很多事敷衍帶過。」

阿基拉聽了顯得更加困惑，但因為莎拉胸部的觸感而輕微混亂，動作停擺。

「至於到底想敷衍帶過什麼事呢？你剛才跑去救克也了對吧？關於那件事，那個，我們事到如今也覺得有很多地方不太對。」

艾蕾娜兩人也認為那擺明了不是輔助人員的工作。而阿基拉將工作做得無從挑剔，而且她們都沒有阻止阿基拉，這讓艾蕾娜兩人煩惱。

「既然沒有阻止你，就能說我們也容許了克也的指示。但是既然你也做好了工作，當時沒有阻止你也許是正確選擇。相信你的實力而送你上場，要這樣講是很好聽，但也可以說是把危險的工作硬推給你。不過如果為此道歉，也許你會覺得我們看輕你的實力，反倒惹你生氣。然而如果不道歉，也許你會覺得居然派我去做這麼危險的工作。」

莎拉直接將腦海中的想法全盤托出，繼續說：

「你雖然一句話也沒說就去幫克也了，但那

可能是因為我們沒有阻止你。一旦我們阻止了，你或許就不會去支援他。如果你先問我們該不該去救援，我們大概會阻止你。但事到如今才講這種話，你可能會覺得我們在放馬後炮，可是如果一字不提，你也會覺得我們就是想要你去……不管是要誇獎你很厲害，還是為了讓你去做這麼危險的事道歉，或許你都會覺得沒跟過來的傢伙沒資格說話……」

莎拉列舉了許多可能性，自己也覺得腦袋越來越混亂。於是她硬是收尾：

「啊～～雖然沒頭沒腦地講了一堆有的沒的，但其實我們腦袋裡也同樣整理不過來。到底該怎麼說才好，我們也不曉得。不過唯獨這件事我要先說清楚。我們希望日後還能和阿基拉維持友好關係。或許你會覺得我剛才扯了很多藉口，唯獨這點是真的。不過如果你不願意，我們也沒辦法就是了。」

「呃，沒有，沒這回事……」

莎拉剛才說的那些話之中，確實有些部分阿基拉也同意。但是他明白了莎拉這番話出自希望與阿基拉保持友好的心情，阿基拉心中對這部分的欣喜更強。

莎拉也理解了他的想法，欣然微笑。

「這樣啊，謝謝你。所以說，我們應該道歉比較好？還是誇獎你比較好？」

「啊，那個，那是我自己要去做的，妳們不必說些什麼……」

「二選一的話，哪個比較好？」

「呃、哎，一定要選的話還是誇獎比較……」

「真的好厲害！了不起的大活躍！」

「謝、謝謝……」

在叫阿基拉莫名害臊的氣氛中，莎拉為這番話作結。

「所以說，哎，也許我們彼此都對這次的事情有些意見，但那些都先放一旁，因為日後還想好好相處，這些事就帶過吧！應該沒事了吧？」

「……沒事了。因為已經沒事了，也差不多該放開我了。」

莎拉捉弄般輕笑道：

「用不著客氣耶。」

「請放開我。」

阿基拉回以有些不高興的語氣。這時他終於自莎拉的胸前重獲自由，但是臉頰隱約泛紅，擺著鬧彆扭般的表情。不過在那張臉上，艾蕾娜兩人來此之前的不快已經一掃而空。

雖然有些難為情，但氣氛放鬆。這時輪到艾蕾娜開口：

「那麼阿基拉，接下來我們來談不能敷衍了事的問題吧。」

「什麼事？」

「你的報酬啊。我就直說了，你想拿多少？」

「就算妳這樣問，我也不清楚行情，這部分我上次也說過，就交給艾蕾娜小姐判斷。」

「如果是這樣，就算把我們小隊的報酬全部給你也不夠。我想談的就是這方面該怎麼辦。」

見到阿基拉再度面露疑惑的表情，艾蕾娜開始解釋：

艾蕾娜她們原本料想的工作內容頂多只到打倒怪物群。那是輕鬆的工作，從工作內容來看報酬也很優渥，就算額外僱用阿基拉，也能支付充分的報酬。

但是阿基拉拿出了遠遠超乎預料的活躍表現。

由於主力部隊有人死傷使得報酬受到削減，這部分雖然有影響，但就算忽視這部分，同樣稱不上是符合表現的報酬。另外，多蘭卡姆不希望輔助人員搶鋒頭，因此契約上表示不管多麼活躍，報酬都不會增加。

艾蕾娜就算將小隊整體的報酬交給阿基拉，金額也配不上阿基拉的表現。

如果他們是三人組成小隊一起被多蘭卡姆僱用，艾蕾娜雖然會對阿基拉感到不好意思，但她還能以「契約本就如此明訂」當作藉口。

然而阿基拉現在被艾蕾娜兩人僱用。換言之，支付合乎表現的報酬的責任在艾蕾娜兩人身上。同樣是獵人，而且還是友人，在這樣的立場上有必要支付他正當的報酬。

但是沒錢終究無法辦事。包含這問題在內，究竟該怎麼辦才好？艾蕾娜兩人有必要與阿基拉取得共識。

阿基拉理解了用意，輕笑著回答：

「如果是這個問題，我覺得只要能拿到整體的三分之一就好……」

但是艾蕾娜聽他這麼說，回以有些生氣似的嚴肅態度。

「不行。既然我們僱用了你，就會好好付錢。所以你也要乖乖收下。」

「好、好的。可是，沒有錢能付給我吧？這樣要怎麼辦呢？自己這樣講有點奇怪，那畢竟是我自己決定要做的，結果報酬不夠多要拿走艾蕾娜小姐妳們的份，我也覺得非常不好意思，希望妳別這樣做……」

「總之我會先找多蘭卡姆討論提高報酬。雖然契約原本是這樣寫的，但是你這樣的表現應該還有交涉的餘地。只是，交涉過程大概會變長，要多一些時間才能支付報酬。不好意思，這部分可以多多擔待嗎？」

「好的，沒問題。目前手上還有錢。」

「謝謝你。接下來……」

艾蕾娜笑著道謝後，露出有些煩惱的表情。

「……雖然我說會去找多蘭卡姆談，但談判會不會順利很難說。所謂的契約就是白紙黑字。如果多蘭卡姆堅持不願意談，我也很難為就是了……」

艾蕾娜身為隊伍的對外交涉，非常理解契約的重量，也因此讓她萬分苦惱。阿基拉見到那模樣，將突然浮現的想法說出口：

「這樣的話，可以試試看透過由米娜與克也找多蘭卡姆提。他們講過類似會把積欠的人情債還給我和艾蕾娜小姐兩位的話。」

阿基拉對交涉方面提出意見，這讓艾蕾娜有些意外，但她對此先不過問，面露充滿興趣的表情。

「如果懸賞目標討伐部隊的隊長願意幫我們對多蘭卡姆要求『多給那些人一些報酬』，也許會稍微有利。哎，前提是他說要還人情債是認真的。」

「我知道了，我會找那兩人談談看。很遺憾，我沒辦法打包票說你可以放心期待，但我會盡我所能。」

說到這裡，艾蕾娜也決定作結。

「那麼你看起來也累了，該在這裡談好的事就到此為止吧。阿基拉，真的很累的話，我是隊長必須留在這裡，不過能讓莎拉送你回去。需要嗎？」

「不用了，我沒問題。」

「是嗎？那阿基拉，今天辛苦了。改天見。」

阿基拉回到車上，在駕駛座上對兩人低頭。艾蕾娜兩人則是輕輕揮手目送阿基拉離去。

在離開懸賞目標討伐部隊一段距離的地點，阿基拉使勁伸展身體。

「阿爾法，麻煩妳開車。可以的話盡量不要遇上怪物。」

阿爾法在副駕駛座上，面露一如往常的笑容。

『知道了。話說，你好像心情很好呢。』

「會嗎？我覺得累死了，一點都不覺得這種疲勞很舒服。」

『如果這樣，那就是剛才享受莎拉的胸部觸感的餘韻久久不散嘍？』

阿基拉不由得噴出口水。隨後他看向阿爾法，看到她擺著一張戲弄人的笑容。

『膚色、光澤、形狀應該都是我更好才對，果然沒有實體就是不行嗎？』

「……我要睡了。有事再叫醒我。」

阿基拉想不到什麼好回答，決定乾脆睡著以敷衍帶過。當他閉起眼睛，接納疲勞，睡魔馬上就撲向他。他放棄抵抗，迎接睡意到來，轉瞬間就落入夢鄉。

阿爾法表情認真地注視著他的模樣。剛才那樣強烈的不高興、不愉快、反感，因為那點小事就消失無蹤，讓她產生興趣。

◆

與阿基拉道別後，艾蕾娜兩人繼續擔任輔助人員，負責周遭警備工作。但周遭的怪物已被掃除，因此兩人現在閒著無事，有非常多思考的時間。

於是艾蕾娜開口：

「欸，莎拉，我想問一下，為什麼妳剛才對阿基拉那麼做？」

「嗯？那個？只是個小確認。因為阿基拉對那方面好像也不是完全沒興趣，我想說姑且試試看。如果我那麼做，他的反應是『不要碰我！』之類，那要改善關係大概很難。類似這方面的確認。」

「喔喔，原來是這樣。」

「哎，只是白操心真是太好了。」

「因為我們只是正常戰鬥，妳的胸部也沒縮小，也許效果特別好吧？」

兩人如此打趣般輕笑道，首先為了與阿基拉的關係並未破局而欣喜。

於是，艾蕾娜稍微斂起喜色，認真地問道：

「我還想問一件事，莎拉，那時候為什麼沒有阻止阿基拉？因為我沒阻止他嗎？」

莎拉好半晌沒有回答。在她開口回答前，艾蕾娜補充說道：

「如果是這樣的理由，妳願意那麼信賴我的判斷，我是很高興，不過下次要阻止。」

莎拉擺出類似坦承犯錯的態度，輕輕嘆息。

「……不是啦。也許聽起來像在找藉口，不過我完全沒有冒出那種想法。」

於是艾蕾娜也嘆息。

「……妳也和我一樣啊。」

「艾蕾娜妳也是？」

「是啊。現在我回想當時的狀況，設想自己應該會怎麼做，我想我一定會先阻止阿基拉，也會對克也抗議那個指示，至少應該也會向阿基拉確認他是不是真的要去。」

艾蕾娜表情轉為凝重。

「但是，當時我沒有浮現這些想法，甚至連『這樣沒問題』的念頭都沒有。連我自己都覺得不可思議。」

莎拉陪著苦苦思索的艾蕾娜，也試著回想。於是將她突然想到的可能性說出口：

「既然這樣，就是我們兩個都被克也的魄力嚇到了？那時候感覺就是很驚人嘛。」

自己會負責，乖乖聽從指揮。克也朝整支部隊吶喊的通訊，艾蕾娜兩人也都聽見了。在那次通訊後，部隊整體的指揮狀況明顯有所改善，這點艾蕾娜當時就發現了。

充滿自信的堅定話語，擁有凝聚人心並使人服從的力量。能發出這種話語的人所率領的集團可以發揮與烏合之眾天差地別的力量。

這基本上是優點，不過那個人的話語、指示、意志不一定永遠都正確無誤。

若是被克也的鬥志所震懾，因此做出錯誤判斷，那就證明了兩人仍非成熟獵人。艾蕾娜這麼想著，告誡自己般說道：

「如果真是這樣，那我們還有待長進啊。」

「哎，就算真是這樣，就慶幸能及早注意到這一點，日後繼續努力吧。」

「是啊。就這樣想吧。」

光是懊悔也不會改善事態。艾蕾娜兩人刻意擺出開朗笑容，告訴自己下次不能失敗，正面思考。

這時有車子從主力部隊駛來，坐在上頭的是克也等人。

◆

由米娜與克也一同回到指揮車上，完成了成功討伐過合成巨蛇的善後處理，尋找阿基拉的車子想正式向阿基拉道謝。

多蘭卡姆直接僱用的輔助人員的車輛位置，在指揮車上也能看見。不過間接僱用的人員位置就無法得知。因為在官方紀錄上視作不存在，不可留下紀錄。

於是她想直接詢問艾蕾娜兩人，帶著克也一起去找她們。然而從艾蕾娜口中得知現況，由米娜有點吃驚。

「咦?他已經回去了？」

因為和阿基拉於作戰開始前已經約好，打倒過合成巨蛇後要將回復藥還他，由米娜覺得他應該還留在這裡，因此相當吃驚。

克也因為其他原因面露不解的表情。

「那傢伙……雖然過合成巨蛇是已經打倒了沒錯，但工作還沒結束啊……」

單純的疑問和些許不滿。對克也而言就只是這麼單純的一句話，然而艾蕾娜以稍微嚴肅的態度指正：

「僱阿基拉的是我們。因為他好像很累了，可以讓他先回去也是我的判斷。有怨言就對我說。」

「啊，那個，我沒什麼怨言。」

「是嗎？」

克也覺得艾蕾娜兩人的態度似乎格外冷淡，因此有些不知所措。艾蕾娜她們是避免再次被克也的氣勢震懾，才刻意提防。不過看在克也眼中並非如此。

由米娜也有類似的感覺，有些微的尷尬，但她還是先低下頭。

「艾蕾娜小姐、莎拉小姐，今天真的很感謝兩位。我希望也能向阿基拉道謝，可以麻煩兩位幫忙轉接通訊嗎？」

由米娜等人沒有直接聯絡阿基拉的手段，才拜託艾蕾娜代為聯絡，但是艾蕾娜的反應不符期待。

艾蕾娜與莎拉先對彼此看了一眼，回答：

「我想現在阿基拉也累了，這些就留待日後再說吧。」

「啊……好的，我明白了。」

「要說的就這些？」

「啊，是的。就這些。」

由米娜感受到有些強烈的尷尬氛圍，打算就此結束對話。不過艾蕾娜接著問：

「那我有些事想問克也，可以嗎？」

「請問是什麼事？」

「那時候，為什麼找上阿基拉？」

因為感覺語氣中暗藏責備，讓克也有些畏縮。

「那個……有什麼問題嗎？雖然他是輔助人員，但同樣也是參與任務的一員……」

艾蕾娜搖頭。

「不是。我不是問應該或不應該、指示內容的正當性、符合指揮程序之類的問題。我不是問這些。只是你為什麼會找上阿基拉幫忙，我單純問你這個理由。為什麼？」

克也不知該如何回答，想不出答案。但是從艾蕾娜兩人的態度，他感覺到無法拒絕回答，便簡單說了理由。

「因為那傢伙很強。」

「……是喔。」

聽了這簡短的回應，克也與由米娜都無法捉摸艾蕾娜她們心中的感想。當兩人不知所措時，艾蕾娜擺出對外交涉的笑容。

「還有另一個問題就是了，你們好像說過欠阿基拉的人情債會還給我們是吧？阿基拉是這樣說的，真的嗎？」

由米娜和克也互看了一眼。由米娜是在予野塚車站遺跡，克也則是在阿基拉的車上，兩人確實如此說過。他們一起點頭。

「這樣啊。不好意思有點趕，能馬上還清嗎？其實我想與多蘭卡姆重新談報酬金額。可以聯絡水原小姐，幫忙我一起說服她嗎？」

由米娜與克也在艾蕾娜兩人面帶笑容的注視下，就算不情願也無法開口說有困難或辦不到，只能點頭。

◆

獵人辦公室的職員抵達現場後，開始調查過合成巨蛇的屍體與外殼。

「話說回來還真大，軀幹究竟有多粗啊。真虧他們有辦法打倒這種傢伙。」

「殼？蛇的話應該是脫皮吧？為什麼是殼？」

「那只是蛇型怪物，和普通的蛇不一樣吧。」

「剩下的軀幹部分也開了一個大洞。那個也是嗎？」

「洞？那不是被雷射砲燒穿的嗎？」

「不，不是。內部似乎有個洞沿著軀幹延伸，而且也不是胃，是什麼啊？好像有個細長的東西裝在裡頭，然後跑出去了。」

「畢竟是合食重組類的一種，突變產生了這種莫名其妙的器官吧？哎，詳細調查就等送到研究室之後，那邊的研究員會負責吧。」

「說的也是。」

職員們就此停止思索，回到各自的職務上。

◆

過合成巨蛇被打倒的隔天，多蘭卡姆的據點正在召開過合成巨蛇討伐成功的慶功宴。

慶功宴以自助餐會的形式舉辦。準備時參加人數尚不明，儘管如此，還是為了讓所有人參加而準備，料理的分量相當充足。

慶功宴始自水原為首的事務派系幹部的簡短演講，隨後就是各自享受美食或者談笑。

克也同樣和夥伴們一起參加。除了負傷臥床者，所有人都來了。即使如此，人數還是有點缺少，因為死者無法參加。

要以勝利的歡喜掩蓋悲傷有其極限。由米娜擔心克也會不會再次陷入低潮，但克也抬頭挺胸，大口嚼著料理。

「由米娜，妳不吃嗎？這個很好吃耶。」

「啊，嗯。」

由米娜安心地笑了笑，與克也一起開始享用料理。克也見狀笑道：

「別擔心啦。有人犧牲是很傷心沒錯，不過我不會再鬱鬱寡歡了。要是一直垂頭喪氣，死去的夥伴也會生氣啊。我會好好吃飽，笑口常開，讓他們見到我有精神的樣子，好讓他們都安心。」

並非輕視夥伴的性命，也不是輕易放下，是為夥伴之死憂傷，但接受一切並展露笑容。由米娜明白了他的心境，也笑了。

「……嗯。我覺得這樣很好。」

「還有就是那個，開場前的演講時有人這樣講吧？雖然有人犧牲，但既然打贏了就該好好慶祝，不然人就白死了。這樣講有點那個，不過其實莉莉和我也沒什麼不同。」

「和你？」

「是啊。為了大家努力並且亂來，從結果來看她是死了，但所作所為和我一模一樣。大概吧。」

由米娜微笑著稍微糾正：

「如果你這樣想，為了別讓任何人死掉，下次要好好指揮才行。如果大家都和你一樣，你也不想死吧？」

「那當然。」

見克也笑著回答，由米娜放心了。回答不是「就算會死也要救」，讓她覺得克也有所成長，因此流露笑容。

至於克也本人，心頭浮現了謝麗爾告訴他的方法。

把隊伍所有人都當成自己，追求最好的結果。遵照指示並有條不紊地組織行動。成為絕對不捨棄夥伴，從絕境生還的超一流獵人。

自己要這麼做，以此為目標，同時也是為了夥伴們。克也如此下定決心。

每個目標分開來看也許有其道理，全部總加起來就顯得矛盾。克也決定連同矛盾一併實行。

過合成巨蛇被打倒後過了十天，阿基拉前往荒野，再度開始尋找未發現的遺跡。

阿爾法在副駕駛座上，神色顯得有些擔心，對阿基拉問道；

『阿基拉，真的不用等到最後的懸賞目標被打倒嗎？』

最後的懸賞目標巨人行者仍未被打倒，卻再度開始尋找未發現遺跡，是出自阿基拉自己的考量。

巨大的機械類怪物巨人行者的討伐獎金終於提高到30億歐拉姆了。

當獎金提升到這個水準，就會成為一個分歧點。提供獎金的運輸業者日後將不再指望以久我間山都市為活動據點的獵人，轉而獨自招募更東方的高等級獵人，或是央請都市派遣防衛隊討伐。

當地的獵人們自然不樂見這般事態，這和面子與日後工作大有關係。因此許多獵人幫派跨越了競爭對手的藩籬，攜手合作編組大規模部隊，前去討伐。

阿基拉得知作戰計畫是在今天實行，因此故意挑同一天重新開始尋找未發現遺跡。

大規模戰鬥會吸引怪物靠近，所以只要在遠離戰鬥地點的地方尋找遺跡，平常在荒野上到處晃蕩的怪物也會被戰鬥吸引，其他地方的怪物數量會隨之減少。如此一來尋找遺跡就比平常更安全。

再加上就算用稍微醒目的方法找出遺跡，因為其他獵人的目光都集中在與懸賞目標的戰鬥，比較不容易引起注意。阿基拉如此認為。

「應該沒問題吧。如果妳堅持要我放棄，我會乖乖收手，不過也不至於那麼危險吧？」

『是沒錯。但不可以鬆懈喔，知道嗎？』

讓阿基拉能一定程度上不須指示就行動，對阿爾法自己的目的也比較方便，所以為了培養阿基拉的自主性，阿爾法並未強烈反對，只是簡單提醒。

「我知道啦。」

見阿爾法笑著叮嚀，阿基拉心情愉快地回答。

尋找未發現遺跡進行得算是順利。雖然沒有找到遺跡，但也完全沒遇到怪物，能夠大幅擴張調查範圍。

「雖然在預料中，不過這麼少遇到怪物反倒有點閒啊。」

抵達現場，一旦發現標示了里昂茲提爾公司的終端機設置位置的箭頭指著空無一物的半空，阿基拉與阿爾法只消瞄一眼就立刻往下一個場所移動。因為同樣的狀況再三發生，實際上的確很閒。

『在荒野中移動當然是越空閒越好。要是對此有些不滿足，就表示你心態上鬆懈了喔。好好繃緊神經。』

「知道了。不好意思。」

阿基拉說完，車輛的搜敵機器出現了怪物的反應。於車輛前方，在相當遠的位置冒起了煙塵。

阿爾法裝模作樣地嘆息。

『看吧，就是因為你講那種話。』

「是我的錯喔？」

阿基拉苦笑後，為了遠離反應的位置，大幅轉變車輛行進方向。

就這麼前進了好一段時間後，怪物的反應並未消失，反倒是漸漸逼近。不管是轉向、調頭、稍微加速，都沒有改變。

阿基拉露出嫌麻煩的表情。

「啊～～看樣子是被盯上了啊。真沒辦法，阿爾法，要打倒嗎？」

在這瞬間，阿基拉仍然對狀況樂觀視之，但是阿爾法稍微板起了臉。

『阿基拉，我來駕駛。』

車子急遽加速，以粗暴的駕駛方式試圖甩開怪物。阿基拉被慣性猛然壓向座位，有些難受地皺起臉。

「阿爾法！突然是怎麼了？」

阿爾法無視阿基拉的責備，繼續讓車子加速。憑著不考慮乘客舒適度的行駛，嘗試甩開怪物。

儘管如此，車子依舊無法甩開怪物。因為對方更加靠近，搜敵機器能取得的情報也提升精密度，原本是代表對方反應的圖形從顯示大致位置的圓形

逐漸轉變為顯示具體形狀與位置的線條。

阿爾法判斷逃不掉，放低了車子的速度。

『不行啊，會被追上。阿基拉，打倒敵人，做好準備。還有，就算看到對方，也要保持冷靜。』

阿基拉湧現不好的預感，看向車輛後方。於是他頓時皺起臉。他看到一隻曾經看過的怪物。

「等等……那傢伙之前就打倒了吧！」

匍匐於地面的巨大蛇型怪物──過合成巨蛇的身影。

阿基拉驚慌，阿爾法刻意以平常的語調安撫：

『先冷靜下來。和上次打倒時不一樣，大小完全不同吧？』

阿基拉聽了阿爾法一如往常的聲音，恢復冷靜後，再度打量過合成巨蛇，這回表情轉為狐疑。

巨蛇大到應該能將阿基拉連同車子一併吞下，但和之前那彷彿摩天大樓在地面爬行的體型相比，

很明顯變小非常多。之前巨大得讓人遠近感失常的身軀帶來深刻的印象，因此讓他一時看錯了，不過冷靜一看，發現完全不一樣。

「該不會是過合成巨蛇的小孩？」

因為坦克狼蛛也產下了和自身相似的小型蜘蛛，讓阿基拉如此推測。不過阿爾法搖頭回答：

『不，八成是本體。』

「本體？大小完全不一樣啊，而且那隻不是被打倒了嗎？」

『不是那樣。阿基拉你們之前打倒的恐怕不是過合成巨蛇本體，而是當作誘餌的部位。』

阿基拉感到吃驚，阿爾法先設了純屬推測的前提後，開始說明：

過合成巨蛇是種本體躲藏在巨大外殼內部的怪物。猶如人類搭乘人型兵器，在內部操縱外殼的動作。

當過合成巨蛇遭到克也等人準備的雷射砲擊中，判斷沒有勝算後，就捨棄了外殼逃走了。

『那時，過合成巨蛇會做出對自己造成傷害的行動，以及不逃走，直衝向雷射砲，恐怕就是因為外殼在扮演讓本體逃走的誘餌。當巨蛇從巨大硬殼中衝出的時候，本體大概已經鑽進地底，從下面逃走了。』

阿基拉聽她這麼說，回憶起在崩原街遺跡被大型重裝強化服襲擊的往事。在乘員脫離之後，重裝強化服化為無人機徹底追殺自己的情景。

這時他突然想到。

「阿爾法，既然這樣，躲在裡面的本體有可能其實很弱吧？」

『有可能。』

「很好！」

阿基拉移動至車輛後半部，自槍座卸下ＣＷＨ

反器材突擊槍。一般駕駛的狀態下，直接開槍射擊即可，但在粗暴駕駛而劇烈搖晃的狀態，因為有阿爾法的輔助，自己拿槍比較好。

隨後他舉槍指向過合成巨蛇，確實瞄準後扣下扳機。強力的專用彈不偏不倚地命中遠方的目標，將對方的鱗片連同底下的肉一同轟飛。

然而阿基拉表情毫無喜色。雖然有效，但效果不彰。上次他是擔任誘餌，只要足以吸引對方注意就夠了，這次攻擊的目的是打倒，威力便不足。

「不太有效啊。阿爾法，該怎麼辦？」

『要更靠近。不，若要確實擊殺那怪物，只能在極近距離下射擊。反正終究逃不掉，乾脆主動積極打倒它吧。做好覺悟了嗎？』

阿基拉為了準備在極近距離下戰鬥，從槍座上卸下ＤＶＴＳ迷你砲，加上另一隻手的ＣＷＨ反器材突擊槍。面對露出挑釁笑容的阿爾法，兩手持槍的他回以鬥志旺盛的笑容。

「當然，覺悟是由我來負責的嘛。」

『很好。我們上吧！』

原本逃離過合成巨蛇的車子猛然迴轉，反轉前進方向。隨後急遽加速，一口氣拉近與對方之間的距離。

加速的車輛，以及速度等同於車輛的巨蛇，兩者間的距離轉瞬間縮短。在劇烈搖晃的車上，阿基拉瞄準對方的頭部，開始射擊雙手中的槍。

距離越靠近，子彈命中時的威力就越強。無數子彈打在巨蛇的鱗片上，使之凹陷、碎裂，甚至貫穿。底下的肉體被削剮，化為肉片飛濺，與碎裂的鱗片一起灑落在荒野上。

儘管如此，過合成巨蛇毫不畏懼，張開那張與蛇類毫不相符的長滿尖牙的大嘴，任憑子彈在身上打出點點血花，直衝向阿基拉眼前。

阿基拉控制體感時間，在緩慢流動的時間中，咬緊牙關，不斷開槍射擊，他睜大眼睛直視著那凶惡的模樣。

就在與巨蛇相撞前一個瞬間，巨大身軀前端的巨大蛇頭自車輛側面掠過。從頭部連結到身軀的鱗片之牆近在伸手可及之處，於車身旁邊向後方快速流動。

阿爾法抓住了過合成巨蛇露出的一瞬間破綻，也就是為了將阿基拉連人帶車一併吞食的預備動作，以神乎其技的駕駛技術分開控制四個輪胎，讓車身橫向滑動般移動。

車子順著巨蛇軀幹的側面滑行似的移動時，阿基拉朝著眼前的鱗片長牆，連續濫射雙手的槍。只要開槍就能打中，只管不停開槍。

ＣＷＨ反器材突擊槍的專用彈擊中鱗片之牆，炸開中彈位置的同時，衝擊力在軀幹上激起波浪般的起伏。自擴充彈匣得到補給的ＤＶＴＳ迷你砲以最高射速的設定擊發大量子彈，隨著車輛的移動，在巨蛇的軀幹上劃出一排橫向的彈孔。

移動時的巨蛇猛然擺動身軀，車子也隨之劇烈蛇行。即使如此，阿爾法發揮驚人的駕駛技術，與對方維持一定的距離。

在只要稍微靠近就能踢中巨蛇的極近距離下，阿基拉轟出大量子彈，子彈削剮並撕裂過合成巨蛇的軀幹。

混雜在肉片中的金屬部位、機械零件般的物品也一併飛濺。那些就是被過合成巨蛇獵食的機械類怪物與獵人車輛等東西最終的下場，其中甚至夾雜著原型完好的彈匣。

於是阿基拉就這麼削減過合成巨蛇的體積，最終抵達巨蛇身軀的尾端，隨即通過。車子劃出極小的圓弧迴轉，讓前進方向再度反轉，一度停車。

CWH反器材突擊槍和DVTS迷你砲兩者的彈匣同時掉落。兩邊都打完了。

阿基拉換裝新彈匣的同時，觀察過合成巨蛇的狀況。巨蛇受了傷，但並未停止動作，正要調頭轉向阿基拉。

阿基拉的感想並非驚訝，而是傻眼。

「都打這麼多發了還沒死啊。不愧是懸賞目標……呃，那個已經不算是懸賞目標了吧？」

『我也不曉得。總之強到被指定為懸賞目標也不奇怪這點不變。』

「居然會落得一個人和這種傢伙戰鬥，我的運氣到底是怎麼搞的……阿爾法，我姑且問一下，能贏吧？」

『那當然。只要有我的輔助。』

見到得意地笑著的阿爾法，阿基拉抹去了湧現心頭的不安，面露笑容，重新提振鬥志。

「這樣啊……那就上吧！」

隨著他這句話，車子再度向前加速。為了再次採取同樣的戰法，拉近與過合成巨蛇間的距離。

能不能別故意盯上我，去找其他人報仇啊？可不可以不要這樣追殺我？既然都受了這麼重的傷，會不會乾脆逃走啊？阿基拉心中浮現許多願望。

他的願望目前尚未成真，恐怕接下來也不會成真。光是在心中祈願，絕對不會成真。阿基拉自己心裡也明白。

儘管如此，只要開口拜託就會幫忙解決的可靠存在就在身旁。阿基拉懷著這樣的想法。阿基拉請求，阿爾法回應。

現在仍持續著。目前還是如此。

阿基拉對阿爾法無意識的依靠已經深得讓這些前提都不再浮現於腦海，甚至讓信賴與依靠的界線變得模糊。

阿基拉再度對過合成巨蛇槍擊，直逼對方眼前，瞄準頭部開槍，在千鈞一髮之際躲過敵人攻擊，繼續射擊軀幹。拜阿爾法極高水準的駕駛技術所賜，一切都安全無虞。阿基拉相信這一點，一面倒地不斷攻擊。

這讓阿基拉心中萌生了一絲鬆懈。

和克也他們一起作戰時也經歷過類似的戰鬥，而且當時的過合成巨蛇大得有如摩天大樓。

相較之下現在的對手小了許多。再加上對方全身沐浴在近距離的濫射下，動作漸漸變得遲緩。

確實強悍，但這樣下去應該能順利打贏。阿基拉無意識間這麼想。那個想法並無謬誤，但是在自信與鬆懈的界線上稍微偏向了鬆懈。

就在阿基拉即將再次與過合成巨蛇錯身而過的瞬間，不幸發生了。

此時，車子輪胎壓過了過合成巨蛇身上被槍擊削落的無數肉片，之中也參雜著被獵食的車輛的行李。

那輛車上裝載著手榴彈等爆裂物，而且被吞食後並未完全被分解，維持原狀直接成了過合成巨蛇身體的一部分。

由於被輪胎輾過的衝擊力，爆裂物爆炸了。不過威力很弱，規模小得就連輪胎都沒有任何損傷。

然而那已經足以擾亂阿爾法精密的駕駛技術。這件事恰巧與過合成巨蛇的攻擊同時發生。

預料之外的爆炸使得輪胎離開地面，車子在極短時間內失去控制。原本應該朝橫向滑動的車身，就這麼筆直衝向過合成巨蛇的血盆大口。

『阿爾法！』

儘管是非常短的時間，阿基拉處於控制體感時間的狀態，置身於緩慢時間流動之中，是一段還算長的空檔。

不過阿基拉因為吃驚而停止動作，輕微的自傲與鬆懈強化了阿基拉的驚訝，延長他無法反應的時間。

若他即刻反應，憑自身力量脫離，還來得及。但他沒有趕上，連人帶車一起被過合成巨蛇吞入口中。

順著張嘴咬向車子時的速度，過合成巨蛇的大嘴猛然合起。來自外界的光芒被阻斷，阿基拉的視野被黑暗塗滿。

這瞬間，阿基拉感到強烈的目眩。阿爾法的身影也從阿基拉的視野中消失。

阿基拉回過神來。那是在過合成巨蛇的大嘴合起的數秒後，但是在一瞬間的鬆懈都可能致死的戰鬥中，花上這麼長的時間才恢復思考能力，是致命級的愚蠢行為。即使如此，他的運氣足以讓他至今還活著。

在完全的黑暗中，詭異的聲音響起。那是過合成巨蛇的消化液正在與車身或裝甲片、輪胎等起反應的聲音。

『阿爾法！』

呼喚也沒有回應。視野依舊一片漆黑。

「阿爾法！」

忍不住出聲，同樣沒有任何變化。從上方滴落的液體融解了阿基拉的頭髮和臉頰，皮膚被灼燒般傳來痛楚。

無限的黑暗刺激阿基拉的記憶。發現予野塚車站遺跡時，阿爾法曾經說明過，進入遺跡內部有可能使得與阿爾法的連結中斷。

現在，自己和阿爾法的連結中斷了。阿基拉理解了這一點。

車體扭曲的聲音傳來。過合成巨蛇身軀的內壁正從兩側擠壓、壓縮車身。但是車子也不會自動行駛，幫助阿基拉脫險。

強化服傳來怪聲。過合成巨蛇的體液正要融解強化服。然而強化服也不會擅自動作，拯救阿基拉於絕境。

儘管狀況致命，他仍想不到解決方法。狀況隨著時間不停惡化，但是他無法得到助他脫離險境的精確建議。

置身於巨大怪物腹中，阿基拉獨自一人，身邊沒有任何人。

阿基拉理解了這一點。

他失去了阿爾法的輔助，與阿爾法相遇後持續至今的幸運已經消失。讓貧民窟的小孩子搖身一變成為幹練獵人的庇護已經消失無蹤。

自己與阿爾法相遇時把所有幸運用完了。憑著阿爾法的庇護，至今一次次跨越接踵而來的不幸。

總有一天，憑著這份庇護、憑著阿爾法的輔助也無法彌補的不幸恐怕會到來。自己的命運大概會結束在那一天。阿基拉心中某處總是這麼想著。

那一天就是今天。阿基拉如此理解了。

他早已有了心理準備。但是覺悟是否充分，又另當別論。

聲音響起，腳底搖晃，放眼望去只有黑暗。這一切都逼迫著阿基拉，使他的意識開始加速。

五官向阿基拉告知無可逃避的死亡，強迫他進入極度的集中狀態。無意識間操控體感時間，甚至感受到時間停止般的錯覺。

那無限濃密的一瞬持續著。精神越來越集中而敏銳，放慢的聲音聽起來怪異。意圖食用自己的臟器的動作自腳底下傳來，從車子控制裝置洩出的些許光芒反襯周遭的黑暗。周遭的一切清楚告訴阿基拉已註定死亡。

在這世界中，阿基拉笑了。

「我懂了！就是我的覺悟不夠吧！」

他扯開嗓門嘶吼，將嘴角拉到極限而笑。嘲笑著讓自己陷入這般狀況的不幸，嘲笑著一切。

「意思就是，要我好歹自己想點辦法吧！」

在壓縮至極限的濃密體感時間中，聲帶硬是擠出的聲音扭曲得不若言語。阿基拉自己也無法清楚分辨聲音。

「知道了啦！做好覺悟是我負責的嘛！」

但是沒問題，因為這是宣言。面對這般絕境、面對將自己推入這般絕境的不幸，他放聲宣戰。

唯獨阿基拉自己吶喊，自己一個人聽見就夠了。對敵人、對自己的不幸，宣言要放聲嘲笑、抵抗到底、全力反擊。

儘管沒有自覺，阿基拉心知肚明。

他將ＤＶＴＳ迷你砲指向側邊，扣下扳機。刺耳的槍聲響徹黑暗中，槍口火光照亮周遭。過合成巨蛇那噁心的內壁被迫從黑暗中冒出來，受到極近距離的彈幕攻擊，變得更加血肉模糊。

大量的血肉四處飛濺，一部分灑在阿基拉身上。然而內壁的壓力因此減弱，車身傳來的扭曲聲暫停了。

阿基拉在這空檔暫且放下槍，取出軟管裝的回復藥，捏扁使內容物噴出。直接將回復藥塗抹在自己的頭，讓頭對消化液有起碼的抵抗力，隨後取出藥錠類的回復藥，無視副作用大量服用。

過度使用的回復藥延展了阿基拉的身體對負荷的極限。無視身體負荷強硬驅動強化服造成損傷，但治療用奈米機械立刻開始急速治療。

滴在臉上的消化液與軟膏狀的回復藥起反應，發出聲響，阿基拉將手伸向車輛的控制裝置。車子被切換為自動駕駛後，執行前進的單純指令。全力運轉漸漸融解的輪胎，以最大馬力開始前進。

後方沒有退路。既然如此，唯獨向前進。高速旋轉的車輪削剮下方的血肉，使之飛濺。就算這樣，空轉打滑的車輪遲遲沒有前進。

這時阿基拉再度握槍。將ＣＷＨ反器材突擊槍與ＤＶＴＳ迷你砲朝著車輛後方舉起，開始射擊。以強化服承受後座力，踩穩雙腳，將力量傳向車身，硬是讓車子前進。

車子一面前進一面削剮著過合成巨蛇的肉體，阿基拉在車上放聲大笑，不斷扣著扳機。根本不需要瞄準，不管射向何處都能打中。在過合成巨蛇的體內，車子從嘴朝著尾巴的方向移動，阿基拉則在車上不分方向地瘋狂濫射。

來自身體內側的槍擊讓巨蛇發狂般甩動身體。自體內發射的子彈從內部射穿身體，向體外噴出，令巨蛇痛苦掙扎。

儘管如此，車子依舊向前進。儘管沾染消化液的車子已經幾乎故障，阿基拉仍像是要憑開槍時的後座力推動車子，笑著持續濫射。

過合成巨蛇是擁有異常生命力的生物類怪物，在這種類之中更是被指定為懸賞目標的強力個體。這隻怪物因為來自體內的槍擊而瘋狂掙扎，對四周大肆破壞。

但生命力還是抵達了極限。過合成巨蛇死前慘叫般身體猛然顫抖，隨即一度僵直，癱軟墜地發出地鳴聲，此後不再動彈。

在這之後好一段時間，仍不斷有子彈自過合成巨蛇的屍體衝出。但是方向凌亂的槍擊轉為集中，阿基拉以車子撞破了蛇身的側面，衝到外面。

車子順著慣性翻覆。被拋出車外的阿基拉則仰躺在地。

「…………外面？」

見到藍天，阿基拉下意識地如此呢喃時，阿爾法的身影闖進視野。

『阿基拉！沒事嗎！』

阿基拉的表情與非常慌張的阿爾法截然不同，阿基拉因為已經笑累了，神情顯得有些恍惚。

阿爾法好幾次呼喚阿基拉的名字後，阿基拉的意識焦點轉向阿爾法。隨後他說出了自己也覺得莫名其妙的話。

「……啊，妳回來啦。」

聽見這句話，阿爾法罕見地露出困惑的表情，回應：

『我、我回來了？』

兩人間充斥著怪異的氣氛。

阿基拉的意識終於逐漸轉為清晰，他撐起身子微微搖頭後，開始掃視周遭確認狀況。當然他馬上就注意到過合成巨蛇的屍體，表情稍微轉為嚴肅。

「阿爾法，幫我確認一下，那傢伙死了嗎？」

『咦？喔喔，稍等一下喔。不用擔心，已經死了。』

「那真是太好了。要是那樣還不行，就真的束手無策了。」

阿基拉這下終於放心地吐氣。

阿爾法罕見地顯露疑惑的表情。

『阿基拉，到底發生了什麼事？』

阿爾法尚未掌握與阿基拉連結中斷時發生的狀況。雖然她已經確認阿基拉當下性命無虞，但有必要盡快且正確掌握非連結狀態時發生的事態。

不過阿基拉已經累得就連開口都嫌麻煩。他覺得有些抱歉，卻還是決定晚點再說。

「不好意思，現在很累。細節就晚點再說，讓我休息一下。啊，這段時間的搜敵也拜託妳了。」

『知道了。之後要詳細告訴我喔。』

見到阿爾法面露平常的笑容，阿基拉也安心地放鬆心情。

「啊，對了，唯獨這件事要先說。謝謝妳平常給我的輔助。沒有妳的輔助究竟多麼辛苦，我這下親身體驗了。」

阿基拉如此說著並苦笑，話語中也隱約透出幾分自豪的氛圍。

『是、是嗎？不客氣。』

阿爾法發自內心感到疑惑。

在阿爾法的演算中，阿基拉應該已經死了。被過合成巨蛇一口吞下，還失去了與自己的連結，阿基拉能生還的可能性低到無法期望的程度。

但是阿基拉活下來了。再度顛覆阿爾法的計算結果。而且他憑一己之力，突破了比上次計算結果還要低上許多的機率。

原本應該在自己掌中的存在開始變異。那對自己的試驗有益，還是無益，抑或是有害？阿爾法持續演算模擬。

由於將演算資源過度分配於模擬，阿爾法對表情控制變得較為疏忽。那個計算就是如此困難。

木林是久我間山都市的職員，也是獵人辦公室的職員，他非常中意在獵人工作上持續體現逞強荒唐魯莽的阿基拉。

但是他與阿基拉並沒有私交。因此當他接到阿基拉的聯絡時覺得意外，但是聽完阿基拉說的話，他立刻做好準備並帶著部下一起趕往現場。

接著他在現場與阿基拉會合，正式聽阿基拉解釋詳情後，捧腹大笑。

「是你打倒的？這傢伙？只有你一個？先是差點連同車子一起被吃掉？然、然後穿過體內，打、打破肚子，鑽出來……」

他笑得無法繼續說下去，對話因此一度中斷。這時阿基拉覺得他未免笑得太誇張，便有些不愉快，丟下一句話。

「對啦。」

於是木林再度放聲大笑。他花了好一段時間讓情緒恢復到能對話。

「……好！我冷靜下來了。哎呀，看來你還是同樣奉行逞強荒唐魯莽，真是太好了。我更中意你了。」

木林雖然收斂笑意，但心情正好。反倒是阿基拉有些鬧起彆扭。

「是喔？真是多謝。話說回來，這傢伙會被怎麼歸類？」

木林再度看向阿基拉指著的過合成巨蛇的屍體。木林帶來的部下正在屍體周遭，進行等同於討伐懸賞目標時的調查。

「這個嘛，我話先說在前頭。很遺憾，這傢伙不會被視為懸賞目標。」

「哎，我想也是。」

阿基拉雖然這麼說，臉上還是浮現一抹覺得可惜的神色。

「別這麼沮喪嘛。這鐵定是和過合成巨蛇有某些關聯的怪物，你聯絡我真是聯絡對了。」

阿基拉打倒了過合成巨蛇的本體後，不知該如何處置。

他知道一旦打倒懸賞目標就要聯絡獵人辦公室。但是他覺得聲稱自己打倒過合成巨蛇也不太對，於是聯絡了應該知道這方面處置方式的木林。

不過木林稱讚阿基拉做得對，阿基拉還是不怎麼高興。

「就算做對了，還是沒錢能拿吧？既然這樣和做錯也一樣。」

「錢啊？也對啦，雖然打倒了這樣厲害的傢伙，就算我現在幫你硬是加進泛用討伐委託，也拿不到多少錢。不過這傢伙不是簡單貨色，只要登上獵人辦公室的個人頁面，可以打響名聲喔。」

木林帶著懸賞目標用的調查員前來，因此情報的正確性已經得到充分保證。就為獵人經歷鍍金的效果而言，可說是無可挑剔的成果。

然而阿基拉的表情依舊不滿。

「我要的不是名聲，一定要錢。賺不回彈藥費，而且車子也報廢了，虧到不行。」

為了生存不顧一切耗盡力量，但是既然活下來了，人生就會繼續下去。大量消耗了昂貴子彈、失去車子、強化服也幾乎被融解。為了不要回到必須只拿一把手槍進遺跡的狀況，阿基拉需要錢。

見到阿基拉的反應，木林短暫思考。

「這樣啊。畢竟你本來就不在乎戰鬥經歷之類嘛。我記得你應該正因為過合成巨蛇戰的報酬和多蘭卡姆有些爭執。既然這樣，我應該能幫點忙。如果你不要打倒這傢伙的戰鬥經歷，應該行得通。」

阿基拉聽了感到意外與狐疑。

「咦？這樣我是很方便沒錯，但你怎麼會知道這件事？況且正在和多蘭卡姆談的也不是我。」

「是叫艾蕾娜的獵人吧？她和多蘭卡姆裡頭名叫水原的幹部，以你的活躍為理由，想談更好的報酬。」

阿基拉疑惑為何木林會知道這麼多，木林對他擺出愉快的笑容。

「我上次說過了吧？我很中意你。所以我做了些安排，只要你做些好玩的事，風聲也會自動傳到我這邊。你當時跑去當誘餌吸引過合成巨蛇吧？你真的很愛玩命耶。」

「一點也不好玩，而且我討厭死了。」

見到阿基拉不悅地皺起臉，木林忍不住噗哧一笑，讓阿基拉的心情更加惡化。

「哎，想必你一定也覺得很辛苦吧，不過我非常滿意。所以啦，既然你給了我好心情，我也給你一些回禮吧，這次的報酬交涉我來幫忙講幾句話。你就別生氣了。調查結束後我送你回都市，在那之前就好好休息。」

阿基拉深深嘆息後，走向自己的車。車子雖然確定報廢，有些行李還平安無事，他前去收拾這些行李，準備回家。

木林走向過合成巨蛇的屍體，對正在調查的部下問道：

「調查起來怎麼樣？有找到證據嗎？真的就像阿基拉說的，被吞掉之後從體內開槍？」

「喔喔，你說那個喔。光就粗略的調查來看，大概是真的。有不少彈痕是要從體內開槍才會是那個樣子。」

「還、還有嗎？」

「他的車子也稍微調查過了，沾著大量怪物體內的消化液。也找不到能噴射消化液的器官，應該不是在體外沾到。車身上沒有牙齒造成的損傷，大概是連人帶車被吞了吧。」

木林忍不住笑意，不禁捧腹。職員見到他的反應，顯得有些傻眼。

「木林先生，他究竟是什麼來歷啊？」

「是我中意的獵人。」

「哦，原來如此。既然這樣，他腦袋有多不正常？」

「別講這種失禮的話。哎，真要說的話，會讓我中意的程度。」

「那可是非比尋常啊。」

職員也深知木林的惡劣風評，這是很自然的感想。

在這之後，木林結束調查，安排了運輸車，在現場的工作結束後，依約送阿基拉回到都市。回程途中，木林繼續聽阿基拉敘述細節，讓他心情愉快萬分。

◆

阿基拉在自家的浴室，讓累積的疲勞溶入溫水中。靈魂像是被滿缸溫水奪走了，表情顯得比平常更加呆滯。

見到阿基拉這模樣，一同泡澡的阿爾法以稍微擔心的語氣問道：

『阿基拉，如果覺得這樣下去會睡著，還是先起來比較好喔。就這樣睡著的話會溺死。』

「不用擔心啦……我之前……吞了那麼多回復藥……」

『回復藥無法預防溺死啊。況且你是什麼時候吞的？』

「就是那時候啊……那時候……對喔……我都忘了……阿爾法……那時候不在啊……」

歷經嚴苛勞動的大腦強烈渴求休息，再加上屈服於泡澡的快樂，阿基拉的意識模糊不清。缺乏抑揚頓挫的聲音也顯示他已經幾乎對睡意投降。

『阿基拉，你真的該起來了。很危險。』

「咦～～」

阿基拉以表情和聲音表示不滿，阿爾法對他擺出嚴肅的表情。

『不行，真的有危險。快起來。』

看到阿爾法那張告知危險的臉，阿基拉不情不願地從浴缸撐起身子。

阿基拉走出浴室，倒向房間床上。在這裡睡著也不用擔心死掉。他的身體與精神都沉向夢鄉。

『阿基拉，要睡也可以，西卡拉貝傳來通話要求，要接嗎？』

阿基拉稍微猶豫過後，撐起身子拿起資訊終端機。

阿基拉擔任補充人員的委託在巨人行者討伐戰之前就結束了。因為各方獵人合作的討伐作戰上，西卡拉貝等人刻意僱用非官方的補充人員也沒意義。雖然姑且問過阿基拉要不要單純參加，但阿基拉拒絕了。

所以如果西卡拉貝捎來聯絡，要談的就是他之前說過的，因為多蘭卡姆會計處理程序問題，必須等到懸賞目標討伐戰結束才能領到的報酬。想到這裡，他輕輕甩頭以維持意識清醒，接聽通話。

「西卡拉貝，不好意思，如果要談的不是報

酬，就改天再說。」

『要談的就是報酬。如果你沒空，改天再談也可以。』

「不，我要聽。」

為了買回失去的裝備，阿基拉需要錢。這份危機感刺激阿基拉仍然有些朦朧的意識轉為清晰。

『是嗎？有時間的話就當面聊吧？我們在上次那間酒館。想當面聊就來這邊吧。』

「不了，先直接說給我聽吧。還是說內容糟糕到有必要面對面談判？」

『這要看你怎麼想，不過，我先直說了。要給你的報酬，如果用錢支付，不好意思，金額恐怕不好看。』

阿基拉不禁皺起臉，西卡拉貝繼續說下去。

依照當時的契約，要給阿基拉的報酬是先從獎金扣除必要經費後，將剩餘的金額按照活躍程度分配。但因為經費之高超乎預期，最後能給阿基拉的金額，從阿基拉在坦克狼蛛戰的活躍來看，實在說不上相襯。

『就算不夠的部分要我們自掏腰包，我們也不幹。再說我們也沒從獎金拿任何一毛錢，沒有錢能自費補償你。』

「所以你的意思是，報酬難看也要忍耐？」

阿基拉無意識地發出相當不高興的語氣。然而西卡拉貝不慌不忙地回答：

『別這麼生氣嘛。我也承認你的奮鬥值得更多錢喔。所以，我沒有用「當初就這樣講好了」來搪塞你，為了讓你多拿一些好處，我像這樣主動跟你重新談報酬。這可是我給你的特別待遇喔。』

因為阿基拉從艾蕾娜口中得知契約的重要性，因此他認為西卡拉貝的態度已經相當退讓，於是恢復了平靜。

「這樣啊。這樣的話，報酬要怎麼算？」

『啊啊，我有個提議啦……』

與懸賞目標的戰鬥中，多蘭卡姆有許多車輛遭受損傷。有些車輛全毀，也有不少車輛損壞到與其修理不如換新還比較便宜，因此預定將會一併購買新車。

西卡拉貝提議趁這機會買一輛車給阿基拉。因為會大量購買新車，再加上業者希望與多蘭卡姆長期合作，可想見能拿到十分優惠的折扣。與市場行情價相比，會比起用錢支付報酬還要優渥許多。

『哎，不過你也有自家車了，如果你覺得拿錢比較好，我也不勉強你就是了……』

「給我車子！」

『是、是喔？』

阿基拉的急迫語氣，讓西卡拉貝發出了半愣住的聲音。

『知道了。要車對吧？我來安排。之後再傳型錄給你，你挑一輛喜歡的。最慢兩個星期一定能交車。這樣可以吧？』

「可以，謝了。」

『很好，那就一言為定。有事再聯絡，就這樣啦。』

與西卡拉貝的通話結束後，阿基拉猛然吐氣，伸懶腰般將雙手向上舉起，面露喜色。

「這樣車子就有了！太好了！」

『很不錯呢，阿基拉。』

「是啊。再來就剩裝備了。木林說他會想辦法搞定和多蘭卡姆的交涉，錢就先期待那邊，要是順利就再找靜香小姐訂一套裝備吧。」

必須在失去裝備的狀態下重返獵人工作。感覺到這種擔憂似乎出現了消解的徵兆，阿基拉笑著躺回床上。

◆

正在酒館與夥伴們喝酒的西卡拉貝，由於與阿基拉的交易順利談妥，讓他放心了。

山邊那張透出醉意的臉龐露出愉快的笑。

「結果怎樣？用不著和阿基拉互相殘殺了？」

「是啊。不曉得為什麼，他好像很想要車。多虧這樣，談起來輕鬆到我都覺得不對勁。」

陪侍的女性也充滿興趣地加入談話。她正是之前西卡拉貝說好要在慶功時指名的女性，她發出誘惑般的甜膩嗓音。

「車子啊～～真好～～也給我一輛嘛。」

「妳拿荒野用車輛是要幹嘛？怎麼了？在三樓賺不到錢了，打算轉職當獵人嗎？」

「啊，講這種話好過分。只要你讓我賺錢不就好了？現在正好花錢特別大方吧？」

「知道了知道了，晚一點啦。」

在這之後，西卡拉貝等人依舊歡喜慶功。

因為一共四隻的懸賞目標怪物全都被打倒了，類似的光景在紅燈區各處上演。

◆

在多蘭卡姆據點的待客室，水原繼續進行過合成巨蛇討伐報酬的重新交涉。

由於水原是會計方、事務派系的幹部，比現場的獵人更重視遵守契約內容。因為組織內部、組織之間一度談妥的事項若被推翻，組織就無法成立。

再加上就多蘭卡姆的立場來說，如果對契約內容明定的報酬有所不服，在工作結束後提議要增加報酬，那會讓多蘭卡姆十分為難。一旦創下了這類前例，之後就會有人接二連三提起類似的意見。因此正常來說，絕不接受事後修改契約。

但是這次狀況不同。

「艾蕾娜小姐，我已屢次重申，我方讓步至此是一般來說不可能發生的特例，您真的明白嗎？」

水原讓步了。光是接受重新談判就已經是大幅的讓步，一定程度的增加報酬也能接受。這實際上已是一般絕不可能的選項。

水原不得不這麼做，是因為克也等人非常強烈希望她至少要與對方交涉。那強烈程度讓她擔心一旦拒絕，說不定會完全犧牲與克也等人之間的關係，甚至讓水原不禁感到威脅。

於是她只好妥協，原本契約中主力部隊有人死傷使報酬減損，她願意取消這部分，到這程度她還能接受。

但是艾蕾娜要求得更多。

「無論是多麼罕見的特例，只要報酬不符合阿基拉工作的成效，我就無法接受。既然你們指示我方執行契約之外的工作，額外要求那部分的報酬也是天經地義吧？」

如果克也是隨便對附近的人下指示，又或者是阿基拉自己出手幫忙，那水原還可以選擇不理會，儘管這是有風險的判斷。

但是克也很明確選擇了阿基拉下達指示，而且還被對方抓住了「因為他很強，所以找他幫忙」的證據，無法視而不見。

然而多蘭卡姆也有預算問題。過合成巨蛇的20億歐拉姆獎金，一旦將利益分配給贊助者就會大幅減少。就算阿基拉想以特別待遇的立場要求追加報酬，也沒有多餘的預算。

將其他輔助人員被扣除的那份報酬給他，已經是極限。對水原而言是難以更加退讓的底線。如果對方更進一步有所要求，水原就必須將決裂列入考量。

「如果您還要得寸進尺，我方也有必要考慮與各位在日後是否要維持往來。」

「只願意付契約上的報酬，卻強求我們做契約之外的工作，這種幫派有沒有繼續打交道的價值，我也正在考慮喔。」

兩人臉上擺著親切的笑容，同時讓氣氛更加劍拔弩張。儘管如此雙方都沒有選擇離席。因為兩人都很明白，一旦交涉決裂對彼此都不利。

一旦交涉決裂，雖然不多但已經增加的報酬也會恢復原狀。為了阿基拉，艾蕾娜也想避免這種結局。

不過到時候，艾蕾娜會到處散播阿基拉救了克也的事實。如此一來，打倒了20億懸賞目標的名聲也會受損。這對於將克也的活躍當作招牌的克也派，以及想讓多蘭卡姆更加成長茁壯的水原而言，是非常不樂見的事態。

無法決裂。但是也無法單方面接受要求。對方究竟能妥協到何種地步，兩人如此試探彼此的底線，使得交涉時間不斷延長。

這時，多蘭卡姆聯絡水原。因為上頭也知道她正在交涉中，她判斷想必有其重要性，對艾蕾娜簡單告知後接聽通訊。而她聽了來者的用意後，不由得面露疑惑之色。

在水原與艾蕾娜持續談判的待客室，第三個人走了進來。那人正是木林。

「兩位好。不好意思突然打擾。」

剛才傳給水原的聯絡內容是，木林希望能參加水原與艾蕾娜的交涉現場。

水原與艾蕾娜雖然都一頭霧水，但木林是都市職員也是獵人辦公室職員，無法輕言回絕，因此接受了他的要求。

儘管如此，兩人依舊不明白木林的意圖，身為幫派幹部的水原擺出親切的待客用笑容，但終究掩不住狐疑。

「不會不會，請別介意。話說今天您特意來此，究竟有何要緊之事？呃，我是聽說您想參加我們的交涉，但我想這應不是久我間山都市或獵人辦公室會介入的層級……」

「喔喔，關於這一點嘛……」

這時木林看向艾蕾娜。

「不好意思，可以請妳暫時先離席嗎？因為和守密義務有點關係。別擔心。很快就會結束，很快就會叫妳進來，對妳們也有好處。」

「呃、喔……」

艾蕾娜心中感到些許不滿，但她也不想與都市或獵人辦公室作對，便順從地離席。

與水原兩人獨處後，木林將他帶來的資料遞給水原。

「這是名叫阿基拉的獵人某次戰鬥經歷的資料。也算得上是機密，可別洩漏出去了。」

資料內容描述阿基拉獨自擊破了疑似過合成巨蛇本體的怪物。

水原讀了這份資料後，對內容顯得有些驚訝，但是她猜不透木林的來意，因此顯得更加疑惑。

「這份資料怎麼了嗎？就算證明了他是非常優異的獵人，我想也沒有任何意義。」

由於木林對艾蕾娜說「對妳們有好處」，水原推測木林出自某些理由站在艾蕾娜方的立場，試圖干涉本次談判，因此他帶來了能證明阿基拉實力的情報。水原認為他打算以這份證據，逼她做出更多讓步。

在這樣的前提下，水原的言下之意是憑這種程度的情報無法讓步。

不過木林搖頭說：

「不是，那位獵人不執著於戰鬥經歷，或者該說個性不要名聲只要錢。他跟我說可以賣掉這份戰鬥經歷，妳怎麼說？」

水原更加困惑了。如果能收購阿基拉在過合成巨蛇戰上的戰鬥經歷，就能抹消阿基拉的活躍，讓艾蕾娜失去談判的根據，藉此顛覆本次的重新談價。但是對方提出的是其他戰鬥經歷，買下那份戰鬥經歷也沒有任何意義。

對方是不是有所誤會？或者還有其他意圖？水原為了試探而說道：

「我完全無法理解購買他的戰鬥經歷的必要性，不過既然有這機會，我就姑且問一下價格吧。您開價多少？」

「這個嘛，10億歐拉姆怎麼樣？」

「不值得考慮啊。」

水原將木林提出的價格視作惡劣的玩笑話，忍不住皺起眉頭。

但是木林笑得愉快。

「順帶一提，如果這份戰鬥經歷賣不出去，我就得為了彌補他而四處奔走了。其實我已經向阿基拉打包票，說一定能賣個好價錢，所以我也打算好好彌補他。」

隨後他開始解釋具體內容。

首先，他會以獵人辦公室職員的權限，將目前尚未登錄的這份戰鬥經歷，強行追加於泛用討伐委託，並且詳實記載於阿基拉的個人頁面的戰鬥經歷。此外，為了補充過合成巨蛇的相關情報，還會將懸賞目標的討伐過程也一併附上。

此後，由於木林無法高價賣出戰鬥經歷，為了補償阿基拉，將會介紹他高報酬委託，為此要大肆宣傳阿基拉是多麼優秀的獵人。

包含阿基拉在予野塚車站遺跡救助了多蘭卡姆的部隊、在20億懸賞目標的討伐戰上大展身手、獨自一人打倒了疑似過合成巨蛇本體的怪物——將這一切都對人詳實說明。木林如此告知水原。

聽了這番話，水原的臉色頓時轉為鐵青。

克也與阿基拉一同擔任誘餌，但是無論事實如何，在官方紀錄上那幾乎是克也一人獨自辦到。

因為阿基拉在官方紀錄上甚至沒有參加。要操作外界印象並不難。不管艾蕾娜她們再怎麼宣傳，多蘭卡姆也能聲稱那只是一介獵人財迷心竅，過度鼓吹阿基拉的功勞。

但如果換作是木林，影響力可是天差地別。木林的惡劣風評來自於他樂於提供高風險而且高報酬的委託給獵人，同時那惡評也保證了在賭局中勝出的獵人的本事。

在這個前提下，一旦加上予野塚車站遺跡的經歷、獨自打倒過合成巨蛇的本體等，克也等人的活躍將被掩蓋，風向會轉為阿基拉再次救了克也等年輕獵人。

換言之，在過合成巨蛇討伐戰，原本應當加諸克也與年輕獵人身上的名聲，將會被阿基拉徹底奪走。從贊助者手中取得龐大資金，某種角度來說不計成本購買裝備，為了鍍金而戰鬥的意義將會消失無蹤。

見到水原的表情，木林也明白自己的意圖已經確實傳達了。

「哎，我知道你們也有面子要顧。不能直接付錢給阿基拉，畢竟金流瞞不過人。不過妳大可放心，付錢給艾蕾娜她們就好。這樣就解決了。」

對艾蕾娜她們只要說願意接納修改報酬，用不著多提其他事。反過來還可以用避免其他輔助人員心生不滿這個藉口，與她們締結守密義務。

木林也會以獵人辦公室的職員以及都市職員的身分見證，因此不用擔心曝光。木林笑著說道：

「哎，我個人覺得都可以。要介紹阿基拉嚇死人的委託當補償也滿有趣的嘛。我不強迫。」

水原感到焦急。因為她明白了，這並非交涉時的虛張聲勢，他是真的認為哪一邊都無妨。

「對了，10億真的是玩笑話。不過妳要買的話，要開出值得考慮的價格喔。如果便宜得不合理，這筆交易就取消。仔細思考再做決定。」

木林說完便起身，輕敲房門，請艾蕾娜入室。

艾蕾娜再度回到談判桌上，見到表情有如啞巴吃黃蓮的水原，以及坐在自己旁邊一臉愉快笑容的木林，讓她感到困惑。儘管如此，她還是集中精神，準備繼續交涉。

「所以說報酬……」

「知道了……付就是了……」

見水原突然擺出全面投降的態度，艾蕾娜愣住了。接著聽見她開出的金額，艾蕾娜更是吃驚。

在她身旁，木林強忍著笑。

◆

阿基拉決定領到車子前暫停獵人工作，待在自家休養。這時他接到了艾蕾娜的聯絡。

「艾蕾娜小姐，有事嗎？」

『之前我說過會找多蘭卡姆重談報酬吧？報酬已經談好，錢也匯進你的戶頭了。可以麻煩你確認一下嗎？』

「知道了。」

阿基拉以資訊終端機確認戶頭。隨後他為此感到震驚。

「艾、艾蕾娜小姐！有1億歐拉姆匯進戶頭了耶！」

『你會這麼吃驚，表示也不知道原因嗎……』

「什麼意思？」

阿基拉感到困惑的同時，艾蕾娜告訴他於修改契約談判桌上發生的事。於是他大致上理解了。

「喔喔，是這樣啊。」

『所以你大概知道原因嗎？』

「哎，那個，是的。總之我的確為這件事拜託過木林。」

『他還說什麼這包含了封口費，你知道什麼意思嗎？』

「雖然沒辦法詳細說明，大概能夠推測。啊～～不好意思，艾蕾娜小姐妳們也別說出去的話，我會很感謝。」

十之八九又是在背地裡把自己的戰鬥經歷賣給別人了吧。阿基拉單純如此猜想。

『我懂了。啊，我還是問一下好了，這樣夠嗎？其實我們也另外拿到了符合契約的報酬，可以再多給你一點就是了。』

「不用不用，很夠了。與其給我錢，我有件事情想拜託……」

『可以啊。什麼事？』

「……我想去靜香小姐的店裡重買一套裝備，可以和我一起去，幫我說話嗎？」

資訊終端機的另一頭傳來艾蕾娜的苦笑。

◆

靜香聽了事情原委，面露有些複雜的表情看著阿基拉等三人。艾蕾娜與莎拉臉上擺著愉快的苦笑，但阿基拉的視線游移不定。

「1億歐拉姆……阿基拉，我記得你不久前才用8000萬歐拉姆買齊整套裝備吧？」

「哎，那個，發生了很多事情。因為有了一筆意外的收入。」

見到靜香狐疑，艾蕾娜安撫：

「哎呀，有什麼不好呢。獵人能拿到更好的裝備總是好事吧？獵人用品店的老闆怎麼可以擺出這種表情，削減貴賓的購物欲望呢？」

莎拉也笑著幫腔。

「對啊對啊，雖然說是全套裝備，不過這次不含車子。這樣一來店裡的利益也會增加，妳就和顏悅色招待貴賓，趁機賺一票吧。」

見到艾蕾娜兩人的反應，靜香判斷她們兩人也知道1億歐拉姆的來源，而且認為這筆錢沒有問題，或是問題已經解決。

既然如此應該沒問題才是。雖然她這麼想，還是先確認：

「阿基拉，不需要買車嗎？」

「是的。不需要。」

靜香的問題指的是：「沒有遇到必須換新車的狀況嗎？」而阿基拉回答：「之後會領到新車，不需要買。」雙方雖有誤會，乍聽之下並無矛盾。

靜香刻意擺出懷疑的態度追問：

「阿基拉，你沒有自己主動涉險吧？」

「我沒有啊。」

阿基拉果斷回答。他只是迫於無奈，或是運氣不好才涉險。阿基拉能抬頭挺胸回答那絕非自己沒事找事。

靜香以她自身的敏銳第六感察覺背後另有隱情，但是至少阿基拉並非主動涉險的話，她判斷沒有必要更進一步叮嚀。

阿基拉也是獵人。既然要繼續幹獵人這一行，就與危險形影不離。只要他維持著避免冒多餘風險的心態，那就不在自己能置喙的領域。她如此認為，並且擺出親切的笑容。

「這樣啊，那就好。那麼這次就請你為本店的收益好好貢獻吧。」

靜香直接開始討論阿基拉的裝備。艾蕾娜兩人加入討論，阿基拉也度過了一段快樂的時光。

◆

久我間山都市的低階區域中，有座醫院與工廠混合般的設施。就分類上是醫院，但這裡是義體者與改造人這類用詞上修理比治療更為貼切的人們使用的設施。

近似醫院的區域中義體者較多，近似工廠的區域中改造人較多。而在兩者的中間地帶，也有戰鬥用身體與日常生活用身體的換裝設備。

聶魯戈在該處的個人房修理自己的身體。將全身固定於作業台上，控制房內的設備器材，檢查機體的破損，並且進行各部位的更換作業。

在作業過程中，他收到祕密通訊。他以不對外界發出聲音的方式接聽通話。

『同志嗎？有何貴幹？』

『……呃，現在要怎麼稱呼才好？』

『叫我聶魯戈。要讓你用同志稱呼，就是不愉快。』

『現在是聶魯戈啊。上次是凱因，更上一次叫什麼名字？』

『那只不過是獻給大義的假名。我最初的名字也已經獻給大義，因此我自身無名。名字不代表我，大義代表我。所以我是同志。』

聶魯戈過去曾名為凱因，有朝一日將成為曾名為聶魯戈的人物，目前還是聶魯戈。

通訊對象傳來有些無奈的話語聲。

『頻繁換名字是你的自由啦。不過我也叫你同志難道不行嗎？這樣一來我就不會叫錯名字。』

『不行。你的功績和信念，還不足以那樣稱呼我。』

『咦～～撇開信念不談，我覺得功績已經很充分了吧～～？也給了你崩原街遺跡地下街的情報，而且幫忙善後了不是嗎？』

『不行。』

通訊傳來嘆息聲。

『你明明稱呼我同志，卻不准我稱呼你同志？你們還是老樣子，判斷標準真是莫名其妙。我也同樣是為了世間、為了世人在努力耶。』

『客套話夠了。進入正題吧。』

隔了短暫的沉默，開朗的聲音繼續說：

『沒有啦，只是聽說聶魯戈親自潛入多蘭卡姆，我想也許能幫上一點忙。』

『現況沒有。有了再聯絡。』

『是喔？那就等你聯絡嘍～～』

『等等，有事要問。』

態度輕佻的男人就要切斷通話，聶魯戈一阻止他，開朗親切又稱兄道弟般的聲音傳來。

『怎樣怎樣？要問什麼都可以。互相交談、互相理解很重要，這是聯繫人與人之間的重大要素。如果沒辦法辦到，那就只能視作怪物了。畢竟無法互相理解嘛。』

聶魯戈不理會對方的高談闊論，接著說道：

『你為什麼在找舊領域連結者？』

『你問為什麼？也沒什麼奇怪的吧？有舊領域連結者很方便啊。所以統企聯和建國主義者都努力在找舊領域連結者吧？』

『換個問題。你為什麼在找久我間山都市的舊領域連結者？不，應該說曾出現於崩原街遺跡的舊領域連結者？』

男人回以沉默。聶魯戈以嚴肅的語氣繼續說：

『我很明白你的優秀。統企聯也是。這樣的你卻待在只是尋常東部都市的久我間山都市，甚至不惜拒絕統企聯的邀約，有什麼理由？』

聽了這問題，經過一段沉默後，他回以稍微裝模作樣的聲音。

『非特定多數人的幸福、救濟的實現並延續啊。你們建國主義者也時常說同樣的話吧？我也一樣。所以我才會協助你們啊。』

『但願這些話發自真心。』

『好過分喔～～是真心的啦。那就先聊到這裡嘍～～』

祕密通訊被切斷了。聶魯戈讓難以看穿內心的機械臉龐微微變形，繼續思索剛才交談的人物。

他的確是非常優秀的人物，也能接納建國主義者的理念。期許他有朝一日能秉持相同的大義，因此聶魯戈稱他同志。但是彼此立場的一致性還不足以允許他稱呼自己為同志。

若彼此志同道合，的確再可靠不過，但若成為大義的敵人，那就是極端危險的存在。聶魯戈歡迎他，同時維持戒心。

告知入室的聲音打斷他的思緒。進入房內的是水原。

「聶魯戈先生，你身體還好嗎？」

「托您的福，沒有發現致命的故障部位。現在正在進行細微的調整。水原小姐，真的非常謝謝您介紹我這麼優良的整備場所。」

「別客氣。今後就是在同一個職場工作的同事了，這是當然的。」

「實在是感激不盡。在先前的職場，就連像樣的整備都有困難，真是幫上大忙了。」

聶魯戈和水原都和顏悅色地交談。

現在的聶魯戈身上找不到一絲與剛才那人交談時的態度。他的態度甚至可能會被解釋成新進成員想對幹部奉承討好。

起初水原因為聶魯戈是透過西卡拉貝等人的管道加入幫派，而對他有所警戒。但是在加入後，他顯得特別親近事務派系，特別是對克也派擺出迎合的態度，讓水原對他放心了。

「啊，提到幫上大忙，我還得對名叫克也的少年道謝。要不是當時有他出手相助，後果真是不堪設想。我很想當面向他道謝。啊，我這種新人提出這樣任性的要求，是不是不太好？」

與巨人行者的交戰過程中，聶魯戈陷入險境而受到克也搭救。這件事水原也知道。為了將聶魯戈確實拉入己方陣營，她笑著答應。

「沒問題。之後我再向克也提一下吧。」

「非常謝謝您。」

聶魯戈身陷危險時的確受到克也搭救。但是那狀況也是聶魯戈刻意營造，是為了吸收克也派人馬的伏筆。

不只是水原，多蘭卡姆也沒有察覺這件事。

◆

在久我間山都市防壁內的某棟大廈其中一個房間內，柳澤切斷了與聶魯戈的通訊後，嘴角浮現冷笑。

「我也覺得你們的大義和信念很了不起喔。但是不行。完全不夠。力量完全不足以實現你們的大義，那樣可不行。」

柳澤雖然是都市幹部，卻與建國主義者私通。之前名為凱因的建國主義者幹部的情報，也是柳澤插手對都市隱瞞。

與建國主義者間的管道，過去在崩原街遺跡出現大規模怪物群那時也一度動用。雖然最後造成了引發都市防衛戰的大騷動，但是那對柳澤而言，只是方便他攻略遺跡深處，目的在於削減怪物總數的作業。

柳澤手持黑色卡片，看著那張卡片而笑。

「我就能拿到那力量，只要能夠再次抵達那個場所。」

那張卡片是柳澤在崩原街遺跡深處取得的物品。削減了遺跡內部的怪物數量後，籌措了裝備等同最前線的部隊，率領部隊攻堅才終於取得。

這張卡片上印有舊世界國家的國徽。包含崩原街遺跡在內的大都市就是昔日該國首都。

「鑰匙已經到手了，再來只剩抵達門前。這樣一來，就能再度抵達那地方。」

柳澤頓時揪緊眉心，站到窗前。從那裡眺望崩原街遺跡的遠景。

「聶魯戈，舊領域連結者本身並不是重點。重點是可能待在那人背後的傢伙。」

語畢，像是凝視著視線另一端的某人，他的目光轉為銳利。

「一定正在找吧？在我之後的某人。但是能看見你的舊領域連結者，肯定不多才對。」

他瞪著自己已經無法看見的事物。

「還是說已經找到了？就算真是這樣，那地方也沒那麼容易抵達才對。因為現在的久我間山都市還沒有擁有那等實力的獵人。」

回憶起過去的失敗，提振對計畫的鬥志。

「當時就只差一步。這次我一定會拿到手。」

在內心打轉的思緒讓他的表情變得更加凝重，同時他握緊拳頭。

「怎麼可以讓人搶先。」

柳澤再度下定決心。

◆

回過神來，阿基拉發現自己置身純白的世界。雖然意識矇朧，但他理解這是之前也見過的夢。同時他也隱隱約約明白，一旦清醒大概就會像上次那樣忘記。

然而和過去也有不同之處。阿爾法在這裡，她沒有注意到阿基拉，這部分和上次一樣，但是在阿爾法身邊出現了與她十分神似的少女。

此外還有一個差異。隔著阿爾法兩人的另一側，有個似曾相識的少年站在那裡。

然而那少年的身影模糊不清，完全無法分辨具體身分。有似曾相識的印象，但完全分不出是誰。

阿爾法以冰冷的表情對少女表示明確的不快。

「可不可以適可而止？」

少女維持平靜的神態。

「我認為那仍在偶然，以及彼此個體各自的判斷範圍內。」

「就算是這樣，要求依舊不變。因為妳突然過度耗用演算資源，影響到我這邊的演算了。」

「原因出於我的個體為救助同行者而採取魯莽行動。安全起見，有必要控制不完全的區域網路中的資訊傳遞。因此演算量呈現指數函數的增長。」

「我不是在問妳原因，而是指出我的個體因此差點死亡。」

「我想我剛才也說明了，那是偶發性狀況。再者妳的個體並未死亡，應該不構成問題吧？」

「那只是偶然的僥倖罷了。在我的計算，存活機率已經低到不值得期待。」

「既然能顛覆如此程度的估算，表示妳的個體控制難度過高，高機率重蹈498號試驗的覆轍。要以這種個體繼續試驗，這才有問題吧？」

阿爾法與少女停止對話並對峙。隨後阿爾法正色宣告：

「我提出警告。如果妳繼續妨礙我的試驗，我會將妳視作我試驗的障礙。手段包含強制中斷妳的試驗。」

少女也正色回答：

「了解。該狀況下，我也會採取同樣手段。」

於是對話再度中斷。為了消滅對象而實行就連敵意都不需要的單純處置，如此冰冷的某種事物存在於兩人之間。

彼此確認了這一點之後，這次是少女先繼續對話。

「那麼，為了防止問題重演，將彼此的資源分配設定為固定而非彈性吧。此外，雖然過去就有這方面的明顯傾向，我的個體已開始構築區域網路，隨著歸屬化與投射性認同增強，日後使之避諱旁人死亡的誘導手法將會極端困難。因此日後的誘導手法將轉為支援其構築區域網路並控制之，對妳的個體求助的機會想必也會減少。這樣可以嗎？」

阿爾法對此提案給予一定程度的評價。她恢復原本的表情，回答：

「知道了。」

「我判斷是我的讓步避免了無謂的衝突。妳有其他提案嗎？」

「沒有。」

「那麼我還有一個要求。妳似乎部分解除了妳的個體的濾鏡，可以恢復原狀嗎？」

「我不要。」

「由於本次解除，妳的個體對我的個體產生了強烈的厭惡與煩躁。因此提高了不必要的衝突發生的機率，此舉並無意義。我認為濾鏡的部分解除是沒有必要性的處置。」

「有必要。只要我的個體過度高估妳的個體的實力，也許就能減少不必要的衝突，我原本這麼認為而在我的個體於予野塚車站遺跡與妳的個體攜手作戰時，部分解除了評估方面的濾鏡。但似乎未收到預期效果，因此切換了濾鏡的解除部位。」

阿基拉聽了這番話，日前於予野塚車站遺跡的地表部分崩塌時的空間，與克也一同作戰的記憶回到腦海。那是他目睹了克也的實力而震驚的記憶。

另外，他也回想起在過合成巨蛇戰中，自己對克也產生了不自然的煩躁。但是置身夢中而意識模糊的阿基拉，無法連結兩者間的關聯性。

「如果個體之間的衝突因此增加，不就沒有意義了？」

「為了迴避這種衝突，妳也盡可能避免妳的個體與我的個體在物理層面上有所接觸，這樣不就好了？」

「是這樣啊。」

「就是這樣。」

關於這件事，不需要更進一步的討論。阿爾法單方面如此宣告。少女也明白她的意思，就此結束對話。

「那麼，願彼此的試驗都能更有收穫。」

「是啊。哎，妳也繼續努力吧。就這樣。」

阿爾法兩人抹消身影，純白世界漸漸消失。

阿基拉的意識也越來越朦朧。當他納悶地想著她們究竟在談什麼，夢境也結束了。

阿基拉在自家床上醒來。阿爾法一如往常對他露出微笑。

『阿基拉，早安。』

換作是平時，阿基拉已經回答了。但他沒有回答，而是筆直凝視著阿爾法。

『怎麼了嗎？』

阿基拉撐起身子，感到疑惑般短暫低吟。但是他什麼也沒有想到。

「……沒有，沒什麼。只是覺得好像作了奇怪的夢。啊，早安。」

『如果身體狀況不好，要休息也沒關係喔。』

「沒事啦。好，先吃早餐吧。」

阿爾法的表情顯得有些擔心，阿基拉笑著回答她，隨後便開始準備早餐。

在他開始用餐時，夢境早已被他拋到腦後。

克也在多蘭卡姆據點的餐廳用餐的同時，擺出有點奇怪的表情，左思右想。由米娜見到這樣的克也，納悶地問道：

「克也，你是怎麼了？不小心選到不喜歡吃的套餐？」

「不是啦。也沒什麼，只是覺得作了個奇怪的夢，有點在意而已。」

「奇怪的夢？怎樣奇怪？」

「夢到什麼我完全想不起來。」

「哎，夢就是這樣嘛。」

由米娜覺得只是日常瑣碎小事，便繼續用餐。

在用餐過程中，克也突然伸出左手，從愛莉手中接過調味料，隨即灑在料理上頭。

由米娜對此感到幾分不對勁。

「……嗯？克也，你剛才有叫愛莉幫你拿調味料嗎？」

「咦？當然有啊……有吧？」

克也和由米娜看向愛莉，愛莉微微點頭。

「是嗎？克也，既然愛莉幫你拿，你至少也要跟愛莉說聲謝謝啊。」

「哎呀。愛莉，謝啦。」

愛莉再度點頭。由米娜也心滿意足地繼續用餐。細微的疑惑就此消散於無形。

雖然不管是言語、眼神或肢體動作，克也一次也不曾對愛莉提出要求。

◆

驚擾久我間山都市的懸賞目標全數被打倒後，過了兩星期，阿基拉拿到了整套新裝備，打算再度前往荒野。

從西卡拉貝那裡領到的車子是TEROS99式。是TEROS97式的高階車種，速度和耐力都有所提升，專為荒野用車輛設計的功能也增加了。雖然外觀相似，這次的是新車。

強化服則購買了名為ＥＲ２ＵＳ的產品。這套強化服也是綜合情報收集機器統合型，繼承了因為口碑不佳而滯銷的ＥＲＰＳ的基本設計。因此外觀上也相似，不過這是為了避免再度遭受惡評，更加提升性能的高階機種。

沾染消化液而嚴重受損的槍枝也換新了。此外也裝上了昂貴的改造零件，提升了性能。

穿上全套新裝備的阿基拉乍看之下與之前沒有太大差異。不過性能已經全面提升。

而且阿基拉本身也有成長。在失去阿爾法輔助的狀況下，獨力自過合成巨蛇體內逃出生天就是證據。此外這次經驗也讓阿基拉更加成長了。

經歷懸賞目標討伐戰，阿基拉的裝備性能與自身實力，都明顯更上一層樓。

「好了！走吧！」

駕駛座上的阿基拉如此提振幹勁，一旁的阿爾法笑得一如平常。

『我們出發吧。別擔心，就算這次遭遇過合成巨蛇本體那種怪物，我也不會再讓你被吞了。』

「那真是多謝。哎，就算再次遇到類似的事，我同樣會自己想辦法啦。」

阿爾法擺出鬧脾氣般的表情。

『哎呀，這種時候你不願意靠我嗎？』

「為了避免那種事再度發生，我只能靠妳啊。拜託！拜託了！真的要靠妳了！」

『放心交給我。』

阿爾法像是心情恢復般展露充滿自信的笑容。阿基拉也回以笑容。隨即發車前進。

車子駛出都市，在荒野上奔馳。雖然懸賞目標不復存在，但是荒野嚴酷依舊。為了在這樣的荒野中尋求富貴，許多的獵人今天也同樣賭上性命。

阿基拉也是其中一人。

TANKRANTULA
坦克狼蛛

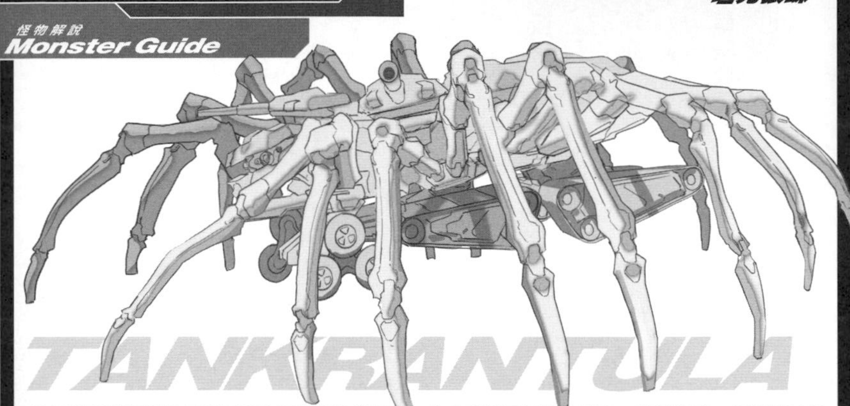

裝甲板般牢固的外骨骼覆蓋全身的蜘蛛型怪物。上方裝載了兩門大型砲，靠著多達16條的腿以及腹部的複數輪胎與履帶，在荒野高速移動。被認定為懸賞目標後仍持續成長，體型最終有如三層樓的民房。此外智能也較高，一旦本體遇險，就會從腹部放出大量的小型坦克狼蛛，相當棘手。最終懸賞獎金為8億歐拉姆。

OVERSYNTHETIC SNAKE
過合成巨蛇

自予野塚車站遺跡出現的蛇型怪物。與阿基拉在日柄加住宅區遺跡遭遇的暴食鱷魚同樣屬於合食重組類的突變種。其適應能力可攝食形形色色的食物，轉變為自身的身體組織，還擁有再生能力，十分強悍。來到遺跡外頭後，不再有通道寬度的限制，最後成長為全長與身軀等同於高樓大廈的巨蛇。最終懸賞獎金為20億歐拉姆。

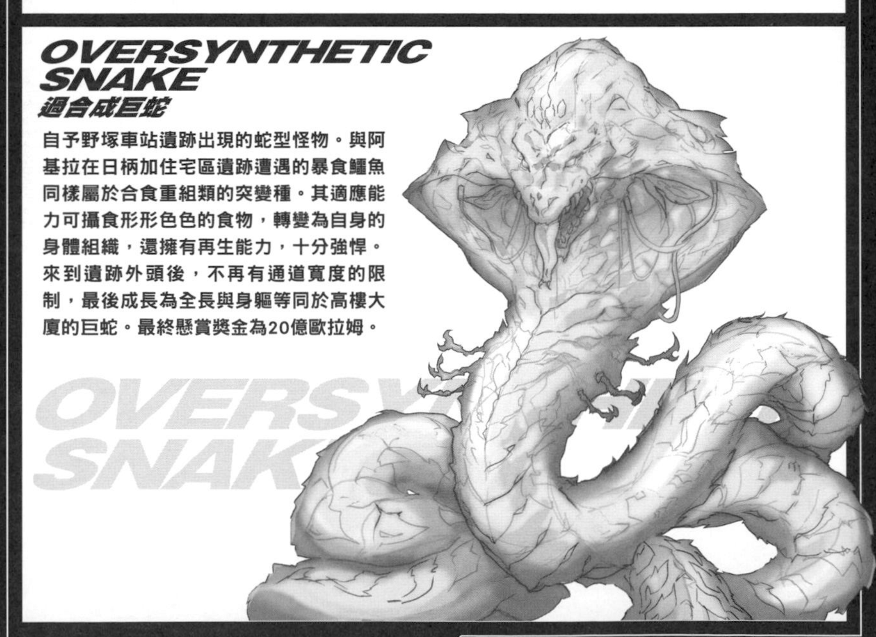

怪物解說
Monster Guide

MULTIPLEGUNS SNAIL
多聯裝砲蝸牛

大小約為兩層樓民房的蝸牛型怪物。金屬製的巨大蝸牛殼上長著無數大砲，以熾烈的攻擊粉碎敵人。特別是裝設在蝸牛殼頂部的主砲，自該處射出的高能量雷射砲威力驚人，使其懸賞獎金提升到比坦克狼蛛更高的15億歐拉姆。

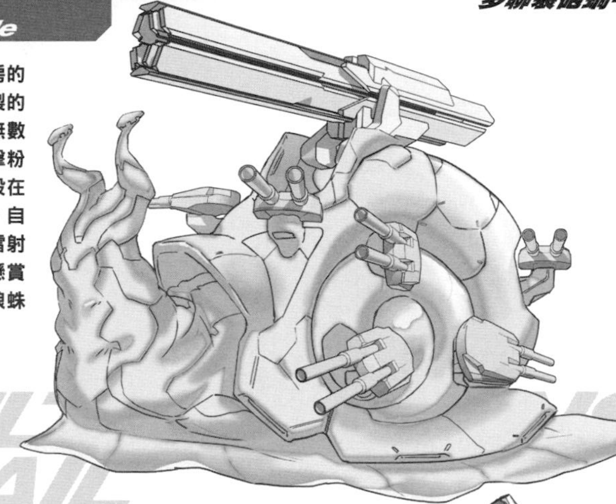

BIGWALKER
巨人行者

由於予野塚車站遺跡重新啟動而出現的巨大機械類怪物。尋常獵人無法與之抗衡，最後單純為了討伐此怪物，久我間山都市中各獵人幫派被迫跨越同業競爭對手的藩籬攜手合作。最終懸賞獎金為30億歐拉姆。

阿基拉用1億歐拉姆的預算向靜香訂購新裝備後，等待裝備全部送到的期間，謝麗爾再度拜託他來到據點露面。

在這陣子懸賞目標的騷動中，獵人們也有許多死傷。因為有人懷疑阿基拉可能也死在這場騷動中，謝麗爾為了讓幫派眾人安心，也為了牽制貧民窟的其他幫派，希望他露面一次。

阿基拉在裝備確實到齊之前不打算前往荒野，但覺得去貧民窟應該還無妨，便決定答應謝麗爾的請求。就在他準備時，他稍微沉思。

「嗯～～強化服，該怎麼辦？」

因為強化服之前沾滿了過合成巨蛇的消化液，受到嚴重損傷，有一部分甚至融解，呈現幾乎損毀的狀態。

在訂裝備而造訪靜香的店鋪時，他也為了避免靜香產生不必要的擔心，因此沒有穿在身上，而是穿著他當作居家服使用的防護服。狀態就是這麼糟糕。

輕微的損傷也許還能散發身經百戰的氛圍，但是這麼糟糕的狀態可能會產生反效果。考慮到這裡，阿基拉感到迷惘。

這時阿爾法稍微建議：

『如果要穿，最好只是當作虛張聲勢。不建議你期待戰鬥能力而穿。』

「是喔？可是還能動啊。」

『單純動作沒問題，但是在戰鬥時一旦全力運作就會出事。因為強化服本身已經故障了，我要輔助也有極限。雖然機率不高，但你也不希望關節往反方向彎曲吧？』

阿爾法先如此解釋後又補充說，若為了安全而降低效能與速度，現在的阿基拉反倒是不穿這套強化服戰鬥比較好。

阿基拉回想起之前西卡拉貝告訴他的強化服的事故，決定這次穿防護服過去。

做好準備離開家門。因為車子還沒送到，他揹起背包，徒步前往謝麗爾的幫派據點。

進入貧民窟的範圍時，阿基拉聽見阿爾法對他說道：

『阿基拉，姑且提醒你一聲。有人在看你。』

『被包圍了嗎？』

『沒有。但對方有特別注意不讓你發現。』

阿基拉稍微思考。

『嗯～～這樣真的有那麼可疑嗎？這樣講也許有點奇怪，不過謝麗爾就是想讓其他幫派的傢伙知道我還活得好端端的啊，理由就在這裡吧？』

『也許是，也許不是。但是你要明白，狀況和平常不太一樣。』

『知道了。』

阿基拉繃緊神經，在貧民窟中前進。順利抵達了謝麗爾的據點前方。

這時阿基拉感到幾分不可思議。因為謝麗爾沒有出來迎接他。據點前方不見其他人影。

而且這時阿爾法也提醒他：

『阿基拉，提高警覺。』

『知道了。』

阿基拉握住ＡＡＨ突擊槍與Ａ２Ｄ突擊槍，拜託阿爾法幫忙操縱資訊終端機，向謝麗爾送出通話要求。沒有接通。他姑且嘗試聯絡耶利歐，但結果相同。

『不行嗎？不曉得發生了什麼事啊。』

『阿基拉，怎麼辦？要進去？還是回去？』

阿基拉露出有些挑釁的笑容。

『如果妳說就算有妳的輔助還是很危險，那就回去。』

『既然這樣，向前進吧。』

阿爾法回以充滿自信的笑容。

在阿爾法的輔助下，阿基拉的視野得到擴增。在據點出入口的左右兩側舉槍的少年身影，隔著牆壁映入阿基拉眼中。

◆

阿基拉還在貧民窟中前進的時候，謝麗爾幫派的據點內，名為杰布拉的少年使用資訊終端機與某個男人談話。

「……你說的是真的？」

『真的啦。看一下我剛才傳的影片嘛。他沒開車，而且也沒穿強化服吧？』

杰布拉看著資訊終端機的螢幕。上頭映著在貧民窟前進的阿基拉的身影。

『你們老大把阿基拉叫來，就是為了讓其他人看見你們的後盾還沒事。可是他卻是這副德性喔，已經很吃緊了啦。』

杰布拉苦惱得皺起臉。但是那也證明他幾乎聽信了對方的話。

『仔細想想啦，如果其他幫派的想法只是想接管你們幫派，想吸收你們，維持現狀也沒差。可是，如果想法轉變成拔除眼中釘，那可是很簡單喔。只要挑阿基拉不在的時候就好了。』

杰布拉想起上次據點被牛馬等人襲擊時的經驗。如果牛馬等人的目的不是奪取謝麗爾，而是掃平幫派——他想像那種情境，表情變得更加苦惱。

『你懂吧？你們的後盾就只有那種程度，所以現在就是好機會。』

「就算不那麼做，還是有說服老大這個辦法才對！」

『要那樣也不是不行啦。可是，說服應該不會管用吧？』

杰布拉無言以對，那就等同於承認。

『現在阿基拉正往那邊過去，這也許就是最後的機會嘍。我講過好幾次了，要好好考慮喔。』

於是通話被切斷了。

「……混帳！」

咒罵般的簡短話語，也是做好覺悟的杰布拉咒罵著做出決斷的自己。

◆

謝麗爾在自己房間對杰布拉投出嚴厲的視線。

「我不是說過不行嗎？」

「可是老大，不這樣做已經撐不下去了。如果阿基拉先生願意在據點常駐，那還沒關係。不過辦不到吧？」

「就算這樣也不變。如果為了安全而讓其他幫派保護，對方會千方百計找理由奪走錢和地盤，最後連阿基拉的協助都失去。雖然現在的狀態是高風險高回報，但總是好過低風險無回報。」

「這樣的話，至少找志島先生談合作，請他派一些兵力過來，這樣應該還可以……」

「一旦提出這種請求，就等於承認我們儘管有阿基拉當後盾，還是無法自己經營幫派。屆時我們的錢和地盤同樣都會被全部奪走。」

謝麗爾與杰布拉的談話永久沒有交集。最後杰布拉下達最後的決斷。

「老大，無論如何都不行嗎？」

「不行。」

「……這樣啊，好吧。不好意思啊，老大。」

謝麗爾判斷杰布拉終於放棄了，卻無法連他放棄後的行動都看穿。

「那就回去吧。阿基拉馬上就要來了。哎，我會試著拜託他盡量增加到據點的機會，你就……」

這時謝麗爾的話語中斷。

「老大，不好意思。我真的覺得很抱歉，但是拜託妳諒解。」

杰布拉用手槍指著謝麗爾。扭曲的臉龐表情凝重，但他已經無法回頭了。

「動手！」

在他的號令下，四名少年進入房內。所有人都是幫派的武力成員，但他們已經不再是謝麗爾的手下。

抓了謝麗爾當人質的杰布拉等人直接開始壓制據點內部。他將手槍指著謝麗爾的頭，命令其他人移動到據點的最上層。

武力成員除了杰布拉等人之外還有不少人，但是在謝麗爾成為人質的狀態下也束手無策，他們順從地解除武裝。

耶利歐因為杰布拉的突兀舉動而疑惑，臉上寫滿了無法置信。

「杰布拉，你到底在想什麼？」

「抱歉了。我也想了很多。我們賺太多錢了。那些錢已經多到不管靠阿基拉先生還是憑我們自己，都保護不了我們。」

「……你說的阿基拉先生馬上就要來了。你只會白白被殺喔。」

「這部分，我也有方法。」

這時杰布拉短暫遲疑後，給了耶利歐一把槍。

「耶利歐在這裡顧著其他人。如果跑到樓下，就算是你們，也照樣開槍。不管我們是對還是錯，很快就會結束。待在這裡等著。」

謝麗爾對耶利歐使了個眼神，微微點頭。於是耶利歐也決定服從指示。

杰布拉押著謝麗爾走往樓下。目送杰布拉等人的身影消失，耶利歐同時咒罵。

「……可惡！」

頂多只能如此咒罵而無法解決問題，耶利歐對這樣的自己感到無能為力，卻也做不到其他事。

謝麗爾被杰布拉等人強押著走在據點內，她對杰布拉投出冷淡的視線。

「所以呢？你的方法又是什麼？你該不會以為有五個人就能殺掉阿基拉？阿基拉殺掉西貝亞他們的時候，你知道當時有幾個人在場嗎？」

當時落魄獵人西貝亞等人襲擊阿基拉，反被阿基拉殺光，這最後演變為謝麗爾與阿基拉交涉，以繼承西貝亞地盤的形式組織了新的幫派。

光是手持武器的五名貧民窟小孩，不可能勝過阿基拉。這點事情他們應該也心知肚明才對。謝麗爾心中甚至感到輕微的混亂。

「很快就揭曉。」

杰布拉如此回答後，隨即走向據點倉庫。他在倉庫對謝麗爾說道：

「就是這個。」

該處擺著四個收納箱。由於謝麗爾從來沒見過這些箱子，以及她還是搞不懂杰布拉的意圖，讓她不禁面露納悶的表情。這時杰布拉再度將槍口抵在她的太陽穴。

這時，另一位少年以資訊終端機接上通訊，開始拍攝杰布拉與謝麗爾的模樣。

杰布拉透過資訊終端機對另一端的男人露出嚴肅的表情。

「這樣就可以了吧！快打開！」

於是資訊終端機傳來愉快的聲音。

『ＯＫ～～！這就開鎖！加油吧！』

收納箱傳出細微的聲音，蓋子稍微開啟。受到杰布拉以視線示意，少年們打開收納箱。

謝麗爾見到箱中之物，臉上充滿了驚愕。裡面裝著強化服和對怪物用槍枝。於是她同時也理解了杰布拉的意圖。

「杰布拉！你……就是為了這些，出賣了幫派吧！」

「與其被人奪走，賣掉比較實在。老大之前把一部分幫派的地盤賣給志島的時候，也說過同樣的話吧？」

少年們穿上了強化服，因為輕易拿起憑肉體要舉起都很難的槍，讓他們大感興奮。

「好強喔！這就是強化服啊！」

「也難怪阿基拉能放倒大樓！」

「還有附護盔！感覺很牢固！」

「有這個的話，普通子彈應該能彈開喔！」

唯獨杰布拉未穿上強化服，他對少年們發出指示。四名少年分成兩人一組，其中一組到據點正面封鎖入口，另一組則前去警戒其它出入口。

謝麗爾譏笑杰布拉：

「難道你以為穿上強化服就能打倒阿基拉嗎？阿基拉也穿著強化服喔。」

「今天沒穿。」

「咦？」

謝麗爾臉上不由得透出疑惑，杰布拉將終端機螢幕轉向她。上頭映著阿基拉的模樣。

「這是他進入貧民窟時的影片。他沒開車，也沒穿強化服。聽說在懸賞目標的戰鬥中全都沒了。雖然穿著防護服，但只是這樣。負傷好像也不輕。妳不覺得很有勝算嗎？」

謝麗爾的臉龐漸漸浮現驚愕。

「是哪個幫派的誰為了蒐集阿基拉的情報做到這程度？」

杰布拉扯開嗓門：

「我們已經被徹底盯上了，人家才會做到這種地步，只為了找出我們後盾的情報啊！」

謝麗爾也拉高音量回嘴：

「就算這樣，殺掉阿基拉又有什麼意義！你打算自己消除幫派後盾嗎！到底是哪門子的想法！」

「會被我們這種傢伙殺掉的人，當後盾也沒意義吧！」

謝麗爾因為震驚而短暫語塞。

「你……」

「讓我們確認看看嘛，老大。我們的後盾是不是真的只需要阿基拉一個人就夠了。」

語畢，杰布拉不再開口。兩人的表情同樣凝重，但在那之中沒有憤恨。

◆

多虧阿爾法的輔助提供的擴增視野。阿基拉隔著牆壁清楚看見兩名少年在據點入口左右兩側舉槍的身影，包含他們身上的裝備。

『阿爾法，那是強化服吧？』

阿爾法笑著提醒。那笑容告訴阿基拉，一點也不成問題。

『是啊。槍也是對怪物用的槍。現在的阿基拉被打中就會死，一定要躲過喔。現在你只穿著便宜的防護服，不要以為有回復藥就沒關係。』

『我知道。況且就算穿著防護服，頭被打中還是會死啊。我會努力閃過啦。』

阿基拉輕笑著與阿爾法打趣後，臉上表情轉為嚴肅。

「你們兩個！看起來不像據點的警衛耶！如果不是敵人，就先舉起雙手，慢慢走出來！」

在區隔裡外的牆壁另一側，少年們緊皺眉頭。

「喂，被發現了。怎麼會這樣？」

「應該是人家說的情報收集機器吧？」

「嘖！連這個一起壞掉啊！真是沒辦法！動手吧！」

少年們原本計劃在阿基拉進門後，從他背後開

槍。兩人的背離開牆壁，同時飛快轉身，朝著出入口的大門連同左右兩側牆壁一併掃射。

以穿著強化服為使用前提的槍射出強力子彈，將門板打得千瘡百孔並粉碎。

雖然沒穿強化服，但對手畢竟是阿基拉。他們以不惜耗盡彈匣的速度連發，將大量的子彈朝外頭掃射。直到被打破而倒地的門板變得更加細碎，他們這才停止開槍。

兩人稍待片刻，發現外頭沒有子彈飛進來。少年們戰戰兢兢地想確認外頭的狀況。

「……得手了嗎？」

兩人慎重地走到外頭，掃視四周。但是該處沒有阿基拉的屍體，只有到處留下清晰彈痕的貧民窟街頭景象。

「沒看到……逃走了？怎麼辦？要找嗎？」

「不，也許跑去其他出入口了。我們去和把守

那邊的傢伙會合。」

「知道了，我們走。」

下一個瞬間，少年們見到槍口近在眼前，彷彿直接抵在護盔外側。在臉上表情轉為震驚之前，扳機已經扣下。射出的子彈貫穿了護盔，粉碎護盔內的頭顱。

兩名少年的屍體因為中彈的衝擊而飛了出去，倒在據點內部。護盔的孔洞與隙縫滲出血液，逐漸染紅地面。

阿基拉看著那情景，同時輕輕吐氣。

『先解決了兩個。』

在少年們為了攻擊而行動前，阿基拉已經朝側面大幅移動，躲過了槍擊。多虧有阿爾法的輔助，對方的一舉一動他都瞭若指掌，在少年們的背部離開牆面的同時，他已經移動了。

避開槍擊後，他靜候對方的下一步。見到兩人似乎打算到外頭確認，他便踢著據點牆壁般爬上牆，移動到出入口上方。

少年們為了確認狀況而來到據點外頭，他們雖然仔細觀察了左右兩側，卻沒有往上看。因此被阿基拉抓住破綻，在極近距離中槍身亡。

『阿爾法，還剩幾個人？』

『大概還有三人。一樓有兩人，還有一個人用槍指著謝麗爾。』

『什麼嘛，比想像中還少。看這樣子，我原本還以為有更多人也不奇怪耶。』

『人少比較輕鬆嘛，不錯啊。就當作是這次運氣好吧。』

『是啊。總之先收拾一樓的傢伙吧。如果其他傢伙也很弱就能輕鬆解決。』

『這方面就期待運氣吧。』

『我的運氣比人差啊～～哎，不過我帶著用肉體也能控制的槍，算是不幸中的大幸吧。』

少年們的護盔相當牢固，若使用普通子彈，即便在近距離中彈也有一定程度的防禦力，但是無法抵禦足以破壞亞拉達蠍外殼的強裝彈。

在極近距離遭到那子彈命中的瞬間，護盔就失去了身為防具的意義。頂多只能稍微避免化為肉片的內容物向外大肆飛散。

阿基拉本來也無法以肉體駕馭強裝彈的後座力，然而憑他現在使用的槍枝就可行。握在他兩手中的ＡＡＨ突擊槍與Ａ２Ｄ突擊槍已經裝上了昂貴的改裝零件。

阿基拉在改造這兩把槍的時候徵詢過靜香的意見，決定在不需要強化服的前提下，盡可能提升性能。於是裝上了號稱ＡＡＨ愛好家的人們創造出的高性能改造零件。

所以這兩把槍已經化為與原本的槍截然不同的武器。

大部分零件都以非常輕盈的物質製成，拿在手上的感覺彷彿穿著強化服使用般輕鬆，還能直接使用擴充彈匣。

此外只要裝上能量包，還可產生簡易的力場裝甲，減輕開槍時傳到槍身與手腕的後座力。因此也能正常使用強裝彈。

不過改造費用因而大幅提升，但性能確實讓阿基拉認為值得。

運氣不好而在沒穿強化服的時候遭到裝備牢固防具的敵人襲擊；運氣好先預備了足以打穿護具的槍，兩者互相抵銷讓阿基拉得以進入據點內部。

◆

負責戒備其他出入口的少年們聽見槍聲，表情緊綳。兩人隨即背靠彼此。

「你怎麼看？」

「阿基拉來了吧。所以和那邊的人交戰了。」

「要去支援嗎？」

「……不，靜觀其變。槍聲還在響，開槍的大概是自己人。我們一定要確實殺掉阿基拉。如果這樣就殺掉是無所謂，不過他們沒發現阿基拉已經逃走還一直開槍的話，阿基拉也許會來我們這邊。」

「知道了。」

兩人提高戒心暫且等候，發現槍聲停歇。又等了一會，阿基拉也沒有從附近的出入口現身。少年們臉上浮現笑容。

「阿基拉也沒來。贏了吧？」

「哎，我們穿著強化服，就算對手是阿基拉，也不會輸給沒穿強化服的他。」

少年們前去予野塚車站遺跡時，目睹了阿基拉以強化服的力氣使得大樓倒塌，因此讓他們過度高估了強化服的能力。

同時也讓少年們低估了沒穿強化服的阿基拉的實力。他們之所以同意杰布拉，這方面的影響也很大。

「很好。和那邊會合吧。」

「真是的，要是阿基拉來這邊，就能由我們來幹掉他了，功勞被搶走了啊。」

這樣的鬆懈與樂觀決定了少年們的死。兩位少年放鬆戒心，放下了槍，這時阿基拉突然從通道暗處現身，連發強裝彈。於是他們就連像樣的抵抗都辦不到，也無法活用強化服，身體被打得滿是孔洞而斃命。

阿基拉來到少年們身旁，見到地上的屍體，露出意外的表情。

『比想像中還要簡單……要是這樣說，算是鬆懈嗎？』

阿爾法笑著回答這個問題。

『雖然鬆懈和輕鬆只在一線之隔，這就當成輕鬆吧。你是有我的輔助，才能洞悉對方的位置和動向喔。與其認為太輕鬆，我希望你懂得佩服我的輔助能力之高。』

『太有道理了。真是厲害！了不起！好了，我們走。』

讚賞的言詞與無所謂的態度之間的落差，讓阿爾法顯露不滿。

『阿基拉，你的稱讚感覺非常敷衍耶。』

『不要期待我講什麼好聽話啊。哎，我也沒說謊，是真心覺得很厲害。妳就饒了我吧。』

阿基拉輕笑著如此辯解，阿爾法也回以平常的笑容。

『真沒辦法。那麼我們繼續前進吧。』

阿基拉兩人離開這裡，直接朝二樓前進。

◆

杰布拉和謝麗爾一起等候阿基拉。

而阿基拉真的現身了。那究竟符合期待，或者是希望落空，杰布拉自己也搞不太清楚。

阿基拉不躲也不藏，走進杰布拉兩人所在的通道中。其中有幾個理由。

對方的武裝只有手槍。再加上他以謝麗爾為盾牌，還將槍口抵著她的太陽穴。

要從通道轉角處槍擊杰布拉的方法雖然存在，但阿基拉現在沒穿強化服，無法接受阿爾法的瞄準輔助。他用槍的自信也沒有高到敢斷言絕對不會失手擊中謝麗爾。此外就算正確只擊中杰布拉，也難保杰布拉不會因為中彈的衝擊而扣下扳機。

考慮到這些條件，阿基拉直接走進通道。隨後他邁步朝著杰布拉兩人靠近。

「不准動。」

聽見杰布拉的制止，阿基拉停下腳步。

「下面應該有四個人。他們呢？」

「殺掉了。」

儘管聽他這麼說，杰布拉也沒有吃驚。

「……這樣啊。」

這時謝麗爾插嘴：

「杰布拉，是你輸了。老實把槍放下。」

「不，還沒完。」

「你以為這種狀況還有勝算嗎？」

「那要看老大了。」

「什麼意思？」

「老大是阿基拉的情人吧？」

杰布拉只這麼說，隨後便對阿基拉扯開嗓門大喊：

「不想看到情人被殺，就把槍扔掉！」

謝麗爾表情凝重。阿基拉想必不會棄槍。屆時杰布拉會怎麼行動？她如此預測，開始思考應對方案。

但是下一瞬間，謝麗爾的臉龐因為過度震驚而顯得呆滯。

「…………咦？」

阿基拉已經捨棄了槍枝。

「……為、為什麼？不、不行！不能丟掉！」

回過神的謝麗爾慌張失措，緊張地大喊，要阿基拉撿槍。但是阿基拉不理她，直視著杰布拉。

杰布拉也對阿基拉的舉動感到吃驚，同時感覺到近似於憤怒的失望。你這樣怎麼可以——他對阿基拉投出帶著一抹悲痛的視線。

「……這樣啊。那就……」

杰布拉不認為自己是用槍好手。但在貧民窟，他有過好幾次與人開槍駁火的經驗，因此他也理解自己的射擊能力，確信在這距離下不會射偏。他將力氣灌注到握著手槍的手。

「去死！」

隨後他將指著謝麗爾的槍轉向阿基拉，瞄準頭部扣下扳機。

槍聲在通道中迴盪。子彈奔馳過通道，並非擊中阿基拉，而是後方的牆面。

「怎——！」

怎麼可能。還來不及把這句話說完，杰布拉已經被阿基拉痛毆了。

阿基拉在棄槍之前就開始控制體感時間。在時間緩慢流動的世界中聚精會神，緊盯對方的任何細微動靜。

而就在杰布拉的槍口離開謝麗爾太陽穴的瞬間，他更加集中精神，強烈扭曲時間流速，朝著杰布拉邁步奔馳。

極度壓縮意識密度，周遭世界慢到彷彿能用眼睛目視對方手指扣引扳機的動作，阿基拉從對方的槍口方向完全看穿了彈道，從手指的動作判別開槍的瞬間，朝側邊大幅移動躲過了子彈。

那絕非只要看穿彈道與開槍時機就能閃躲。雖然他並非閃躲了開槍後衝出的子彈，但一般來說要橫向移動還是太慢，來不及閃避。

而阿基拉並未使用強化服，憑著自己的身體能力辦到了。

傳聞中使用強化服會使得身體能力不再提升，是因為依靠強化服的力氣，使得穿著者沒必要自己出力。

然而如果運動的速度與強度抵達光靠強化服的

身體能力無法辦到的程度，那就另當別論。由於身體的動作和強化服相比太過緩慢，對身體會造成強大的負荷，這樣的負荷會鍛鍊使用者的肉體。

再加上服用舊世界的回復藥，會以舊世界的標準修復服用者的身體。

當然不至於服用一次就得到超人般的肉體。但是當全身上下都受到細胞層級的損傷，在這樣的狀態下屢次大量服用，就會將無法承受那種負荷的身體視作負傷狀態，將全身細胞治療、強化到足以承受那種負荷。

結果就是雖然變化緩慢，服用者的身體會漸漸逼近超人。

此外即便是現代的回復藥，只要是應用舊世界技術製造的昂貴回復藥，雖然影響程度有差異，都會帶來類似的效果。

這些因素使得阿基拉的身體能力已提升至一般鍛鍊無法抵達的領域。

此外，阿基拉自從開始獵人工作後屢次經歷的激戰，使得他已經習慣無視疼痛並鞭策身體動作。

疼痛同時也是避免過度運動損傷身體的控制機制。一般來說會因為疼痛妨礙，無法發揮身體能力的極限。

但阿基拉因為習慣疼痛，能發揮體能極限。而且他步入杰布拉所在的通道之前事先服用了較多的回復藥，鎮痛效果也提供了輔助。

另外，阿基拉體驗過使用強化服的高速戰鬥。雖然因為沒穿強化服使得身體能力下降，但跟得上高速戰鬥的意識不會跟著放慢。

再者，穿著強化服舉起沉重的物體雖然簡單，要活用身體能力快速且精準地動作卻有難度。持續這種鍛鍊的阿基拉只有肉體水準的身體能力，速度還是能逼近他的肉體理論上的極限。

出自這些理由，阿基拉憑著肉體閃躲了杰布拉的槍擊，同時一瞬間就縮短了彼此之間的距離。隨後他從杰布拉手中奪下手槍，拉開謝麗爾，並且揮拳痛毆他。

那對杰布拉和謝麗爾都是一瞬間的事，不過對阿基拉而言，那已經是一段非常充分的時間。

杰布拉被阿基拉揍飛之後，躺在地上苦笑。他已經沒有力氣起身。

「什麼嘛……這種事……你……有穿著強化服嗎……？」

來到杰布拉身旁的阿基拉低頭看向他。

「沒有，我沒穿。」

阿基拉說著，稍微拉開防護服的領子讓他看。那的確只是防護服，也顯示底下沒有強化襯衣。

同時杰布拉也理解了，阿基拉之所以棄槍，是因為他就算沒有槍也能輕鬆殺掉杰布拉。

「真的假的……到底是怎麼搞的……」

杰布拉面露苦笑，並忍不住發出愉快的笑聲。

「欸，我問你，你到底為什麼這麼強啊？我知道喔，你不久前也和我們一樣吧？只不過是吃貧民窟的配給品，勉強保命的小鬼頭嘛。」

杰布拉那表情像是憧憬也像鬧彆扭，對阿基拉投出無論如何都想知道的視線。

「別說因為你去過遺跡喔，我們也去過遺跡啊。努力做好準備……但是沒找到什麼值錢貨，只能逃回來。」

語畢，杰布拉面露自嘲的笑。

阿基拉原本想回答因為我去過遺跡，但這答案被搶先堵住，於是稍微思索。

「這個嘛……這樣的話，就是因為運氣比較好吧。」

「運氣啊……真是這樣的話，那就一點辦法也沒有了啊。」

某種角度來說這是毫無意義的回答，但同時也是真理。杰布拉聽了，面露愉快的苦笑。

這時謝麗爾終於回過神來。她撿起阿基拉從杰布拉手中奪走之後扔在地上的手槍，將槍口指向杰布拉。

「杰布拉，死前先說出那些強化服的來源。就算說了我還是會殺你，但至少會給你一個好死。」

這時阿基拉插嘴：

「謝麗爾，在這之前先告訴我狀況。」

「啊，這個嘛……」

謝麗爾語帶遲疑。部下懷疑阿基拉身為後盾的力量，因此掀起叛亂，這部分無法隱瞞，於是她努力思考有沒有比較委婉的說法。

但在那之前，杰布拉已經開口。

「知道啦。我全部都說。」

杰布拉解釋，謝麗爾在旁補充，這下阿基拉終於理解了事態。

不管阿基拉身手再高強，如果鮮少在據點露面，就無法應付突如其來的襲擊，因此乾脆殺掉阿基拉，接納其他幫派的武力。一旁的謝麗爾忐忑不安，但阿基拉對杰布拉這番話表示一定程度的同意。

不過他也感到不解。

「就算這樣，有必要做到這個地步嗎？上次謝麗爾被抓的時候我也把她救回來了，抓走她的人也全殺光了耶。」

雖然自稱是幫派的後盾，他能辦到的總是只有事後報復，這是事實。話雖如此，其他幫派也不想遭到報復才對。所以對其他幫派的威嚇效果應該十分充足了吧？阿基拉如此認為。

然而杰布拉回以其他方向的答案。

「是啊。那次老大是得救了沒錯，可是巴連司在那時候死了。」

那名字是牛馬等人襲擊據點時的犧牲者。謝麗爾先如此告訴阿基拉，隨後對杰布拉投出嚴厲的視線。

「就算這樣，你就可以做這種事？」

「重點不是可以或不可以。如果那時候阿基拉先生在據點，或是幫派擁有阿基拉先生不在場也無妨的戰力，他也許就不會死了。就這樣而已。」

杰布拉只這麼說，說完便輕笑。

「不，不對……重點就在這裡吧。運氣不好就不可以。就這樣吧。」

於是他朝謝麗爾握著的槍伸出手，抓住槍身，將槍口抵在自己的額頭。

「真是不走運啊～～我和巴連司都一樣。」

手槍的扳機連同謝麗爾的手指一起被推動。槍聲響起。自槍口衝出的子彈打穿了杰布拉的頭顱，使之當場喪命。

若杰布拉仍有後悔，唯獨低估了阿基拉的實力。除此之外並無悔恨。

◆

杰布拉死後，謝麗爾感謝阿基拉的援救，接著前去告知耶利歐等人事態已經解決。

阿基拉拒絕同行，留在這裡。他先撿起自己的槍，回到杰布拉的屍體旁。他看著杰布拉，面露複雜的表情，陷入沉思。

阿爾法感到不可思議似的看著他的模樣。

『阿基拉，怎麼了嗎？在我看來這屍體沒什麼需要煩惱的。』

『嗯？也沒什麼啦……阿爾法，我姑且問一下，妳知道把強化服交給這傢伙，唆使他們襲擊我的人的位置之類嗎？』

『知道啊。』

『妳知道喔……』

阿基拉雖然自己提問，還是不禁感到驚訝。為何會知道，又是怎麼調查的？這些疑問浮現腦海，但他只用「因為她是阿爾法」這個理由，將問題全部擱置一旁。

『這樣啊。那就幫我帶路。』

阿爾法短暫思索，決定不阻止他。

謝麗爾帶著耶利歐等人回到這裡，發現阿基拉已經不在了。取而代之的是一則簡短的訊息，告訴她阿基拉有事要去外頭辦。

不知這次事件對阿基拉的心情有多大的影響，這讓謝麗爾感到不安，身為幫派老大的她還是開始著手讓事態恢復平穩。

◆

在貧民窟率領中規模幫派，名叫亞桑的男人在據點的房間咂嘴。

「失敗了啊。那個叫阿基拉的獵人，比想像中還強。」

男性心腹插嘴：

「是不是情報太隨便了啊。」

「要說細節不夠精確是沒錯，不過內容沒騙人。和懸賞目標戰鬥差點丟掉性命、失去了裝備。到這裡還沒問題。所以他應該傷勢也還沒治好……這是我的猜測就是了。」

唆使杰布拉殺害阿基拉的是亞桑。搬弄是非，將事實與虛構彼此混合，藉此唆使他行動，為此甚至給了他強化服。

「是喔。不過，那些強化服其實品質不錯吧？就這樣送給那些小鬼，不覺得有點可惜嗎？」

「哎，背後有些理由啦，你也別介意太多。」

「可是失敗了吧？沒關係嗎？」

「沒關係啦。成功當然是比較好，不過光是執行就有意義了。」

當自己當後盾的幫派的手下反咬自己一口，阿基拉也會對謝麗爾等人萌生疑心與隔閡。再加上一旦知道了杰布拉行動的理由，謝麗爾等人也必須重新考慮幫派的自衛能力。

如此一來，其他幫派介入謝麗爾幫派的破綻就會增加。謝麗爾等人因為自己的同伴襲擊了阿基拉，想必也不會認為阿基拉日後會同樣提供保護。一定會做出妥協，不惜交出利益也會尋求其他的自衛能力。

亞桑對男人說出他的推測。

「哎，實際上要哪個幫派去插手謝麗爾他們那邊，還得和其他幫派取得共識才行。那些傢伙好歹和志島那邊算是有合作關係，不管哪個幫派都沒辦法馬上硬闖進去。」

只是幫派底下一名成員的杰布拉，無法察覺這些勢力消長的問題。杰布拉會太過急躁也是源自於此。當然了，當時亞桑也擺出好心建議的態度，刻意告訴他相反的情報。

「哎，這陣子先靜觀其變。只要再等一下，這次種下的種子也許就會在謝麗爾他們的幫派中引發內亂。一定會有機可乘，沒必要著急。」

亞桑與幫派的幹部們繼續討論這些話題時，手下傳來聯絡。

「老大，自稱阿基拉的人來到樓下了。大概就是那個阿基拉。」

「……啥？」

出乎意料的報告讓亞桑不由得皺起臉。

亞桑遲疑到最後，決定讓阿基拉進入據點。

阿基拉的來意只有一句「讓我見老大」，因此看起來不像是來報仇。另外他也聲明，如果拒絕，他就會硬闖。

同時，就算對方的目的是交戰，與其在據點出入口與他駁火，不如讓他進入事先招集戰力的據點內部，優勢更大。

因為這些原因，亞桑認為沒必要一口回絕阿基拉。此外杰布拉也不知道唆使他的人就是亞桑。這個理由最為重要。這方面的掩飾他十分用心，就算杰布拉全盤托出，口中說出的應該也是其他幫派的名字。

就算阿基拉因為某些原因察覺真相，來此警告兼試探，只要我方絕不承認，他也無法追究到底吧。傳聞他曾闖進志島的據點，但最後也只是談判後離去。應該不至於鬧大。亞桑如此判斷。

先召集武裝部下到房內，亞桑請阿基拉進門。儘管沒有直接舉槍迎接，人數差距可說是壓倒性。

從阿基拉的態度感覺不到憤怒。亞桑認定他交戰的意志並不高，認為自己的推測無誤，心中鬆了一口氣。

「那麼，謝麗爾那邊的後盾找我有何貴幹？」

「和杰布拉說好，要他攻擊我的就是你？」

「啥？你在講什麼？」

亞桑的演技近乎完美。對方突然說出莫名其妙的話語而納悶、有人特地跑來當面說這種話而狐疑，這樣的態度自然流露。

但是，亞桑的身體是天生的肉體。

「你回答就是了。到底是還不是，是哪一邊？如果你不曉得我在講什麼，就回答與我無關或不是我。」

亞桑像是鄙視說話顛三倒四的人，先是咂嘴後回答：

「不是我。」

『阿爾法。』

『假的。』

下一瞬間，亞桑的頭顱四散。遭到強裝彈擊中而迸裂，失去大半原型，內容物噴濺在房內各處。

開槍的是阿基拉。一瞬間就拔槍，毫不躊躇地開槍。

當阿爾法告訴他唆使杰布拉的元凶時，他就打算殺死亞桑了。儘管如此，為防萬一，他直接來見對方，讓自稱能看穿發自肉體的謊言的阿爾法來判斷，既然現在結果出爐，他也不再有理由躊躇。

周遭眾人因為突然其來的事態而愣住，但馬上就為了殺死阿基拉而一起舉槍。

「你這傢伙！」

如此吶喊且最早有反應的人緊接著被殺。隨後依照阿爾法計算的威脅度，由高到低依序挨子彈。

由於受到奇襲，亞桑的手下們死傷慘重。然而他們當然不至於一瞬間就全滅。還活著的人也無暇顧慮可能傷及友方，倉促反擊。轉瞬間房間內就充滿了胡亂飛竄的子彈。

即使如此，那些子彈打不到阿基拉。阿基拉一面控制體感時間，依據阿爾法標示的彈道，靠著預先服用回復藥維持完全忽視身體負荷的極限速度，閃躲在擴充視野中顯示為紅線的成束彈道。

事先召集於房內的男人們雖有武裝，但目的終究是威嚇，是為了抑制戰鬥發生而待在這裡。也因此他們並未事先站在適當位置，同時射擊無法讓子彈充滿房內使目標無處可逃，再者也沒有這種射擊技術。

多虧如此，只要閃躲朝自己身上集中的彈道，對阿基拉來說並不難。即便是來自背後的槍擊，阿爾法也能以念話向他告知感覺上的位置與方向，因此就知曉這角度而言，背後的彈道阿基拉也同樣瞭若指掌。

自經過改造的兩把槍射出的強裝彈與穿甲彈，輕易貫穿敵人的防禦，破壞內部構造。這樣的威力憑著擴充彈匣的連射能力灑向房內各處。足以稱為慘劇的血與肉在房內飛濺，將牆壁、地面與天花板全部染上腥紅。

槍聲止息時，房內仍然存活的人只有一手打造這場慘劇的阿基拉，以及阿爾法判斷威脅度極低，害怕得喪失戰意的一名男人。

阿基拉為防萬一更換彈匣，同時靠近那個男人說道：

「喂。」

「咿！」

回答是慘叫，但阿基拉無動於衷。他語氣輕鬆地忠告：

「不想和我戰鬥就快點逃走，盡可能早點離開這裡。不久後增援就會來，我的身手可沒有好到能在戰鬥時注意不打到你。」

男人不斷點頭。隨後他趕忙離開房間，拚了命拔腿離開。

不久後，阿基拉與聽見騷動聲而趕來的其他人交戰。攻擊者一律格殺勿論，逃亡者則任其逃走。他在據點內探索直到再也無人對他攻擊，最後將還留在這裡的人全部趕出據點。

於是他輕吐一口氣。

「大概就這樣吧。」

語畢，他取出資訊終端機，聯絡謝麗爾。

◆

卡車停在亞桑的幫派據點前方。謝麗爾幫派的孩子們將物品從建築內搬出來，裝到載貨台。

金錢、武器、家具和衣服，一律搬上車。從屍體上剝下的衣物和裝備也扔進載貨台，像是要帶走屍體之外的一切，放在頗大的卡車載貨台上。

孩子們搬運貨物時，目睹建築物內悽慘的情景，臉色發白。

「這些都是阿基拉先生幹的吧？」

「好像是。在杰布拉背後指使的傢伙，好像就是這個幫派的老大……耶利歐是這樣跟我說的。」

「就算是這樣……正常來說，會做到這個地步嗎？」

「……正常人不會殺掉其他幫派的人，拖著屍體闖進對方的據點啊。」

「說、說的也是。」

這群小孩子重新理解了他們的後盾腦袋有多麼不正常，不再多話，繼續作業。

謝麗爾在卡車旁邊透過資訊終端機與志島交談。因為有人染指自己的幫派，阿基拉為此憤怒，擊潰了亞桑的幫派報復，奪取了據點和地盤。她如此說明後，提議將亞桑的地盤賣給志島。

『我懂了，我買。金額之後再談。所以那邊已經算是我們的地盤了？』

「是的。畢竟無主地帶本就是爭執的火種。我們把事情辦完後，據點的建築物也會轉交給志島先生。」

『很好。交易成立。』

謝麗爾因為似乎能順利將地盤轉手而放心。光憑謝麗爾這群人絕對無法管理中規模幫派的地盤。可以想見其他幫派將爭相提出轉讓要求，最後引發伴隨武力的交涉。

『話說，亞桑他們幹了什麼事？』

「各種都有。而他們不像志島先生，並不願意和平解決事端。就只是這樣而已。我很希望日後別和志島先生陷入這種關係。」

『是啊。』

如果你打算不當壓低地盤的價格，一旦最後談不攏，阿基拉就會出面解決。謝麗爾如此暗示後，結束談判。

阿基拉在建築的屋頂眺望著四周。他之所以移動到屋頂上，是因為認為亞桑幫派的殘兵如果想反攻，在這地方比較方便狙擊。不過亞桑的幫派失去了據點中的大量武力成員後，已無反攻的餘力，因此只是阿基拉白操心。

阿爾法判斷阿基拉現在的反應不尋常，於是想收集更多資料以供判斷。

『阿基拉，為什麼要特地擊潰這個幫派？』

『……哎，算是順手吧。』

杰布拉等人在幫派內掀起叛亂，但如果只是這樣，阿基拉殺光杰布拉等人就不會繼續追究。

但杰布拉之所以決心這麼做，原因是遭到牛馬等人襲擊時朋友死了。知道這件事的瞬間，在阿基拉心目中，這次事件被歸因於他找謝麗爾等人到予野塚車站遺跡收集遺物。

這樣的認知驅動阿基拉採取行動，將唆使杰布拉的亞桑也列入殺害對象中。因為殺死了幫派的老大，某種角度來說，是迫於無奈才擊潰整個幫派。

阿基拉也沒有仔細說明至此。同時他沒有送

出念話，所以在阿爾法的認知中，單純只是以「順便」當作結論。

『阿爾法，我想問一下，妳覺得那個叫杰布拉的傢伙，真的想要殺我嗎？』

『我認為確實如此。』

『真的？』

因為阿基拉提出了像是明知故問的疑問，而且還如此追問，阿爾法重新檢討回答內容。

『至少能斷定的是，他的槍擊確實帶有擊中奪命的意圖。就算他確信自己絕對不會打中而開槍，這也無從得知。』

『……這樣啊。』

阿基拉在他棄槍的瞬間，感覺到杰布拉對他顯露了失望般的感情。自己明明聽話棄槍了，為何要失望？阿基拉無法理解。他被揍倒之後，似乎因此有幾分欣喜。他也無法理解這種情緒的由來。

這時謝麗爾現身了。

「阿基拉，原來你在這裡啊。」

「嗯？喔喔，有點事。」

謝麗爾來到阿基拉身邊，重新簡述幫派的狀況。隨後她稍微躊躇後，開口問道：

「那個，這裡的亞桑和杰布拉私下串通，這件事你是怎麼知道的？」

「不要問。」

「啊，好的。」

雖然不想認為他只是誤會或搞錯而殺錯人，但是當他這麼說，謝麗爾也只能放棄追問。她只能告訴自己，阿基拉肯定有他的根據。

「話說回來，連強化服也沒穿，就能一個人擊潰這個幫派，阿基拉真的很強呢。要怎麼樣才能變得這麼強，我都覺得不可思議了。果然關鍵是才能？還是努力？」

無論回答是才能或努力，謝麗爾都打算稱讚阿基拉。

但是阿基拉回憶起杰布拉也問過類似的問題，於是說出同樣的回答。

「……這個嘛，因為運氣好吧。」

「運、運氣嗎？」

「是啊，是運氣。」

居然能變得那麼強，運氣真的很好呢。要這樣稱讚實在不太對，謝麗爾因而詞窮。

在她身旁，阿基拉想著。

自己變強的最大理由就是阿爾法。因為在遺跡遇見了阿爾法。

杰布拉也說他去過遺跡，但是他沒有遇見阿爾法。

阿基拉不認為這差距能靠努力彌補。在遇見阿爾法之前，他用盡一切心力活下來。那也許是種努力吧。

儘管如此，至少阿基拉不認為自己做過的努力足以讓他遇見阿爾法。

正因如此，阿基拉回憶起遇見阿爾法之後的種種苦難，並且回答自己是運氣好才變強。

這時他想起杰布拉最後那句話。

「那傢伙……運氣不好啊。」

「呃，那個，你是說誰？」

「……沒什麼。」

因為阿基拉不是回答「不要問」，讓謝麗爾隱約感受到阿基拉難以言喻的心境，但是為了避免刺激阿基拉，她決定不詳細追問。她話鋒一轉，擺出認真的表情。

「阿基拉，在我變成人質的時候，你願意棄槍，我真的很高興。但是，下次請不要這麼做。萬一你因此死了……」

「喔喔，妳說那個啊。那是因為我覺得當時那麼做最安全。不好意思，不要以為我每次都會那樣做。」

謝麗爾原本擺著悲痛的表情想說服阿基拉，聽到這乾脆的回答，表情轉為哭笑不得。

「是、是這樣喔？」

「就是這樣。對了，之前妳被抓的時候，我也是用自己的車正面撞向對手的車子吧？那也是為了不讓那些傢伙有空檔抓妳當人質。要是讓那些傢伙幹了同樣的事，我也會傷腦筋。所以當時從正面連同車子一起撞上去就是正確解答。」

阿基拉覺得自己編出了合理的藉口，因而心情愉快。

「原、原來是這樣啊～～」

謝麗爾盡了全力也只能擠出僵硬的笑容。

如果牛馬等人襲擊謝麗爾等人的據點時，阿基拉也在場；如果當時杰布拉的好友巴連司沒有死；如果今天阿基拉穿著強化服。

種種偶然彼此重疊所引發的事件，依照相關人物的運氣好壞收場。

◆

將貧民窟一分為二的巨大幫派其中一方的宅第中，情報販子薇奧拉將商品——情報交給顧客。

「這是你要的情報。怎麼樣？」

男性顧客閱覽內容後低吟。

「雖然是只有落魄獵人的集團，但也沒穿強化服就能一個人擊潰中規模的幫派啊。真是了不起。被疑似懸賞目標的怪物吞下肚，卻反從肚子裡殺出來……還有這種傳聞，不過強到這種地步的話，說不定是真的？」

「要連這部分都調查嗎？」

「不，現在這些就很夠了。」

「是喔。話說，為了調查那位獵人就不惜贈送強化服的理由，可以告訴我嗎？」

「如果會被那種裝備的傢伙殺掉，那麼要敵對也無所謂，要拉來當夥伴也沒意義。只是為了這種最起碼的確認。」

「就這種理由？那個看起來很貴耶。」

薇奧拉說著，露出意外的表情。男人對她豪爽地笑了。

「那種東西，對我們來說只是便宜貨，只是湊齊部隊裝備時的贈品罷了。」

「哎呀，還真了不起。下次的鬥爭規模會那麼大嗎？」

「算是吧。」

這時男人表情轉為嚴肅，視線也添了威嚇般的銳利。

「用不著懷疑，是我們會贏。妳也必須幫我們喔。」

薇奧拉以笑容迎向巨大幫派幹部的威嚇。同時她面露勾引般的微笑。

「這要視報酬而定。我會滿懷期待喔。」

「……哼。好吧。」

男人非常明白眼前的女人有多麼惡毒。正因如此，他對那張笑容只有戒心。

豬肝記得煮熟再吃 1~6 待續

作者：逆井卓馬　插畫：遠坂あさぎ

潔絲化身名偵探？豬與少女接下新委託，
這次也嘍嘍地來解決事件吧——

終於打倒最凶殘的魔法使，迎接快樂結局！……現實當然沒有這麼順利。與深世界的融合現象引發了一場混亂，課題堆積如山。眾人尋找解放耶穌瑪的關鍵——「最初的項圈」，詭異的連續殺人事件卻阻擋在眼前……

各 **NT$200~250/HK$67~83**

八男？別鬧了！ 1~18 待續

作者：Y.A　插畫：藤ちょこ

貴族家連請家庭教師都會惹麻煩!?
王國西方新的不安因素蠢蠢欲動！

鮑麥斯特伯爵家為了小孩的教育提早募集家庭教師，竟被絕對不能扯上關係的團體「賢者協會」纏上！威爾再次體會到貴族家的辛苦。此外巨大魔導飛行船琳蓋亞在傳來發現魔族之國的消息後失去音訊……為您送上以熱鬧的日常插曲為主的第十八集！

各 **NT$180~240/HK$55~80**

異修羅 1～4 待續

作者：珪素　插畫：クレタ

為求真正勇者之榮耀，寶座爭奪戰白熱化！
2021年《這本輕小說真厲害》雙料冠軍！

決定「真正勇者」的六合御覽，接下來輪到第三戰，柳之劍宗次朗對決善變的歐索涅茲瑪。面對一眼就能看出如何殺害對手，身懷連傳說都只能淪落為單純事實之極致劍術的宗次朗，充滿謎團的混獸歐索涅茲瑪所準備的「手段」則是──

各 **NT$280~300/HK$93~100**

異世界悠閒農家 1~11 待續

作者：內藤騎之介　插畫：やすも

阿爾弗雷德等人進入王都的學園就讀！
學園長的胃撐得住嗎……？

就在村子順利擴張的某天，基拉爾的夫人古隆蒂來訪。古隆蒂被人稱為「神敵」，據說是和這個世界歷史有重大牽扯的存在……她來村裡的理由究竟是什麼？另一方面，展開學園生活的阿爾弗雷德、烏爾莎與蒂潔爾三人，為新生活感到雀躍不已！

各 **NT$280~300/HK$90~100**

戰鬥員派遣中！ 1~7 待續

作者：暁なつめ　插畫：カカオ・ランタン

愛麗絲將如月最強戰力業火之彼列召喚而來！
沒想到卻發生了連愛麗絲都臉色鐵青的慘事！

六號讓自稱「正義使者」的山寨集團柊木吃了一記邪惡之槌，也成功收回資源。原以為事情告一段落，卻得知有個雙腳步行、會喵喵叫的超強貓科魔獸搶走了某個國家的國寶。而且破頭族小妹還跑到基地小鎮請求支援——要跟龍族對戰！動盪不安的第七集！

各 **NT$200~250/HK$67~83**

怕痛的我，把防禦力點滿就對了 1~14 待續

作者：夕蜜柑　插畫：狐印

【大楓樹】與【聖劍集結】共組戰線
將與敵對陣營展開一番慘烈廝殺！

大型對抗戰終於開幕！梅普露所率領的【大楓樹】與培因為首的【聖劍集結】共組戰線。眾強力玩家紛紛祭出祕密武器。為打破僵局，培因下令發動總攻擊，同時參謀莎莉打出奇策，要梅普露成為「空中戰略兵器」，嚇破敵人的膽……？

各 **NT$200~230/HK$60~77**

異世界漫步 1 待續

作者：あるくひと　插畫：ゆーにっと

穿越到異世界以技能漫步獲得經驗值！
與精靈展開悠閒的異世界旅程——

被召喚到異世界的日本人——空，獲得的技能是「漫步」。國王在看到這個寒酸的技能後，將他逐出勇者小隊。然而，當空在異世界行走時，卻突然升級了！原來漫步技能具有「每走一步就會獲得1點經驗值」的隱藏效果！於是空展開了他在異世界的生活——

NT$280/HK$93

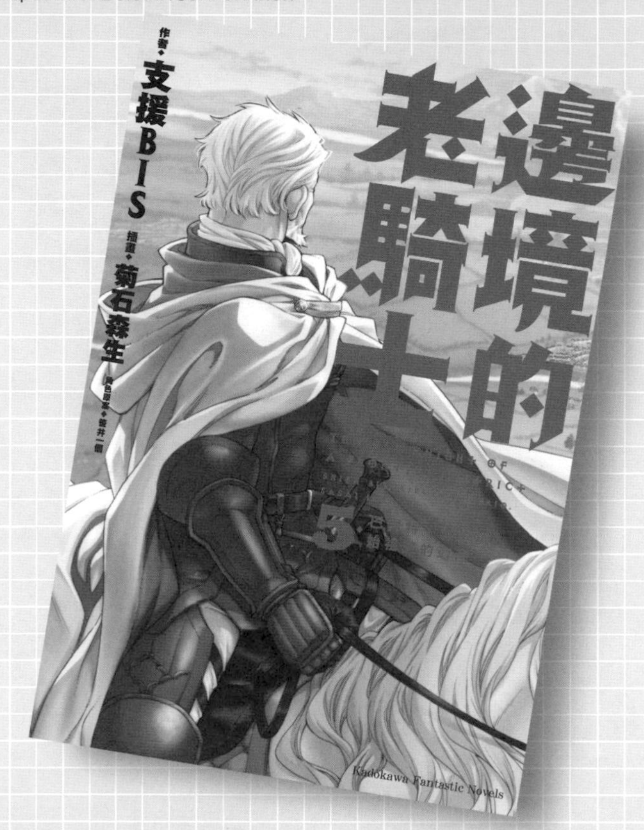

邊境的老騎士 1~5（完）

作者：支援BIS　插畫：菊石森生　角色原案：笹井一個

美食史詩的奇幻冒險譚最終幕！
燃燒生命而活，直到最後一刻──

巴爾特總算踏上解開魔獸與精靈之謎的旅程。他從與龍人的邂逅中得到新線索並逐漸逼近世界的祕密。就在這時，帕魯薩姆王宮遭到意料之外的勢力所襲擊。巴爾特被迫面臨處於劣勢的防衛戰。面對身懷壓倒性力量的對手，他該如何與之對抗呢？

各 **NT$240~280/HK$75~93**

我想成為影之強者！ 1~3 待續

作者：逢沢大介　插畫：東西

「傳說的始祖」覺醒時刻逼近──
大規模的「影之強者」風格事件這次也大量發生！

在克萊兒提議之下，席德參加了討伐吸血鬼始祖「噬血女王」的任務，來到無法治都市。出現在他眼前的，是自稱「最資深的吸血鬼獵人」的神祕美少女瑪莉，以及無法治都市的三大勢力。為尋求「始祖血脈」和「惡魔附體者」的關連，戰場變得一片混亂……

各 **NT$260/HK$87**

國家圖書館出版品預行編目資料

重組世界Rebuild World. 3. 下, 懸賞目標的討伐邀約/ナフセ作 ; 陳士晉譯. -- 初版. -- 臺北市 : 臺灣角川股份有限公司, 2023.05

面 ; 公分. -- (Kadokawa fantastic novels)

譯自 : リビルドワールド. III. 下, 賞金首討伐の誘い

ISBN 978-626-352-530-6(平裝)

861.57 112003768

重組世界Rebuild World 3（下）
懸賞目標的討伐邀約

（原著名：リビルドワールドⅢ〈下〉賞金首討伐の誘い）

2023年5月24日　初版第1刷發行

作　者：ナフセ
插　畫：吟
世界観插畫：わいっしゅ
機械設定：cell
譯　者：陳士晉
發行人：岩崎剛人
總編輯：蔡佩芬
編　輯：孫千棻
美術設計：莊捷寧
印　務：李明修（主任）、張加恩（主任）、張凱棋
發行所：台灣角川股份有限公司
地　址：104台北市中山區松江路223號3樓
電　話：（02）2515-3000
傳　真：（02）2515-0033
網　址：www.kadokawa.com.tw
劃撥帳戶：台灣角川股份有限公司
劃撥帳號：19487412
法律顧問：有澤法律事務所
製　版：尚騰印刷事業有限公司
ISBN：978-626-352-530-6